JUDE DEVERAUX es la autora de más de cuarenta best sellers que han entrado en las listas del New York Times, la mayor parte de ellos publicados en los distintos sellos de Ediciones B. Su saga Montgomery es una de las más conocidas y apreciadas por las lectoras de novelas románticas. Entre sus títulos se cuentan *La seductora, El corsario, El despertar, La doncella* y *El caballero de la brillante armadura*. Deveraux lleva vendidos más de sesenta millones de ejemplares y ha sido traducida a numerosos idiomas.

La serie Audaz está integrada por las novelas *Tierra audaz, Ángel audaz, Promesa audaz* y *Canción audaz*.

Título original: *Highland Velvet*
Traducción: Edith Zilli
1.ª edición: junio, 2017

© Jude Gilliam White, 1982
  Publicado por acuerdo con el editor original, Pocket Books,
  una división de Simon & Schuster, Inc.
© Ediciones B, S. A., 2017
  para el sello B de Bolsillo
  Consell de Cent, 425-427 - 08009 Barcelona (España)
  www.edicionesb.com

Printed in Spain
ISBN: 978-84-9070-381-6
DL B 8116-2017

Impreso por NOVOPRINT
          Energía, 53
          08740 Sant Andreu de la Barca - Barcelona

Tierra audaz

JUDE DEVERAUX

Con amor,
a Mia (la encantadora de Louisville)

Nota de la Autora

Todos los que han leído este libro antes de su publicación me han hecho las mismas preguntas: ¿por qué no se mencionan las faldas escocesas y cuáles eran los colores del clan MacArran?

Los primeros escoceses de las tierras altas usaban una prenda simple llamada *plaide*, que en gaélico significa «manta»; la tendían en el suelo, se acostaban sobre ella y, después de ceñirse los bordes a los costados, la sujetaban con un cinturón. Eso formaba una falda en la parte baja; la parte superior de la manta se abrochaba sobre un hombro.

Circulan varios relatos sobre el origen de la falda escocesa, propiamente dicha. Una se refiere a cierto inglés que adaptó la prenda para conveniencia de sus herreros montañeses. Los escoceses niegan que sea verdad, por supuesto. Como quiera que fuese, la falda moderna no existía antes de 1700.

También hay varias historias sobre los orígenes del tartán, cuyo diseño y colorido era característico de cada clan. Se dice que los mercaderes exportadores dieron nombres de distintos clanes a las telas que fabricaban, a fin de identificarlos con más facilidad. También que el ejército británico, siempre amante de la uniformidad, insistió en que cada compañía escocesa debía usar un tartán de idéntico diseño y color. De un modo u otro, los clanes no tenían tartanes identificatorios antes de 1700.

Jude Deveraux, 1981
Santa Fe, Nueva México

Prólogo

Tras una larga noche de viaje, Stephen Montgomery aún se mantenía muy erguido a lomos de su caballo. No quería pensar en la novia que le aguardaba al terminar la jornada. La mujer le estaba esperando desde hacía tres días. Su cuñada Judith se había enfadado con él, cuando se enteró de que no se había presentado a su propia boda, sin tomarse siquiera el trabajo de enviar un mensaje para disculparse por su retraso.

Pero, pese al enfado de Judith y a comprender que había insultado a su futura esposa, no era fácil abandonar la residencia del rey Enrique en esas circunstancias. Judith, la bella esposa de su hermano Gavin, se había caído por unas escaleras, por lo que perdió al bebé que esperaba con tantas ansias. Pasó varios días entre la vida y la muerte. Al recobrar la conciencia y enterarse de que había perdido a su hijo, su primera reacción fue característica: no pensó en sí misma, sino en otra persona. Stephen no se había acordado de su propia boda ni pensaba siquiera en su novia. La enferma, pese a su dolor, le había recordado esos deberes, enviándole hacia la escocesa con quien debía casarse.

Habían transcurrido tres días, Stephen se pasó una mano por su denso pelo rubio. Hubiera preferido quedarse junto a Gavin, su hermano, con quien Judith estaba furiosa, pues en realidad su caída no había sido accidental, sino culpa de Alice Chatworth, la amante de Gavin.

—Mi señor.

Stephen aminoró la marcha y se volvió hacia su escudero.

—Las carretas se han quedado muy atrás. No pueden seguir nuestro paso.

Él asintió sin decir palabra y desvió a su caballo hacia el arroyuelo que corría junto a la escarpada ruta. Desmontó y puso una rodilla en tierra para refrescarse la cara con agua fría.

Había otro motivo por el que Stephen iba de mala gana al encuentro de su desconocida novia. El rey Enrique deseaba recompensar a los Montgomery por los fieles servicios prestados a lo largo de varios años; por eso había dado al segundo de los hermanos la mano de una rica heredera escocesa. Stephen comprendía que era un gesto a agradecer pero no después de las cosas que había oído decir de ella.

Era, por derecho propio, señora feudal de un poderoso clan escocés.

Stephen extendió la mirada por la verde pradera que estaba al otro lado del arroyo. Malditos escoceses, capaces de albergar la absurda creencia de que una simple mujer tenía la fuerza y la inteligencia necesarias para liderar a hombres. Su padre hubiera debido elegir como heredero a un chico.

Hizo una mueca al imaginar el tipo de mujer al que un padre podría nombrar señora de un clan. Debía de tener cuarenta años, por lo menos; el pelo del color del acero y un cuerpo más fornido que el del mismo Stephen. Sin duda, en la noche de bodas harían un pulso para decidir cuál de los dos montaría al otro… y perdería él, desde luego.

—Mi señor —dijo el muchacho—, no tiene usted buen aspecto. Quizá esta larga cabalgata le ha descompuesto.

—No es la cabalgata lo que me revuelve el estómago.

Stephen se incorporó lentamente, moviendo con facilidad sus poderosos músculos bajo las ropas. Era alto, mucho más que su escudero; su cuerpo era esbelto y estaba endurecido por muchos años de penoso adiestramiento. El pelo se le rizaba contra el cuello, sudoroso; tenía una fuerte mandíbula y unos labios finos. Sin embargo, en ese momento había sombras hundidas bajo los brillantes ojos azules.

—Volvamos a nuestros caballos. Las carretas pueden seguirnos más tarde. No quiero seguir postergando mi ejecución.

—¿Qué ejecución, señor mío?

Stephen no respondió. Aún faltaban muchas horas para llegar al horror que le aguardaba en la sólida y temible figura de Bronwyn MacArran.

1

Bronwyn MacArran, de pie ante la ventana de la casa sola-riega inglesa, contemplaba el patio, allí abajo. La ventana esta-ba abierta para que entrara el cálido sol de verano. Se inclinó un poco para tomar una bocanada de aire fresco. En ese momen-to uno de los soldados del patio le sonrió sugestivamente.

Ella se apresuró a dar un paso atrás y cerró la ventana con violencia.

—¡Esos cerdos ingleses! —maldijo por lo bajo, volviéndo-se. Su voz era suave, propia de los brezos y las nieblas de las tierras altas.

Ante su puerta sonaron unos fuertes pasos. Contuvo el aliento, pero lo dejó escapar al oír que continuaban su marcha. Estaba prisionera y permanecía cautiva en la frontera septen-trional de Inglaterra. El pueblo al que siempre había odiado, el mismo cuyos hombres le sonreían y te guiñaban los ojos como si conocieran sus pensamientos más íntimos.

Se acercó a una mesita que ocupaba el centro de aquella habitación y apretó con fuerza los bordes de madera, dejando que se le clavaran en las palmas. Hubiera hecho cualquier cosa para impedir que esos hombres supieran cómo se sentía por dentro. Los ingleses eran sus enemigos. Los había visto matar a su padre y a sus tres jefes. Había visto a su hermano casi enloquecido por la inutilidad de sus intentos de pagar a los ingleses con la misma moneda. Y ella misma se había pasado la vida ayudando a alimentar y vestir a los miembros de su clan, después de que los ingleses destruyesen sus cosechas e incendiasen sus viviendas.

Un mes atrás había sido hecha prisionera. Sonrió al recordar las heridas recibidas por los soldados ingleses a manos de ella y de sus hombres. Cuatro de ellos ya no vivían.

Pero allí estaba cautiva por orden del inglés Enrique VII. Ese rey decía querer la paz y, por lo tanto, nombraría a un inglés como jefe del clan MacArran. Creía poder lograrlo por el mero hecho de casar a Bronwyn con uno de sus caballeros.

La muchacha sonrió ante la ignorancia del rey inglés. La jefa del clan MacArran era ella y ningún hombre podría quitarle su poder. Ese estúpido rey creía que sus hombres seguirían a un extranjero, a un inglés, sólo por el hecho de que su verdadero jefe fuera una mujer; eso demostraba lo poco que Enrique conocía a los escoceses.

Un gruñido de Rab la hizo volverse súbitamente. Rab era un galgo irlandés, el perro más grande del mundo: corpulento, fuerte, de pelo como suave acero. Se lo había regalado su padre cuatro años atrás, al regresar de un viaje a Irlanda. Jamie quería hacerlo adiestrar como guardián de su hija, pero no hubo necesidad: Rab y Bronwyn se cobraron afecto de inmediato. El galgo había demostrado varias veces que era capaz de dar la vida por su amada dueña.

Bronwyn relajó los músculos, pues Rab había dejado de gruñir; sólo una persona amiga podía provocarle esa reacción. Ella levantó la vista, expectante.

Fue Morag quien entró. Morag era una vieja de baja estatura y miembros torcidos, que se parecía más a un tronco que a un ser humano. Sus ojos eran como de vidrio negro: chispeantes, penetraban en una persona hasta ver más de lo que había en la superficie. Usaba con habilidad su cuerpo menudo y ágil; con frecuencia se deslizaba entre la gente sin que nadie reparara en ella, siempre con los ojos y los oídos bien abiertos.

Morag cruzó en silencio la habitación para abrir la ventana.

—¿Y bien? —inquirió Bronwyn impaciente.

—Te he visto cerrar la ventana. Ellos soltaron una carcajada y propusieron hacerse cargo de la noche de bodas que te estás perdiendo.

Bronwyn le volvió la espalda.

—Les das demasiado de que hablar. Deberías mantener la cabeza alta y no prestarles atención. Son meros ingleses; tú, en cambio, eres una MacArran.

Bronwyn giró en silencio.

—No necesito que nadie me indique lo que debo hacer o no —espetó.

Rab, captando la inquietud de su dueña, se puso junto a ella, quien hundió los dedos en su pelaje.

Morag le sonrió y la siguió con la vista, mientras la muchacha iba a ocupar el asiento de la ventana. Se la habían puesto en los brazos aún mojada por los fluidos maternos, mientras la madre se moría. Fue Morag quien le buscó una nodriza y le dio el nombre de la abuela galesa. Fue ella quien la cuidó hasta que, a los seis años, el padre se hizo cargo de su educación.

Ahora miraba con orgullo a su pupila, que tenía casi veinte años. Bronwyn era alta, más alta que muchos hombres, erguida y esbelta como un junco. No se cubría la cabellera, como las inglesas: la dejaba suelta sobre la espalda, como una rica cascada. Su pelo era negro, tan denso y pesado que el fino cuello parecía incapaz de soportar su peso. Lucía un vestido de satén a la moda inglesa, de profundo escote cuadrado y corpiño ceñido, con lo que sus pechos jóvenes y firmes lucían con gracia. Se apretaba como otra piel a su estrecha cintura, para abrirse luego en amplios pliegues. Un bordado de finas hebras de oro rodeaba el escote y la cintura, descendiendo por la falda.

—¿Cuento con tu aprobación? —preguntó Bronwyn, áspera, aún irritada por la riña que habían mantenido con respecto a ese atuendo inglés. Ella hubiera preferido las ropas típicas de su pueblo, pero Morag la convenció de que usara prendas inglesas, a fin de no dar al enemigo motivos para que se burlara de ella por su «vestimenta de bárbaros», como decían.

La anciana emitió un cloqueo seco.

—Pensaba que ningún hombre te quitará esta noche ese vestido; es una lástima.

—¡Un inglés! —siseó Bronwyn—. ¿Tan pronto lo has olvidado? ¿Se ha desteñido ante tus ojos el rojo de la sangre de mi padre?

—Bien sabes que no —replicó la anciana, con voz serena. La muchacha se sentó pesadamente junto a la ventana, dejando fluir a su alrededor el satén del vestido, y deslizó un dedo a lo largo del bordado. Esa prenda le había costado mucho dinero, dinero que hubiera preferido dedicar a su clan. Pero a su gente no le hubiera gustado pasar vergüenza delante de los ingleses; por eso había comprado vestidos dignos de cualquier reina.

Sólo que ese vestido iba a ser su traje de bodas. Tiró con violencia de una hebra dorada.

—¡Quieta! —ordenó Morag—. No estropees el vestido sólo porque estás enojada con un inglés. Tal vez haya tenido motivos para retrasarse y no llegar a tiempo a su propia boda.

Bronwyn se levantó con presteza, haciendo que Rab acudiera protectoramente.

—¿Qué me importa si ese hombre no aparece jamás? Espero que le hayan cortado el cuello y esté pudriéndose en cualquier zanja.

Morag se encogió de hombros.

—Te buscarían otro marido. ¿Qué importa si éste muere o no? Cuanto antes te cases con tu inglés, antes podremos volver a las tierras altas.

—¡Rápido lo dices! —acusó Bronwyn—. No eres tú la que debe casarse con él y… y…

Los ojuelos negros danzaban.

—¿Y acostarme con él? Con gusto ocuparía tu sitio, si pudiera. ¿Te parece que ese Stephen Montgomery notaría el cambio?

—¿Qué sé yo de Stephen Montgomery, salvo que ha tenido la indecencia de dejarme esperando con mi vestido de boda? Dices que los hombres se ríen de mí. ¡Es el hombre que me han destinado como esposo quien me somete al ridículo! —La muchacha miró la puerta de soslayo—. Si entrara en este momento lo apuñalaría con gusto.

Morag sonrió. Jamie MacArran se habría sentido orgulloso de su hija: aun prisionera conservaba su ánimo y su dignidad. En ese momento permanecía con el mentón en alto y los ojos centelleando dagas de hielo azul.

Bronwyn era de una belleza asombrosa. Su cabellera era tan

negra como una medianoche sin luna en las montañas escocesas; sus ojos, de un azul intenso como el agua de un lago montañés iluminado por el sol. El contraste dejaba sin aliento. Solía ocurrir que la gente, sobre todos los hombres, quedaran enmudecidos al verla por primera vez. Tenía pestañas espesas y oscuras, limpia y suave la tez. El rojo oscuro de los labios coronaba el mentón de su padre: fuerte y de punta cuadrada, ligeramente hendido.

—Si te ocultas en este cuarto dirán que eres cobarde. ¿Qué escocés teme a las burlas de un inglés?

Bronwyn irguió la espalda y echó un vistazo al vestido de color crema. Esa mañana, al vestirse, había creído hacerlo para su boda. Pero ya habían pasado varias horas, sin que el novio se presentara o enviara un mensaje de disculpa.

—Ayúdame a quitarme esto —dijo Bronwyn.

Era conveniente mantener el vestido en buenas condiciones hasta la boda: si no se celebraba ese día, se celebraría en alguna otra fecha. Y tal vez con otro hombre. La idea la hizo sonreír.

—¿Qué estás tramando? —le preguntó Morag, maniobrando sobre su espalda—. Tienes cara de gato que se ha comido la crema.

—Preguntas demasiado. Búscame ese vestido de brocado verde. Si los ingleses piensan que soy una novia llorosa a la que han desdeñado, pronto descubrirán que las escocesas estamos hechas de un material más resistente.

Aunque estaba prisionera desde hacía más de un mes, Bronwyn podía circular libremente por la casa solariega de Sir Thomas Crichton. Podía caminar por la casa y también por los terrenos, si llevaba escolta. La propiedad estaba muy custodiada en todo momento. El rey Enrique había dicho al clan de Bronwyn que, si se efectuaba cualquier intento de rescate, se ejecutaría a la muchacha. Él no quería hacerle daño alguno, pero había decidido poner a un inglés al frente del clan, que días recientes había visto morir a Jamie MacArran y a sus tres jefes. Los escoceses se retiraron, dejando cautiva a su nueva jefa, para planear lo que harían cuando los hombres del rey se atrevieran a darles órdenes.

Bronwyn descendió lentamente las escaleras hasta el salón del piso bajo. Sabía que los hombres de su clan esperaban con paciencia alrededor de la finca, ocultos en la selva de aquella zona fronteriza entre Inglaterra y Escocia, siempre turbulenta.

Por su parte, poco le hubiera importado morir, antes que aceptar al perro inglés designado para casarse con ella, pero su muerte podía provocar tensiones dentro del clan. Jamie Mac-Arran, al designarla su sucesora se proponía casarla con uno de sus tres jefes, pero ninguno de ellos vivía ya. Ella no podía morir sin dejar sucesor; sin duda alguna, eso originaría una sangrienta batalla por su puesto.

—Siempre dije que los Montgomery eran tipos avispados —rió un hombre, a poca distancia de ella; un grueso tapiz la ocultaba a su vista—. Fíjate en el mayor. Se casó con la heredera de Revedoune. Apenas se había enfriado el lecho de bodas cuando alguien asesinó al suegro y él heredó el título de conde y las propiedades.

—Y ahora Stephen sigue los pasos de su hermano. Esa Bronwyn, además de ser hermosa, posee muchas hectáreas de tierras.

—Decid lo que queráis —dijo un tercero, al que le faltaba el brazo izquierdo—, pero yo no envidio a Stephen. Aunque la mujer sea estupenda, ¿durante cuánto tiempo podrá disfrutarla? Perdí este brazo peleando contra esos demonios escoceses. Os digo que son humanos sólo a medias. Se crían aprendiendo sólo a saquear y robar. Y no pelean como hombres, sino como animales. Son un montón de salvajes toscos.

—Y dicen que sus mujeres apestan como diablos —replicó el primero.

—Pues por esa morena Bronwyn podría vivir apretándome la nariz.

Bronwyn dio un paso hacia adelante, con una fiera mueca en los labios. Una mano la sujetó por el brazo. Al girar en redondo se encontró con la cara de un mozo. Era apuesto, de ojos oscuros y boca firme. Los ojos de ambos estaban al mismo nivel.

—Permitidme, señora mía —dijo él en voz baja.

Dio un paso hacia el grupo de hombres. Llevaba ceñidas calzas cubriéndole las fuertes piernas; la chaqueta de terciopelo destacaba la amplitud de sus hombros.

—¿No tenéis nada que hacer, salvo chismorrear como viejas? Habláis de cosas de las que nada sabéis. —Su voz era autoritaria.

Los tres hombres parecieron sobresaltarse.

—Vaya, Roger, ¿qué te pasa? —preguntó uno. Al mirar por encima del hombro de su camarada vio a Bronwyn, cuyos ojos centelleaban de tormentosa furia.

—Creo que Stephen haría bien en volver pronto para custodiar su propiedad —rió uno de los otros.

—¡Salid de aquí si no queréis que desenvaine la espada!

—Dios me libre del genio vivo de los jóvenes —musitó uno, con aire cansado—. Vete con ella. Venid, que afuera se está más fresco. Al aire libre hay más espacio para liberar pasiones.

Cuando los hombres se hubieron ido, Roger se volvió hacia Bronwyn.

—Permítame usted disculparme por mis compatriotas. Esa rudeza es hija de la ignorancia, pero no tienen malas intenciones.

Bronwyn lo fulminó con la mirada.

—Temo que el ignorante es usted: ellos tienen muy malas intenciones. ¿O acaso asesinar escoceses no es pecado?

—¡Protesto! No sea injusta conmigo. He matado a pocos hombres en mi vida y ninguno de ellos era escocés. —El joven hizo una pausa—. ¿Puedo presentarme? Me llamo Roger Chatworth. —Y se quitó la gorra de terciopelo rojo para hacerle una profunda reverencia.

—Y yo soy Bronwyn MacArran, señor, prisionera de los ingleses y ahora también novia desdeñada.

—¿Quiere caminar conmigo por el jardín, Lady Bronwyn? Tal vez el sol alivie la angustia que Stephen le ha causado.

Ella echó a andar a su lado. Al menos él impediría que los guardias le hicieran bromas soeces. Una vez que estuvieron afuera, volvió a hablar.

—Pronuncia usted el nombre de Montgomery como si le conociera.

—¿Y usted no?

La muchacha se volvió hacia él.

—¿Desde cuándo merezco alguna cortesía de vuestro rey inglés? Mi padre me consideró digna de heredar el clan MacArran, pero vuestro rey no me reconoce criterio siquiera para elegir a mi propio esposo. No, no he visto nunca a ese Stephen Montgomery ni sé nada de él. Una mañana se me informó de que debía ser su esposa. Desde entonces, el hombre no se ha dignado siquiera reconocer mi presencia.

Roger la miró arqueando una bella ceja. La hostilidad hacía que los ojos de la muchacha chisporrotearan como diamantes azules.

—Sin duda su retraso ha de tener un motivo.

—Tal vez el motivo es afirmar su autoridad sobre todos los escoceses. Quiere demostrarnos quién manda.

Roger guardó silencio por un momento, como analizando esas palabras.

—Algunos dicen que los Montgomery son arrogantes.

—Dice usted que conoce a este tal Stephen Montgomery. ¿Cómo es? No sé si es alto o bajo, joven o viejo.

Roger se encogió de hombros, como quien pensara en otra cosa.

—Es un hombre como cualquier otro. —Parecía reacio a continuar—. Lady Bronwyn, ¿me haría usted el honor de cabalgar mañana por el parque en mi compañía? Hay un arroyo que cruza las tierras de Sir Thomas. Podríamos llevar algo de merienda.

—¿No teme usted que yo atente contra su vida? Hace más de un mes que no se me permite pisar estas tierras.

Él le sonrió.

—Debe usted saber que hay algunos ingleses de buenos modales, incapaces, digamos, de abandonar a una mujer en el día de su boda.

Bronwyn se puso tiesa al recordar la humillación causada por Stephen Montgomery.

—Me gustaría mucho cabalgar con usted.

Roger Chatworth, sonriente, saludó con la cabeza a un hombre que pasaba junto a ellos por el estrecho sendero del jardín. Su mente funcionaba muy de prisa.

Tres horas después Roger regresaba a sus habitaciones. En el ala este de la casa de Sir Thomas Crichton. Dos semanas antes había llegado a la casa para discutir con su propietario el reclutamiento de algunos jóvenes de la zona. Sir Thomas, preocupado en exceso con el problema de la heredera escocesa, no podía hablar de otra cosa. Ahora Roger comenzaba a pensar que el destino le había llevado hasta allí.

Dio una patada al escabel en el que su dormido escudero tenía apoyados los pies.

—Tengo una tarea para ti —ordenó, mientras se quitaba la chaqueta de terciopelo y la arrojaba a la cama—. Por alguna parte hay un viejo escocés llamado Angus. Tráemelo. Probablemente lo encuentres donde corra la bebida. Y tráeme medio tonel de cerveza. ¿Entiendes?

—Sí, mi señor —respondió el muchacho.

Y salió caminando de espaldas, en tanto se frotaba los ojos soñolientos.

Angus se presentó ya medio borracho. Desempeñaba alguna función en casa de Sir Thomas, pero en general hacía pocas cosas, aparte de beber. Tenía el pelo sucio y enredado, largo hasta los hombros, a la manera escocesa. Usaba una larga camisa de hilo sujeta a la cintura por una banda de cuero, con las piernas desnudas.

Roger echó una breve mirada de disgusto a ese aspecto pagano.

—¿Me buscaba el señor? —preguntó Angus, con suave entonación escocesa.

Sus ojos buscaron el pequeño tonel de cerveza que el escudero estaba entrando en la habitación. Chatworth despidió al muchacho, se sirvió una copa y tomó asiento, indicando con un gesto a Angus que hiciera otro tanto. Cuando el desaliñado hombre estuvo sentado, el caballero comenzó:

—Quiero que me hables de Escocia.

Angus arqueó sus pobladas cejas.

—¿Quiere usted saber dónde se esconde el oro? Somos un pueblo pobre, mi señor, y...

—¡No quiero sermones! Guárdate las mentiras para otros. Quiero saber todo lo que debería saber un hombre para casarse con la jefa de un clan.

Angus le miró fijamente por un instante. Después se cerró la boca con la jarrita de cerveza.

—Un *eponymus*, ¿eh? —murmuró en gaélico—. No es fácil hacerse aceptar por los miembros de un clan.

Roger dio un paso largo hacia él para quitarle el jarrito de cerveza.

—No te he pedido tu opinión. ¿Responderás a mis preguntas o quieres que te arroje a puntapiés escaleras abajo?

Angus contempló aquella vasija fría con ojos desesperados.

—Usted tendría que convertirse en MacArran. —Levantó la vista hacia Roger—. Suponiendo que se refiera a ese clan.

Roger hizo un breve gesto afirmativo.

—Tendría que adoptar el nombre de la jefa del clan para que los hombres le aceptasen. Tendría que vestirse como escocés o se reirán de usted. Debería amar a la tierra y a los escoceses.

Roger bajó la cerveza.

—¿Y la mujer? ¿Qué debo hacer para poseerla?

—Bronwyn se interesa por pocas cosas aparte de su gente. Se hubiera dejado matar antes de casarse con un inglés, pero sabe que eso provocaría guerras dentro del clan. Si usted la convence de que tiene buenas intenciones para con su gente, suya es.

Roger le entregó la bebida.

—Quiero saber más. ¿Qué es un clan? ¿Por qué nombraron jefa a una mujer? ¿Quiénes son los enemigos del clan MacArran?

—Hablar da mucha sed.

—Beberás todo lo que puedas tragar, si me dices lo que necesito saber.

Bronwyn se reunió con Roger Chatworth temprano por la mañana. Pese a sus buenas intenciones, la perspectiva de pasear a caballo por los bosques la tenía tan excitada que apenas había podido dormir. Morag la ayudó a vestirse con un suave traje de terciopelo pardo, sin dejar de pronunciar horrendas advertencias sobre los ingleses que hacían regalos.

—Sólo me interesa el paseo —repitió Bronwyn, testaruda.

—Sí, y ¿qué pequeñez pretenderá ese Chatworth? Bien sabe que vas a casarte con otro.

—¿Estás segura? —le espetó Bronwyn—. ¿Dónde está mi novio, dime? ¿Quieres que me pase otro día entero con el traje de boda, sentada y esperándolo?

—Sería mejor que salir tras un joven conde acalorado.

—¿Qué conde? ¿Roger Chatworth es un conde inglés?

Morag se rehusó a contestar, pero dio un último tirón al vestido antes de sacarla a empujones de la habitación.

Ya montada a caballo, con Rab corriendo a su lado, se sintió viva por primera vez en muchas semanas.

—Las rosas han vuelto a sus mejillas, señora —comentó Roger, riendo.

Ella sonrió a modo de respuesta. La sonrisa le suavizó el mentón y puso brillo a su mirada. Espoleó al caballo para que apretara el paso. Rab, con sus largos saltos, no le perdía el rastro.

Roger se volvió por un momento para echar un vistazo a los hombres que le seguían. Eran tres de su guardia personal, dos escuderos y un caballo de carga sobre cuyo lomo se amontonaban alimentos y vajilla. Después miró a Bronwyn, que se había adelantado. Al notar que la muchacha azuzaba aún más a su cabalgadura, el mozo frunció el ceño. Era una excelente amazona y los bosques, sin duda, estaban llenos de hombres de su clan, todos deseosos de ayudarla a escapar.

Roger levantó una mano para que sus hombres aceleraran la marcha y espoleó a su animal.

Bronwyn puso su caballo casi a galope tendido. El viento en la cabellera, la sensación de libertad, eran estimulantes. Cuando llegó al arroyo iba a toda marcha. No estaba segura de que el caballo supiera saltar, pero lo instó a hacerlo sin tener en cuenta el peligro. El animal voló sobre el agua como si tuviera alas. Ya en la otra orilla, la muchacha lo frenó y se volvió para mirar hacia atrás.

Roger y sus hombres apenas se estaban aproximando al arroyo.

—¡Lady Bronwyn! —gritó Roger—. ¿Está usted bien?

—Desde luego —rió la muchacha. Luego hizo que su caballo vadeara hasta el sitio en donde el caballero la esperaba y se inclinó para dar unas palmaditas en el cuello del animal—. Es un buen corcel. Realizó bien el salto.

Roger desmontó para caminar hacia ella.

—Me ha dado usted un susto horrible. Podría haberse herido.

Ella rió, feliz.

—Rara vez se herirá una escocesa a lomo de caballo.

Roger levantó los brazos para ayudarla a desmontar, pero Rab se interpuso súbitamente, descubriendo los dientes largos y afilados en un profundo gruñido amenazador. Roger retrocedió por instinto.

—¡Rab!

El perro obedeció de inmediato la orden de su dueña y se apartó pero no desvió de Roger la mirada, que tenía un brillo de advertencia.

—Quiere protegerme —explicó la muchacha—. No le gusta que nadie me toque.

—En el futuro lo tendré en cuenta —dijo Roger, cauteloso, mientras le ayudaba a desmontar—. Tal vez quiera usted descansar después de la cabalgata —sugirió.

Hizo sonar los dedos y sus escuderos trajeron dos sillas, tapizadas de terciopelo rojo.

—Mi señora... —ofreció el caballero.

Ella sonrió, maravillada por el contraste de aquellas sillas con los bosques. Bajo sus pies, la hierba era como una alfombra. El arroyuelo tocaba su música. En el momento mismo en que Bronwyn pensaba en eso, uno de los hombres de Roger empezó a tocar un laúd. Ella cerró los ojos durante un instante.

—¿Siente usted nostalgia, mi señora? —preguntó el caballero.

Ella suspiró.

—Como nadie podría imaginarla. Sólo los escoceses de las montañas sabemos lo que significa ser escocés.

—Mi abuela era escocesa. Tal vez eso me permite comprender mejor sus costumbres.

Ella levantó bruscamente la cabeza.

—¡Su abuela! ¿Cómo se llamaba?

—Era una MacPherson de MacAlpin.

Bronwyn sonrió. Resultaba un placer oír otra vez los nombres familiares.

—MacAlpin. Un buen clan.

—Sí, pasé muchas veladas escuchando relatos en las rodillas de mi abuela.

—¿Qué clase de relatos eran? —preguntó ella, cautelosa.

—Se había casado con un inglés y con frecuencia comparaba la cultura de ambos países. Según ella, los escoceses eran más hospitalarios; los hombres no encerraban a sus mujeres en un cuarto, fingiendo que no tenían sentido común, como hacen los ingleses. Decía que los escoceses trataban a sus mujeres como iguales.

—Sí —acordó Bronwyn, en voz baja—. Mi padre me nombró jefa. —Hizo una pausa—. ¿Cómo trataba su abuelo inglés a esa esposa escocesa?

Roger rió entre dientes, como ante algún chiste secreto.

—Mi abuelo pasó un tiempo en Escocia y reconocía en mi abuela a una mujer inteligente. La valoró toda la vida. Nunca tomó una decisión sin consultarla con ella.

—¿Y usted pasó algún tiempo con sus abuelos?

—Casi toda mi vida. Mis padres murieron cuando yo era muy pequeño.

—¿Y qué pensaba de ese modo tan poco inglés de tratar a las mujeres? Ahora que es mayor, sin duda habrá aprendido que las mujeres sólo sirven para el lecho y para parir hijos.

Roger rió en voz alta.

—Si me pasara semejante idea por la cabeza, el fantasma de mi abuela me tiraría de las orejas. No —agregó, más serio—; ella quería casarme con la hija de un primo suyo, pero la niña murió antes de la boda. Yo crecí dándome a mí mismo el apellido MacAlpin.

—¿Cómo? —exclamó ella, sorprendida.

Roger pareció desconcertado.

—En el contrato matrimonial se establecía que yo tomaría el apellido de mi esposa para complacer a su clan.

—¿Y usted lo hubiera hecho? Mencioné a Sir Thomas que mi esposo debía pasar a llamarse MacArran, pero él dijo que era imposible, que ningún inglés renunciaría a un apellido noble y antiguo por un nombre escocés pagano.

Los ojos de Roger despidieron un destello furioso.

—¡Es que no comprenden! ¡Estos malditos ingleses creen que sólo sus costumbres son las correctas! ¡Pero si hasta los franceses…!

—Los franceses son amigos nuestros —interrumpió Bronwyn—. Visitan nuestro país como nosotros Francia. Ellos no destruyen nuestros sembrados ni nos roban el ganado, como los ingleses.

—El ganado. —Roger sonrió—. ¡Qué tema tan interesante! Dígame usted: los MacGregor ¿siguen criando esas bestias gordas?

Bronwyn aspiró con brusquedad.

—El clan MacGregor es nuestro enemigo.

—Cierto, pero ¿no piensa usted que un asado de carne de los MacGregor es más suculento que ningún otro?

Ella se limitó a mirarle fijamente. Los MacGregor y los MacArran eran enemigos desde hacía siglos.

—Claro que las cosas pueden haber cambiado desde que mi abuela, siendo muchacha, vivía en las tierras altas —continuó Roger—. En esos tiempos el deporte favorito de los jóvenes era una rápida incursión para robar ganado.

Bronwyn le sonrió.

—Nada ha cambiado.

Roger se volvió, chascando los dedos.

—¿Quiere usted comer algo, mi señora? Sir Thomas tiene un cocinero francés y nos ha preparado un festín. ¿Conoce usted las granadas?

Ella se limitó a sacudir la cabeza, mirándole con estupefacción, mientras los hombres descargaban las cestas y el escudero de Roger servía la comida en platos de plata. Por primera vez en su vida se le ocurría la idea de que un inglés podía ser humano, podía aprender de buen grado las costumbres escocesas. Aceptó una porción de paté, modelada en forma de rosa, y la puso en una galletita. Los acontecimientos de aquel día eran toda una revelación.

—Dígame, Lord Roger: ¿Qué piensa usted de nuestro sistema de clanes?

Roger se quitó las migajas del chaleco dorado y sonrió para sus adentros. Estaba bien preparado para cualquier pregunta.

Bronwyn se puso de pie en el cuarto en donde había pasado tanto tiempo durante las últimas cuatro semanas. Aún estaba ruborizada y tenía los ojos brillantes por el paseo de la mañana.

—No es como otros hombres —explicó a Morag—. Te digo que pasamos varias horas conversando sin parar. Hasta sabe algunas palabras en gaélico.

—En esta zona no es difícil aprender unas cuantas. Hasta algunos de los de las tierras bajas hablan el gaélico.

Para Morag era el peor de los insultos. Para ella, los de las tierras bajas eran escoceses traidores, más ingleses que de su patria.

—¿Cómo explicas entonces las otras cosas que me ha contado? Su abuela era escocesa. ¡Si hubieras oído sus ideas! Dijo que iba a presentar un petitorio al rey Enrique para que ordenara el fin de las incursiones contra nosotros. Que eso era mejor, para conseguir la paz, que la práctica de capturar escocesas para casarlas contra su voluntad.

Morag contrajo su cara oscura y arrugada hasta hacerla fea como una cáscara de nuez.

—Esta mañana has salido de aquí odiando a todos los ingleses y vuelves arrodillada a los pies de uno. Sólo has oído palabras de ese hombre. No has visto acción. ¿Qué ha hecho para ganarse tu confianza?

Bronwyn se sentó pesadamente junto a la ventana.

—¿No te das cuenta? Sólo quiero lo mejor para mi gente. Si estoy obligada a casarme con un inglés, al menos que sea con uno que es escocés en parte, tanto por su sangre como por su mente.

—¡No puedes elegir esposo! —replicó Morag, feroz—. ¿No comprendes que eres una presa estupenda? Los mozos son capaces de decir cualquier cosa con tal de meterse bajo las faldas de una mujer bonita. Y si esas faldas están bordadas de perlas son capaces de matar para conseguirlas.

—¿Insinúas que Lord Roger miente?

—¿Cómo quieres que lo sepa? Sólo le conozco de vista. En cambio no sé nada de Stephen Montgomery. ¿Acaso no podría ser hijo de una escocesa? Quizá se presente con un tartán cruzado al hombro y un puñal en la cintura.

—No abrigo muchas esperanzas —suspiró Bronwyn—. Si me presentaran a mil ingleses, ninguno de ellos entendería a mi clan como lo entiende Roger Chatworth. —Se levantó—. Pero tienes razón. Debo ser paciente. Tal vez este hombre, Montgomery, sea algo único, un hombre comprensivo que crea en los escoceses.

—Espero que no te ilusiones demasiado —advirtió Morag—. Espero que ese Chatworth no te haya ilusionado en exceso.

2

Stephen había viajado a todo galope durante el día entero y hasta bien entrada la noche. Cuando llegó a la casa de Sir Thomas, en la frontera, hacía ya tiempo que las carretas y sus sirvientes habían quedado atrás. Sólo su custodia personal se las componía para seguirle el paso. Pocas horas antes, al encontrarse con una tormenta y un río a punto de desbordarse, el joven había continuado la marcha entre el lodo. El grupo que frenó a los caballos en el patio estaba cubierto de barro. La rama de un árbol había golpeado a Stephen en un ojo; la sangre seca le daba un aspecto hinchado y grotesco.

Desmontó de prisa y arrojó las riendas a su exhausto escudero. La gran casa solariega estaba iluminada por una gran cantidad de velas; en el aire flotaba la música.

Stephen se detuvo por un momento, de puertas adentro, para acostumbrar la vista a la luz.

—¡Stephen! —exclamó Sir Thomas, adelantándose a su encuentro—. ¡Estábamos preocupados por ti! Por la mañana iba a enviar a un grupo de hombres en tu busca.

Un hombre se acercó tras el anciano y gotoso caballero.

—Conque éste es el novio perdido —sonrió, mirando a Stephen de arriba abajo, sin pasar por alto sus ropas mugrientas y desgarradas—. No todos estábamos tan preocupados, Sir Thomas.

—Sí —rió alguien más—. El joven Chatworth parece haberlo pasado muy bien con su tardanza.

Sir Thomas puso una mano en el hombro de Stephen y lo guió hacia un cuarto que daba al vestíbulo.

—Pasa, pasa, muchacho. Necesitamos tiempo para conversar.

Aquél era un cuarto amplio, con paneles de roble tallados en forma de pliegues. Contra una pared se veía una hilera de libros sobre una larga mesa de caballete. Completaban el escaso mobiliario cuatro sillones instalados ante una gran chimenea, donde las llamas bajas ardían alegremente.

—¿Qué es eso de Chatworth? —preguntó Stephen de inmediato.

—Antes que nada, siéntate. Pareces exhausto. ¿Quieres algo de comer? ¿Vino?

Stephen sacó el almohadón de una silla de nogal y se sentó con gratitud.

—Lamento haber llegado tarde —dijo, tomando el vino que Sir Thomas le ofrecía—. Mi cuñada sufrió una caída y perdió el niño que esperaba. Estuvo a punto de morir. Ni siquiera pensé en la fecha; cuando caí en la cuenta ya llevaba tres días de retraso. He viajado a todo galope hasta llegar aquí.

Se quitó un trozo de barro seco del cuello y lo arrojó al hogar. Sir Thomas hizo un gesto afirmativo.

—Se nota por tu aspecto. Si no se me hubiera anunciado que te aproximabas con el estandarte que luce los leopardos de los Montgomery, jamás hubiera podido reconocerte. Ese corte que tienes en el ojo ¿es tan malo como parece?

Stephen se tocó el sitio, distraído.

—Es casi todo sangre seca. Venía demasiado a prisa como para que me chorreara por la cara —bromeó.

Sir Thomas se sentó, riendo.

—Me alegro de volver a verte. ¿Cómo están tus hermanos?

—Gavin se casó con la hija de Robert Revedoune.

—¿De Revedoune? Hay dinero en ese enlace.

Stephen, con una sonrisa, se dijo que el dinero era lo que menos importaba a Gavin respecto a su esposa.

—Raine sigue con sus absurdas ideas sobre el tratamiento de los siervos.

—¿Y Miles?

Stephen tragó el resto de su vino.

—Miles nos obsequió con otro hijo bastardo hace apenas una semana. Con éste van tres... o cuatro; ya he perdido la cuenta. Si mi hermano fuera semental nos haría ricos.

Sir Thomas, riendo, volvió a llenar las dos copas de metal. El joven levantó la suya mientras le observaba. Sir Thomas había sido amigo de su padre: una especie de tío honorario que les llevaba regalos traídos de sus muchos viajes por el extranjero; veintiséis años antes había asistido al bautismo de Stephen.

—Ahora que hemos terminado con eso —dijo, con lentitud—, tal vez quiera usted revelarme lo que me está ocultando.

El anciano rió entre dientes; fue un ruido grave y delicado, que brotaba del fondo de su garganta.

—Me conoces demasiado bien. En realidad no es nada: una simple molestia sin gravedad. Roger Chatworth ha pasado mucho tiempo con tu novia. Eso es todo.

Stephen se levantó lentamente para acercarse al fuego. De sus ropas caían trocitos de barro a cada movimiento. Sir Thomas no podía adivinar lo que el nombre de Chatworth representaba para el muchacho. Alice Valence había sido, durante años, la amante de su hermano mayor. Aunque Gavin le proponía matrimonio con insistencia, ella prefirió desposarse con el adinerado Edmund Chatworth. Poco después de la boda, Edmund fue asesinado y Alice reapareció en la vida de Gavin, ya por entonces casado. Era una mujer traicionera: se había metido en la cama de Gavin, aprovechando el aturdimiento de su borrachera y con todo arreglado para que Judith los viera juntos. La joven esposa, en su tormento, había caído por la escalera, perdiendo a su niño con grave peligro de su propia vida.

Roger Chatworth era el cuñado de Alice; la mera mención de su nombre hizo que a Stephen le rechinaran los dientes.

—Sin duda hay algo más que eso —dijo, al fin.

—Anoche Bronwyn insinuó que quizá prefiriera casarse con Roger y no con alguien que se mostraba tan... descortés.

Stephen, sonriente, volvió a la silla.

—¿Y cómo ha tomado Roger todo esto?

—Parece de acuerdo. Pasea a caballo con ella todas las mañanas; por la noche la acompaña a la mesa y pasa su tiempo conversando con ella en el jardín.

El muchacho se bebió el resto del vino. Comenzaba a relajarse.

—Bien se sabe que los Chatworth son una pandilla de codiciosos, pero no sabía que lo fueran hasta ese punto. Ha de estar muy hambriento para soportar la compañía de esa mujer.

—¿Soportar? —repitió Sir Thomas, sorprendido.

—No hay motivo para disimular. Me han contado que, cuando la rodearon, ella luchó cómo un hombre; peor aún, sé que su propio padre la consideraba tan hombre que la nombró sucesora. Casi compadezco al pobre Roger. Casarse con esa horrible mujer sería su merecido castigo.

Sir Thomas le miraba con la boca abierta; poco a poco le fueron chisporroteando los ojos.

—Conque es una mujer horrible —musitó, riendo por lo bajo.

—¿Qué otra cosa puede ser? No olvide usted que he pasado algún tiempo en Escocia. Nunca he tropezado con gente más salvaje. Pero ¿qué podía yo decir al rey Enrique, si él creía ofrecerme una recompensa con ese matrimonio? Si me hago a un lado y dejo que Roger se quede con ella, estará en deuda conmigo para siempre. Y entonces podré casarme con alguna dulce mujercita que no me pida prestada la armadura. —Sonrió—. Sí, creo que es lo que voy a hacer.

—Estoy de acuerdo —afirmó Sir Thomas—. Bronwyn es horrible, de verdad. No dudo que Roger sólo se interese por sus tierras. Pero aunque sólo sea para estar en situación de decir al rey que has actuado con justicia, ¿por qué no te entrevistas con ella? Sucio como estás, te echará un vistazo y se negará a casarse contigo.

—Sí —sonrió Stephen. Sus blancos dientes acentuaban, por contraste, la mugre que traía—. Así ambos podremos revelar a Roger nuestra decisión mañana mismo. Y yo podré volver a casa. Sí, Sir Thomas. Estupenda idea.

Los ojos del anciano tenían un brillo juvenil; poco les faltaba para bailar.

—Das muestras de una sabiduría muy poco habitual a tu edad. Espera aquí. Haré que traigan a tu prometida por la escalera de atrás.

Stephen emitió un grave silbido.

—Por la escalera de atrás… Ha de ser peor de lo que imagino.

—Ya verás, muchacho, ya verás —dijo Sir Thomas, en tanto abandonaba la habitación.

Bronwyn, hundida en una tina de agua caliente hasta la barbilla, con los ojos cerrados, pensaba en volver a su patria con Roger. Ambos compartían el liderazgo de su clan. Era una imagen que evocaba con creciente frecuencia desde hacía algunos días. Roger era el único inglés que le resultaba comprensible. Cada día que transcurría parecía saber más sobre los escoceses.

La entrada de Morag le hizo abrir los ojos.

—Ha llegado —anunció la mujer.

—¿Quién? —preguntó Bronwyn, terca, aunque sabía exactamente a quién se refería la anciana.

Morag pasó por alto la pregunta.

—Está conversando con Sir Thomas, pero sin duda te llamarán dentro de algunos minutos. Anda, sal del agua y vístete. Puedes ponerte el vestido azul.

La muchacha recostó la cabeza.

—No he terminado de bañarme y no tengo intenciones de bajar a verle sólo porque se ha molestado en hacer su aparición. Si me ha tenido esperando cuatro días enteros, bien puede hacerlo cinco para verme.

—No seas niña. El mozo de cuadra dijo que los caballos habían sido exigidos hasta casi reventar. Es evidente que ha tratado de llegar cuanto antes.

—O que acostumbra maltratar a sus animales.

—¡Mira que aún estás en edad de recibir una zurra! Sal de esa bañera si no quieres que te arroje un cántaro de agua fría a la cabeza.

Antes de que Morag pudiera reaccionar, la puerta volvió a abrirse con brusquedad, dando paso a dos guardias.

—¡Cómo os atrevéis! —chilló Bronwyn, hundiéndose un poco más en el agua.

De inmediato Rab, que estaba al pie de la tina, se preparó para atacar.

Los hombres apenas pudieron echar un vistazo a la muchacha antes de que los voltearan cincuenta kilos de perro, gruñidos y dientes afilados.

Morag cogió de un manotazo la fina camisa de Bronwyn y se la arrojó. Ella, de pie en la tina, se la puso apresuradamente sobre el cuerpo mojado; el ruedo tocaba el agua. En tanto salía de la bañera tomó el tartán de lana que la vieja le entregaba.

—¡Quieto, Rab! —ordenó.

El galgo obedeció de inmediato y fue a ponerse a su lado. Los guardias se levantaron poco a poco, frotándose las muñecas y los hombros, mordisqueados por Rab. No sabían que el perro sólo mataba ante una orden directa de Bronwyn; de lo contrario la protegía sin causar daños irreparables. Los hombres, que habían visto subir la tina a la habitación de la joven, habían tomado las órdenes de Sir Thomas como una invitación a contemplar el baño, pero ahora estaba envuelta de pies a cabeza en una de esas mantas a cuadros. No se veía siquiera el contorno de su cuerpo; sólo su cara y sus ojos, brillantes de humor.

—¿Qué buscáis? —preguntó ella, con voz risueña.

—Se le ordena bajar al estudio de Sir Thomas —respondió uno de los hombres, ceñudo—. Y si ese perro vuelve a…

Ella le cortó secamente.

—Si alguien vuelve a entrar en mi habitación sin permiso, haré que Rab le degüelle. Vamos. Guiadme.

Los guardias miraron a la muchacha y al enorme galgo. Por fin giraron en redondo y Bronwyn los siguió por la escalera, con la cabeza erguida. No revelaría ante nadie su enojo por el trato que recibía de ese tal Stephen Montgomery. Llegaba con cuatro días de retraso, después de haber faltado a su boda, y de inmediato la hacía arrastrar a su presencia como si fuera una sirvienta en falta.

Ya dentro del estudio, Bronwyn paseó la mirada entre Sir Thomas y el hombre que estaba de pie ante el fuego. Era alto, pero estaba increíblemente sucio. De su cara nada podía decirse, salvo que parecía hinchada en un lado. ¿Sería una dolencia permanente?

De pronto uno de los guardias ideó el modo de cobrarse la pesada broma sufrida. Tomó un extremo del largo tartán y dio a la muchacha un fuerte empellón. Ella cayó hacia adelante, mientras el hombre tiraba de la manta.

—¡Oye! —vociferó Sir Thomas. ¡Fuera de mi vista! ¡Cómo te atreves a tratar así a una dama! Si para el amanecer se te encuentra en cincuenta kilómetros a la redonda, te haré ahorcar.

Los dos guardias giraron en redondo y abandonaron apresuradamente la habitación, mientras Sir Thomas se agachaba para levantar la prenda.

Bronwyn, aturdida sólo durante un instante, se incorporó de inmediato. La fina camisa se adhería a su cuerpo húmedo, como si estuviera desnuda. Trató de cubrirse con las manos, pero en ese momento vio a Stephen. Ya no estaba despreocupadamente apoyado contra el hogar, sino que la miraba fijamente, boquiabierto de incredulidad y con los ojos muy dilatados; sólo faltaba que le asomara la lengua.

Ella frunció los labios, pero el mozo ni siquiera se dio cuenta. Sólo veía lo que había del cuello hacia abajo. Ella puso los brazos pegados al cuerpo y lo fulminó con la mirada.

El tiempo pareció alargarse de modo extraordinario hasta que Sir Thomas le colocó suavemente la manta sobre los hombros. Ella se envolvió enérgicamente en la prenda.

—Bueno, Stephen, ¿no saludas a tu novia?

El muchacho parpadeó varias veces antes de recobrarse. Entonces caminó hacia ella con lentitud.

Aunque Bronwyn era alta, tuvo que levantar la vista para mirarle a los ojos. Aquella luz mortecina le confería aún peor aspecto, pues provocaba sombras fantasmagóricas de barro y sangre seca en su cara.

Él recogió uno de los rizos que le tocaban el seno y lo palpó entre los dedos.

—¿No se equivoca usted, Sir Thomas? —preguntó en voz baja, sin apartar los ojos de ella—. ¿Es ésta la jefa del Clan MacArran.

Bronwyn dio un paso atrás.

—Tengo lengua y cerebro propios. No necesitas hablar como si yo no estuviera aquí. Soy la MacArran de MacArran y he jurado odiar a todos los ingleses, sobre todo a los que nos insultan, a mi clan y a mí, presentándose tarde y sin bañarse. —Se volvió hacia Sir Thomas—. Lo siento, pero estoy muy fatigada. Me gustaría que se me disculpase, si una pobre prisionera puede solicitar tan enorme favor.

Sir Thomas frunció el ceño.

—Ahora Stephen es su amo, señora.

Ella giró en redondo para encararlo con una mirada abrasadora. Por fin abandonó el cuarto sin su permiso.

El anciano se volvió hacia Stephen.

—Temo que le faltan modales. Estos escoceses deberían aplicar mano firme a sus mujeres con más frecuencia. Pero a pesar de su lengua hiriente, ¿todavía opinas que es horrible?

Stephen aún tenía la vista clavada en la puerta por la que Bronwyn acababa de salir. Una imagen de ella bailaba ante sus ojos: un cuerpo que sólo existía en sueños, pelo negro y pupilas de zafiro. Ese mentón se había erguido hacia él hasta hacerle arder en deseos de besarlo. La muchacha tenía los pechos firmes y duros contra la tela mojada, adherente; la cintura, pequeña y firme, las caderas y los muslos, redondos, impúdicos, tentadores.

—¡Stephen!

El mozo estuvo a punto de caerse en la silla.

—Si hubiera sabido… —susurró— …si hubiera tenido la menor idea, habría venido hace varias semanas, cuando el rey Enrique me la dio en matrimonio.

—Eso significa que cuenta con tu aprobación.

Él se pasó una mano por los ojos.

—Creo que estoy soñando. Ninguna mujer puede tener ese aspecto y estar viva. Soy víctima de alguna triquiñuela. ¿Planea usted reemplazar a esta mujer por la verdadera Bronwyn MacArran el día de la boda?

—Te aseguro que ésta es la verdadera. ¿Por qué crees que la hago custodiar tan de cerca? Mis hombres parecen perros a punto de pelear por ella en cualquier momento. Circulan por ahí, repitiendo anécdotas sobre lo traicioneros que son los escoceses, pero la verdad es que cada uno de ellos se ha ofrecido generosamente a ocupar tu sitio en la cama de la muchacha.

Stephen frunció los labios.

—Pero usted los mantiene apartados.

—No ha sido fácil.

—¿Y qué pasa con Charworth? ¿Ha ocupado mi lugar junto a mi esposa?

Sir Thomas rió entre dientes.

—Pareces celoso, pero hace un instante estabas dispuesto a cedérsela. No, Roger no ha pasado un solo momento con ella sin la debida compañía. Ella es una amazona excelente; el caballero no se atreve a pasear solo con la muchacha por miedo a que huya con sus escoceses.

Stephen resopló, burlón.

—Antes bien, yo diría que el apellido Chatworth tiene demasiados enemigos como para que él se atreva a pasear solo. —Se levantó—. Debería usted mantenerla encerrada bajo llave y no permitirle pasear con ningún hombre.

—No soy tan viejo que pueda resistirme a una cara como la de Lady Bronwyn. Basta con que ella me pida algo para que yo se lo dé.

—Ahora está bajo mi responsabilidad. ¿Ocuparé nuevamente el cuarto del sudeste? ¿Podría usted hacerme subir una tina y algo de comer? Mañana no volverá a sentirse insultada por mi presencia.

Sir Thomas sonrió ante la tranquila seguridad de Stephen. Aquello prometía ser entretenido.

Cuando el temprano sol cayó en su cuarto, Bronwyn estaba ya de pie junto a la mesa, con una nota en la mano y una arruga cruzándole la frente. Lucía un traje de terciopelo de color azul iridiscente, con amplias mangas abiertas a trechos; por las aberturas asomaba el forro de seda verde claro. La falda también estaba abierta por delante para mostrar la misma seda.

Se volvió hacia Morag.

—Me pide que me reúna con él en el jardín.

—Estás bastante presentable.

Bronwyn arrugó la nota en la mano. Todavía estaba furiosa por el modo en que él había exigido su presencia, la noche anterior. Y ahora, por la mañana, no ofrecía explicaciones ni disculpas por su conducta o su retraso. Se limitaba a exigir que ella hiciera exactamente lo que él deseaba.

Miró a la criada que aguardaba su respuesta.

—Di a Lord Stephen que no me reuniré con él.

—¿No, mi señora? ¿Se siente usted mal?

—Me siento muy bien. Entrega mi mensaje tal como te lo he dicho. Luego irás en busca de Roger Chatworth; dile que le espero en el jardín dentro de diez minutos.

La muchacha se retiró con los ojos dilatados.

—Te convendría hacer las paces con tu esposo —advirtió Morag—. Nada ganarás enojándole.

—¡Mi esposo, mi esposo! ¡No oigo hablar de otra cosa! Todavía no es mi esposo. ¿Debo correr a su encuentro cuando me ha ignorado en todos estos días? Soy el hazmerreír de todos en esta casa por culpa suya, pero debo arrojarme a sus pies como esposa obediente en cuanto se le ocurre aparecer. No quiero darle la impresión de que soy una mujer dócil y cobarde. Quiero hacerle saber que le odio, tal como odio a todos los de su clase.

—¿Y el joven Chatworth? También es inglés.

Bronwyn sonrió.

—Al menos es escocés en parte. Quizá pueda llevarle a las tierras altas para hacer de él un escocés completo. Vamos, Rab; tenemos una cita.

—Buenos días, Stephen —saludó Sir Thomas. Era una mañana encantadora, de sol brillante; una breve lluvia, la noche anterior, había refrescado el aire, que se perfumaba con la esencia de las rosas—. Se te ve mucho mejor que ayer.

Stephen lucía una chaqueta corta, de color pardo intenso, que destacaba la amplitud de sus hombros y de su pecho. Las calzas exhibían cada curva musculosa de sus poderosos muslos. El pelo, rubio oscuro, se curvaba a lo largo del cuello. Los ojos chisporroteaban sobre su fuerte mandíbula. Era extraordinariamente apuesto.

—Se niega a verme —dijo, sin rodeos.

—Te dije que no tenía buenos modales.

Stephen levantó bruscamente la cabeza: Bronwyn se acercaba hacia ellos. Tardó en ver que Roger la acompañaba, pues no tenía ojos más que para ella. El pelo denso y grueso le caía contra la espalda, sin ataduras, descubierto. La luz del sol se reflejaba en él, dándole brillos dorados. El azul de su vestido repetía el de sus ojos. Su mentón era tan terco por la mañana como lo había sido por la noche.

—Buenos días —saludó Roger en voz baja, mientras ambos se detenían durante un instante.

Bronwyn hizo un ademán de cabeza a Sir Thomas, pero sus ojos se fijaron en Stephen: no le reconoció. Su único pensamiento fue que nunca había visto a un hombre con unos ojos como ésos. Parecían atravesarla. Le costó apartar la vista para continuar su camino.

Cuando Stephen se recobró al punto de darse cuenta de que Roger Chatworth caminaba junto a su prometida, lanzó un rugido grave y dio un paso adelante. Sir Thomas le sujetó por un brazo.

—No te arrojes contra él de ese modo. Roger no querrá nada mejor que una pelea. Lo mismo que Bronwyn, sin duda.

—¡Pues voy a darles gusto!

—¡Escúchame, Stephen! Has ofendido a la muchacha. Te retrasaste sin enviar siquiera recado. Es una mujer orgullosa, más de lo que conviene a una mujer. Es culpa de su padre, por haberla nombrado heredera. Dale tiempo. Mañana la llevarás a pasear y conversarás con ella, es muy inteligente.

Stephen, más tranquilo, retiró la mano de la empuñadura de su espada.

—¿Conversar con ella? ¿Cómo conversar con una mujer tan hermosa? Anoche apenas pude dormir, perseguido por su imagen. La llevaré a pasear, sí, pero difícilmente el paseo termine como usted piensa.

—Tu boda está fijada para pasado mañana. Deja virgen a la niña hasta entonces.

Él se encogió de hombros.

—Es mía. Haré lo que me plazca.

Sir Thomas meneó la cabeza ante tanta arrogancia.

—Ven a echar un vistazo a mis nuevos halcones.

—Judith, mi cuñada, ha ideado un cebo nuevo para los de Gavin. ¿Quiere usted que se los muestre?

Abandonaron el jardín rumbo a las caballerizas.

Bronwyn, que caminaba con Roger, no dejaba de buscar con la vista al hombre a quien había conocido la noche anterior. El único desconocido parecía ser el que acompañaba a Sir Thomas. Los demás eran los de siempre, los que la miraban fijamente y reían de un modo insultante al verla pasar. Pero ninguno de ellos se parecía al hombre feo y mugriento ante el cual la habían arrastrado la noche anterior. En cierta oportunidad echó un vistazo por encima del hombro: tanto Sir Thomas como su acompañante se habían ido. Los ojos del hombre no se le borraban de la memoria. Le daban deseos de huirle, pero también le impedían hacerlo. Parpadeó para aclarar la vista y se volvió hacia alguien menos peligroso: Roger, cuyos ojos sonreían con bondad y no la alteraban en absoluto.

—Dígame usted, Lord Roger: ¿Qué más puede contarme sobre Stephen Montgomery? Que es feo ya lo sé.

Roger quedó sorprendido. Nunca hubiera imaginado que una mujer pudiera considerar feo a Stephen Montgomery. Sonrió.

—En otros tiempos los Montgomery eran ricos, pero disgustaron a un rey por su arrogancia y él se apoderó de sus riquezas.

Ella frunció el ceño.

—Por eso ahora se casan con mujeres de fortuna.

—Las más adineradas que puedan hallar —enfatizó él.

Bronwyn pensó en los hombres que habían muerto con su padre. Ella habría debido elegir a uno como esposo. De ese modo se habría casado con un hombre que la amara, que quisiera algo aparte de sus tierras.

Morag retiró un cántaro de agua del pozo, sin apartar la vista del joven silencioso que se apoyaba contra el muro del jardín. En los últimos días, la anciana no se apartaba mucho de su pupila, aunque Bronwyn rara vez notase su presencia. No le gustaba el modo en que la muchacha se exhibía con ese tal Roger Chatworth. Tampoco le gustaba Chatworth. ¿Cómo podía un hombre cortejar a una mujer pocos días antes de que ella se casara con otro?

Morag había escuchado las protestas de Bronwyn después de su encuentro con Stephen Montgomery; que el hombre era un idiota baboso y lascivo, con quien ella no se casaría jamás; que era repulsivo y vil.

La anciana dejó el cántaro de agua en el suelo. Llevaba casi una hora observando al joven de ojos azules que no despegaba la vista de Bronwyn, mientras la muchacha cantaba al compás del laúd de Roger. El desconocido apenas parpadeaba. No hacía sino observarla.

—Conque eres tú quien va a casarse con ella —dijo Morag, en voz alta.

Stephen apartó la vista de la escena con cierta dificultad. Miró a la vieja de pies a cabeza y sonrió.

—¿Cómo lo sabes?

—Por el modo en que la miras, como si ya fuera tuya.

Él se echó a reír.

—Ella dijo que eras feo como ninguno.

Los ojos de Stephen chisporrotearon.

—¿Y tú qué piensas?

—Que puedes pasar —gruñó Morag—. Pero no pienses que voy a halagarte.

—Ahora que me has puesto en mi lugar, tal vez quieras decirme quién eres. Por tu acento adivino que eres escocesa, como mi Bronwyn.

—Soy Morag, de MacArran.

—¿La doncella de Bronwyn?

La espalda de la anciana se puso tiesa.

—Te convendría aprender que en Escocia somos libres. Hago lo que puedo para ganarme el pan. ¿Por qué no te presentaste a la boda?

El muchacho volvió la mirada hacia Bronwyn.

—Porque mi cuñada estaba muy enferma. No pude partir hasta estar seguro de que sobreviviría.

—¿Y tampoco pudiste enviar un mensaje?

Stephen la miró con aire culpable.

—Me olvidé. Estaba tan preocupado por Judith que me olvidé.

La vieja se rió jocosamente. Ese alto caballero la estaba conquistando.

—Has de ser buen hombre, si te preocupas tanto por otra persona que te olvidas de atender tus intereses.

A él le chisporrotearon los ojos.

—Claro que entonces no tenía idea de cómo era tu ama.

La mujer volvió a reír.

—Eres un muchacho bueno y sincero… teniendo en cuenta que eres inglés. Vamos adentro y tomaremos un poco de whisky. ¿O tienes miedo de tomar whisky tan temprano?

Él le ofreció el brazo.

—Tal vez consiga emborracharte para que me hables de Bronwyn.

El carcajeo de Morag resonó por el jardín.

—En otros tiempos, mocito, los hombres querían emborracharme por otros motivos.

Y juntos entraron en la casa.

Aquella risa hizo fruncir el ceño a Bronwyn. Durante todo ese tiempo había tenido demasiada conciencia de que el hombre la miraba con una fijeza inquietante. Algunas miradas ocasionales le permitieron ver que él denotaba desenvoltura, gracia, potencia y una fuerza dominada con facilidad. El hecho de que Morag conversara tan íntimamente con él la inquietó aún más. La anciana no solía entenderse con los hombres, mucho menos con los ingleses. ¿Cómo era posible que aquél la hubiera conquistado con tanta facilidad?

—¿Quién es el hombre que habla con Morag?

Roger frunció el ceño.

—¿No le conoce usted? Es Stephen.

La muchacha siguió con la vista la silueta que se retiraba, ofreciendo el brazo a la arrugada mujer. La cabeza de Morag le llegaba apenas al codo.

De pronto Bronwyn se sintió más insultada aún. ¿Qué clase de hombre era capaz de hacerse a un lado mientras otro cortejaba a su prometida, sin siquiera dirigirle la palabra, aun estando a pocos metros de distancia?

—¿Hay algo que la inquiete, Lady Bronwyn? —preguntó Roger, que la observaba con atención.

—No —sonrió ella—, absolutamente nada. Siga tocando, por favor.

Estaba anocheciendo cuando Bronwyn se reencontró con Morag. El sol poniente dejaba la habitación en penumbra.

Rab permanecía junto a su ama, que se peinaba la larga cabellera.

—Así que esta tarde has tenido visitas —comentó, como si no tuviera importancia.

La vieja se encogió de hombros.

—¿Conversasteis de algo interesante?

El gesto se repitió.

Bronwyn dejó el peine para acercarse a Morag, que estaba sentada junto a la ventana.

—¿Quieres contestarme?

—No seas entrometida. ¿Desde cuándo tengo que rendir cuenta de mis conversaciones privadas?

—Has vuelto a beber por la tarde. Se huele.

Morag sonrió con toda la cara.

—Ese muchacho sabe resistir el whisky. Apuesto a que sería capaz de beber con un escocés hasta hacerle caer bajo la mesa.

—¿De quién hablas? —acusó Bronwyn.

La otra la miró con astucia.

—Caramba, de tu esposo, desde luego. ¿Sobre qué otro puedes importunarme con tus preguntas?

—¡Pues no estoy...! —Bronwyn se tranquilizó—. No es mi esposo. Ni siquiera se molesta en dirigirme la palabra, después de no presentarse a la boda.

—Conque eso es lo que te molesta. Ya suponía yo que nos habías visto juntos. ¿Querías fastidiarlo paseando con el joven Chatworth?

Bronwyn no respondió.

—¡Ya lo imaginaba! Pues ve sabiendo que Stephen Montgomery no está habituado a que las mujeres le fastidien. Si decide casarse contigo, después del comportamiento que has tenido con Chatworth, puedes considerarte muy afortunada.

—¡Afortunada! —logró balbucear la muchacha. Si Morag pronunciaba una palabra más acabaría por retorcerle el cuello—. Vamos, Rab —ordenó.

Y abandonó el cuarto para bajar apresuradamente por la escalera al jardín. Afuera ya estaba oscuro; la luna brillaba sobre árboles y setos. Caminó un trecho por los senderos y acabó sentándose en un banco de piedra, frente a un muro bajo. ¡Cuánto deseaba volver a su casa, alejarse de esos extranjeros, quitarse esas ropas extrañas, dejar atrás a esos forasteros que la miraban como a botín de guerra!

De pronto Rab se incorporó con un gruñido de advertencia.

—¿Quién anda allí? —preguntó la muchacha.

Un hombre se adelantó.

—Stephen Montgomery —dijo, en voz baja. A la luz de la luna parecía aún más corpulento—. ¿Puedo sentarme a tu lado?

—¿Por qué no? ¿Acaso importa mi opinión cuando se trata de los ingleses?

Stephen se sentó a su lado, mientras ella dominaba a Rab con un simple gesto de la mano, y se reclinó contra la pared, estirando las largas piernas. Bronwyn se apartó hacia el borde del banco.

—Si sigues apartándote acabarás cayéndote.

Ella se puso tiesa.

—Di lo que quieras y acabemos.

—No tengo nada que decir —respondió él, desenvuelto.

—Pues con Morag parecías tener mucho de que conversar.

Él sonrió. La luz de la luna se reflejó en sus dientes blancos y parejos.

—Esa mujer trató de emborracharme.

—¿Y ha tenido éxito?

—Quien se ha criado con tres hermanos varones sabe beber.

—¿No hicisteis más que beber? ¿Sin conversar?

Stephen guardó silencio durante un instante.

—¿Por qué te muestras tan hostil conmigo? —preguntó él al fin.

Ella se levantó con presteza.

—¿Pretendías que te recibiera con los brazos abiertos? Estuve seis horas vestida para mi boda, esperando que llegaras. He visto a toda mi familia masacrada por los ingleses, pero se me ordena casarme con uno de ellos. Luego se me trata como si no existiera. Y ahora, en vez de pedir disculpas, me preguntas por qué soy hostil.

Le volvió la espalda y echó a andar hacia la casa, pero él la tomó por un brazo para hacerla volverse hacia él. Bronwyn no estaba habituada a que los hombres fueran más altos que ella.

—Si te pido disculpas, ¿me perdonarás?

Su voz era grave y profunda, como plata líquida a la luz de la luna Era la primera vez que la tocaba, que estaba tan cerca de ella. Le tomó las muñecas y deslizó las manos por sus brazos, aferrando la carne bajo la seda y el terciopelo.

—El rey Enrique sólo quiere la paz —dijo—. Piensa que, si pone a un inglés en medio de los escoceses, ellos podrán comprender que no somos tan malos.

Bronwyn le miró. El corazón le latía con fuerza. Quería apartarse de ese hombre, pero el cuerpo no le obedecía.

—Tu vanidad es alarmante. A juzgar por tu falta de buenos modales, mis escoceses pensarán que sois peores de lo que temían.

Stephen rió suavemente, pero era evidente que no le prestaba mucha atención. Adelantó la mano izquierda para tocarle el cuello. Bronwyn trató de liberarse.

—¡No me toques! ¡No tienes derecho a manosearme… ni a reírte de mí!

Stephen no se molestó en liberarla.

—Eres deliciosa. Sólo pienso que, si no me hubiera retrasado, en este mismo instante podría llevarte a mi habitación. ¿No te gustaría olvidar el día que falta para subir ahora conmigo?

Ella lanzó una exclamación de horror y Rab gruñó con aire amenazante. Mientras Bronwyn se liberaba con una brusca torsión de las manos que la sujetaban, Rab se interpuso entre su dueña y el hombre que la tocaba.

—¿Cómo te atreves? —protestó ella, apretando los dientes—. Puedes estar agradecido de que no te haga atacar por Rab por insultarme así.

Stephen emitió una risa estupefacta.

—El perro sabe apreciar la vida.

Dio un paso hacia la muchacha y Rab gruñó con más potencia.

—No te acerques más —advirtió la joven.

Él la miró, desconcertado, y levantó las manos en un gesto de súplica.

—No era mi intención insultarte, Bronwyn. Yo…

—¿Puedo serle útil, Lady Bronwyn? —preguntó Roger Chatworth, surgiendo de entre las sombras de los setos.

—¿Has tomado la costumbre de acechar entre las sombras, Chatworth? —le espetó Stephen.

El otro se mostraba tranquilo y sonriente.

—Prefiero decir que he tomado la costumbre de socorrer a las damas en apuros. —Se volvió hacia ella con el brazo extendido—. ¿La escolto a sus habitaciones, señora?

—¡Te lo advierto, Chatworth...!

—¡Basta! ¡Basta, vosotros! —protestó Bronwyn, disgustada por esa pelea infantil—. Gracias por su amabilidad, Roger, pero no necesito más escolta que la de Rab. —Se volvió hacia Stephen con una mirada de hielo—. En cuanto a usted, señor, agradezco que me diera una excusa para abandonar su despreciable compañía.

Volvió la espalda a los hombres y Rab la siguió de cerca en el trayecto a la casa.

Rogen y Stephen la siguieron con la vista durante largo rato. Después, sin mirarse, marcharon en distinta dirección.

Bronwyn tuvo dificultades para conciliar el sueño. Stephen Montgomery la inquietaba profundamente. Su proximidad era perturbadora; cuando él la tocaba parecía imposible pensar con propiedad. ¿Era ése el hombre a quien debería presentar ante su clan como líder? No parecía tener una pizca de seriedad en el cuerpo.

Cuando logró dormir tuvo horribles sueños. Veía a los hombres de su clan siguiendo a una bandera inglesa; uno a uno caían masacrados. Stephen Montgomery sostenía en alto el estandarte sin prestar atención a la muerte de los escoceses, pues insistía en meter la mano bajo el vestido de Bronwyn.

Por la mañana recibió una invitación de Stephen que no sirvió en absoluto para levantarle el ánimo. Arrugó en la mano la nota en que le proponía una cabalgata y anunció a Morag que no iría. Pero la vieja tenía la costumbre de importunar hasta salirse con la suya. Hasta había logrado hacerle decir por qué estaba tan furiosa con Stephen.

—Es un mozo saludable —señaló Morag—. Y te pidió que

pasaras la noche con él. Otros te lo han pedido, según recuerdo, sin que te sintieras tan insultada.

Bronwyn guardó silencio, pensando que los ingleses habían puesto fin a sus tiempos de risas y libertad. La vieja no dejó que esa pausa la preocupara. Deseaba algo y no se detendría hasta lograrlo.

—Te pide que pases el día con él. Después de todo, mañana se celebrará la boda.

—¿Cómo lo sabes? Nadie me ha comunicado la nueva fecha.

—Me lo dijo Stephen, esta mañana —replicó Morag, impaciente.

—¡Conque lo has visto otra vez! ¿Qué encuentras tan interesante? Hasta entre los ingleses los hay mejores.

Morag resopló con desdén.

—No he conocido a ninguno.

—Roger Chatworth, es amable, inteligente y tiene una buena parte de sangre escocesa.

—¿Eso te ha dicho? Tal vez quiso decir que le gustaba una buena parte de tierra escocesa. Creo que Roger Chatworth sería feliz echando mano a tus tierras.

Los ojos de Bronwyn emitieron un chisporroteo furioso.

—¿No es eso lo que buscan todos estos ingleses? Me querrían aunque fuera gorda y vieja.

Morag meneó la cabeza, disgustada.

—Primero te indignas contra Stephen por sus ardores; después te quejas de que los hombres te quieren sólo por tus riquezas y no por tu persona. Dale una oportunidad de redimirse. Conversa con él, pasa el día a su lado, pregúntale el porqué de su retraso.

Bronwyn frunció el ceño. No hubiera querido ver a Stephen nunca más. Le era fácil imaginar a Roger cabalgando a su lado, pero en cuanto a Stephen sólo le imaginaba haciendo su real voluntad, sin parar mientes a los deseos de ella. Miró a Morag.

—Trataré de conversar con él… siempre que pueda mantener las manos quietas para usar la lengua.

Morag cloqueó:

—Creo que en tu voz hay esperanzas.

3

Pese a sus pocas ganas de pasar el día con su prometido, Bronwyn se vistió con esmero. Lucía un simple vestido de lana, de color vino oscuro, bordeado de perlas alrededor del profundo escote cuadrado. Las estrechas mangas mostraban la curva de su brazo.

Bajó las escaleras con Rab pisándole los talones y la cabeza muy alta. Planeaba darle a Stephen Montgomery la oportunidad de demostrarle sus buenas intenciones con respecto a ella y a su gente. Tal vez le había juzgado precipitadamente; quizá él deseara lo mejor para su clan. Entonces le perdonaría el retraso de la boda. Después de todo, ¿qué importaban los inconvenientes personales? Lo que importaba era la actitud de ese hombre para con su clan y que ellos le aceptaran o no. Ella también quería la paz entre los suyos y tos ingleses, tanto como el rey Enrique. Más, puesto que los masacrados habían sido los miembros de su propia familia.

Se detuvo al pie de la escalera para contemplar el soleado jardín.

Stephen la esperaba, apoyado contra un muro de piedra. Era forzoso admitir que no le faltaba gallardía y que la atraía de una manera extraordinaria. Pero no podía permitir que sus sentimientos (de amor o de odio) se antepusieran a las necesidades de su clan.

—Buenos días —saludó en voz baja, al acercarse.

Él la miraba con ardorosa intensidad. Con gesto familiar, tomó uno de los rizos que le cubrían el hombro.

—¿Es costumbre de las escocesas no cubrirse la cabellera? —inquirió, envolviéndose un dedo con las hebras sedosas.

—Las mujeres suelen dejarse el pelo sin cubrir hasta que tienen el primer hijo. Salvo cuando usan un tartán —agregó, observándole por si hiciera algún comentario o demostrar saberlo.

—El primer hijo —sonrió él—. Ya veremos qué se puede hacer al respecto. —Señaló el otro extremo del jardín con un gesto de la cabeza—. Tengo un par de caballos preparados. ¿Estás lista?

Ella torció la cabeza para hacerle soltar su mechón.

—Las escocesas siempre estamos listas para montar —pronunció, recogiendo sus largas faldas para marchar delante, sin prestar atención a la risita divertida que la seguía.

Una bonita yegua negra esperaba junto al potro ruano de Stephen. La yegua levantaba las patas muy alto, entusiasmada por la perspectiva de correr. Antes de que Stephen pudiera ofrecer su ayuda, Bronwyn saltó a la silla, maldiciendo por centésima vez la moda inglesa de las faldas anchas y pesadas, que resultaban tan incómodas. Por suerte, Stephen no había enjaezado al animal con una de esas absurdas sillas laterales, como hacía Roger.

Antes de que él pudiera montar, la muchacha azuzó a la yegua. El animal era animoso y tenía tantos deseos de partir como ella. Ambos se encaminaron a todo galope hacia el sendero que Roger le había mostrado. Bronwyn se inclinaba hacia adelante, disfrutando del viento contra la cara y el cuello.

De pronto detectó un movimiento por el rabillo del ojo. Al girar la cabeza vio que Stephen la seguía de cerca y le iba sacando ventaja. Rió a todo pulmón. Ningún inglés podía derrotar a una escocesa a lomos de caballo. Instó a la yegua con su voz y le aplicó el látigo. El animal se lanzó hacia adelante como si tuviera alas. Por el cuerpo de la muchacha circulaba una sensación de poder y exaltación.

Pero al mirar por encima del hombro comprobó, ceñuda, que Stephen estaba cada vez más cerca. Hacia adelante el sendero se estrechaba, volviéndose demasiado angosto para dos caballos a la par. Si él quería pasar, tendría que salir del camino y galopar por el bosque, a riesgo de que su caballo hundiera la pata en una madriguera o chocara contra un árbol. Guió a la yegua hacia el centro del camino. Sabía lo que hubiera hecho un escocés al ver bloqueado su camino, pero a los ingleses les faltaban coraje y resistencia.

La yegua corría a todo galope. Stephen ya estaba muy cerca y Bronwyn sonrió triunfalmente ante su confusión. Fue entonces cuando su yegua se alzó levemente de manos, con un grito; Bronwyn tuvo dificultades para mantenerse sobre la silla. El potro de Stephen, adiestrado para el combate, le había mordisqueado la grupa al aproximarse.

La muchacha se esforzó en dominar a su animal, maldiciendo a los ingleses por haberle quitado su propio caballo. Esa yegua le era desconocida y se mostraba mucho menos receptiva a sus órdenes.

Su cabalgadura volvió a gritar, mordida por segunda vez; contra las órdenes de Bronwyn, se hizo a un lado y Stephen pasó como un rayo. La mirada que echó hizo que Bronwyn, murmurando un horrendo juramento gaélico, sacudiera las riendas para que la yegua volviera al centro del camino.

Durante toda la carrera no le había permitido aminorar el paso. Tan sólo por su extraordinaria afinidad con los caballos había podido dominarla al adentrarse el animal en el bosque para alejarse del agresivo potro.

Cuando saltó por encima del arroyo Stephen estaba ya allí, esperándola. Había desmontado y permanecía tranquilamente de pie, abrevando a su caballo.

—No ha estado mal —le sonrió—. Tienes tendencia a tirar de la rienda derecha algo más fuerte que de la izquierda, pero con un poco de práctica llegarías a ser muy buena.

Los ojos de Bronwyn despidieron fuego. ¡Práctica! A los cuatro años le habían regalado el primer pony y desde los ocho participaba con su padre en las excursiones para robar ganado. Cabalgaba por la noche a través de los páramos, trepando las rocas de la costa marítima… ¡Y él decía que necesitaba práctica!

Stephen se echó a reír.

—No pongas esa cara. Por si te sientes ofendida, te diré que eres la mejor amazona que he visto en mi vida. Podrías dar lecciones a la mayoría de las inglesas.

—¡A las inglesas! —logró balbucear ella—. ¡Podría dar lecciones a todos los ingleses, hombres incluidos!

—Sin embargo acabas de perder una carrera contra un inglés. Ahora desmonta de una vez y da una restregada a ese caballo. No puedes dejarlo bañado en sudor.

¡Y ahora se atrevía a enseñarle cómo se cuida a un caballo! Bronwyn le miró con una mueca entre burlona y despectiva; levantó la fusta y se inclinó para descargarla contra él. Stephen esquivó con facilidad el latigazo y le retorció la muñeca, con lo que la fusta cayó al suelo. Bronwyn se vio sorprendida fuera de equilibrio por el inesperado movimiento y, con el pesado vestido inglés que envolvía sus piernas, perdió el estribo y se tambaleó hacia adelante. Aunque de inmediato se aferró de la montura, Stephen ya le había rodeado la cintura con las manos y tiraba de ella hacia sí. La muchacha forcejeó para liberarse. Por un momento midieron fuerzas, pero lo que enfureció a Bronwyn fue que Stephen pareciera estar disfrutando plenamente con la humillación de su prometida. Jugaba con ella, dejándole creer que ganaba sólo para dominarla de nuevo.

Por fin rió y, con un poderoso tirón, la sacó de la montura, levantándola muy alto por encima de su cabeza.

—¿Sabías que ese hoyo de tu mentón se hace más profundo cuando te enfureces?

—¡Hoyo! —se indignó ella, levantando el pie para golpearle.

Considerando que tenía los pies a un metro del suelo y que su único apoyo eran las manos de Stephen en la cintura, el movimiento no fue muy prudente. Él se rió otra vez, la arrojó al aire y, mientras la muchacha trataba de recobrar el equilibrio, la tomó en sus brazos para estrecharla contra sí y darle un sonoro beso en la oreja.

—¿Eres siempre tan divertida? —preguntó.

Ella se negó a mirarlo, aunque la tenía en alto, con los brazos inmovilizados a los costados para evitar que le golpeara.

—¿Eres siempre tan descarado? —replicó—. ¿Nunca se te ocurre otra cosa que manosear a las mujeres?

Él le frotó la mejilla con su cara.

—Hueles bien. Admito que eres la primera mujer que me ha afectado de este modo. Pero también eres mi primera esposa; por primera vez tengo una mujer completamente mía.

Ella se puso aún más tiesa, hasta donde eso era físicamente posible.

—¿Sólo eso es para ti una mujer? ¿Algo que se posee?

Él meneó la cabeza, sonriente, y la dejó en el suelo, sin quitarle las manos de los hombros.

—Por supuesto. ¿Para qué otra cosa sirve una mujer? Anda, arranca un poco de hierba para secar a tu caballo.

Bronwyn le volvió la espalda de buena gana. Sin intercambiar otra palabra, ambos desensillaron a los caballos y empezaron a darles un masaje. Stephen no hizo intento alguno de ayudarla a manejar la pesada silla; eso agradó a la muchacha, que de cualquier modo se habría negado a aceptarlo. Aunque fuera mujer, distaba mucho de ser tan indefensa como él parecía pensar.

Una vez amarrados los caballos, se volvió a mirarlo.

—Al menos sabes algo de caballos —reconoció él.

La expresión de la muchacha le hizo reír. Se acercó a ella y le deslizó una mano por el brazo, súbitamente serio.

—No empieces con eso otra vez, por favor —le espetó ella, apartándose con brusquedad—. ¿No puedes pensar en otra cosa?

Los ojos de Stephen chisporroteaban.

—Cuando estás cerca, no. Creo que me has embrujado. Te haría otra proposición, pero la última te enfureció demasiado.

Esa mención de la escena del jardín hizo que Bronwyn mirara a su alrededor. Rab se había tendido tranquilamente junto al arroyo. Resultaba extraño que no hubiera amenazado a Stephen durante el forcejeo anterior, considerando que el perro aún gruñía cuando Roger se le acercaba demasiado.

—¿Dónde están tus hombres?

—Con Sir Thomas, supongo.

—¿No los necesitas para que te protejan? ¿Qué me dices de mis escoceses? ¿Sabías que esperan en el bosque, listos para rescatarme?

Stephen la tomó de la mano para arrastrarla hacia algunas rocas. Ella trató de liberarse, pero no pudo. Él la obligó a sentarse a su lado y se estiró junto a ella, con la cabeza apoyada en las manos. Al parecer, no consideraba que sus preguntas merecieran respuesta. Se limitaba a mirar el cielo azul por entre los árboles.

—¿Por qué te nombró tu padre jefa del clan?

Bronwyn le miró fijamente por un momento. Luego sonrió. Eso era exactamente lo que quería: hablar con él de lo más importante del mundo: su pueblo.

—Yo iba a casarme con uno de sus tres mejores hombres, cualquiera de los cuales hubiera sido un excelente jefe. Pero ninguno de esos jóvenes estaba dentro de los nueve grados de parentesco entre los cuales puede elegirse a un jefe. Mi padre me nombró sucesora, en el entendimiento de que yo me casaría con uno de ellos.

—¿Y qué pasó con los hombres?

Bronwyn torció la boca, furiosa.

—Los mataron junto con mi padre. ¡Fueron los ingleses!

Stephen no supo cómo contestar, salvo frunciendo apenas el ceño.

—Eso significa que quienquiera se case contigo debe convertirse en jefe, ¿no?

—Yo misma soy la jefa de los MacArran —estableció ella, con firmeza, en tanto empezaba a levantarse.

Él le sujetó la mano para obligarla a seguir sentada.

—Ojalá pudieras pasar un par de segundos sin enfadarte conmigo. ¿Cómo quieres que comprenda si huyes de mí?

—¡Yo no huyo de ti!

Bronwyn le apartó la mano, porque él había empezado a besarle la punta de los dedos. Se obligó a ignorar las sensaciones que le corrían por el brazo hasta el lóbulo de la oreja. Stephen, con un suspiro, volvió a recostarse.

—Temo que no puedo conversar y mirarte al mismo tiempo. —Hizo una pausa—. Pero tu padre debía de tener algún otro familiar en condiciones de heredar.

Bronwyn trató de tranquilizarse. Sabía exactamente lo que estaba diciendo ese estúpido inglés: que *cualquier* hombre habría sido mejor que una mujer para el puesto. No mencionó a Davey, su hermano mayor.

—Los escoceses creen que las mujeres estamos dotadas de inteligencia y de carácter. No nos relegan a criar niños y nada más.

Stephen respondió con un gruñido. Bronwyn tuvo una deliciosa visión en la que se imaginó deshaciéndole la cabeza con una piedra. La idea la hizo sonreír. Rab, como si la comprendiera, levantó su cabezota con aire interrogador.

Stephen pareció no enterarse del mudo diálogo que se producía a su lado.

—¿Cuáles serían mis deberes como jefe?

Ella hizo rechinar los dientes y se esforzó por conservar la paciencia.

—La MacArran soy yo y mis hombres responden a mi mando. Para obedecerte tendrían antes que aceptarte.

—¿Aceptarme? —repitió él, girando para mirarla. Pero lo que asomaba por sobre el escote bordeado de perlas le distrajo tanto que se vio obligado a apartar la vista para conservar la compostura—. Antes bien, la cuestión debería ser que yo los aceptara a ellos o no.

—¡Palabras dignas de un verdadero inglés! —se burló ella despectiva—. Piensas que las circunstancias de tu nacimiento te pusieron por encima de todos los demás. Piensas que tus costumbres y tus ideas te hacen superior a los pobres escoceses. Sin duda alguna, nos crees salvajes y crueles comparados con tu pueblo. Pero nosotros no capturamos a tus mujeres para obligarlas a casarse con nuestros escoceses... aunque ellos son mejores maridos que cualquier inglés.

Stephen no se ofendió por ese arrebato. Se limitó a encogerse de hombros.

—Todo hombre cree que su patria es la mejor de todas, desde luego. Realmente, sé muy poco sobre Escocia y su pueblo. Pasé algún tiempo en las tierras bajas, pero no creo que se parezcan a las montañas.

—¡Los de las tierras bajas son más ingleses que escoceses!

Él guardó silencio por un momento.

—Al parecer, ser jefe de un clan... Perdona —corrigió, con una risita divertida—: ser esposo de una jefa entraña ciertas responsabilidades. ¿Qué debo hacer para que me acepten?

Bronwyn relajó los hombros. Puesto que él mantenía la vista lejos de ella, estaba en libertad de observarle. Era muy alto, más que los hombres a quienes ella conocía. Su largo cuerpo se estiraba a su lado, haciéndole cobrar plena conciencia de su proximidad. Pese a lo que estaba oyendo, Bronwyn sentía deseos de sentarse junto a ese hombre, disfrutar mirándole, contemplar sus piernas fuertes, la amplitud de su pecho, los rizos bronceados que le bajaban por el cuello. Le gustó comprobar que sus ropas no eran vistosas, a la moda inglesa, sino de colores apagados. Trató de imaginarle con el tartán escocés, que dejaba las piernas al descubierto desde la mitad del muslo hasta debajo de las rodillas.

—Debes vestirte como los escoceses —respondió, con voz serena—. Si no te pones una manta, los hombres tendrán siempre conciencia de que eres uno de los enemigos.

Stephen frunció el ceño.

—¿Quieres que corretee por ahí con las piernas desnudas? Dicen que en las montañas hace mucho frío.

—Claro que si no eres lo bastante hombre…

Bronwyn se interrumpió ante lo arrogante de la mirada que estaba recibiendo.

—¿Qué más?

—Debes convertirte en MacArran, ser MacArran. Los MacGregor serán tus enemigos. Tu apellido será MacArran. Serás…

—¡Qué! —se escandalizó Stephen, levantándose de un salto para erguirse ante ella en toda su estatura—. ¡Pretendes que me cambie el nombre! ¡Que yo, un hombre, tome el apellido de mi esposa! —Le volvió la espalda—. Es lo más absurdo que he oído jamás. ¿Sabes quién soy yo? ¡Un Montgomery! Los Montgomery han sobrevivido a cientos de guerras, al mando de muchos reyes. Otras familias surgieron y cayeron, pero los Montgomery siempre sobrevivimos. Mi familia posee la misma tierra desde hace más de cuatrocientos años.

De pronto se deslizó la mano por el pelo y agregó:

—Y tú esperas que yo renuncie al apellido Montgomery por el de mi esposa… —Hizo una pausa y rió entre dientes—. Mis hermanos se reirían a muerte de mí si se me ocurriera hacer algo semejante.

Bronwyn se levantó lentamente, dejando que aquellas palabras se adentraran en su mente.

—Tienes hermanos que podrían seguir adelante con tu apellido. ¿Sabes qué pasaría si yo llevara a casa a un inglés que ni siquiera tratara de comprender nuestras costumbres? Mis hombres le matarían y yo tendría que elegir otro esposo. ¿Y sabes los conflictos que eso causaría? Hay varios jóvenes a quienes les gustaría casarse conmigo. Lucharían entre sí.

—¡Y qué! ¿Debo renunciar a mi nombre para que tú puedas dominar a tu gente? Tal vez deba teñirme el pelo o cortarme un brazo para complacerlos. ¡No! ¡Me obedecerán o se entenderán con esto!

Y desenvainó su larga espada.

Bronwyn le miraba atentamente. Ese hombre hablaba de asesinar a su gente, a sus amigos, a sus familiares, aquellos cuyas vidas ella tenía en sus manos. No podía volver a Escocia con ese loco.

—No puedo casarme contigo —dijo en voz baja, con los ojos duros y mortalmente serios.

—No creo que puedas elegir —dijo él, envainando otra vez. Se había enojado más de lo que deseaba, pero esa mujer tenía que saber desde un principio quién llevaba la voz cantante—. Soy inglés y seguiré siéndolo dondequiera que vaya. Deberías comprenderlo, puesto que tú tampoco pareces dispuesta a cambiar tus costumbres escocesas.

Ella empezaba a sentir frío, pese a lo cálido del día otoñal.

—No es lo mismo. Tú tendrías que vivir entre los míos, día a día, año tras año. ¿No te das cuenta de que no te aceptarán si te paseas entre ellos con tus finas ropas inglesas y tu antiguo apellido inglés? Cada vez que te vieran recordarían a los hijos que los ingleses les mataron y verían a mi padre, asesinado siendo joven aún.

Su súplica llegó hasta Stephen.

—Me pondré las prendas escocesas. Accedo a eso.

De pronto, una ciega ira reemplazó al frío que había invadido el cuerpo de Bronwyn.

—¡Conque accedes a usar la manta y la camisa azafranada! Sin duda te gusta la idea de exhibir ante mis mujeres esas buenas piernas.

Stephen se quedó boquiabierto. Luego sonrió tanto que su cara pareció a punto de partirse en dos.

—Eso no se me había ocurrido, pero me alegra que a ti sí. —Alargó la pierna, flexionando el gran músculo que ascendía desde la rodilla—. ¿Te parece que tus mujeres estarán de acuerdo contigo? —preguntó, con un chisporroteo en los ojos—. ¿Te pondrás celosa?

Bronwyn no pudo menos que mirarle, atónita. Ese hombre no podía hablar con seriedad ni por un instante. Bromeaba y se reía de ella cuando estaban tratando cuestiones de vida o muerte. Se recogió las faldas y echó a andar hacia el arroyo.

—¡Bronwyn! —llamó Stephen—. ¡Espera! No era mi intención tomar a la ligera tus palabras. —De inmediato había comprendido su error. La sujetó por la muñeca para hacerla girar hacia él—. Por favor —rogó, con el corazón en la mirada—. No quise ofenderte, pero eres tan hermosa que no puedo pensar. Miro tu cabellera y deseo tocarla. Quiero besarte los ojos. Ese maldito vestido es tan escotado que estás a punto de caerte por ahí arriba y me vuelves loco. ¿Cómo pretendes que converse seriamente sobre las disputas entre escoceses e ingleses?

—¡Disputas! —barbotó ella—. ¡Guerra, mejor!

—Guerra, lo que sea. —Stephen, con la vista clavada en sus pechos, le deslizó las manos por los brazos—. ¡Por Dios! No soporto tenerte tan cerca y que no seas mía. Llevo tanto tiempo en este estado que ya tengo dolores.

Ella miró involuntariamente hacia abajo y se puso roja. Stephen le sonrió con los ojos turbios y una sonrisa conocedora.

La muchacha frunció los labios. ¡Qué hombre tan vil! Y al parecer pensaba que ella compartía su falta de orgullo. Se liberó de sus manos exploradoras y, como él se negara a dejarla, le aplicó un fuerte empujón. Stephen no cedió, pero el impacto contra ese pecho duro hizo que Bronwyn perdiera el equilibrio, sin idea alguna de estar tan cerca del arroyo.

Se cayó hacia atrás, mientras intentaba frenéticamente agarrarse a algo. Stephen alargó una mano para sujetarla, pero ella le dio una palmada. El mozo, con un leve encogimiento de hombros, dio un paso atrás, pues no tenía ninguna intención de mojarse las ropas con las salpicaduras que ella iba a levantar.

El agua de ese arroyo debía de provenir de las montañas de Escocia, a juzgar por lo frías que estaban. Bronwyn cayó sentada en el agua. Su pesado vestido de lana absorbió ese hielo fundido como si hubiera estado esperando la oportunidad de empaparse.

Permaneció inmóvil por un momento, algo aturdida, y levantó la vista hacia Stephen. Él la miraba, sonriente. Una gota fría se descolgó por la nariz de la muchacha y quedó oscilando en la punta. Rab, que estaba junto a Stephen, estalló en ladridos y meneó la cola, encantado por el juego.

—¿Puedo ofrecerte ayuda? —preguntó Stephen, alegre.

Bronwyn se apartó un rizo negro pegado por el agua a su mejilla. En cualquier momento empezarían a castañetearle los dientes, pero prefería arrancárselos de la boca antes que dejarlo entrever.

—No, gracias —dijo, con toda la altanería posible.

Buscó con la vista algo que le sirviera para recobrar el equilibrio, pero sólo había una roca a un par de metros de distancia. No le gustó la idea de arrastrarse hasta allí ante los ojos de ese hombre.

—¡Ven, Rab! —ordenó.

El perrazo se apresuró a chapotear en el agua para acercarse a su ama. Bronwyn volvió a secarse el agua de la cara, evitando deliberadamente la sonriente cara de Stephen. Apoyó las manos en el lomo del perro y empezó a levantarse. El vestido de lana, pesado por sí, resultaba insostenible el estar empapado por completo. Por añadidura, lo resbaloso de las piedras del fondo fueron demasiado.

Apenas había logrado incorporarse a medias, tras varios minutos de forcejeo, cuando los pies salieron disparados bajo su cuerpo. Rab se apartó de un salto y ella volvió a caer, ahora de espaldas, hasta sumergirse por completo. Reemergió jadeante.

Lo primero que oyó fue la carcajada de Stephen. De inmediato, el traicionero ladrido de Rab... que se parecía sospechosamente a una risa canina.

—¡Malditos seáis los dos! —siseó, sujetando aquella condenada falda, adherente y fría.

Stephen sacudió la cabeza. Un momento después entraba al agua y, sin darle tiempo de decir nada, la levantaba en sus brazos. Bronwyn hubiera dado cualquier cosa por hacerle caer a su lado, pero él pisaba con demasiada seguridad. Al agacharse para levantarla mantuvo las rodillas rectas, flexionando sólo la espalda.

—Me gustaría que me soltaras —dijo ella, con toda la altanería posible.

Stephen encogió un hombro y relajó los brazos. En un gesto reflejo para no caerse, ella le echó los brazos al cuello.

—¡Así me gusta mucho más! —rió él. Y la abrazó con tanta fuerza que le impidió mover los brazos.

Mientras vadeaba hasta la orilla con ella, susurró, devorándole la cara con la mirada:

—No creo haber visto nunca ojos azules con pelo negro. No sabes cuánto lamento haber faltado a nuestra boda.

Ella sabía perfectamente por qué lo lamentaba tanto, pero esos motivos no le calmaron el enfado en absoluto.

—Tengo frío —dijo, seca—. Suéltame, por favor.

—Yo podría hacerte entrar en calor —aseguró él, mordisqueándole el lóbulo de la oreja.

—Bronwyn sintió un escalofrío en el brazo… y no tenía nada que ver con lo mojado de su vestido. La sensación la asustó: no le gustaba.

—Suéltame, por favor —repitió con suavidad.

Stephen levantó apresuradamente la cabeza y la miró con preocupación.

—Tienes frío. Quítate ese vestido, que te prestaré mi chaqueta. ¿Quieres que encienda el fuego?

—Prefiero que me sueltes para que podamos volver a la casa.

Él la depositó frente a sí, aunque contra su voluntad.

—Estás temblando —dijo, pasándole las manos por los brazos—. Si no te quitas ese vestido te pondrás enferma.

Ella retrocedió, con el vestido empapado contra sus piernas y las mangas tirando de sus brazos hacia abajo. Stephen la miró con disgusto.

—Esa maldita ropa está tan pesada que apenas te permite caminar. No entiendo por qué diantres las mujeres usáis esas ropas. Dudo que siquiera el caballo pueda cargarte.

Bronwyn enderezó los hombros, aunque el vestido amenazaba con derribarla otra vez.

—¡Las mujeres! Sois vosotros, los ingleses, los que imponéis estas modas a vuestras mujeres, en un intento por mantenerlas inmóviles, ya que no sois tan hombres como para entenderos con mujeres libres. Me hice coser este vestido para no avergonzar a mi clan, porque los ingleses suelen juzgar a una persona por su ropa. —Mostró la tela en alto—. ¿Sabes cuánto me costó esto? Por ese dinero habría podido comprar cien cabezas de ganado. Y tú lo has estropeado.

—¿Yo? Ha sido por tu terquedad que se ha estropeado. Igual que ahora. Estás ahí, temblando, porque prefieres congelarte antes que seguir mis indicaciones.

Ella le dedicó una sonrisa burlona.

—Al menos no eres del todo estúpido. Comprendes algunas cosas.

Stephen rió entre dientes.

—Comprendo mucho más de lo que imaginas. —Se quitó la chaqueta y se la ofreció—. Si tanto me temes, vete al bosque a cambiarte.

—¡Que te temo! —resopló Bronwyn, sin prestar atención a la prenda que le ofrecía.

Avanzó lentamente hacia la silla que estaba en el suelo, pateando la falda al caminar, y retiró un tartán montañés de la alforja. Sin molestarse en mirar a Stephen, se adentró en el bosque, seguida por Rab.

Le fue bastante difícil desabrochar los ganchillos de la parte trasera. Cuando acabó con el último su piel ya se estaba poniendo azul. Agarró el vestido y se lo quitó de los hombros, dejando que cayera amontonado a sus pies.

El delgado hilo de su camisa y la enagua, antes rígida, se habían teñido de rosado por obra de la lana color vino. Ella hubiera querido quitarse la ropa interior, pero no se atrevió a hacerlo sabiendo que Stephen Montgomery no estaba lejos. Al ocurrírsele la idea miró a su alrededor para asegurarse de que él no la estuviera espiando. Por fin se levantó las enaguas para quitarse las medias de seda. Después de descartar todas las prendas que pudo, se envolvió en la manta y regresó al arroyo.

Stephen no estaba a la vista.

—¿Me buscabas? —preguntó desde atrás.

Al girar en redondo, ella le encontró muy sonriente, con sus ropas mojadas colgándole del brazo. Por lo visto, se había escondido para ver cómo se desvestía. Ella le miró con ojos fríos.

—Crees haber ganado, ¿verdad? Sientes tanta seguridad de que pronto estaré a tus pies que te permites tratarme como a un juguete de tu propiedad. Pero no soy un juguete. Y sobre todo, no soy de tu propiedad. Pese a toda tu vanidad de inglés, soy escocesa y tengo algún poder.

Giró hacia la yegua, pero se detuvo para volverse a mirarle.

—Y haré uso del poco poder que tengo.

Sin prestar más atención a su presencia, se recogió el tartán hasta las rodillas, se aferró de las crines del animal y saltó a su lomo. Cuando pasó junto a Stephen iba ya al galope.

Él no trató de detenerla, pero montó a pelo en su potro y la siguió. Más tarde enviaría a alguien en busca de las sillas.

El trayecto de regreso hasta la casa solariega se hizo muy largo. El golpeteo de la dura columna del caballo contra su trasero parecía un justo castigo por su conducta. Ella era una mujer orgullosa y él la había tratado mal. Claro que la muchacha le provocaba. Bastaba con mirarla para que se le nublara la mente. Mientras ella trataba de entablar conversación, él sólo podía pensar en tenerla en su cama. Más adelante, después de casados, cuando ya la hubiera poseído unas cuantas veces, podría mirarla sin que le hirviera la sangre.

Bronwyn se irguió frente al espejo del cuarto. Se sentía ya mucho mejor, después de un baño caliente y de pensar un rato. Stephen Montgomery no era el hombre adecuado para ser su esposo. Si era hostil con su pueblo como lo era con ella, le matarían inmediatamente y los ingleses caerían sobre ellos. No podía casarse con un hombre que causaría guerras y tensiones en su clan.

Volvió a ajustarse la cabellera. Se había recogido la parte superior hacia atrás, dejando colgar el resto en libertad. Una criada le había llevado margaritas recién cortadas para que hiciera una banda, que le rodeaba la cabeza por detrás.

Su vestido era de seda verde esmeralda. Las mangas de ángel estaban forradas de piel de ardilla gris, acentuando el gris de la seda que la abertura frontal de su falda dejaba al descubierto.

—Quiero estar como nunca —dijo, divisando a Morag en el espejo.

La anciana resopló.

—Me gustaría pensar que te acicalas para complacer a Sir Stephen, pero no lo creo.

—¡Jamás me acicalaré para él!

—Por lo que veo, ese hombre sólo te quiere desvestida.

Bronwyn no se molestó en contestar; tampoco quería alterarse. Lo que debía hacer afectaría cientos de vidas; no podía afrontar la decisión estando enfadada.

Sir Thomas la esperaba en la biblioteca. Su sonrisa de saludo fue cordial, pero reservada. Nada deseaba tanto como deshacerse de esa hermosa mujer, para que sus hombres dejaran de reñir por ella.

Después de tomar asiento y rechazar una copa de vino, Bronwyn comenzó. Conocía el verdadero motivo por el que no podía aceptar a Stephen: porque él se negaba a aceptar las costumbres escocesas. Pero había buscado un motivo más inglés para aducir ante Sir Thomas.

—Pero querida mía —dijo él, exasperado—, el mismo rey Enrique eligió a Stephen para usted.

Bronwyn agachó la cabeza en gesto tímido y sumiso.

—Y yo estoy dispuesta a aceptar al esposo que el rey inglés me haya elegido, pero soy jefa del clan MacArran y Stephen Montgomery es sólo un caballero. Si me casara con él tendría dificultades con mis hombres.

—¿Y usted cree que aceptarían, en cambio, a Lord Roger?

—Desde la reciente muerte de su hermano es conde; eso se acerca mucho más a mi rango de jefa.

Sir Thomas hizo una mueca. Estaba ya demasiado viejo para ese tipo de cosas. ¡Malditos escoceses, que permitían a las mujeres pensar por cuenta propia! Nada de todo eso hubiera pasado si Jamie MacArran no hubiera nombrado sucesora a su hija.

Caminó hasta la puerta y mandó que se llamara a Stephen y a Roger.

Cuando los dos hombres estuvieron sentados, uno a cada lado de Lady Bronwyn, sir Thomas les reveló el pensamiento de la muchacha, observando con atención las caras que tenía ante sí. Vio que a los ojos de Roger subía la luz. Stephen permanecía en silencio; su única reacción fue un leve oscurecimiento de la mirada. Bronwyn no se movió; el verde de su vestido daba a sus ojos una nueva profundidad; las margaritas del peinado le otorgaban un aspecto dulce e inocente.

Roger fue el primero en hablar.

—Lady Bronwyn tiene razón. Hay que hacer honor a su título.

Los ojos de Stephen lanzaron un relámpago.

—Es lógico que pienses así, puesto que piensas ganar mucho con esa decisión. —Se volvió hacia sir Thomas—. El rey se pasó todo un año eligiéndome una novia. Quería recompensar a mi familia por ayudarle a patrullar las fronteras de las tierras bajas.

Bronwyn giró hacia él.

—¡A matar y violar, querrás decir!

—Quiero decir lo que he dicho: patrullar. Matamos muy poco y violamos menos aún. —Había bajado la vista a sus pechos y su voz era más grave.

Bronwyn se levantó.

—Usted conoce las tierras altas, Sir Thomas. —Pasó por alto el estremecimiento que el recuerdo provocó en el anciano—. Mi pueblo se sentiría deshonrado si yo regresara con un caballero de inferior jerarquía para imponerlo como jefe. El rey Enrique quiere paz. Este hombre —señaló a Stephen— sólo causaría más problemas en las montañas.

Stephen, riendo, se puso tras la muchacha y le rodeó la cintura con un brazo fuerte para estrecharla contra sí.

—Ésta no es cuestión, de diplomacia, sino de enfado femenino. Le pedí que me acompañara al lecho antes de la boda y se sintió insultada.

Sir Thomas sonrió, aliviado. Iba a hablar, pero Roger dio un paso adelante.

—¡Protesto! Lady Bronwyn no ha de ser descartada con tanta facilidad. Lo que ella dice tiene sentido. —Se volvió hacia Stephen—. ¿Temes poner a prueba tus derechos sobre ella?

Stephen arqueó una ceja.

—No creo que a ningún Montgomery se le haya llamado nunca cobarde. ¿Qué tienes pensado?

—¡Caballeros, por favor! —chilló Sir Thomas—. El rey Enrique envió aquí a Lady Bronwyn para una boda, lo que es una ocasión de festejo.

Bronwyn se desprendió del brazo de su prometido.

—¡De festejo! ¿Cómo puede decir eso cuando van a casarme con este plebeyo codicioso e insufrible? Juro asesinarle dormido a la primera oportunidad.

Stephen le sonrió.

—Mientras sea después de la noche de bodas, me doy por satisfecho.

Bronwyn hizo una mueca despectiva.

—¡Lady Bronwyn! —ordenó el anciano—. ¿Quiere usted dejarnos solos?

Ella aspiró hondo. Había dicho lo que deseaba y ya no soportaba estar cerca de Stephen. Recogió sus faldas con mucha gracia y salió de la habitación.

—Stephen —comenzó Sir Thomas—, no me gustaría ser la causa de tu asesinato.

—Las palabras de una mujer no son una amenaza para mí.

—Lo dices por ignorancia —advirtió el anciano, frunciendo el ceño—. No conoces el norte de Escocia. Allí no hay un gobierno como el nuestro. Los jefes mandan sobre sus clanes y nadie manda sobre los jefes. Bastaría con que Lady Bronwyn murmurara una palabra de descontento para que todo hombre… y toda mujer… de su clan estuvieran dispuestos a acabar con tu vida.

—Estoy dispuesto a correr el riesgo.

Sir Thomas dio un paso adelante y le apoyó una mano en el hombro.

—Tu padre y yo éramos amigos. Él no querría que enviara a su hijo a una muerte segura

Stephen escapó de aquella mano amistosa. Su cara había cambiado y estaba furioso.

—¡Quiero a esa mujer y usted no tiene derecho a quitármela! —Giró hacia Roger, que comenzaba a sonreír—. Nos encontraremos en el campo de batalla. Así veremos quién es más digno de reclamar la jefatura de ese clan.

—¡Acepto! —le espetó Roger—. Mañana por la mañana. El vencedor se casará con ella por la tarde y la poseerá por la noche.

—¡Trato hecho!

—No —murmuró Sir Thomas.

Pero sabía que había perdido. Tenía ante sí a dos jóvenes de sangre ardorosa. Suspiró pesadamente.

—Dejadme, vosotros dos. Preparad vuestro propio combate. No quiero tener nada que ver con el asunto.

4

Stephen estaba de pie junto a su corcel, cubierto de acero de pies a cabeza, con el sol pegando sobre su armadura. Era pesadísima, pero sabía soportar su peso desde hacía mucho tiempo.

—Tendrá usted el sol de frente, señor —advirtió su escudero.

Stephen hizo un seco ademán de asentimiento, pues tenía perfecta conciencia del hecho.

—Que Chatworth tenga esa ventaja. Le hará falta.

El muchacho sonrió, orgulloso de su amo. Había tardado mucho rato en vestirle con las capas de algodón acolchado y cuero que iban bajo las placas de acero.

Stephen montó con desenvoltura y cogió su lanza y su escudo. No se molestó en mirar a su derecha. Sabía que allí estaba Bronwyn, con la cara tan blanca como el vestido marfileño, bordado en oro, que llevaba puesto. No le levantaba el ánimo saber que esa muchacha quería verle perder, quizá hasta morir.

Acomodó la larga lanza de madera contra su armadura. Desde la noche anterior no había cambiado una sola palabra con Roger. Sir Thomas, por su parte, seguía fiel a su palabra y fingía no estar enterado del encuentro. Por lo tanto no había reglas establecidas. Se trataría de una justa: un combate para ver quién se mantenía más tiempo a caballo.

El caballo de combate de Stephen, un gran potro negro de patas muy peludas, relinchaba de impaciencia. Esos animales eran criados para que tuviesen fuerza y resistencia antes que por su velocidad.

Los hombres de Montgomery rodeaban a su amo, pero se retiraron al aparecer Roger en el otro extremo del campo cubierto de arena. Por el centro corría una estacada de poca altura. Stephen se bajó el yelmo, dejando sólo una ranura para los ojos. Un joven levantó un estandarte. En cuanto lo bajó, los dos nobles se lanzaron a la carga, con la lanza en ristre. No era una prueba de velocidad, sino de fuerza: sólo quien estaba en inmejorables condiciones podía soportar el golpe de la lanza contra su escudo.

Stephen apretó sus poderosos músculos al caballo en el momento en que la lanza de Roger golpeaba de frente su escudo. Ambas lanzas se rompieron. Montgomery frenó a su caballo al final del campo.

—Es de los buenos, mi señor —dijo uno de los hombres de Stephen, entregándole una nueva lanza—. Tenga usted cuidado con la punta. Creo que ahora piensa deslizársela bajo el escudo.

Stephen hizo una seca señal de asentimiento y volvió a bajarse el yelmo.

El estandarte, al descender, inició el comienzo de la segunda carga. Bastaría con que Stephen derribara a su adversario para que, según todas las reglas de las justas, resultara vencedor. Cuando Roger cargó otra vez, Stephen bajó un poco más el escudo e impidió efectivamente que el otro le golpeara. Roger, desconcertado, no vio que la lanza de su enemigo le golpeaba de costado. Se tambaleó en la montura y estuvo a punto de caerse, pero logró mantenerse en la silla.

—Está aturdido —dijo el hombre de Stephen—. Golpéelo usted otra vez y se caerá.

Una vez más, el joven hizo un gesto de asentimiento antes de bajarse el yelmo.

Roger se concentró en el ataque, sin poner cuidado en la defensa. En el momento en que inclinaba la lanza, Stephen le golpeó otra vez, ahora con mucha más fuerza. Roger se cayó hacia atrás y por el costado, aterrizando con fuerza en el polvo, ante las patas del caballo de su adversario.

Montgomery le echó un vistazo y apartó la vista hacia Bronwyn.

Pero Roger Chatworth no era hombre al que se le pudiera volver la espalda. Tomó un garrote con cabeza de picas que llevaba en la montura y corrió con él en alto.

—¡Stephen! —gritó alguien.

Él reaccionó de inmediato, pero no fue suficiente. El garrote cayó pesadamente contra su muslo izquierdo, abollando la armadura de acero, que se le hundió en la carne. Ese inesperado impacto le hizo tambalearse y caerse del caballo, aferrado al pomo de la silla.

En cuanto se enderezó vio que Roger avanzaba otra vez contra él. Giró en redondo, haciendo crujir las articulaciones de acero.

Alguien le arrojó un garrote en el momento en que el de su adversario le golpeaba en un hombro. Stephen gruñó, pero descargó su arma contra el costado de Roger, que se tambaleó de lado. Él le persiguió, decidido a ganar el combate.

El segundo golpe, sobre el hombro derecho, hizo que Roger cayera despatarrado. La armadura impedía cualquier herida cortante, pero la fuerza de cada golpe era enorme.

Roger quedó tendido, obviamente obnubilado. Stephen desenvainó la espada, se paró a horcajadas sobre él y le abrió el yelmo, apuntándole con el arma sostenida con ambas manos.

Roger le fulminó con la mirada

—¡Mátame y terminemos! Yo te habría matado.

Stephen le miró fijamente.

—He vencido. Con eso me basta.

Dio un paso al costado y se quitó el guantelete para tenderle la mano desnuda.

—¡Me insultas! —siseó Roger. Y levantó la cabeza para escupir la palma ofrecida—. Esto me quedará siempre en la memoria.

Stephen se limpió la mano en la armadura.

—Yo tampoco voy a olvidarlo. —Envainó la espada y le volvió la espalda.

Caminó en línea recta hacia Bronwyn, que estaba de pie junto a Morag, rígida. Se quitó el casco con lentitud para arrojárselo a la anciana, que lo atrapó en el aire, sonriente. Bronwyn retrocedió un paso.

—No puedes escaparte otra vez —advirtió Stephen, sujetándole el brazo con la mano descubierta.

Y tiró de ella hacia sí; un solo brazo de Stephen tenía más potencia que todo el cuerpo de la muchacha. La apretó contra el acero de su armadura. El contacto frío y duro hizo que Bronwyn ahogara una exclamación. Otro círculo de acero le rodeó la espalda.

—Ahora eres mía —murmuró Stephen, buscándole los labios.

No era la primera vez que Bronwyn besaba a un hombre, pero sí la primera vez que sentía algo como ese beso. Era suave y dulce, pero al mismo tiempo arrancaba de ella cosas que jamás había dado antes. La boca de Stephen jugaba con la suya, tocándola, acariciante, pero también profundizando en ella. Se irguió de puntillas para alcanzarle mejor e inclinó la cabeza. Él parecía buscar que ella entreabriera los labios; lo hizo. El contacto frío y caliente de aquella punta de lengua le provocó pequeños escalofríos por la espalda, apresándola mejor que cualquier cadena.

Stephen se apartó bruscamente. Al abrir los ojos, Bronwyn se encontró con que le sonreía de un modo insolente. Entonces cayó en la cuenta de que estaba íntegramente sostenida por sus brazos, pues el beso le había hecho relajar todo el cuerpo. Irguió la espalda y cargó el peso en sus propios pies.

Stephen reía entre dientes.

—Eres más mía de lo que piensas. —La soltó para empujarla hacia Morag—. Ve a prepararte para la boda… si puedes esperar tanto.

Bronwyn giró en redondo, apresurada. No quería que nadie viera su rostro enrojecido ni las lágrimas que se le estaban formando. Lo que ninguno de sus insultos había podido hacer lo conseguía un beso.

—¿Por qué te enfadas? —le espetó Morag, en cuanto estuvieron solas en el cuarto—. Vas a casarte con un apuesto mozo. Te saliste con la tuya y le has hecho combatir por ti. Demostró ser un luchador fuerte y agresivo. ¿Qué más quieres?

—¡Me trata como a una moza de taberna!

—Te trata como a una mujer. Ese otro, ese Roger, no te mira siquiera porque está pensando en tus tierras. Dudo que sepa si eres mujer o no.

—¡Eso no es cierto! ¡Es como… Ian!

Morag frunció el ceño al pensar en el joven caído a los veintiún años.

—Ian era como un hermano para ti. Os criasteis juntos. Si él hubiera vivido para desposarte, probablemente se habría sentido culpable por acostarse contigo, como si lo hiciera con su propia hermana.

Bronwyn hizo una mueca.

—Pues Stephen Montgomery no siente culpabilidad alguna, por cierto. No sabe lo que significa esa palabra.

—¿Qué es lo que te altera tanto? —acusó Morag, en voz tan alta que Rab emitió un leve ladrido de preocupación. La anciana hizo una pausa; las arrugas de su cara tomaron otra disposición y su voz se hizo más discreta—. ¿Es lo de esta noche?

Bronwyn la miró con expresión tan melancólica que Morag soltó la carcajada.

—¡Conque eres virgen! No estaba segura. Como el jefe te dejaba corretear por ahí con los mozos…

—Siempre estuve protegida. Bien lo sabes.

—A veces un joven no es muy buen protector para la virtud de una muchacha. —La anciana sonrió—. Ahora deja de preocuparte. Lo que te espera es una experiencia gozosa. Y a menos que me equivoque, este Stephen sabrá hacer más fácil la primera vez.

Bronwyn caminó hasta la ventana.

—Supongo que sí. A juzgar por su modo de actuar, creo que se ha acostado con media Inglaterra.

Morag clavó la vista en la espalda de su pupila.

—¿Tienes miedo de disgustarle con tu inexperiencia?

Bronwyn giró en redondo.

—¡No hay inglesa desteñida que pueda competir con una escocesa!

Morag rió entre dientes.

—Ya te está volviendo el color. Ahora quítate este vestido y te pondremos el de boda. Sólo faltan algunas horas para ir al lecho.

Bronwyn volvió a perder el color. Resignada, se dedicó al largo proceso de cambiarse.

Stephen estaba sumergido hasta el cuello en una bañera de agua muy caliente. Le dolían la pierna y el hombro por los golpes recibidos de Roger.

—¡Vete! —gruñó con los ojos cerrados, al oír que alguien tocaba a la puerta—. ¡Ya te llamaré cuando te necesite!

—¿Y a quién llamarás? —inquirió una voz familiar, en tono divertido.

Stephen abrió los ojos. Un momento después cruzaba a saltos la habitación, desnudo y chorreando agua.

—¡Chris! —rió, estrechando a su amigo contra sí.

Christopher Audley le devolvió brevemente el saludo, pero se apresuró a apartarle.

—Me estás empapando y no quiero volver a cambiarme para tu boda. No he llegado tarde, ¿verdad?

Stephen volvió a la tina.

—Siéntate por ahí, donde te vea. Has adelgazado otra vez. ¿Acaso Francia te sienta mal?

—Me ha sentado demasiado bien: sus mujeres estuvieron a punto de acabar conmigo a fuerza de exigencias.

Se instaló en una silla junto a la tina. Era un hombre delgado y moreno, de baja estatura, nariz y mentón pequeños sobre una barba bien recortada. Tenía los ojos pardos y grandes, como los de una cervatilla, y los utilizaba a fondo para atraer a las mujeres.

Señaló con la cabeza el cardenal que Stephen tenía en el hombro.

—Esa herida es reciente. No sabía que hubieras estado combatiendo últimamente.

Stephen se echó un poco de agua sobre la magulladura.

—Tuve que combatir con Roger Chatworth por la mujer con quien voy a casarme.

—¿Combatir por ella? —se extrañó Chris—. Antes de partir estuve con Gavin. Dijo que te asqueaba la perspectiva de casarte. —Sonrió—. He visto a la esposa de tu hermano. Es una belleza, pero según dicen, también un verdadero demonio. Tenía a toda la corte en ascuas con sus escapadas.

Stephen hizo un gesto de desestima.

—Judith es un mar en calma comparada con Bronwyn.

—¿Bronwyn es la heredera con quien vas a casarte? Gavin dijo que era gorda y fea.

Stephen, riendo entre dientes, se enjabonó las piernas.

—No te la imaginas. Su pelo es tan negro que casi parece un espejo; el sol rebota en su cabellera. Tiene ojos muy azules y un mentón que se alza desafiante cada vez que le dirijo la palabra.

—¿Y el resto de su persona?

Stephen suspiró.

—¡Estupendo!

Chris se echó a reír.

—No pueden existir dos hermanos tan afortunados. Pero ¿por qué has tenido que combatir por ella? Tenía entendido que el rey Enrique te la había dado por esposa.

El otro se levantó para atrapar la toalla que su amigo le arrojaba.

—Llegué a la boda con cuatro días de retraso. Parece que Bronwyn me ha tomado… inquina. Tiene la absurda idea de que, si me caso con ella, debo convertirme en escocés y hasta cambiar mi nombre. No lo sé con seguridad, pero Chatworth parece haberle insinuado que él haría todo eso y más si fuera su esposo.

Chris resopló.

—Y ella le creyó, desde luego. Roger siempre ha sabido embrujar a las mujeres, pero nunca he podido confiar en él.

—Libramos una justa por ella, pero cuando le derribé me atacó por la espalda con un garrote.

—¡Qué mal nacido! Siempre me he preguntado hasta qué punto se parecería al hermano. Edmund era un villano. Supongo que ganaste el combate.

—Me enfureció tanto que me atacara así que estuve a punto de matarle. En realidad, él me rogó que lo hiciera y se consideró insultado porque yo le perdonara.

Chris quedó pensativo.

—Lo has convertido en tu enemigo. Eso podría ser peligroso.

Stephen se acercó a la cama, donde estaban sus ropas de boda.

—No puedo criticarle por desear a Bronwyn. Cualquiera pelearía por ella.

Chris sonrió.

—Nunca te he visto actuar así por una mujer.

—Es que nunca había visto a una mujer como ella. —Hizo una pausa, pues acababa de oír un toque a la puerta—. ¡Pase! —chilló.

Una joven criada se presentó en el umbral. Traía en los brazos extendido un centelleante vestido hecho de paño de plata. Se quedó mirando fijamente el pecho desnudo de Stephen.

—¿Qué pasa? —preguntó él—. ¿Por qué no has entregado el vestido a Lady Bronwyn?

A la muchacha le temblaba el labio inferior. Stephen se puso la camisa y tomó el vestido.

—Puedes contármelo —dijo, sereno—. Conozco a Lady Bronwyn y a su afilada lengua. No te castigaré por repetir lo que haya dicho.

La muchacha levantó la vista.

—La encontré en el salón, mi señor, entre muchas personas. Le entregué el vestido y me pareció que le gustaba.

—¡Sí! Continúa.

La muchacha terminó apresuradamente:

—Pero cuando le dije que lo enviaba usted, para que lo usara en la boda, me lo arrojó otra vez. Dijo que ya tenía un vestido para la boda y que jamás usaría éste. Oh, mi señor, fue horrible. Hablaba en voz muy alta y todo el mundo se reía.

Stephen tomó el vestido ofrecido y entregó a la muchacha una moneda de cobre. En cuanto ella se hubo ido, Chris se echó a reír.

—¿Lengua afilada, has dicho? Me parece que tiene un puñal en la boca.

Stephen, enojado, pasó los brazos por las sisas del chaleco.

—Ya estoy harto de esto. Es hora de que alguien dé una lección de buenos modales a esa señorita.

Se plantó el vestido sobre el hombro y salió del cuarto,

marchando a grandes pasos hacia el Gran Salón. Se había tomado muchísimas molestias para conseguir esa exquisita prenda, a fin de compensar a Bronwyn por el traje estropeado por la caída al arroyo… aunque él no había tenido ninguna culpa, desde luego. Había viajado a caballo para ir hasta la ciudad, en busca del paño plateado, y pagado a cuatro mujeres para que se pasaran la noche cosiendo. La tela era de suave lana entremezclada con finísimas hebras de alambre de plata; resultaba pesada y lujosa. Aun en la oscuridad de los pasillos despedía brillos y fulgores. Con toda probabilidad, había costado más que los otros vestidos encargados por Bronwyn.

Y ella se negaba a usarlo.

La vio apenas entró en el Gran Salón, sentada en un asiento con cojines, con un vestido de satén marfil. Próximo a ella, un joven tocaba un salterio.

Stephen se plantó entre ambos.

Ella le echó una mirada sobresaltada y apartó la cara.

—Me gustaría que lucieras este vestido —dijo él, en voz baja.

Ella no levantó la vista.

—Ya tengo vestido para la boda.

Alguien, cerca del joven, dejó escapar una suave risa.

—¿Otra vez con problemas de mujeres, Stephen?

Él permaneció inmóvil durante un instante. Luego levantó a Bronwyn de un tirón. No dijo una palabra, pero su negra expresión fue suficiente para mantenerla callada. Cerró sus dedos en torno de la muñeca de Bronwyn y la arrastró tras de sí. A la muchacha se le enredaban los pies en las faldas, estuvo a punto de caer, pero logró recoger los pliegues con la mano libre. Sabía que, de cualquier modo, Stephen la llevaría a rastras.

La empujó al interior de su alcoba y cerró la puerta. Después arrojó el vestido en la cama.

—¡Póntelo! —ordenó.

Bronwyn no cedía.

—No estoy a tus órdenes ni lo estaré nunca.

Stephen la miró con ojos duros y ensombrecidos.

—He hecho todo lo humanamente posible para compensarte por mi retraso.

—¡Tu retraso! —bramó ella—. ¿Crees que es por eso que te odio? ¿Tan poco me conoces que me crees tan ligera de cascos?

Poco me importan tus modales de patán: hoy quería que perdieras porque Roger Chatworth hubiera sido más conveniente para mi clan. Los míos te odiarán por tu arrogancia, como yo, porque crees ser el dueño de todo. Hasta crees poder dictaminar qué vestido he de ponerme para la celebración.

Stephen dio un paso adelante y cerró los dedos contra la mandíbula de la muchacha, hundiéndole en las mejillas el pulgar y el índice.

—Estoy harto de oír hablar de tu clan y más harto aún de que el nombre de Chatworth no se te caiga de los labios. Te hice confeccionar este vestido como regalo, pero eres demasiado terca como para aceptarlo así.

Ella trató de liberar la cabeza, pero no pudo. Stephen tensó los dedos hasta hacerle saltar lágrimas.

—Eres mi esposa —agregó—, y como tal me obedecerás. De tu pueblo no sé nada; ya veremos cuando lo conozca. Pero sí sé cómo debe actuar una esposa. Me he tomado muchas molestias para regalarte este vestido y vas a ponértelo.

—¡No! No te obedeceré. ¡Soy una MacArran!

—¡Maldita seas! —Stephen la aferró por los hombros y comenzó a sacudirla—. Esta cuestión no es entre Inglaterra y Escocia; tampoco entre un jefe y un hombre del clan. Es entre nosotros: un hombre y una mujer. Vas a ponerte ese vestido porque soy tu esposo y así lo mando.

Dejó de sacudirla y vio que sus palabras no habían causado en ella ninguna impresión. Entonces se agachó para cargársela al hombro.

—¡Suéltame!

Él no se molestó en contestar: la arrojó en la cama, boca abajo.

—¡Basta! ¡Me estás haciendo daño!

—Tú me haces cosas peores —replicó él, mientras manoteaba los diminutos botones que cerraban el vestido de Bronwyn por atrás, a horcajadas sobre ella—. Esta noche te mostraré las heridas que he recibido de Roger. Quédate quieta si no quieres que haga trizas este vestido.

De inmediato Bronwyn quedó inmóvil. Él la miró con disgusto.

—Al parecer, obtengo mejores reacciones de ti cuando amenazo con hacerte perder dinero.

—Somos un país pobre; no podemos permitirnos el derroche que veo aquí, en Inglaterra. —Siempre quieta, dejó que Stephen trabajara con los botones—. Esta mañana... combatiste bien.

Stephen interrumpió durante un instante la tarea.

—Sin duda te ha costado reconocerlo, considerando que deseabas hacerme matar.

—¡Yo no quería hacer matar a nadie! Sólo quería...

—No me lo digas. Ya lo sé: a Roger Chatworth.

Fue un momento extraño. Bronwyn sentía una rara intimidad con Stephen, como si le conociera desde hacía muchos años. No podía explicar por qué prefería a Roger. ¡Lo había intentado muchas veces, por cierto! Ahora resultaba casi agradable oír en la voz de él esa nota de celos. Le dejaría pensar que le gustaba Roger. Tal vez le viniera bien.

—Bueno. Levántate y quítate el vestido.

Como ella no se moviera, Stephen se inclinó para deslizarle los dedos por el cuello.

—No hace falta que esperemos hasta la noche.

Tanto sus palabras como su caricia hizo que Bronwyn cobrara vida y se apresurara a rodar, deslizándose por debajo de él.

—Me pondré ese vestido —dijo, sujetando la pechera de su traje, que caía hacia adelante—, pero debes salir.

Stephen se recostó sobre un codo.

—No tengo intención de hacerlo.

Bronwyn iba a discutir, pero comprendió que no serviría de nada. Además, en dos ocasiones él la había visto ya en ropa interior mojada. Esta vez, cuando menos, las prendas secas la ocultarían mejor. Se quitó el vestido y lo depositó con cuidado sobre un arcón de madera. Stephen la seguía con los ojos, hambrientos. Cuando ella fue a recoger el vestido plateado, lo apartó de modo que la muchacha se viera obligada a acercarse mucho para cogerlo. Tuvo tiempo de darle un rápido beso en el hombro antes de que ella se apartara.

El pesado paño de plata era muy bello. Bronwyn deslizó una mano admirativa por la falda antes de deslizárselo por encima de la cabeza. Le sentaba a la perfección: ceñía su pequeña cintura para abrirse en graciosos pliegues sobre la cadera. Levantó hacia Stephen una mirada atónita: el escote no formaba el cuadrado profundo que dictaba la moda, sino que la cubría hasta el cuello, rematado por una pequeña banda de encaje.

Stephen se encogió de hombros.

—Preferí que mi propiedad no estuviera tan a la vista de los otros hombres.

—¡Tu propiedad! —exclamó ella—. ¿Piensas elegirlo todo en mi vida? ¿Ya no puedo siquiera lucir la ropa a mi gusto?

Él lanzó un quejido.

—Sospechaba que tu dulzura no duraría mucho. Ahora acércate para que yo pueda abrocharlo.

—Puedo hacerlo sola.

Él la dejó forcejear un rato. Por fin la acercó de un tirón.

—¿Comprenderás alguna vez que no soy tu enemigo?

—Claro que eres mi enemigo. Todos los ingleses son enemigos míos y de mi clan.

Él la sujetó entre las piernas y empezó a manejar los diminutos botones. Cuando acabó la tarea la hizo girar, siempre sujetándola entre las rodillas.

—Espero enseñarte, con el tiempo, que soy algo más que un inglés. —Le deslizó las manos por los brazos—. Estoy ansioso por que llegue la noche.

Bronwyn trató de desasirse. Stephen la soltó con un suspiro. De pie a su lado, le tomó la mano.

—El sacerdote y los invitados nos esperan.

Bronwyn se dejó llevar de la mano, con desgana. La palma de Stephen estaba caliente y seca, encallecida por años de adiestramiento. El escudero los esperaba ante la puerta, con una pesada chaqueta de terciopelo que ofreció a su amo. Él le dio las gracias y el muchachito, contemplándole con orgullo, les deseó suerte y felicidad.

Stephen, sonriente, se llevó los dedos de Bronwyn a los labios.

—Felicidad —repitió—. ¿Crees que será posible la felicidad entre nosotros?

Ella apartó la vista sin responder. Juntos bajaron la escalera, de la mano. El vestido de plata, con su peso, recordaba a Bronwyn con cada paso el dominio de ese desconocido sobre ella.

Al pie de la escalera esperaban muchos hombres, amigos

todos de Sir Thomas y combatientes que habían luchado contra los montañeses de Escocia. No hacía esfuerzo alguno por ocultar su animosidad contra los escoceses. Entre risas, mencionaban que esa noche Stephen «conquistaría» al enemigo. Se reían del modo en que Bronwyn había luchado contra todos ellos tras la muerte de su padre y aseguraban que, si demostraba la mitad de ese salvajismo en el lecho, el novio se lo pasaría de maravilla.

Ella mantenía la cabeza erguida, repitiéndose que era una MacArran y que debía justificar el orgullo de su clan. Si los ingleses eran un montón de bravucones, ella no se rebajaría respondiendo a esos repulsivos comentarios.

Stephen le apretó la mano y ella levantó la vista, sorprendida. Él mantenía la expresión solemne y la boca apretada en una línea sombría; un músculo le temblaba en la mandíbula. En vez de disfrutar con los comentarios de sus compatriotas, prueba de que acababa de ganar un botín de guerra, le dirigió una mirada casi triste, como si quisiera pedirle disculpas.

La boda concluyó en muy poco tiempo, ni siquiera pareció una boda. Frente al sacerdote, Bronwyn se dio cuenta de lo sola que estaba. Había imaginado su matrimonio en las tierras altas, durante la primavera, cuando la tierra empezara a cobrar vida; se había imaginado rodeada de toda su familia, de todos los miembros de su clan; y su esposo tendría que haber sido alguien de su gusto.

Se volvió para mirar a Stephen. Estaban arrodillados en la pequeña capilla de Sir Thomas. El joven mantenía la cabeza inclinada en señal de reverencia. ¡Qué lejano parecía, qué remoto! ¡Y qué poco sabía Bronwyn de él! Se habían criado en dos mundos diferentes, entre costumbres completamente distintas. A ella se le había enseñado desde un principio que tenía derechos y poderes, que su pueblo buscaría en ella ayuda y consejo. Ese inglés, en cambio, sólo conocía una sociedad donde se enseñaba a las mujeres a coser y a ser una prolongación del esposo.

Y Bronwyn estaba condenada a compartir la vida con ese hombre. Él ya había puesto en claro que la consideraba algo de su propiedad, un objeto de su pertenencia al que podía manejar a voluntad.

Y esa noche… Los pensamientos de la muchacha se interrumpieron, porque no podía soportarlos. Ese hombre era para ella un perfecto desconocido. Ignoraba qué comidas le gustaban, si sabía leer o cantar, cuál era su familia. ¡No sabía nada! Y se le obligaba a entrar con él a un mismo lecho para compartir la experiencia más íntima de la vida. Y todos parecían pensar que ella debía disfrutarla.

Stephen se volvió para mirarla. Había notado que le estaba observando y eso le gustaba. Había desconcierto y perplejidad en su adorable frente. Él le dedicó una pequeña sonrisa que quiso ser reconfortante, pero la joven apartó la vista y volvió a cerrar los ojos sobre sus manos cruzadas.

Para Bronwyn el día pareció prolongarse infinitamente. Los invitados a la boda no hacían esfuerzo alguno por ocultar que sólo les interesaba la noche de bodas. Sentados alrededor de las grandes mesas de caballete, pasaron horas comiendo y bebiendo. Y cuanto más bebían, más brutales eran sus bromas. Con cada declaración, cada pulla de borracho, crecía el odio de Bronwyn hacia los ingleses. A ellos nada les importaba que estuvieran hablando de una mujer; sólo la consideraban como un trofeo.

Cuando Stephen le buscó la mano, ella la retiró. Eso provocó otra ronda de risas bullangueras. Bronwyn no miraba a su flamante esposo, pero notó que bebía con frecuencia el fuerte y rojo vino.

Los rayos del sol se alargaron por el salón. Un par de invitados, ya ebrios, iniciaron una riña y procedieron a forcejear entre sí. Nadie trató de impedirlo, pues estaban demasiado alcoholizados como para poder hacerse mucho daño.

Bronwyn comió muy poco y bebió aún menos. Al acercarse la noche sintió que se le tensaban las entrañas. Morag estaba en lo cierto: lo que la afligía era el pensar en esa noche. Trató de razonar, recordando que era valiente, que había encabezado muchas incursiones contra el ganado de los Mac-Gregor. Era capaz de dormir en medio de una tormenta de nieve, enrollada en su manta. Hasta había combatido contra los ingleses junto a su padre. Pero nada le había asustado nunca como pensar en lo que iba a ocurrir esa noche. Ella conocía el acto físico de la cópula, pero ¿qué la acompañaba? ¿Le cambiaría la experiencia? ¿Acaso ese Stephen Montgomery sería su dueño después del acto, como parecía creer?

Morag decía que se trataba de una experiencia gozosa, pero Bronwyn había visto a mozos fuertes convertidos en gelatina por un supuesto amor. Había visto a mujeres felices y deseables convertirse en regordetas y complacientes amas de casa tras recibir la sortija de boda. En el lecho matrimonial pasaba algo más que el simple acoplamiento y ese algo desconocido era lo que le inspiraba temor.

Cuando Morag se acercó por atrás, para decirle que era hora de prepararse para la cama, ella se puso blanca y se aferró de las tallas que decoraban la silla. Stephen la tomó del brazo durante un instante.

—Están envidiosos. No les prestes atención, por favor. Pronto podremos cerrar la puerta y dejarlos fuera.

—Prefiero seguir aquí —le espetó Bronwyn.

Pero siguió a Morag hacia las habitaciones.

La anciana, sin decir palabra, desabotonó el vestido de plata. Bronwyn, como una muñeca obediente, se deslizó entre los cobertores, desnuda. Rab se tendió en el suelo, junto a su ama.

—Vamos, Rab —ordenó Morag. El perro permaneció inmóvil—. ¡Bronwyn! Despide a Rab, ¿quieres? No le gustará estar contigo esta noche.

La muchacha la fulminó con la mirada.

—¿Temes por el perro y no por mí? ¿Es que todos me habéis abandonado? Quédate, Rab.

—Estás sintiendo lástima de ti misma, eso es todo. Una vez que esto termine no sentirás tanta tristeza.

La interrumpió la puerta, que se abrió bruscamente.

—Sal pronto, Morag —dijo Stephen, cerrando precipitadamente tras de sí—. Se pondrán furiosos cuando vean que me he escapado. Pero no los soporto ni un momento más y no quiero que Bronwyn siga soportando groserías. ¡Malditos sean!

Morag, muy sonriente, le puso una mano en el brazo.

—Eres un buen muchacho. —Se inclinó hacia él para susurrarle—: Cuídate del perro.

Y le dio una palmadita final. Él le abrió la puerta y volvió a cerrar a sus espaldas. Luego se volvió hacia Bronwyn con una sonrisa. Estaba sentada en la cama, con el pelo negro cayendo en cascada sobre las sábanas, muy pálida; los ojos lucían enormes y asustados en su cara. Los nudillos que apretaban la sábana contra su mentón se habían puesto blancos.

Stephen se dejó caer pesadamente en el borde de la cama para quitarse los zapatos, después, la chaqueta y el chaleco. Mientras se desabotonaba la camisa, dijo:

—Lamento que no hubiera una atmósfera más festiva en la boda. Como la casa de Sir Thomas está tan cerca de la frontera, las esposas de sus hombres temen visitarla.

Le interrumpió una serie de golpes en la puerta.

—¡No es justo, Stephen! —chillaban afuera—. ¡Queremos ver a la novia! ¡Tú la tendrás toda la vida!

Stephen se volvió para enfrentarse a su esposa, mientras se quitaba el cinturón con la espada y un pequeño puñal.

—Ya se irán. Están demasiado borrachos.

Una vez desnudo, se deslizó entre las sábanas junto a ella y sonrió ante la mirada vidriosa y recta de la muchacha. Alargó una mano para tocarle la mejilla.

—¿Tan formidable soy que no puedes mirarme?

De pronto Bronwyn cobró vida. Saltó de la cama, arrastrando la sábana con ella, y retrocedió hasta la pared. Rab, sobresaltado, se puso junto a ella. Ella miraba a Stephen, que seguía tendido en la cama, desnudo. Observó sus piernas musculosas, cubiertas de claro vello rubio; parecían extrañamente vulnerables. Tenía el pecho más ancho de lo que parecía cuando estaba vestido. Bronwyn se apretó contra la pared.

—No me toques —dijo, por lo bajo.

Despacio y con gran paciencia, Stephen sacó las piernas de la cama. Ella, que no dejaba de mirarle a los ojos, notó que su arrebato le parecía apenas un pequeño contratiempo. En una mesa cercana había una redoma, copas y un cuenco de fruta. Él le sirvió un poco de vino.

—Toma. Bebe esto y tranquilízate.

Ella hizo volar la copa de la mano al otro lado de la habitación, donde se hizo pedazos.

—No permitiré que me toques —repitió.

—¡Estás nerviosa, Bronwyn! Todas las novias se ponen nerviosas la primera vez.

—¡La primera vez! —chilló ella—. ¿Crees que ésta es mi primera vez? Me he acostado con la mitad de los hombres de mi clan. Pero no quiero que me toque un sucio inglés. Eso es todo.

Stephen no perdió su paciente sonrisa.

—Sé tan bien como tú que eso es una mentira. Si hubieras estado con algún hombre no estarías tan asustada. Relájate, por favor. Así no conseguirás otra cosa que dificultarlo todo. Por otra parte, ¿qué remedio te queda?

Bronwyn detestaba esa seguridad de tenerla indefensa. Detestaba todo en él. Hasta desnudo emanaba una sensación de poder. Le devolvió la sonrisa, pues contaba con algo que se la borraría de la cara.

—¡Rab! —ordenó—. ¡Ataca!

El enorme perro vaciló apenas un instante; de inmediato saltó directamente hacia la cabeza de Stephen.

El joven se apartó a un lado, más veloz en sus reacciones que el mismo perro. En tanto Rab volaba hacia él, convertido en una masa de gruñidos y largos dientes afilados, Stephen cerró el puño y lo descargó contra la gran cabeza cuadrada. El vuelo de Rab cambió inmediatamente de dirección; chocó violentamente contra la pared y se deslizó al suelo, convertido en un montículo.

—¡Rab! —aulló Bronwyn, dejando caer la sábana para correr hacia él.

El perro trató de levantarse, pero no hizo sino zigzaguear de una manera aturdida.

—Lo has herido —exclamó la muchacha, levantando la vista hacia Stephen, que estaba de pie ante ellos.

El mozo había echado un vistazo al perro; seguro de que estaba indemne, sólo tenía ojos para Bronwyn. Miraba boquiabierto los pechos coronados de rosa y las caderas redondas, de piel como satén marfil.

—¡Te mataré por esto! —vociferó la muchacha.

Stephen, aturdido por su belleza, no le vio tomar el cuchillo que estaba en la mesa, junto a la fruta. No tenía filo, pero sí una punta aguda. Él vio el destello un momento antes de que se le hundiera en el hombro. Se movió a un lado y recibió un corte en la piel.

—¡Maldición! —dijo, en tanto se llevaba una mano a la herida.

De pronto se sintió muy cansado. La sangre le manaba entre los dedos. Se sentó en la cama y apartó la mano para mirarse el hombro.

—Arranca un trozo de esa sábana para que pueda vendarme.

Bronwyn permanecía inmóvil, con el cuchillo en la mano. Stephen la recorrió con la vista.

—¡Obedece! —ordenó.

La muchacha se arrodilló para arrancar una larga tira de la sábana y se envolvió con el resto.

Stephen no le pidió ayuda para vendarse el brazo. Después de atar el vendaje, usando una mano y los dientes, se volvió hacia el perro.

—Ven aquí, Rab —dijo en voz baja.

El perro obedeció al instante. Stephen le examinó atentamente la cabeza y no encontró ningún daño. Entonces le dio una palmadita y el galgo le frotó la cabezota contra la mano.

—Bueno, bueno. Ahora tiéndete allí y duerme como un muchacho bien educado.

Rab se encaminó hacia el sitio señalado y se tendió en el suelo.

—Ahora, Bronwyn —pronunció él, en el mismo tono—, ven a la cama.

—No soy como Rab, que cambia de actitud con tanta facilidad.

—¡Maldita seas! —protestó Stephen.

Dio un largo paso hacia ella y la sujetó por la muñeca; le arrancó la sábana y la arrojó al suelo.

—Vas a obedecerme aunque deba castigarte.

La cruzó sobre sus muslos desnudos, con el trasero hacia arriba, y le dio unas palmadas fuertes en las firmes y redondeadas nalgas. Cuando hubo terminado, la empujó al otro lado de la cama, sin prestar atención a sus ojos lacrimosos. Se tendió junto a ella y cruzó un brazo y un muslo sobre su cuerpo.

Permaneció inmóvil por un instante, palpando su deliciosa piel. Nada deseaba tanto como hacerle el amor. Pero también estaba muy cansado. Esa mañana había combatido contra Roger; por el resto del día, contra Bronwyn y su perro. Le invadió una súbita oleada de satisfacción. Bronwyn era suya, para disfrutarla por el resto de sus días. Sus músculos empezaron a relajarse.

La muchacha permanecía bajo él, rígida, preparada para lo que vendría. Le ardía el trasero por la zurra y se le escaparon uno o dos sollozos entre las lágrimas. De pronto cayó en la cuenta de que él estaba relajado; su rítmica respiración le reveló, inconfundiblemente, que se había dormido. Entonces sintió una mezcla de alivio y resentimiento. Eso era un insulto.

Quiso apartarse de él, pero Stephen la retenía de un modo que parecía poner en peligro sus costillas. Convencida de que nada podría hacer, comenzó a relajarse. Y al hacerlo descubrió que le gustaba aquella piel contra la suya. El hombro de Stephen era duro y firme. Apoyó la mejilla contra él.

En el cuarto, las velas vacilaban. Bronwyn sonrió entre sueños, mientras Stephen sepultaba el rostro un poco más entre sus cabellos.

5

Por la mañana Stephen se despertó muy temprano. En un principio sólo notó el dolor y la rigidez del hombro amoratado y del brazo herido. En el cuarto todo era oscuridad y silencio. Sólo una levísima luz rosada penetraba por la alta ventana.

Lo primero que notó fue el olor de Bronwyn. Estaba envuelto en su densa cabellera negra y un muslo de la muchacha descansaba entre los suyos. En un momento olvidó todo malestar. Aspiró profunda, lentamente, y la observó. Así, dormida y relajada, esos ojos no le gritaban su odio; su barbilla, floja e indefensa, resultaba suave y femenina.

Movió cautelosamente una mano para tocarle la mejilla. Era suave como la de un bebé, redondeada, sonrosada de sueño. Sepultó los dedos en el pelo, observando los rizos que se le enroscaban al antebrazo como un rosal trepador al enrejado. Tuvo la sensación de haberla deseado durante toda su vida. Ella era la mujer con la que siempre había soñado. No tenía deseo alguno de apresurar sus placeres. Puesto que llevaba tanto tiempo esperando, decidió tomarse tiempo para saborearla.

Cuando ella abrió los ojos, Stephen no hizo ningún movimiento apresurado, nada que la sobresaltara. Aquellos ojos grandes y azules iluminaban toda la cara; le hicieron pensar en las gacelas del parque de los Montgomery. Cuando era niño, Stephen se las componía para acercarse subrepticiamente para observarlas; con el correr del tiempo los animales perdían el miedo.

Le tocó el brazo; deslizó por él los dedos hasta cogerle la mano y se la llevó lentamente a los labios. Se puso la punta de un dedo en la boca y la miró a los ojos, sonriendo. Ella le miró con expresión preocupada, como si temiera perder por su causa algo más que la virginidad. Él quería tranquilizarla, pero sabía que con palabras sería imposible; el único modo de hacerle comprender era despertarle reacciones adecuadas.

Cambió de posición para liberar sus brazos. De inmediato la muchacha se puso tiesa. Él empleó una mano para retenerle los dedos y fue tocando las suaves yemas con los dientes y la lengua. Le deslizó la otra mano por el torso, ciñéndole la cintura, acariciando la cadera. Su cuerpo era firme, de músculos bien formados bajo la suave piel, duros por el uso. Sintió que suspiraba bruscamente ante la primera caricia en el pecho. Con mucha suavidad, dejó que su pulgar jugara con la rosada punta. Se fue endureciendo bajo su tacto, pero ella no se relajaba. Stephen frunció algo el ceño, comprendiendo que así no llegaría a nada. Toda su dulzura no lograba sino ponerla más tensa.

Deslizó la mano desde el pecho hasta el muslo. Inclinó la cabeza y la besó en el cuello, deslizando los labios por el hombro y por el pecho, mientras su mano jugaba con la forma delicada de la rodilla. Sintió que se estremecía un poco de placer y sonrió, dedicado al pecho izquierdo. Pero frunció el ceño al ver que ella volvía a ponerse tensa.

Stephen se apartó. Bronwyn, tendida de espaldas, lo miraba con extrañeza. Él le acarició el nacimiento del pelo, junto a la sien. Su cabellera la rodeaba como una cascada de líquidas perlas negras.

«Es diferente de las otras mujeres», se dijo. «Es especial, única.»

Le sonrió. Con un brusco movimiento apartó la sábana que le cubría las piernas desde las rodillas.

—No —susurró Bronwyn—, por favor.

Sus piernas eran estupendas: largas, esbeltas, curvilíneas. Había pasado la vida montando a caballo y recorriendo largas distancias, por colinas y valles. Eran piernas sensibles. Stephen comprendió entonces que no era la caricia en el pecho lo que le había provocado aquel leve estremecimiento de placer, sino el contacto de su mano en la rodilla.

Se trasladó a los pies de la cama, sin dejar de mirarla para disfrutar su belleza, y le apoyó las manos en los tobillos para deslizarlas poco a poco hacia arriba, hacia las rodillas y los muslos. Bronwyn dio un respingo, como si alguien le hubiera tocado con una brasa.

Stephen soltó una risa grave y bajó las manos otra vez. Tomó uno de sus pies entre las manos y le besó las piernas, deslizando la lengua por la rodilla.

Bronwyn se movió, inquieta. Pequeños escalofríos de placer le recorrían el cuerpo, los brazos y los hombros. Nunca había tenido esas sensaciones. Todo su cuerpo temblaba; su respiración se hizo rápida y desigual.

Stephen la puso bruscamente boca abajo para acercar la boca al dorso de su rodilla. Bronwyn estuvo a punto de caer de la cama, pero la mano del joven, apoyada contra su espalda, la retuvo. Ella escondió la cara en la almohada, gimiendo como si sufriera. Stephen siguió torturándola. Sus manos y su boca exploraron cada centímetro de aquellas piernas sensibles.

La deseaba tanto que ya no podía resistir más. Volvió a girarla y le buscó la boca. No estaba preparado para descubrir la fuerza de su pasión. Ella se aferró a él, encerrándolo entre sus brazos como si quisiera robarle la esencia con la boca. Él sabía lo que ella deseaba, pero también que ella no lo sabía.

Cuando Bronwyn empezó a empujarlo hacia el colchón, recorriéndole frenéticamente la espalda y los brazos con las manos, él la hizo tenderse. Las piernas de la muchacha se abrieron naturalmente para recibirlo. Estaba lista. Ante la primera penetración abrió mucho los ojos y ahogó una exclamación. Luego cerró los ojos y echó la cabeza atrás, sonriente.

—Sí —susurró—, oh, sí.

Stephen temió que se le detuviera el corazón. Su cara, esas palabras pronunciadas en tono gutural, eran más incitantes que cualquier poema de amor. ¡Toda una mujer! Una mujer que no temía al hombre, que podía igualarle en pasión.

Comenzó a moverse sobre ella, que no vaciló en seguirle. Ella le acarició el cuerpo y le frotó la parte interior de los muslos, hasta hacerle pensar que iba a quedarse obnubilado por la potencia del deseo. Sin embargo, Bronwyn lo igualaba, impulso por impulso, dando y recibiendo. Cuando por fin él estalló, la sintió estremecerse con violencia, con tanta violencia que amenazó desgarrarle.

Cayó sobre la muchacha, sudoroso, laxo, y la abrazó con una fuerza brutal.

A Bronwyn no le importó no poder respirar. Por un momento pensó que estaba muerta. Nadie podía sobrevivir a una experiencia como la que acababa de pasar. Todo su cuerpo palpitaba; no habría podido dar un paso ni para salvar la vida. Se quedó dormida con los brazos y las piernas enroscados a Stephen.

Al despertar se encontró con los ojos azules y divertidos del joven. El sol inundaba la habitación. En un instante recordó todo lo que había ocurrido entre ellos y sintió que la cara se le llenaba de sangre ardiente. Le extrañó no poder recordar las sensaciones que la habían llevado a actuar de modo tan bochornoso.

Él le tocó la mejilla, con los ojos llenos de risa.

—Estaba seguro de que valía la pena luchar por ti —dijo.

Ella se apartó. Se sentía muy bien. En realidad, se sentía mejor que en mucho tiempo. «¡Por supuesto!», pensó. Eso era porque se reconocía la misma de siempre. Había pasado la noche con un hombre que no cambiaba. Aún le odiaba; él seguía siendo el enemigo. Seguía siendo un personaje insufrible, arrogante y jactancioso.

—Sólo soy eso para ti, ¿no? Una cualquiera que te calienta la cama.

Stephen sonrió perezosamente.

—Más que calentarla estuviste a punto de prenderle fuego. Y le deslizó una mano por el brazo.

—¡Suéltame! —protestó ella con firmeza.

Se levantó de un salto y cogió su bata de terciopelo verde. En ese momento se oyó un rápido toque a la puerta. Morag entró llevando una jofaina con agua caliente.

—Se os oye reñir desde escaleras abajo —les espetó.

—Seguramente has oído también otros ruidos —adujo Stephen, poniéndose las manos detrás de la cabeza.

Morag se volvió para sonreírle, con la cara plegada en tantas arrugas que le desaparecían los ojos.

—Se te nota muy complacido contigo mismo —comentó,

echando un vistazo apreciativo a su piel bronceada contra la sábana.

—Más que complacido, diría yo. No me extraña que vosotros, los montañeses, no bajéis nunca al sur.

Sus ojos recorrieron a Bronwyn, que le echó llamaradas de odio con la mirada.

Chris Audley apareció en el vano de la puerta.

—Pero ¿no se puede tener un poco de intimidad? —protestó Bronwyn, girando hacia la ventana con Rab a su lado.

No acarició al perro; se sentía traicionada también por él, tanto la noche anterior como esa mañana, puesto que había permitido a Stephen… De sólo pensarlo enrojeció otra vez.

Stephen sonrió a su amigo.

—Le gusta estar a solas conmigo.

—¿Qué te ha pasado en el brazo? —inquirió Chris, señalando con un gesto el vendaje manchado de sangre seca.

Stephen se encogió de hombros.

—Un inconveniente. Y ahora, si los dos estáis satisfechos de que nos hayamos asesinado mutuamente, tal vez tendrías la bondad de dejarme a solas con mi esposa, para que ella pueda cuidarme la herida.

Morag y Chris le sonrieron; después de echar una breve mirada a la espalda rígida de Bronwyn, se retiraron.

La muchacha giró en redondo para enfrentarse a Stephen.

—Espero que te desangres hasta morir —le espetó.

—Ven aquí —dijo él, con dulce paciencia, alargándole las manos.

Ella obedeció, pese a sus pensamientos. Él la tomó de la mano y la obligó a sentarse en el borde de la cama, a su lado. La sábana se deslizó hacia abajo, descubriendo parte de las caderas y la cintura de él. Bronwyn apartó la vista y prefirió mirarle a la cara. Tenía que dominar el impulso de tocarle.

Stephen le sujetó las dos manos con una de las suyas y le tocó la mejilla con la mano libre.

—Tal vez te provoco demasiado. Esta mañana me has dado gran placer. —Vio que un lento rubor manchaba las mejillas de Bronwyn—. Y ahora ¿qué puedo hacer yo para complacerte, que no sea arrojarme por la ventana?

—Me gustaría volver a casa —dijo ella, en voz baja, con

toda la nostalgia en el tono suave—. Quiero volver a casa, a las montañas de Escocia, a mi clan.

Él se inclinó para besarla con suavidad en los labios, con la dulzura de una lluvia primaveral.

—Partiremos hoy mismo —prometió.

Ella sonrió y quiso apartarse, pero Stephen le retuvo las manos con firmeza. La cara de la muchacha retomó la frialdad en un instante.

—Desconfías de mí, ¿eh? —Él echó un vistazo a su vendaje ensangrentado—. Hay que limpiar y vendar debidamente esto.

La joven se apartó bruscamente.

—Morag puede encargarse de eso. Le dará gran placer, puesto que parece morirse de deseos por ti.

Stephen arrojó la sábana a un lado y se irguió ante ella para estrecharla en sus brazos.

—Ojalá fueran celos eso que arde en tu voz. No quiero que sea Morag quien cambie el vendaje, sino tú. Ya que la herida la hiciste tú, cúrala.

Bronwyn no podía moverse; apenas podía pensar cuando él la estrechaba de ese modo. Recordó la sensación de aquellos labios en el dorso de sus rodillas y le apartó de un empujón.

—Está bien, lo haré. Si lo hago en vez de discutir terminaremos antes y podremos volver a casa.

Stephen se sentó junto la ventana, reclinado contra los almohadones, sin prestar la menor atención a su desnudez. Le tendió el brazo. Sonrió al ver que ella evitaba mirarle.

A Bronwyn no le gustó esa jactancia, esa seguridad de que su cercanía producía en ella algún efecto. Peor aún: detestaba que ese hermoso cuerpo masculino le atrajera la vista de ese modo. Con una sonrisa perversa, le arrancó el vendaje del brazo, desprendiendo bruscamente trocitos de piel y de costra recién formada.

—¡Maldita seas! —chilló Stephen, saltando del asiento. Le puso una mano tras el cuello para atraerla hacia sí—. ¡Ya lamentarás eso! ¡Algún día sabrás que cada gota de mi sangre es más preciosa que todos tus enojos y tus rencores!

—¿Ése es tu mayor deseo? Pues puedo asegurarte que no lo conseguirás. Me he casado contigo para evitar guerras dentro de mi clan. No te mato porque tu viejo rey haría sufrir a mi gente.

Stephen la apartó de sí con tanta violencia que la estrelló contra la cama.

—¡Que no me matas! —se burló. De la herida abierta le chorreaba nuevamente la sangre. Se levantó para recoger sus ropas del suelo—. Tienes demasiado buena opinión de ti misma —aseguró, mientras metía las piernas en sus calzas. Puso al hombro su camisa y su chaleco. Antes de dar un portazo tras de sí, ordenó con sequedad—: Estáte lista dentro de una hora.

El cuarto quedó extrañamente silencioso cuando él se hubo ido; demasiado grande, demasiado desierto. Pero era una suerte que ya no estuviera allí, desde luego. Durante un breve momento Bronwyn se preguntó quién le vendaría la herida, pero acabó por encogerse de hombros. ¿Qué importaba eso?

Se acercó a la puerta para llamar a Morag. Tenía mucho que hacer en el curso de una hora.

Cabalgaron a buen paso todo ese día, hasta bien entrada la noche. Bronwyn sentía que su corazón y su mente se aligeraban a medida que avanzaban hacia el norte. Detestaba el ruido de las carretas que los seguían. Para su economía escocesa, aquellas cargas de mercancía eran innecesarias. Cualquier escocés viajaba con lo que llevaba puesto y un poco de comida en la mochila. Los ingleses se detenían a mediodía para cocinar. Bronwyn, impaciente, no había podido comer mucho.

—¡Siéntate! —ordenó Stephen—. Pones nerviosos a mis hombres por estar brincando de un lado a otro.

—¡Tus hombres! ¿Y los míos, que me esperan?

—Sólo puedo encargarme de un grupo a la vez.

—¡Que sólo puedes…!

Pero Bronwyn se interrumpió. Entre los hombres de Stephen, varios los miraban con interés. Christopher Audley le sonrió con un chisporroteo en los ojos. Bronwyn reconoció que era un joven agradable, pero ya nadie le agradaba. Quería salir de esas malditas tierras bajas cuanto antes.

Por la noche cruzaron los montes Grampianos, bajas montañas intercaladas con amplios valles. En cuanto los hubieron cruzado el aire pareció volverse más frío; el paisaje, más silvestre. Bronwyn empezó a respirar con más facilidad. Sus hombros se relajaron; los músculos de su cara adquirieron un aspecto más distendido.

—¡Bronwyn! —dijo Stephen, a su lado—. Debemos detenernos para pasar la noche.

—¡Detenernos! Pero si…

Comprendió que de nada serviría discutir. Sólo Morag sentía lo mismo que ella. Los otros necesitaban descansar para poder continuar. Respiró hondo y comprendió que la proximidad de su tierra le ayudaría a dormir bien. Entonces desmontó y retiró su alforja. Al menos podría liberarse de las molestas ropas inglesas.

—¿Qué es esto? —preguntó Stephen, tocando la manta que ella se había cargado al brazo. De pronto el recuerdo le iluminó los ojos—. ¿Es lo que llevabas la primera noche que te vi?

Ella se la arrebató para perderse entre la oscuridad de los árboles. No resultó fácil quitarse el vestido inglés sin ayuda, pero estaba decidida a deshacerse de él. Una vez que hubo puesto en una roca el pesado terciopelo, se desnudó por completo. La vestimenta escocesa era simple y daba libertad. Se puso una suave camisa de algodón encima de la cabeza y luego una camisa de mangas largas, color azafrán. Las mangas estaban fruncidas en el hombro y tenían puños angostos. La falda estaba cortada en amplios gajos; ceñía la cadera, pero se ensanchaba lo suficiente para permitirle correr y montar a caballo. Su color era un suave azul de brezos. Un ancho cinturón de hebilla plateada le rodeaba la estrecha cintura. Se ciñó diestramente a los hombros otra manta de seis metros y la sujetó con un broche grande, el mismo broche de plata que pasaba de madre a hija, de generación en generación.

—Deja que te ayude —dijo una voz, desde atrás.

Ella giró en redondo para enfrentarse a Stephen.

—¿Estabas espiándome otra vez? —preguntó, fría.

—Prefiero decir que te estaba protegiendo. No se sabe qué puede ocurrirle a una mujer hermosa que se adentra sola en el bosque.

Ella retrocedió.

—Creo que lo peor ya me ha pasado.

No quería tenerlo cerca. No quería una repetición del poder que él había demostrado ejercer sobre ella en la noche anterior. Giró sobre sus talones y corrió al campamento.

—¿No te olvidas esto? —gritó Stephen, mostrándole los zapatos.

Y soltó una carcajada al notar que ella continuaba sin volverse.

Bronwyn entró renqueando en la tienda de Stephen. Sus hombres eran eficientes cuando se trataba de instalar un campamento a la manera de una pequeña ciudad. La muchacha hizo una mueca al pisar la alfombra tendida sobre el buen suelo escocés. Había olvidado que llevaba meses sin correr descalza a tierra abierta. Sus pies se habían ablandado; aquella breve carrera acababa de rasgarle las plantas, magullándolas.

Se sentó en el borde del amplio catre para inspeccionar sus pies. La entrada de Stephen le hizo levantarse de prisa, aunque el dolor de las plantas le arrancó lágrimas de dolor.

Stephen arrojó sus zapatos a un rincón y se sentó en el catre.

—Déjame ver.

—No sé de qué hablas —dijo ella, altanera, apartándose.

—¿Por qué eres siempre tan terca, Bronwyn? Te has herido los pies, lo sé; ven aquí y deja que les eche un vistazo.

Ella comprendió que era preciso atenderlos, tarde o temprano. Resignada, se sentó en el catre.

Él se agachó con un suspiro de exasperación y puso los pies de Bronwyn en su regazo. La muchacha cayó hacia atrás, apoyada en los brazos. Stephen, con el ceño fruncido, le revisó los cortes; uno era bastante profundo. Llamó a gritos a su escudero para que le trajera agua caliente y vendas limpias.

—Pon los pies aquí —le indicó, poniendo el recipiente del agua en el suelo.

Se los lavó y enjuagó con ternura. Después se los puso en el regazo para secarlos y vendarlos.

—¿Por qué haces esto por mí? —preguntó ella, en voz baja—. Soy tu enemiga.

—No, no lo eres. Eres tú la que lucha contra mí, no lo contrario. Mi único deseo es vivir en paz contigo.

—¿Cómo puede haber paz si la sangre de mi padre es una muralla entre los dos?

—Bronwyn... —empezó él.

Pero se interrumpió. De nada serviría discutir. Sólo con actos podría convencerla de que sólo deseaba el bien de ella y de su clan. Dio una palmadita al vendaje del pie izquierdo.

—Así estarás bien, por el momento. —Ella quiso apartarse, pero él le retuvo los pies. Sus ojos se oscurecieron. Le deslizó una mano por la pantorrilla—. Tienes unas piernas preciosas —susurró.

Bronwyn reconoció su expresión y quiso apartarse, pero él la hipnotizaba; la retenía casi sin emplear fuerza. Sus manos ya estaban debajo de su larga falda. Ella se recostó contra las almohadas, dejándose acariciar las piernas y las nalgas.

Stephen se tendió a su lado y la tomó en brazos para besarle la cara, las orejas, la boca. Desprendió con destreza el broche y la hebilla del cinturón. Las ropas se le desprendieron del cuerpo casi sin que ella se diera cuenta. Stephen se apartó sólo durante algunos segundos para desvestirse. Rió gravemente al ver que las manos de Bronwyn lo buscaban para atraerle al camastro.

Fijó su boca a la de ella, degustando la dulzura de su lengua.

—¿Quién soy? —susurró, en tanto le deslizaba los dientes por el cuello.

Ella, en vez de responder, le frotó los muslos con los propios. El corazón le palpitaba con fuerza; pese a la frescura de la noche, sobre la piel empezaba a formársele una leve capa de sudor.

Stephen le hundió una mano en el pelo.

—¿Quién soy? Quiero oírte pronunciar mi nombre.

—Stephen —susurró ella—. Y yo soy una MacArran.

El joven rió, con los ojos brillantes. Ni siquiera en medio de la pasión perdía ese increíble orgullo.

—Y yo soy el conquistador de una MacArran —rió.

—¡Jamás!

Bronwyn le sujetó por el pelo para tirar de él hacia atrás. Después le aplicó los dientes al cuello. ¿Quién es el conquistador, di?

Stephen la montó, recorriéndola con las manos firme-
mente.

—Los ingleses perderíamos todas las guerras si los enemigos fueran como tú.

De pronto la levantó. La fue bajando poco a poco hasta
sentarla contra su pene. Bronwyn ahogó una exclamación de
sorpresa; de ¡mediato emitió un grave quejido de placer y empezó a moverse hacia arriba y hacia abajo. Stephen permanecía
muy quieto, permitiéndole controlar el placer de ambos. Cuando sintió que el estímulo llegaba al máximo, la puso de espaldas y ella se le aferró con fuerza. Estallaron juntos en un destello cegador.

Se quedaron dormidos tal como estaban, exhaustos, con la
piel pegada por el sudor y la pasión.

Un búho despertó a Bronwyn. Despertó con los ojos muy
abiertos y los sentidos alerta. Stephen estaba despatarrado
medio sobre ella, inmovilizándola. Ella frunció el ceño al recordar la pasión vivida. Ya había desaparecido y su cuerpo desobediente estaba bajo el mando de su propia mente.

El reclamo de ese búho era muy familiar. Lo había oído
muchas veces a lo largo de su vida.

—¡Tam! —susurró.

Lentamente, empleando más suavidad de la que deseaba,
apartó los miembros pesados de Stephen.

Se vistió rápidamente en la oscuridad, casi sin hacer ruido.
Buscó sus zapatos y salió de la tienda. Permaneció inmóvil algunos instantes, escuchando, con Rab a su lado. Stephen había
puesto guardias que recorrían el perímetro del campamento.
Bronwyn les echó una mirada de disgusto al pasar cerca de
ellos. Se adentró en el bosque. Los cuadros de su manta y su
pelo oscuro la hacían casi invisible.

Caminó con celeridad, a paso seguro, casi sin hacer ruido.
De pronto quedó muy quieta, percibiendo la proximidad de
alguien.

—Jamie te adiestró bien —dijo una voz grave, detrás de
ella.

Bronwyn se volvió con una sonrisa brillante…

—¡Tam! —exclamó, un instante antes de arrojarse a sus
brazos.

Él la estrechó con fuerza, levantándola del suelo.

—¿Te han tratado bien? ¿Estás indemne?

La muchacha se apartó.

—Deja que te mire —dijo.

El claro de luna ponía en el pelo de Tam más plata de la que en realidad tenía. Era hombre de mediana estatura, no más alto que Bronwyn, pero de poderosa complexión; un roble hubiera envidiado sus brazos y su torso. Tam era primo de Jamie y había sido amigo de la muchacha toda su vida. Uno de sus hijos varones figuraba entre los tres que su padre le había propuesto como esposos.

El hombre emitió una grave carcajada.

—Tus ojos son mejores que los míos, ya viejos. Yo no me doy cuenta de si estás bien o no. Queríamos venir por ti, pero temíamos por tu seguridad.

—Sentémonos.

—¿Tienes tiempo? Nos han dicho que ahora estás casada.

Bronwyn vio en su cara la preocupación; había más arrugas alrededor de sus ojos.

—Sí, estoy casada —dijo, una vez que estuvieron sentados en un canto rodado—. Con un inglés.

—¿Cómo es? ¿Piensa quedarse contigo en Escocia o volver a su Inglaterra?

—¿Cómo quieres que lo sepa? Es arrogante. He tratado de hablarle de mi clan, pero no me escucha. Para él nada vale, como no sea lo inglés.

Tam le tocó la mejilla. Por muchos años la había considerado su hija.

—¿Te ha hecho daño? —preguntó, en voz baja.

Bronwyn agradeció que la oscuridad cubriera sus rubores. Stephen le hería el orgullo, al hacerla retorcerse con él. Bastaba con que la tocara para que ella perdiera la cabeza. Pero no podía decir esas cosas a un hombre que era como otro padre.

—No, no me ha hecho daño. Dime, ¿como está mi clan? ¿Habéis tenido muchos problemas con los MacGregor?

—No. Todo ha estado tranquilo en tu ausencia. Estábamos muy preocupados, aunque el rey inglés prometió que no te haría nada. —Estiró una mano y Rab acudió a su lado. Él le dio unas palmaditas diestras en la cabeza—. Hay cosas que me ocultas. ¿Qué pasa con ese esposo tuyo?

Bronwyn se levantó.

—¡Le odio! Provocará más problemas de los que necesito. Cuando le dije que debía tratar de hacerse aceptar por mi clan se rió de mí. Viaja con un ejército de hombres y montañas de equipajes

—Os oímos hace varios días.

—Temo que tanta ignorancia y estupidez perjudiquen a mis hombres. Sin duda, tratará de atraeros a sus costumbres. Alguien le hundirá un puñal en las costillas y el rey inglés lanzará a sus soldados contra mis jefes.

Tam se levantó y le puso las manos en los hombros. Eran hombros demasiado pequeños para el peso de tanta responsabilidad.

—Tal vez no. Tal vez se le puedan quitar algunos trocitos de piel para que aprenda a respetar nuestras costumbres.

Bronwyn se volvió para sonreírle.

—Qué bien me haces. Dicen los ingleses que somos un montón de brutos salvajes. Si te oyeran acabarían de convencerse.

—Conque somos salvajes, ¿eh? —repitió Tam, provocándola.

—Sí, y opina que las mujeres son tan malas como los hombres.

—¡Hum! —gruñó su compañero—. A ver… veamos si recuerdas algo de lo que te enseñé.

Antes de que ella pudiera parpadear, Tam desenvainó su puñal y le apuntó al cuello. Había pasado años enteros enseñándole a protegerse de los hombres fuertes. Ella se movió a un costado en un movimiento rápido y fluido, pero no lo suficiente: el puñal se apretó contra su cuello.

De pronto, de entre los árboles, un hombre alzó vuelo, literalmente, y se estrelló contra el cuerpo de Tam. Bronwyn saltó a un lado, mientras su compañero trataba de conservar el equilibrio. Era corpulento, macizo, y su punto fuerte era mantenerse firme contra cualquier embate. Bronwyn le había visto resistir en pie a cuatro hombres de buen tamaño.

Tam encogió un hombro y el atacante cayó. El escocés le miró bizqueando, lleno de curiosidad.

Bronwyn sonrió al ver que se trataba de Stephen; estaba tendido de espaldas. Resultaba un placer verlo así, vencido. Había derrotado a Roger Chatworth, pero Roger era inglés y estaba adiestrado según las reglas de la caballería y el deporte. Tam, en cambio, era un luchador de verdad.

Stephen no perdió tiempo en contemplar a su adversario. Sólo sabía que le había visto apuntar con un cuchillo al cuello de su mujer. Para él se trataba de defender su vida y la de ella contra Tam. Tomó un leño del suelo y, en tanto el otro se volvía hacia Bronwyn, desconcertado, le golpeó con él detrás de la rodilla.

Tam emitió un grave gruñido y cayó hacia adelante. Stephen, de rodillas, le hundió el puño en la cara y sintió que le crujía la nariz bajo sus nudillos.

Tam sabía que Stephen no era un desconocido; de lo contrario Rab hubiera avisado. Pero cuando sintió que se le quebraba la nariz ya no le importó quién fuera su atacante. Abrió sus manazas y buscó el cuello de Stephen. El muchacho sabía que no tendría oportunidad contra su fuerza, pero su juventud y su agilidad le compensaban sobradamente. Esquivó aquellas manazas y se agachó para castigar con ambos puños el vientre duro como una roca. Tam no pareció reparar en los golpes. Lo sujetó por los hombros, lo alzó en vilo y lo estrelló contra un árbol dos veces. Stephen quedó aturdido, pero levantó las piernas y usó de toda su fuerza para empujar contra el pecho de Tam. Eso fue suficiente para impedir que el otro lo aplastara contra el árbol.

Luego levantó los brazos bajo las muñecas de Tam. Esa brusca reacción hizo que su adversario le soltara. Un instante después Tam estaba otra vez sobre él, buscándole el cuello con las manos. Stephen disponía de pocos segundos para escapar. Levantó las piernas y efectuó un perfecto giro hacia atrás.

Tam quedó agachado por un momento. Su enemigo había desaparecido en un segundo. Antes de que pudiera parpadear sintió una fría hoja de acero en el cuello.

—¡No te muevas —dijo Stephen, jadeando— o te degollaré!

—¡Basta! —gritó Bronwyn—. ¡Stephen! ¡Suéltalo de inmediato!

—¿Que lo suelte? —se extrañó Stephen—. Trataba de matarte.

Y frunció el ceño al oír la grave risa de Tam.

—¡Matarme! —se burló Bronwyn—. No he conocido a hombre más estúpido en mi vida. En caso de peligro Rab lo habría atacado. Ahora guarda ese puñal antes de que lastimes a alguien.

Stephen envainó lentamente el cuchillo.

—Ese maldito perro se estaba tan quieto que lo creí muerto.

Se frotó la nuca. Tenía la sensación de que le habían roto la columna.

—Tiene razón, Bronwyn —adujo Tam—. Hizo lo que yo también hubiera hecho. —Y tendió la mano a Stephen—. Me llamo Tam MacArran. ¿Dónde aprendiste a pelear así?

Stephen vaciló por un instante antes de aceptar la mano extendida. Lo que en verdad quería hacer era ponerse a Bronwyn sobre las rodillas y zurrarla por haberle tratado como a un estúpido, cuando él sólo deseaba protegerla.

—Stephen Montgomery —se presentó, estrechando la mano a Tam—. Tengo un hermano de tu tamaño y descubrí que el único modo de derrotarlo era ser más veloz. Un acróbata me enseñó algunas triquiñuelas que me han resultado útiles.

—¡Ya lo creo! —exclamó el otro, frotándose la nariz—. Me parece que la tengo rota.

—¡Oh, Tam! —exclamó Bronwyn, echando hacia Stephen una mirada de odio—. Vamos al campamento y le echaré un vistazo.

Tam no se movió.

—Creo que deberías pedir permiso a tu esposo. Supongo que eres su esposo, ¿no?

Stephen sintió que ese hombre le caía muy simpático.

—Ya tengo cicatrices que lo prueban.

Tam rió entre dientes.

—Vamos. Veré si encuentro un poco de cerveza. Y voy a cambiar una palabra con mis guardias. ¿Cómo es posible que no escucharan a Bronwyn abandonar el campamento? Un hombre con armadura completa no hubiera hecho tanto ruido.

—¡Con armad…! —protestó Bronwyn—. ¡Vosotros, los ingleses, sois…!

Tam le puso una mano en el hombro para interrumpirla.

—Aunque los otros no te hayan oído, tu esposo te oyó. Ahora adelántate y busca un poco de agua caliente para que pueda lavarme. Creo que estoy cubierto de sangre seca. —Miró a Stephen con cariño—. Tienes bastante fuerza en esos puños.

El muchacho sonrió.

—Otro golpe contra ese árbol y me hubieras quebrado la columna.

—Sí —reconoció Tam—. No tienes carne que te acolche.

—¡Ja! —resopló Stephen—. Si me pusiera tan gordo como tú no podría moverme.

Los hombres se sonrieron, mientras Bronwyn y Rab los precedían al campamento.

—¡Stephen! —exclamó Chris cuando llegaron—. Oímos el ruido, pero tardamos un rato en notar que habíais desaparecido. ¡Por los clavos de Cristo! ¿Qué te ha pasado y quién es este hombre?

Las antorchas se iban encendiendo, pues los hombres empezaban a despertarse, alertados por la conmoción.

—Vuelve a dormir, Chris —dijo Stephen—. Pero antes pide a alguien que nos traiga agua caliente y un tonel de cerveza, ¿quieres? Entra, Tam.

Tam contempló el interior de la tienda. Las paredes estaban forradas de seda color celeste; el suelo, cubierto con alfombras de Oriente. Se sentó en una silla de roble tallado.

—Bonito lugar tenéis aquí —comentó.

—¡Es un derroche de dinero! —le espetó Bronwyn—. Habiendo gente que pasa hambre.

—Yo pagué para que me fabricaran esta tienda, y supongo que los trabajadores compraron comida con ese dinero —replicó Stephen.

Tam paseaba la vista entre ambos. Vio enfado y hostilidad en Bronwyn, pero en Stephen sólo se percibía tolerancia, tal vez afecto. Y el muchacho le había atacado al pensar que él estaba amenazando a su mujer.

Trajeron el agua caliente. Los dos hombres se desnudaron hasta la cintura para lavarse. Bronwyn palpó la nariz a Tam y le aseguró que no estaba fracturada. La espalda de Stephen era una maza de sangre allí donde la corteza del árbol le había desgarrado la piel.

—Creo que tu esposo necesita una cura en la espalda —observó Tam, en voz baja.

Bronwyn echó a su esposo una mirada desdeñosa y salió de la tienda, seguida por Rab. Tam tomó un paño.

—Siéntate, muchacho, que yo me encargaré de tu espalda.

Stephen obedeció. Mientras su compañero le lavaba con suavidad las heridas, él comenzó a hablar.

—Tal vez deba pedir disculpas por los modales de mi esposa.

—No hay necesidad. Creo que soy yo quien debo pedirte disculpas, pues colaboré para que sea como es.

Stephen se echó a reír.

—Tenía más motivos para pelear contigo de los que sabía. Dime, ¿crees que alguna vez dejará de estar furiosa conmigo?

Tam estrujó el paño sanguinolento.

—Es difícil decirlo. Ella y Davey tienen muchos motivos para odiar a los ingleses.

—¿Qué Davey?

—El hermano mayor de Bronwyn.

Stephen giró en redondo.

—¡Un hermano! Bronwyn tiene un hermano varón ¿y el padre la nombró sucesora a *ella*?

Tam rió entre dientes y le dio un empujón para poder terminar con su espalda.

—Las costumbres escocesas deben de parecerte extrañas.

Stephen resopló.

—«Extrañas» es poco decir. ¿Qué clase de hombre era el padre de Bronwyn?

—Antes deberías preguntar por el hermano. Davey era un muchacho alocado; nunca fue del todo derecho. Es un muchacho apuesto y tiene mucha simpatía; así conseguía siempre que la gente hiciera lo que él deseaba. El problema es que no sabía determinar lo que más convenía al clan.

—¿Y Bronwyn sí? No se interesa más que por su clan... y por ese condenado perro.

Tam sonrió a sus espaldas.

—Jamie, su padre, nunca se hizo ilusiones en cuanto a su hija. Ella tiene un temperamento demasiado fuerte y a veces es excesivamente implacable. —Pasó por alto la mirada de soslayo de su interlocutor—. Pero, como has dicho, ama a su clan. Lo antepone a todo lo demás.

—Y por eso fue nombrada jefa en vez de su hermano.

—En efecto, pero la cosa no fue tan simple. Acordó con su padre que se casaría con un hombre elegido por él. Jamie le dio a elegir entre tres mozos, todos fuertes y estables: lo que ella necesitaba para compensar su temperamento fogoso.

Tam arrojó el paño en el aguamanil y volvió a sentarse. Stephen preguntó, mientras se ponía la camisa:

—¿Y los hombres?

—Los mataron a los tres, junto con Jamie.

Stephen guardó silencio por un momento. Sabía que los cuatro habían caído ante los ingleses.

—Y Bronwyn, ¿estaba enamorada de alguno de ellos? ¿Ya había elegido?

Como Tam tardaba demasiado en dar su respuesta, él levantó la vista. El escocés parecía haber envejecido en los últimos minutos.

Tam levantó la cabeza y trató de imponer una sonrisa a sus fuertes facciones.

—Me gusta pensar que ella había elegido, que existía uno al que amaba más. —Aspiró profundamente y miró a Stephen a los ojos—. Uno de los jóvenes que murieron era mi hijo mayor.

Stephen se quedó mirándole fijamente. Hacía apenas un par de horas que se conocían y le dolía el cuerpo por la pelea sostenida con Tam, pero tenía la impresión de conocerle desde hacía años. Esa fuerte mandíbula, la nariz ancha, los ojos oscuros y el largo pelo gris le parecían familiares. Sintió el dolor de Tam por la pérdida de su primogénito.

—¿Y qué fue de Davey? —preguntó—. ¿Se hizo a un lado con gentileza para dar paso a su hermanita?

Tam resopló y sus ojos se despejaron.

—Los escoceses nunca hacemos nada sin pasión. Davey amenazó con dividir al clan contra su padre al enterarse de que Bronwyn sería su heredera.

—¿De veras? ¿Y qué dijo Bronwyn?

Tam levantó una mano, riendo.

—Me ha dicho que eras estúpido, pero no me lo pareces.

Stephen le miró de un modo revelador por lo que pensaba sobre las opiniones de Bronwyn con respecto a él.

—Davey consiguió que algunos hombres del clan lo siguieran —prosiguió Tam—, pero como ellos no querían luchar contra los miembros de su propio clan, se retiraron a las colinas para vivir exiliados.

—¿Y Bronwyn?

—Pobre muchacha. Adoraba a Davey. Como te he dicho, era un joven persuasivo. Ella dijo a su padre que se negaba a aceptar lo que le correspondía a Davey por derecho. Pero Jamie se limitó a reír y le preguntó si estaba dispuesta a hacerse a un lado para ver guerras internas dentro de su propio clan.

Stephen se levantó.

—Y Bronwyn, desde luego, hizo lo que le pareció mejor para su clan —dijo, con un dejo de sarcasmo.

En efecto. Esa muchacha se mataría si pensara que su muerte beneficiaría al clan.

—O seguiría con vida y sufriría un destino peor que la muerte por el mismo motivo.

Tam le clavó una mirada astuta.

—Sí, lo haría también.

Stephen sonrió.

—¿Nos acompañarás hasta la casa de Bronwyn?

Tam se puso de pie, moviendo con lentitud su mole.

—Sería un honor.

—En ese caso ¿puedo ofrecerte un espacio en mi tienda?

El otro arqueó una ceja.

—Demasiado lujo para mí. A esta altura de mi vida no necesito que me echen a perder. Tengo mi manta. Pero gracias, de cualquier modo.

Por primera vez Stephen reparó en la vestimenta de Tam. Llevaba una camisa de grandes mangas fruncidas y un largo chaleco acolchado que le cubría hasta medio muslo. Calzaba toscos zapatos sobre gruesas medias de lana, que le llegaban sólo hasta las rodillas dejándolas al descubierto. Sobre los hombros, un paño de tartán, ancho y largo. Un cinturón ancho ceñía el chaleco, sosteniendo un puñal a su costado.

Tam se dejó examinar sin decir nada, a la espera del comentario habitual entre los ingleses.

—Podrías pasar frío —dijo Stephen.

Tam sonrió.

—Los escoceses no somos debiluchos. Te veré por la mañana.

Y abandonó la tienda. Stephen permaneció inmóvil durante un momento. Luego se acercó a la abertura y emitió un silbido suave. Rab se acercó en un momento.

—Bronwyn —le ordenó, en voz baja.

El perro le aplicó un lengüetazo en la mano y se alejó hacia los bosques oscuros. Stephen lo seguía.

Bronwyn dormía, bien envuelta en su manta. Él sonrió al verla, complacido por esa capacidad de dormir en el suelo frío, duro y húmedo. Se agachó para levantarla. La muchacha abrió los ojos un instante, pero él la besó en la comisura de la boca y eso pareció tranquilizarla. Se acomodó contra él y se dejó llevar a la cama.

6

Ya bien avanzada la tarde del día siguiente llegaron al castillo Larenston. Bronwyn, demasiado impaciente para esperar más, espoleó a su caballo.

—Ve con ella —instó Tam a Stephen—. Apuesto a que nunca has visto nada como Larenston.

Curioso por ver el sitio que iba a convertirse en su hogar, Stephen azuzó a su caballo para que ascendiera la colina cubierta de hierba.

Tam tenía razón: nada habría podido prepararlo para la visión de Larenston. La colina por la que ascendía caía abruptamente hacia un valle amplio y profundo, donde el ganado peludo pastaba entre cabañas de granjeros. Una estrecha ruta cruzaba el valle y ascendía por el lado opuesto. En el límite de esa muralla se extendía una península de piedra roja, alta y plana, que se proyectaba en el mar como un enorme puño armado. La península se vinculaba con tierra firme por una banda rocosa que sólo tenía la amplitud de aquella ruta angosta. Los lados descendían a pico hasta el mar. Custodiaban la entrada de esa península dos enormes casetas de guardia, cada una de tres pisos de altura.

El castillo en sí consistía en varios edificios de piedra y un enorme salón en el centro. No había muralla que lo rodeara, pues no hacía falta: los abruptos acantilados podían ser custodiados por unos pocos hombres armados de arcos y flechas.

Bronwyn se volvió hacia él; en sus ojos ardía una luz que él nunca había visto antes.

—Nunca ha sido tomado —dijo secamente, antes de iniciar el descenso hacia el valle.

Stephen no habría podido decir cómo se enteraron los habitantes de su llegada, pero de pronto se abrieron las puertas de todas las cabañas y la gente corrió hacia ella con los brazos extendidos.

Stephen puso el caballo al galope para no perderle el paso, pero guardó distancia al ver que la muchacha desmontaba de prisa y comenzaba a intercambiar abrazos con todos: hombres, mujeres, niños y hasta un ganso gordo, mascota de una criatura. La escena le conmovió. Hasta entonces la había visto sólo caprichosa y enojada. Ella había dicho más de una vez que el clan era toda su vida, pero sin que él lograra imaginar a sus individuos. Parecía conocerlos a todos personalmente; llamaba a cada uno por su nombre; preguntaba por los hijos, por las dolencias de cada uno, por las necesidades que pudieran tener.

Stephen se irguió en la silla para mirar a su alrededor. El suelo era pobre. Su caballo hurgó con el casco y sacó poco más que musgo. Sin embargo se veían sembrados. La cebada tenía poca altura, pero estaba haciendo un esfuerzo por crecer. Las cabañas eran muy pequeñas y de aspecto pobrísimo.

A Stephen se le ocurrió que las personas equivalían a los siervos de su hermano. Bronwyn era dueña de la tierra y ellos la cultivaban, al igual que los siervos.

Vio que la muchacha aceptaba un trozo de queso de una mujer. Esas personas podían ser sus siervos, pero ella los trataba como a parte de su familia. Stephen no logró imaginar a ninguna de las damas que conocía tocando a un siervo, mucho menos abrazándolo. Ellos la llamaban Bronwyn, simplemente, omitiendo el título de «lady» al que tenía derecho.

—Tienes el ceño fruncido, muchacho —dijo Tam, a su lado—. ¿Cuál de nuestras costumbres te desagrada?

Stephen se quitó el sombrero para pasarse una mano por el pelo.

—Creo que tengo mucho que aprender. Al parecer, no sé qué es un clan. Estaba convencido de que los miembros del clan eran como mis vasallos, que son todos de casas nobles.

Tam le observó un momento.

—Clan es una palabra gaélica que significa «hijos». —Le chispearon los ojos—. Y en cuanto a la nobleza, cualquier escocés puede remontarse en su linaje hasta un rey escocés.

—Pero la pobreza… —empezó Stephen. Y se interrumpió, temeroso de ofenderlo.

Tam apretó los dientes.

—Los ingleses y el suelo que Dios nos dio nos han hecho pobres. Pero debes aprender que en Escocia todo hombre vale por lo que es interiormente y no por el oro que tiene en el bolsillo.

—Gracias por el consejo. Lo tendré en cuenta.

Stephen acicateó a su caballo hasta ponerse junto a Bronwyn. Ella le echó una breve mirada y le volvió la espalda para seguir atenta a la cháchara de una anciana, que hablaba de algunas nuevas tinturas para telas.

Uno a uno, todos fueron guardando silencio para mirarle. Él vestía de modo muy diferente. La mayoría de los escoceses llevaba las piernas desnudas, sin medias ni calzado; otros llevaban medias cortas, como las de Tam.

Pero Stephen sólo tenía ojos para las mujeres. No tenían la tez pálida y protegida de las damas inglesas, sino el dorado de los días pasados al aire libre. Les brillaban los ojos; las cabelleras caían sueltas hasta sus estrechas cinturas, ceñidas por cinturones.

Stephen desmontó para tomar a Bronwyn de la mano, con firmeza, en tanto extendía la diestra.

—Permitid que me presente. Soy Stephen Montgomery.

—¡Un inglés! —dijo un hombre a poca distancia, con la voz virulenta de odio.

—¡Sí, un inglés! —pronunció Stephen con énfasis. Sus ojos duros sostuvieron la mirada del escocés.

—¡Vamos, dejadlo en paz! —dijo Tam—. Me atacó cuando pensó que yo estaba amenazando a Bronwyn.

Varios sonrieron ante lo absurdo de esa declaración. Era obvio quién había ganado, puesto que Tam pesaba unos treinta kilos más que ese delgado extranjero.

—Ganó él —aclaró Tam con lentitud—. Estuvo a punto de quebrarme la nariz y me puso un puñal contra el cuello.

Todos guardaron silencio durante un instante, como si no acabaran de creerlo.

—Bienvenido, Stephen —dijo una de las bonitas muchachas, estrechándole la mano extendida.

Stephen parpadeó varias veces al oírse llamar por su nombre de pila, pero acabó por sonreír y siguió estrechando manos.

—No te será fácil entenderte con mis hombres —dijo Bronwyn cuando cabalgaban juntos por la ruta que unía la península con tierra firme. El camino era tan angosto que sólo ofrecía sitio para dos caballos a la par. Stephen echó una mirada nerviosa al acantilado que descendía a su costado. Un solo movimiento en falso y caería por el costado. Bronwyn no parecía prestar atención al peligro, puesto que había transitado por allí toda su vida.

—Mis hombres no son tan fáciles de conquistar como mis mujeres —continuó ella, altanera.

Se dio cuenta de que él no dejaba de echar miradas al mar y, con una sonrisa, frenó bruscamente a su caballo, desviándolo hacia él.

El caballo de Stephen se apartó, intimidado; al ver que uno de sus cascos tocaba el vacío junto a la ruta, tuvo un momento de pánico y se alzó de manos. Stephen luchó desesperadamente un momento para dominarlo y evitar que cayera por el precipicio.

—¡Maldita seas! —chilló, una vez que hubo controlado al animal.

Bronwyn soltó una carcajada y le miró por encima del hombro.

—Parece que nuestras costumbres escocesas son demasiado feroces para tu gusto —le provocó.

Stephen clavó espuelas a su caballo. Bronwyn le vio llegar, pero no reaccionó con suficiente prontitud. Él la tomó por la cintura y la puso en la silla, delante de él.

—¡Suéltame! —exigió ella—. ¡Mis hombres nos están mirando!

—¡Mejor! Vieron también que trataste de hacerme quedar como un tonto. ¿O esperabas que cayera por el precipicio?

—¿Para que el rey Enrique enviara a sus tropas contra nosotros? No, no quiero que mueras en suelo escocés.

Stephen ahogó una exclamación ante tanta franqueza.

—Quizá me lo merezco. —Ella iba a replicar, pero él le puso un dedo en los labios—. Pero no te he pedido que me hicieras pasar por tonto, de modo que pagarás por eso. ¿Cuántos hombres han entrado en Larenston con una MacArran cruzada sobre la montura?

—Hemos traído a muchos muertos, habitualmente asesinados por... —Él la interrumpió con un beso.

Bronwyn se aferró de él, a pesar de sí misma; le rodeó el cuello con los brazos y le besó con apetito. Él la estrechó contra sí, acariciándole la espalda. Sentía su cálida piel a través de la camisa de hilo. Después de todo le gustaba la moda escocesa. Las gruesas telas de Inglaterra estorbaban el tacto de la piel femenina.

Stephen fue el primero en salir del trance. Sintió que alguien los observaba y abrió los ojos, sin dejar de besarla. No se había dado cuenta de que su caballo continuaba caminando hacia las casetas de guardia. Varios hombres los rodearon: solemnes, serios, impávidos.

—Bronwyn, querida —dijo Stephen, en voz baja.

Ella reaccionó de inmediato y se apartó de él, mirando a sus hombres.

—Douglas —susurró, deslizándose hacia los brazos del hombre, que esperaba.

Los saludó uno a uno, mientras Stephen desmontaba para conducir a su caballo a través del portón. Levantaron para ellos la pesada puerta de reja. Los hombres no le dirigían la palabra ni le miraban, pero Stephen tenía perfecta conciencia de que le mantenían rodeado, solemnes, desconfiados. Bronwyn caminaba delante, riendo con ellos, haciendo preguntas y escuchando las respuestas.

Stephen se sintió muy ajeno a todo, muy extranjero. Los hombres que caminaban a su lado desconfiaban de él y le eran hostiles. Vestían de manera diferente que los del valle. Algunos calzaban zapatos y medias cortas, como Tam; otros, botas altas que les llegaban a las rodillas. Pero todos llevaban medio muslo al aire.

Una vez franqueado el portón, dejaron atrás varios edificios pequeños, adelantándose hacia la casa grande. Stephen reconoció en aquellas construcciones una granja lechera, una herrería, establos. Hasta había una pequeña huerta a un costado. Un sitio así podía soportar un largo sitio.

El interior de la casa era simple y sin adornos. Las paredes de piedra, sin pintura ni revestimiento de madera, estaban húmedas. Las ventanas pequeñas dejaban entrar poca luz. Hacía frío dentro del castillo; más frío aún que en el exterior otoñal. Sin embargo no había fuego encendido.

Bronwyn se sentó en una silla sin cojines.

—Ahora, Douglas, cuéntame todo lo que haya pasado.

Stephen, a un lado, lo observaba todo. Nadie se interesaba por la comodidad de la muchacha ni le sugería que descansara.

—Los MacGregor han estado haciendo incursiones otra vez. Anteanoche se llevaron seis cabezas de ganado.

Bronwyn frunció el ceño. Más adelante se encargaría de los MacGregor.

—¿Qué problemas ha habido dentro del clan?

El tal Douglas se tiró de un mechón con aire distraído.

—La tierra junto al lago está otra vez en disputa. Robert dice que el salmón es suyo, pero Desmond exige que pague por lo que pesca.

—¿Ya han cruzado espadas? —preguntó Bronwyn.

—Todavía no, pero poco falta. ¿Envío a algunos hombres para que arreglen esto? Un poco de sangre derramada en los lugares adecuados detendrá las disputas.

Stephen hizo ademán de levantarse. Estaba habituado a tomar decisiones de ese tipo pero Tam le detuvo poniéndole una mano en el brazo.

—¿No se te ocurre otra cosa que blandir la espada, Douglas? —preguntó ella, furiosa—. ¿No has pensado que esos hombres tienen motivos para pelear? Robert tiene siete hijos que alimentar; Desmond carga con una mujer enferma y no tiene hijos. Sin duda hay otro modo de resolver sus problemas.

Los hombres la miraron con aire de no comprender.

Ella suspiró.

—Dile a Robert que envíe a dos de sus hijos, el mayor y el

menor, a casa de Desmond, para que él los adiestre. Robert no querrá apoderarse del pescado que servirá para alimentar a sus propios hijos y la mujer de Desmond dejará de lamentarse por no tener hijos propios. ¿Qué más ha pasado?

Stephen sonrió ante tanta sabiduría. Provenía del amor y el conocimiento que tenía de su clan. Era una maravilla verla en su propio ambiente. Con cada momento que transcurría parecía cobrar más y más vida. Su mentón ya no proyectaba cólera al mirar a quienes la rodeaban. Sus hombros seguían erguidos, pero no como si quisiera rechazar golpes o palabras iracundas.

Stephen contempló las caras de los hombres que la rodeaban. La respetaban, le otorgaban su atención. Cada decisión tomada por ella era prudente y respondía a los mejores intereses de su clan.

—Jamie la enseñó bien —comentó Tam, en voz baja.

Stephen no pudo menos que asentir. Estaba viendo un lado completamente distinto de Bronwyn, algo que él no había imaginado. La conocía furiosa, impulsiva, llena de odio, propensa a usar el puñal y a hacer exigencias imposibles. Recordó haberse reído de ella al verla caída en el arroyo.

De pronto sintió un arrebato de celos. Nunca había visto a esa mujer, que con tanta calma enfrentaba a esos hombres y tomaba decisiones que los afectaban a todos. Ellos conocían un lado de la muchacha que él no sospechaba.

Bronwyn se levantó para caminar hacia la escalera que se elevaba en el otro extremo del salón. Stephen la siguió. De pronto se le ocurrió pensar que esos hombres ignoraban lo del dorso de sus rodillas. Sonrió para sí y se sintió algo más tranquilo.

—Míralo —dijo Bronwyn, disgustada.

Era por la mañana temprano; el aire del otoño avanzado estaba fresco. La muchacha contemplaba a Stephen desde la ventana de la alcoba, en el tercer piso. Él estaba en el patio, en compañía de Chris, ambos con armadura completa. Los escoceses los rodeaban en silencio.

Llevaban dos semanas de matrimonio. En ese tiempo Stephen había hecho un gran esfuerzo para adiestrar a los hombres de Bronwyn según la manera inglesa de combatir. Ella permanecía a un lado, dejándole dictar cátedra sobre la importancia de la protección. Stephen había propuesto comprar armaduras para los que se entrenaran con más ahínco. Pero los escoceses decían muy poco y no parecían interesados en el valioso premio de esa armadura pesada y caliente. Parecían preferir sus atuendos de salvajes, que dejaban medio cuerpo desnudo. La única concesión que Stephen pudo arrancarles fue la de usar una cota de malla bajo las mantas.

Bronwyn se apartó de la ventana, sonriendo para sus adentros.

—No tienes por qué poner esa cara de complacida —le espetó Morag—. A esos hombres tuyos les vendría bien trabajar un poco. Pasan demasiado tiempo sentados. Al menos Stephen los obliga a trabajas.

Bronwyn no dejaba de sonreír.

—Es obstinado. Ayer se atrevió a sermonear a mis hombres, diciendo que Escocia es una tierra intranquila y que deben aprender a protegerse. ¡Como si no lo supiéramos! Es a causa de los ingleses que...

Morag levantó la mano como para defenderse.

—Puedes tratar de enloquecerlo *a él* con tus incesantes sermones, pero no a mí. ¿Qué es lo que te altera de él? ¿El hecho de que te haga gritar por las noches? ¿Te avergüenza tu propia pasión por el enemigo?

—No siento ninguna...

Pero Bronwyn se interrumpió al oír el suave chasquido de la puerta detrás de Morag. Al volverse se encontró con Stephen.

Tuvo que admitir, para sus adentros, que la alteraban las reacciones de su cuerpo al menor contacto de ese hombre. Con frecuencia se descubría temblando apenas se iniciaba la puesta de sol. Ponía mucho cuidado en no permitir que Stephen lo descubriera; nunca le decía una palabra de afecto. Después de todo, él era su enemigo; era de la raza que había matado a su padre. Resultaba fácil recordar que era su enemigo... durante el día. Vestía como inglés, hablaba en inglés y pensaba como inglés. La diferencia se notaba claramente para ella y sus hombres. Sólo por la noche, cuando él la tocaba, olvidaba quién era Stephen y quién era ella.

—¡Stephen! —llamó Chris mientras cruzaban la liza.

Se detuvieron al borde de la península, contemplando el mar.

—Tienes que dejar de trabajar así. ¿No te das cuenta de que a ellos no les interesa lo que tratas de enseñarles?

Stephen se quitó el yelmo. El viento frío le sacudió el pelo sudoroso. Día a día aumentaba su frustración en sus intentos por trabajar con los hombres de Bronwyn. Sus propios vasallos se adiestraban todos los días, aprendiendo a manejar la pesada armadura y las armas. Pero los de Bronwyn se mantenían en las márgenes, observándolos como si los ingleses fueran animales de un zoológico.

—¡Tiene que haber un modo de hacerles entender! —dijo, por lo bajo,

De pronto oyó que un hombre corría hacia ellos.

—Mi señor —dijo uno de los suyos—, se ha producido un ataque contra el ganado de los MacArran en el norte. Los hombres ya están ensillando.

Stephen hizo un gesto de asentimiento. Ahora tendría la oportunidad de demostrar a los escoceses lo buenos combatientes que eran los caballeros ingleses. Estaba bien acostumbrado a proteger las tierras de los ladrones.

La pesada armadura de acero dificultaba cualquier movimiento rápido. El escudero le esperaba con el caballo; el animal también llevaba armadura. Era de contextura pesada, seleccionado a lo largo de cientos de años de cría para que pudiera sostener el peso de un hombre con armadura completa. Jamás se le exigiría velocidad, pero debía mantener el paso firme en la peor de las batallas, obedeciendo las órdenes que su amo le daba con las rodillas.

Cuando Stephen y sus hombres acabaron de montar, los escoceses ya habían partido. El joven hizo una mueca, pensando en la disciplina que debía imponerles a modo de castigo.

Pasarían varios años antes de que Stephen pudiera recordar los acontecimientos de esa noche sin experimentar vergüenza y desconcierto, como en los páramos escoceses.

Ya estaba oscuro cuando llegó con sus hombres al sitio en donde los MacGregor habían robado el ganado. El ruido que hacía la cabalgata despertaba ecos por todo el paraje. Las armaduras resonaban; los cascos de los pesados caballos eran como un trueno.

Stephen se reprochó el no haber previsto que los MacGregor no los esperarían para trabarse en combate cuerpo a cuerpo, como ingleses. Consternados, él y sus hombres permanecieron a caballo, presenciando la batalla. No se parecía a nada de lo que ellos hubieran visto o imaginado nunca.

Los escoceses desmontaron y se confundieron en los bosques, quitándose las mantas para poder correr libremente con las camisas holgadas. Desde los árboles llegaban grandes gritos; luego se oyó el ruido del acero escocés.

Stephen hizo señas a sus hombres para que desmontaran y, guiándose por el ruido, siguieran a los escoceses entre los árboles. Pero los del clan ya no estaban allí. La pesada armadura hacía que los ingleses se movieran con demasiada lentitud e inestabilidad.

Mientras Stephen miraba a su alrededor, confuso, uno de los hombres de Bronwyn salió de entre las sombras.

—Los hicimos huir —dijo, torciendo la boca con una mueca algo burlona.

—¿Cuántos heridos hay?

—Tres heridos, ningún muerto —comunicó el hombre, seco. De inmediato sonrió—. Los MacArran somos demasiado veloces para los MacGregor. —El fragor de la batalla lo había enrojecido—. ¿Llamo a algunos compañeros para que le suban a usted a su caballo? —propuso con una franca sonrisa.

—¡Pedazo de…! —balbuceó Chris—. Mediremos espadas ahora mismo.

—Anda, perro inglés —lo provocó el del clan—. Te puedo cortar el cuello antes de que logres mover las bisagras de ese ataúd de acero.

—¡Basta! —ordenó Stephen—. Chris, envaina tu espada. Y tú, Douglas, encárgate de los heridos.

Su voz sonaba densa.

—No puedes perdonarle tanta insolencia —adujo Chris—. ¿Cómo piensas enseñarles a respetarte?

—¡Enseñarles! —le espetó Stephen—. El respeto no se enseña: se gana. Ven; volvamos a Larenston. Tengo mucho en que pensar.

Bronwyn daba vueltas en la cama. De pronto descargó el puño contra la almohada. Se repetía, una y otra vez, que no le importaba si Stephen prefería pasar la noche en otro sitio. Tampoco le importaba que la pasara con otra. Pensó en las mujeres de su clan. La hija de Margaret era muy bonita; uno o dos de los hombres habían comentado, entre risas, los buenos ratos que pasaban con ella. Bronwyn decidió hablar con Margaret por la mañana. No estaba bien que una muchacha correteara de ese modo.

—¡Maldición! —protestó en voz alta, provocando un gruñido de Rab.

Se incorporó en la cama, dejando caer los cobertores, que dejaron al descubierto sus hermosos pechos. Hacía frío en aquel lecho solitario. Morag le había revelado lo del robo de ganado, agregando unas cuantas palabras escogidas sobre los MacGregor. Cuando Bronwyn deseó en voz alta que nadie matara a Stephen, por miedo a que su muerte provocara la venganza del rey inglés contra ellos, la anciana se limitó a sisear.

No podía dejar de vigilar la puerta, frunciendo el ceño de vez en cuando. Por fin la vio abrirse y contuvo el aliento. Podía ser Morag, trayendo noticias. Dejó escapar el aire al ver que se trataba de Stephen; traía el pelo y la pechera de la camisa mojados por el agua del aljibe.

Él apenas se dignó a mirarla. Tenía los ojos oscurecidos y una arruga entre las cejas. Se sentó pesadamente en el borde de la cama y empezó a quitarse la ropa, pero parecía distraído; interrumpía la tarea durante largos ratos.

Bronwyn buscaba algo que decir.

—¿Tienes hambre?

Como él no respondiera, se movió en la cama para aproximarse. Tenía la sábana envuelta a la parte inferior del cuerpo, dejando el torso desnudo.

—Te he preguntado si tenías hambre —repitió en voz más alta.

—¿Eh? —murmuró Stephen, mientras se quitaba una bota—. No sé. Creo que no.

Bronwyn sentía la necesidad de preguntarle qué le pasaba, pero jamás lo haría, desde luego. Poco le importaba que al inglés le pasara algo.

—¿Ha caído alguno de mis hombres en la incursión?

Una vez más, Stephen guardó silencio. Ella le dio un empellón en el hombro.

—¿Estás sordo? Te he hecho una pregunta.

Stephen se volvió hacia ella como si sólo entonces notara su presencia. Sus ojos recorrieron el cuerpo desnudo sin demostrar interés. Se puso de pie para quitarse el cinturón.

—No hubo ninguna herida grave. A uno hubo que darle algunos puntos de sutura en el brazo, pero nada más.

—¿A quién?

Stephen movió la mano en un vago ademán y se metió en la cama, desnudo. Con los brazos detrás de la cabeza, clavó la vista en el cielo raso sin hacer intento alguno de tocarla.

—A Francis, me parece —respondió por fin.

Bronwyn seguía sentada y le miraba con el ceño fruncido. ¿Qué le pasaba a ese hombre?

—¿Te asustaron nuestros combates escoceses, inglés? ¿Acaso mis hombres te parecieron demasiado fuertes, demasiado veloces?

Para asombro suyo, Stephen no mordió el cebo.

—Demasiado veloces —reconoció con toda seriedad, siempre mirando el techo—. Se movían con prontitud, libremente. En Inglaterra no sobrevivirían, naturalmente, porque unos pocos caballeros armados podrían hacer pedazos a un grupo de cincuenta. Pero aquí...

—¡Cincuenta! —repitió Bronwyn. Un instante después descargaba los dos puños contra el pecho de Stephen—. ¡No verás el día en que un solo inglés pueda herir a cincuenta escoceses! —chilló, mientras castigaba el torso de su marido.

—¡Eh, basta! —exclamó Stephen, sujetándole las manos—.

Ya tengo bastante magulladuras sin necesidad de que me hagas otras.

—Te haré algo peor que magulladuras —aseguró ella, forcejeando para liberarse.

A Stephen se le encendieron los ojos. Tiró de sus manos y la atrajo hacia sí hasta que los pechos se le apretaron al torso.

—Me gustaría recibir algo más que magulladuras —dijo, con voz ronca, prestándole por fin toda su atención. Le soltó una mano para tocarle el pelo—. Al parecer, siempre me devuelves a la realidad —observó, tocándole la sien—. Creo que yo podría estar preocupado por el peor problema del universo y tú lograrías desviar mis pensamientos con tu piel encantadora, con tus ojos, con tus labios.

Mientras hablaba iba moviendo los dedos. Bronwyn sintió que su corazón empezaba a palpitar. El aliento de Stephen era suave y cálido. Aún tenía el pelo mojado y un rizo se le adhería a la oreja. Ella resistió el impulso de tocárselo; ponía siempre mucho cuidado en no incitarle.

—¿Acaso te preocupaba algún problema grave? —preguntó al desgaire, como si la cuestión no tuviera importancia.

Él dejó los dedos quietos y le sostuvo la mirada.

—Me parece percibir cierta preocupación en tu voz —observó en voz baja.

—¡Jamás! —aseguró ella, apartándose.

Esperaba oír una carcajada divertida, pero él guardó silencio. Bronwyn contuvo la necesidad de volverse a mirarle y siguió dándole la espalda. Stephen seguía muy quieto y callado. Al cabo de un rato se oyó el ritmo parejo de su respiración, indicación de que se había dormido. La muchacha permaneció inmóvil; los ojos se le iban llenando de lágrimas. A veces se sentía tan sola que no sabía qué hacer. Ella concebía el matrimonio como vida y amor compartidos, ¡pero estaba casada con un inglés!

Stephen giró súbitamente y le echó encima un brazo pesado. Después la atrajo hacia él. Bronwyn trató de permanecer tiesa y altanera, pero a su pesar movió el trasero hasta apoyarlo contra él, acurrucándose.

—Así no se ayuda a un hombre a dormir —susurró él. Levantó la cabeza y le besó la sien—. ¿Qué pasa? ¿Lágrimas?

—Desde luego que no. Me ha entrado algo en el ojo. Eso es todo.

Él la hizo volverse hasta mirarla de frente.

—Mientes —dijo, sin más. Le estudió la cara y tocó la hendidura de su mentón—. Tú y yo somos unos desconocidos —susurró—. ¿Cuándo vamos a ser amigos? ¿Cuándo compartirás tus cosas conmigo? ¿Cuándo me contarás el motivo de tu llanto?

—¡Cuando seas escocés! —exclamó ella con tanta fiereza como pudo.

Pero la proximidad de Stephen hizo que las palabras sonaran de un modo extraño, como si fueran una súplica y no una exigencia imposible.

—¡Trato hecho! —respondió él, con mucha seguridad, casi como si en verdad pudiera transformarse.

Ella quiso reír, decirle que jamás se convertiría en escocés… ni en amigo suyo. Pero Stephen la estrechó contra sí y empezó a besarla. La besaba como si tuvieran todo el tiempo del mundo, perezosamente, con lentitud. Bronwyn sintió que la sangre le palpitaba en las venas. Quiso estrecharlo contra sí, pero él se mantuvo apartado para tocarle los pechos y acariciarle el vientre.

—Mi bella, bellísima esposa —susurró, deslizando la mano por las piernas de la muchacha—. Ojalá supiera cómo complacerte fuera del lecho. Ven aquí, jefa del clan MacArran.

La empujó hacia el colchón y descendió sobre ella.

Después permanecieron muy juntos, como si fueran sólo uno. Bronwyn abrió los ojos soñolientos y vio el rizo adherido a la oreja de Stephen. Era el que había querido tocar un rato antes. Movió la cabeza y besó aquel mechón, palpando su suavidad entre los labios. Después se apartó, ruborizada. De algún modo ese beso parecía más íntimo que el acto de amor.

Stephen sonrió un poquito, con los ojos cerrados, más dormido que despierto, y la estrechó contra sí. Bronwyn apenas podía respirar, pero no le importó. En lo último que pensaba era en respirar.

Stephen, de pie en la cabaña del granjero, se calentaba las manos ante el fuego de turba. Un fuerte viento soplaba afuera, haciendo necesario el calor de las llamas. Tam estaba de visita en casa de su hermana; sentado en el otro extremo de la habitación de piedra, con una red para pescar tendida sobre las rodillas desnudas iba anudando las toscas cuerdas con sus manazas.

—Conque quieres que te ayude a parecer menos tonto —dijo con seriedad.

Stephen se volvió. Aún no se había acostumbrado a que los escoceses permanecieran sentados o de pie en su presencia, según se lo mandara la propia voluntad. Quizá estaba demasiado habituado a recibir el trato debido a un lord inglés.

—Yo no lo expresada de ese modo —replicó. Pero al recordar la noche del combate entre clanes meneó la cabeza—. En realidad hice el papel de tonto, ante los escoceses y ante mis propios hombres. Me sentía como metido en un ataúd de acero, tal como dijo Douglas.

Tam hizo una pequeña pausa mientras apretaba un nudo.

—Douglas pensó siempre que hubiera debido figurar entre los hombres elegidos por Jamie como candidatos a casarse con Bronwyn. —Rió entre dientes ante la expresión de Stephen—. No te preocupes, muchacho. Jamie sabía lo que hacía. Douglas está hecho para obedecer, no para mandar. Bronwyn le inspira demasiado respeto. No podría ser su amo.

Stephen se echó a reír.

—No hay hombre lo bastante fuerte para ser su amo.

Tam no hizo comentario, pero sonrió para sus adentros. Morag vigilaba estrechamente a la pareja y le pasaba sus informes, pues Tam quería asegurarse de que Bronwyn no corriera peligro alguno en manos del inglés. Por lo que decía la anciana, era Stephen quien corría peligro… de agotamiento.

Por fin levantó la vista.

—Lo primero que debes hacer es deshacerte de esas ropas inglesas.

Stephen asintió; ya esperaba ese consejo.

—Después aprenderás a correr, tanto en distancia como en velocidad.

—¡A correr! ¡Pero si un soldado debe mantenerse a pie firme y luchar!

Tam resopló.

—Nuestras costumbres son otras. ¿No lo sabes todavía? Si no estás dispuesto a aprenderlas, no podré ayudarte en nada.

Stephen accedió con aire resignado.

Una hora más tarde comenzaba a arrepentirse de haber aceptado. Estaba con Tam afuera, ante el frío viento de otoño, desnudo como nunca se había sentido. En vez de las gruesas ropas acolchadas de su país, llevaba sólo una camisa fina y una manta sujeta por un cinturón. Se había puesto medias de lana y botas altas, pero aun así se sentía desnudo desde la cintura hacia abajo.

Tam le dio una palmadita en el hombro.

—Vamos, muchacho. Ya te acostumbrarás. Con un poco más de pelo, te parecerás como nunca a un escocés.

—Este país es demasiado frío para andar por ahí con el trasero al aire —murmuró Stephen, levantando la manta y la camisa para mostrar una nalga descubierta.

El otro se echó a reír.

—Ahora ya sabes lo que usan los escoceses debajo de la manta. —De pronto se puso serio—. Este atuendo tiene una razón de ser. La manta hace que uno desaparezca entre los brezales. Es fácil de quitar y fácil de poner con celeridad. Como Escocia es un país húmedo, nadie puede andar con prendas adherentes y mojadas contra la piel; de ese modo uno enfermaría de los pulmones y perdería la vida. La manta es fresca en verano. En invierno, te mantendrás caliente frotándote las rodillas. —Sus ojos cobraron brillo—. Además, esto permite que el aire circule libremente por tus partes vitales.

—Eso es innegable.

—¡Ah, ahora sí pareces un hombre! —exclamó Morag, desde atrás. Y le observó abiertamente las piernas—. Con tanta armadura encima has desarrollado los músculos.

Stephen le sonrió con toda la cara.

—Si no estuvieras casado te haría una proposición.

—Y yo aceptaría. Pero no me gustaría combatir contra Bronwyn por ti.

Stephen la miró con tristeza.

—Ella me cedería a la primera que me reclamara, si pudiera.

—Siempre que siguieras calentándole la cama, ¿no? —señaló Morag, antes de volverle la espalda.

Stephen parpadeó un momento. La familiaridad con que le trataban los miembros del clan nunca dejaba de sorprenderle. Al parecer, cada uno conocía los asuntos de todos los demás.

—Estamos perdiendo el tiempo —dijo Tam—. Trata de correr hasta ese poste.

Stephen pensó que correr sería fácil. Después de todo, hasta los niños corrían. Y él estaba en buenas condiciones. Pero después de la primera carrera sintió que los pulmones le iban a estallar. Tardó varios minutos en aquietar su corazón desbocado y recobrar el aliento. Sus palpitaciones parecían a punto de romperle los tímpanos.

—Toma, bebe un poco de agua —dijo Tam, ofreciéndole un cazo—. Ahora que estás menos sofocado, corre otra vez.

Stephen arqueó una ceja, incrédulo.

—Anda, muchacho —lo instó Tam—. Yo correré contigo. No permitirás que un viejo te gane, ¿o sí?

Stephen jadeaba.

—Lo último que pensaría de ti es que eres viejo. —Y rechazó el cazo—. Bueno, vamos.

7

Bronwyn estaba sola de pie ante la escalera que llevaba a lo alto de la vieja torre. Tenía los ojos secos y ardorosos, casi hinchados por las lágrimas no derramadas. En la mano apretaba una pesada hebilla de plata con una inscripción grabada: «A Ennis de James MacArran».

Uno de los granjeros le había llevado esa hebilla una hora antes. Bronwyn recordaba el día en que su padre había entregado tres objetos similares a los tres jóvenes elegidos para casarse con ella. Fue casi una ceremonia, con comida y vino, baile y muchísimas risas. Todos bromeaban con Bronwyn con respecto al hombre a quien escogería por esposo. Ella, coqueteando y riendo, había fingido que todos ellos valían poco comparados con su padre.

Allí estaba Ian, el hijo de Tam. Ian no era más alto que ella, pero sí robusto, como su padre. Ramsey era rubio, de hombros anchos; su boca solía ponerla nerviosa. Ennis, el pecoso de ojos verdes, sabía cantar con tanta dulzura que hasta la hacía llorar.

Apretó la hebilla hasta que se la clavó en la palma. Todos ellos habían muerto: el fuerte Ian, el apuesto Ramsey, el dulce Ennis; todos estaban muertos y enterrados. ¡Asesinados por los ingleses!

Subió corriendo por la escalera hasta el último piso. De un

manojo de llaves que llevaba a un costado eligió una y abrió una puerta de roble. La pesada puerta chirrió al girar sobre los goznes sin aceitar.

Ella creía estar preparada para entrar en esa habitación, pero no lo estaba. Por un momento tuvo la sensación de que su padre levantaría la cabeza para sonreírle. Desde su muerte ella no había visitado esa habitación; tenía miedo de volver a verla.

Entró en el cuarto y miró a su alrededor. Había una manta arrojada sobre una silla, con el borde gastado y raído. De las paredes pendían armas: hachas, espadas, arcos. Tocó la parte desgastada del arco favorito de su padre. Lentamente se acercó a la silla situada junto a la única ventana. El cuero retenía la impresión del cuerpo de Jamie.

Bronwyn se sentó en aquella silla, dejando que el polvo se arremolinara a su alrededor. Su padre subía con frecuencia a ese cuarto para pensar y estar solo. No permitía la entrada a nadie, salvo a sus dos hijos. Bronwyn había echado los dientes mordisqueando una flecha del carcaj de su padre.

Paseó la vista entre aquellos objetos familiares y amados; le dolía el corazón. Ahora todo eso había desaparecido. Su padre estaba muerto; su hermano le había vuelto la espalda con el corazón lleno de odio y los bellos mozos entre los cuales hubiera debido elegir esposo se pudrían en alguna tumba.

Ya no había risas ni amor en Larenston. El rey inglés la había casado con uno de sus asesinos y toda la felicidad era humo.

«¡Los ingleses!», pensó. Creían ser los dueños del mundo. A ella le parecía horrible el modo en que los hombres de Stephen guardaban distancia, se inclinaban ante él y le llamaban «mi señor». Los ingleses eran gente fría. Ella había intentado mil veces explicar a su marido las costumbres escocesas, pero él era demasiado vanidoso para escuchar.

Sonrió para sus adentros. Sus hombres, al menos, sabían quién mandaba allí. Se reían de Stephen a sus espaldas. Durante toda la mañana habían circulado rumores sobre el abortado operativo de la noche anterior. ¡Qué ridículo imaginaba a Stephen, inmovilizado en su absurda armadura!

Un ruido, en el patio, le llamó la atención. Se acercó a la ventana para mirar hacia abajo.

Tardó en reconocer a Stephen. En un principio sólo vio a un hombre de buena contextura, con aspecto de excepcional seguridad en sí mismo. La manta se bamboleaba junto a sus piernas con garbo y soltura. Por fin, con una exclamación indignada, cayó en la cuenta de que era Stephen quien se pavoneaba con el atuendo escocés, como si tuviera algún derecho a lucirlo.

Varios de los hombres de Bronwyn estaban en el patio; ella notó con placer que no mostraban ninguna intención de saludarle. Ellos sabían reconocer a los impostores.

Pero la sonrisa desapareció de su cara al ver que, uno tras otro, se acercaban a Stephen. Vio que él sonreía y hacía un comentario. Después levantó por un instante los faldones de su manta y se oyeron ecos de risa.

Douglas (¡*su propio* Douglas!) dio un paso adelante y alargó un brazo. Stephen lo tomó y ambos trabaron tobillos y antebrazos para iniciar una lucha. Un momento después el escocés estaba despatarrado en el polvo.

Disgustada, Bronwyn vio que Stephen desafiaba a todos los hombres, uno tras otro. Aspiró bruscamente al ver que la hija de Margaret se adelantaba meneando provocativamente las caderas. La muchachita recogió la falda para descubrir sus esbeltos tobillos y procedió a enseñar a Stephen unos cuantos pasos de danzas tradicionales de las Tierras Altas.

Bronwyn se apartó de la ventana y salió de la habitación, cerrando con llave a su espalda. Había furia en cada paso que daba por las escaleras.

Allí estaba Stephen, con el pelo revuelto, enrojecido por el ejercicio al aire libre. Tenía los ojos brillantes. Le rodeaban varios de sus hombres, algunos de los del clan y unas cuantas muchachas bonitas.

Él la miró como un niño empeñado en complacerla y le exhibió la pierna.

—¿Te parece que puede pasar? —bromeó.

Ella le fulminó con la mirada, sin prestar atención a su musculoso miembro.

—Puedes engañar a algunos de ellos, pero para mí eres un inglés y lo serás siempre. El hecho de que cambies tus ropas no significa que hayas cambiado en tu interior.

Se volvió en redondo y se alejó del grupo.

Stephen permaneció inmóvil por un momento, con el ceño fruncido. Tal vez quería en realidad hacerles olvidar su condición de inglés. Quizá...

Tam le dio una palmada en el hombro.

—No te aflijas tanto.

Stephen notó entonces que todos los escoceses estaban sonriendo.

—Es buena como jefe, pero aun así es una mujer —continuó Tam—. Sin duda le alteró verte bailando con las mujeres.

El joven trató de sonreír.

—Ojalá fuera así.

—¿Por qué no vas a buscarla y tratas de calmarla?

Él iba a replicar, pero se contuvo. De nada servía explicar que Bronwyn no veía con buenos ojos nada que se refiriera a él. La siguió escaleras arriba. Ella estaba de pie ante un telar, dando indicaciones para el tejido de un nuevo tipo de manta.

—Pero ¡qué bien luces, Stephen! —festejó una de las mujeres.

Las bonitas muchachas lo miraban casi con lascivia. Él se volvió para sonreírles, pero captó la mirada de Bronwyn, que salió de la habitación poco menos que gruñendo. Él la alcanzó en lo alto de la escalera.

—¿Qué te pasa ahora? Pensé que te complacería verme con estas ropas. Dijiste que debía convertirme en escocés.

—Esa ropa no te hará escocés —replicó ella, volviéndole la espalda.

Stephen la sujetó por un brazo.

—¿Qué pasa? ¿Estás enojada por alguna otra cosa?

—¿Qué motivos tengo para estar enojada? —preguntó ella, con la voz llena de sarcasmo—. Estoy casada con mi enemigo. Debo...

Stephen le puso un dedo en los labios.

—Algo te aflige —adivinó, en voz baja.

Le estudió el rostro, pero ella bajó los párpados para no dejarle ver el dolor reflejado en ellos. Entonces él le deslizó las manos por los brazos hasta tocarle los dedos. Ella apretaba un objeto con fuerza.

—¿Qué tienes ahí? —preguntó con suavidad.

Bronwyn trató de alejarse, pero él le obligó a abrir la mano y tomó la hebilla. Al leer la inscripción preguntó:

—¿Alguien te ha entregado esto hoy?

Ella asintió en silencio.

—Pertenecía a tu padre.

Bronwyn mantuvo la vista gacha. Una vez más, sólo pudo asentir con la cabeza.

—Bronwyn —dijo él, con voz grave—, mírame. —Le puso una mano bajo el mentón para levantarle la cara—. Lo siento, lo siento de verdad.

—¿Qué sabes tú? —le espetó ella, desasiéndose con una sacudida. Se maldecía en silencio por creerle, por dejar que su voz y su proximidad la afectaran de ese modo.

—Sé lo que se siente al perder al padre además de la madre —respondió él, con paciencia—. Te aseguro que yo sufrí tanto como tú.

—¡Pero no fui yo quien mató a tu padre!

—Tampoco yo maté al tuyo, personalmente —contestó él con fiereza—. Escúchame siquiera una vez. Escúchame como a un hombre más, no como a un peón de la política. Estamos casados. Eso es cosa hecha y ya no hay modo de borrarlo. Podríamos ser felices. Sé que podríamos, si tú estuvieras dispuesta a conceder una oportunidad a este matrimonio

Ella endureció la cara; sus ojos se volvieron fríos.

—¿Para que te jactes ante tus hombres de tener a una escocesa comiendo de tu mano? ¿Tratarás de conquistar a mis hombres y a mis mujeres para tu bando, como has hecho hoy?

—¡De conquistar! —repitió Stephen—. ¡Maldita seas! Me he pasado todo el día corriendo al aire, con las piernas y el trasero desnudos, sólo para complacerte y complacer a esos hombres que tanto te interesan. —Se apartó de ella—. Ve a regodearte en tu odio. Te hará compañía por las noches.

Le volvió la espalda y la abandonó.

Bronwyn permaneció muy quieta por un instante; luego descendió poco a poco las escaleras. Deseaba confiar en él; necesitaba un esposo en quien confiar. Pero ¿cómo? ¿Qué pasaría si sus tierras eran atacadas por una partida de ingleses? ¿Se podía esperar que Stephen luchara contra su propio pueblo?

Ella tenía que reconocer el modo en que reaccionaba ante

él. Habría sido fácil olvidar las diferencias y sucumbir a sus dulces caricias, a su voz. Pero eso le entumecería los sentidos cuando más alerta y precavida debía estar. No podía permitir semejante cosa. No arriesgaría la vida de su gente sólo por disfrutar un rato de lascivia en la cama con un hombre que bien podía ser un espía.

Se sentó en el pequeño jardín, tras la alta casa de piedra. No podía confiar en Stephen. Todo lo que él hacía para ganar su confianza bien podía ser una manera de utilizarla. Él tenía hermanos. Tal vez los llamara a su lado una vez que lograra derribar las defensas de Bronwyn. ¿No se jactaría ante sus hermanos de hacer con ella su voluntad con sólo tocarle el dorso de la rodilla?

Se levantó para caminar apresuradamente hasta el borde de la península. El mar golpeaba contra las rocas. El panorama se extendía muchos kilómetros. Ser jefa de un clan era una gran responsabilidad. Muchísimas personas esperaban de ella protección y hasta alimentos, en caso necesario. Ella se esforzaba mucho para conocerlas y comprenderlas. No podía abandonar sus defensas siquiera por un momento. Por eso cuando Stephen la acariciaba le era preciso protegerse centra él, para no dejar que las emociones controlaran su mente.

—Bronwyn...

Se volvió.

—¿Qué pasa, Douglas? —preguntó, mirando al joven a los ojos. Vio en ellos la pregunta no formulada que estaba en los ojos de todos sus hombres: no sabían si confiar o no en Stephen y esperaban su dictamen. Y a ella también la juzgarían. Si se equivocaba con respecto a él, todos dejarían de tenerle confianza.

—He recibido noticia de que los MacGregor planean otra incursión para esta noche.

Bronwyn asintió, sabiendo que Douglas tenía relaciones con un informador.

—¿Se lo has dicho a alguien más?

Douglas hizo una pausa e interpretó correctamente los pensamientos de su jefa: sabía que se refería a Stephen.

—A nadie.

Ella volvió la vista hacia el mar.

—Esta noche conduciré a mis hombres y juntos enseñaremos a los MacGregor quién es la jefa McArran. No volveré a ser el hazmerreír de nadie.

Douglas sonrió.

—Será un placer ir otra vez contigo a la cabeza.

Ella se volvió a mirarle.

—No reveles a nadie nuestros planes. ¡A nadie! ¿Comprendes?

—Sí, comprendo.

Y el hombre se retiró.

La larga mesa de la cena estaba cargada de abundante comida. En un principio Stephen sospechó de tanta abundancia, pues el espíritu ahorrativo de Bronwyn, natural en todos los escoceses, la hacía servir menús mucho más modestos. Ella le sonreía. Eso le sorprendió, pues él había dado por sentado que estaría enfadada por lo ocurrido esa tarde. Pero tal vez Bronwyn había escuchado sus palabras y estaba dispuesta a darle una oportunidad.

Se reclinó en la silla y le deslizó una mano por el muslo. Ella dio un respingo, haciéndole sonreír.

La muchacha volvió hacia él sus ojos suaves y cálidos, los labios entreabiertos, y Stephen sintió que su cuerpo ardía. Se inclinó hacia ella.

—Éste no es el momento ni el lugar adecuado —adujo ella, con un dejo de tristeza en la voz.

—Acompáñame arriba, entonces.

Bronwyn sonrió, seductora.

—Dentro de un momento. ¿No quieres probar la nueva bebida que he hecho preparar? Es una mezcla de vino y jugo de frutas con algo de especias.

Y le entregó una copa de plata.

Stephen apenas reparó en lo que bebía. Bronwyn nunca le había mirado como en ese momento y le estaba hirviendo la sangre. Aquellas gruesas pestañas descendieron sobre los ojos azules, que habían tomado un brillo de perlas. La punta de la lengua tocó el labio inferior y Stephen sintió un escalofrío. ¡Conque ésa era la actitud cuando se sentía bien dispuesta!

Le tomó una mano y tuvo que dominarse para no apretar hasta quebrarle los dedos.

—Acompáñame —susurró con voz ronca.

Antes de llegar al último peldaño se sentía ya soñoliento. Cuando llegó a la puerta de su dormitorio apenas podía mantener los ojos abiertos.

—No sé qué me pasa —susurró, haciendo un esfuerzo por pronunciar las palabras.

—Estás cansado, nada más —dijo Bronwyn, comprensiva—. Pasaste casi todo el día adiestrándote con Tam, que es capaz de agotar a cualquiera. Deja que te ayude.

Le rodeó la cintura con un brazo y le llevó a la cama. Stephen cayó en el colchón, con los miembros pesados e inútiles.

—Lo siento, pero...

—Calla —dijo Bronwyn, sin alzar la voz—. Descansa, después de dormir un rato te sentirás mejor.

Stephen no tuvo más remedio que obedecerle. De inmediato se quedó dormido.

Bronwyn esperó un momento, con el ceño fruncido. Temía haber puesto demasiado somnífero en su copa. Al verle tan quieto tuvo un ataque de remordimientos. Pero era preciso que él no interfiriera durante la noche. Ella necesitaba demostrar a los MacGregor que no podían robarle el ganado impunemente.

Giró para salir del cuarto, pero miró por encima del hombro. Con un suspiro, quitó las botas a Stephen. Él no se movió; permanecía inmóvil, sin mirarla, sin pedirle nada. Ella se inclinó para acariciarle el pelo y, siguiendo un impulso, le dio un suave beso en la frente. Después retrocedió, ruborizada, maldiciéndose por tanta estupidez. ¿Qué le importaba a ella el inglés?

Sus hombres ya la esperaban a caballo. Bronwyn se recogió la falda y montó. Los de su clan, sin que mediara una orden explícita, la siguieron por el estrecho sendero hacia tierra firme.

El informador de Douglas había dicho la verdad. Bronwyn y sus hombres cabalgaron a todo galope dos horas. Después abandonaron los caballos para caminar sigilosamente por los bosques oscuros.

Bronwyn fue la primera en oír pasos de hombre. Levantó la mano para que sus hombres se detuvieran y les hizo señas de que se abrieran en círculo; Douglas debía permanecer con ella. Los miembros del Clan MacArran, en silencio, se deslizaron entre los árboles y rodearon a los ladrones de ganado.

Segura ya de que sus hombres habían tenido tiempo de llegar a sus lugares, la muchacha abrió la boca para lanzar un grito agudo que inquietó al ganado. Los MacGregor dejaron caer las cuerdas que sostenían y desenvainaron las espadas. Pero ya era tarde, pues los hombres de Bronwyn estaban sobre ellos. Se habían quitado las mantas para moverse con más soltura en camisa. Sus salvajes gritos de guerra retumbaban en el paraje. Bronwyn se quitó la falda, quedando sólo con la camisa y la manta, que le llegaba hasta las rodillas. Permaneció a un lado para dirigir a sus hombres sin estorbarlos con su fragilidad. En ocasiones como ésa maldecía sus pocas fuerzas.

—¡Jarl! —gritó, a tiempo de evitar que uno de sus hombres recibiera un golpe de espada en la cabeza.

Corrió por el pasto justo a tiempo para desviar a un MacGregor, que estaba a punto de saltar contra otro de los suyos.

El claro de luna destelló en un puñal que estaba a punto de descargarse contra Douglas. Bronwyn notó que el muchacho había perdido su arma.

—¡Douglas! —gritó.

Y le arrojó la suya. El MacGregor que iba a atacar se volvió a mirarla. En ese momento Douglas le clavó el puñal bajo las costillas. El hombre cayó poco a poco.

La pelea pareció interrumpirse de inmediato. Bronwyn, que percibió cierto cambio en los hombres, miró al que estaba tendido a sus pies.

—El jefe MacGregor —susurró—. ¿Ha muerto?

—No —respondió Douglas—. Sólo está herido. Reaccionará en un minuto.

Ella miró a su alrededor. Los otros adversarios habían desaparecido entre los árboles al caer su jefe. La muchacha se arrodilló junto al hombre caído.

—Dame mi puñal —ordenó.

Douglas obedeció sin vacilar.

—Me gustaría que el MacGregor se llevara un recuerdo mío. ¿Qué te parece si le grabo mi inicial en la piel?

—¿En la mejilla, quizá? —sugirió Douglas ávido.

Bronwyn le echó una fría mirada; el claro de luna ponía plata en sus ojos.

—No quiero provocar más guerras, sino dejar un recuerdo. Además, me han dicho que el jefe MacGregor es hombre apuesto.

Y le abrió la camisa.

—Últimamente te interesas mucho por los hombres apuestos —comentó Douglas, con amargura.

—Tal vez eres tú el que se preocupa por mis hombres. ¿Es por celos o por codicia? Encárgate de mis combatientes y déjate de caprichos infantiles.

Douglas le volvió la espalda.

Bronwyn había oído anécdotas del MacGregor y sabía hasta qué punto le afectaría una cicatriz hecha por la mujer que le había derrotado. Con la punta de su puñal… perforó apenas la piel y le grabó una pequeña B en el hombro. Así se aseguraba de que la tuviera presente la próxima vez que tratara de robarle el ganado.

Al terminar corrió a reunirse con sus hombres y fueron en busca de los caballos. Era una experiencia embriagadora: su primera victoria como jefa de su clan.

—¡A casa de Tam! —gritó una vez a caballo—. Despertémosle para contarle que un MacGregor lleva la marca de una MacArran.

Y se echó a reír al pensar en la ira del hombre cuando viera el regalo que le había dejado.

Pero no llegarían con tanta facilidad a casa. De pronto se abrieron los cielos y un diluvio de agua muy fría cayó sobre ellos. Todos se envolvieron las mantas a la cabeza. Bronwyn pensó con nostalgia en la abrigada falda que había dejado en el suelo. Los relámpagos hacían que los caballos saltaran, nerviosos.

Volvieron a Larenston siguiendo el borde del acantilado. No era el camino más seguro, pero sí el más rápido. Además, era seguro que los MacGregor no los perseguirían por sendas peligrosas y desconocidas.

De pronto un tremendo rayo desgarró el cielo y cayó directamente frente a Alexander. El caballo se alzó agitando frenéticamente las patas delanteras. Un instante después, el rugido de un trueno amenazó con derribar las piedras sobre ellos. El caballo de Alexander cambió de dirección y sus cascos descendieron en la nada. Por un instante, animal y jinete pendieron suspendidos, medio en tierra, medio en el vacío del acantilado. Súbitamente cayeron. Alex se desprendió de la montura.

Bronwyn fue la primera en desmontar. La lluvia fría le castigaba la cara. Tenía las piernas azules de frío.

—¡Ha desaparecido! —gritó Douglas—. El mar se ha apoderado de él.

Bronwyn aguzó la vista en la oscuridad, en medio de la lluvia. Un relámpago le reveló el cuerpo del caballo, inmóvil entre las rocas de abajo. Pero no había rastros de Alex.

—¡Vamos! —gritó Douglas—. ¡No puedes hacer nada por él!

Bronwyn se levantó. Era tan alta como Douglas y le miró a los ojos.

—¿Vas a darme órdenes? —acusó. Y volvió a mirar hacia el agua—. Sostenme por los tobillos para que pueda mirar por el borde.

Se tendió boca abajo, en tanto el hombre la tomaba por los tobillos. De inmediato otros dos se acercaron para sujetarla por los brazos. Otro puso las manos en los hombros de Douglas.

Poquito a poco Bronwyn se fue deslizando sobre el borde, hasta que pudo ver toda la faz del acantilado. Era terrorífico pender de ese modo, confiando la vida a las manos fuertes que la sostenían. Su primer impulso fue decir que no veía nada, pero no podía abandonar a Alex si existía la posibilidad de que estuviera con vida. Tuvo que esperar con paciencia a que estallara otro relámpago para barrer la zona con la mirada. Movió lentamente la cabeza para ver la otra parte del barranco. Esa posición invertida la estaba mareando; el miedo le hacía un nudo en el estómago.

Fue al girar la cabeza por tercera vez cuando creyó ver algo. Pareció pasar una eternidad antes de que otros relámpagos iluminaran nuevamente el precipicio. Bronwyn tenía la sensación de que se le iba a quebrar el cuello en el esfuerzo de mantener la cabeza en alto.

Se encendió el relámpago y todos sus dolores desaparecieron de súbito. A su izquierda, en el medio del barranco, se veía un destello familiar de la manta roja que Alex prefería.

Hizo una señal y sus hombres la izaron.

—¡Alex! ¡Allí abajo! —jadeó, con la boca llena de lluvia. Se pasó un brazo impaciente por los ojos—. Está en un saliente estrecho. Me ataré una soga a la cintura. Creo que puedo llegar hasta allí.

—Deja que vaya yo —pidió Francis.

—Eres demasiado corpulento y en esa saliente no hay espacio. Traed una cuerda y me la pasaré por los hombros. ¿Comprendido?

Acompañaba sus gritos con gestos de la mano. Los hombres asintieron; casi de inmediato alguien le alcanzó una soga, que ella se pasó por un hombro. Entregó uno de los extremos a Douglas.

—Cuando tire dos veces, izadlo. —Luego se ató otra cuerda a la cintura—. En cuanto Alex esté a salvo, subidme a mí.

Caminó hasta el borde del acantilado, sin mirar el vacío que se extendía hacia abajo, e hizo una breve pausa.

—Mi sucesor es Tam —dijo, sin molestarse en agregar que eso sería sólo en caso de que ella pereciera.

La fuerte soga se le hundía en la cintura. Aunque los hombres la bajaron con todo cuidado, su cuerpo se golpeó varias veces contra la roca. Las rodillas y los hombros le dolían mucho; la soga le estaba despellejando las manos. «Piensa en Alex», se repetía. «Piensa en Alex.»

Pasó largo tiempo antes de que sus pies tocaran el borde estrecho. Apenas había lugar para acomodar las plantas junto al voluminoso cuerpo de Alex. Después de maniobrar con cuidado logró pararse a horcajadas sobre sus caderas.

—¡Alex! —gritó, por sobre la lluvia fustigante.

El joven abrió lentamente los ojos y miró a Bronwyn como si fuera un ángel descendido a la tierra.

—Jefa —susurró, cerrando los ojos. Su palabra se perdió en la tormenta.

—¡Despierta, Alex, maldita sea! —vociferó la muchacha.

Él volvió a abrir los ojos.

—¿Estás herido? ¿Puedes ayudarme con esta cuerda?

De pronto Alex tomó conciencia del sitio en donde estaba.

—Tengo la pierna fracturada, pero creo que puedo moverme. ¿Cómo has llegado hasta aquí?

—¡No hables! ¡Limítate a atar nudos!

Ella se mantenía en una posición precaria, con muy poco espacio para moverse. Se inclinó hacia adelante, con las piernas rectas, sin cambiar los pies de sitio, y le ayudó a pasarse la cuerda alrededor del cuerpo. Así formaron una tosca hamaca; la soga pasaba entre las piernas y le rodeaba la espalda.

—¿Estás listo? —preguntó ella, a gritos.

—Ve tú primero. Yo esperaré.

—No discutas, Alex. Es una orden.

Bronwyn dio dos fuertes tirones a la cuerda y sintió que se tensaba a medida que los hombres tiraban desde arriba. Frunció el ceño al ver que Alex chocaba con la pared del precipicio, dañándose la pierna aún más.

Una vez que lo tuvo por encima de su cabeza, se aplastó contra la roca. La lluvia la fustigaba; la pared del acantilado era dura y amenazante. De pronto se sintió muy sola... y muy asustada. Su preocupación por Alex la había llevado a ese despliegue de valor, pero ya no existía. Alex estaba a salvo; ella, sola y asustada. Le cruzó por la mente que nada deseaba tanto como estar en el regazo de Stephen, sentada frente a un fuego y rodeada por sus brazos.

Se ciñó la soga que le rodeaba la cintura, sin darse tiempo para seguir pensando. Pero aún mientras se sujetaba de la cuerda, con las manos bien apretadas y los pies envueltos al trenzado para aliviar la presión en su cintura, la imagen de Stephen seguía en su mente.

Por algún motivo no le sorprendió en absoluto, al llegar a la cima del acantilado, descubrir que eran Tam y Stephen quienes la estaban izando. Stephen alargó las manos y la agarró por debajo de los brazos para ponerla en lugar seguro. Luego la estrechó en un abrazo que estuvo a punto de quebrarla, pero ella disfrutó de esa presión, feliz de no estar ya sola. Él la apartó de sí, reteniéndole la cara entre las manos para estudiarla. Sus ojos estaban oscuros, sombríos. Bronwyn quiso decir algo, expresar su alegría de verle y de estar a salvo, pero la expresión de Stephen no daba lugar a palabras.

De pronto él empezó a palparla de manera impersonal. Se la echó sobre un brazo y le recorrió las piernas con las manos, frunciendo el ceño al descubrirle sitios ensangrentados en las rodillas. Bronwyn perdió toda ternura. ¿Cómo se atrevía a inspeccionarla así delante de sus hombres?

—¡Suéltame! —protestó.

Stephen, sin prestarle atención, miró a Tam, que los rondaba.

—Varios cortes y unos cuantos cardenales, pero nada grave, al parecer.

Tam, que permanecía agachado a medias, se incorporó con una señal afirmativa y pareció rejuvenecer diez años. Bronwyn dio un puntapié que acertó en el blanco.

—Si has terminado conmigo —dijo altanera—, me gustaría volver a casa.

Stephen se volvió para mirarla. Su expresión era muy clara: estaba furioso, muy furioso. La lluvia comenzaba a amainar y la aurora estaba aclarando el cielo. Se incorporó, tratando de apartarse.

—Necesito ver a Alex.

—Alex ya está atendido —manifestó Stephen, seco, apretando los dientes. Sus manos le sujetaron con firmeza las muñecas, levantándola para arrastrarla hacia el caballo.

—Te ordeno que me sueltes —repitió ella, en voz baja, puesto que todos sus hombres estaban muy cerca.

Él giró en redondo.

—Si dices una palabra más voy a levantarte ese faldoncito de camisa que te cubre el trasero y a azotarte hasta dejártelo azul y negro. Alex está a salvo, más a salvo que tú en este momento. No me provoques más. ¿Entiendes?

Ella levanto el mentón para fulminarlo con la mirada, pero prefirió no darle motivos para cumplir con su amenaza. Stephen, tiró de ella hacia un caballo y, sin darle tiempo a montar, la levantó en vilo para plantarla en la silla, con tanta violencia que le hizo entrechocar los dientes. De inmediato montó a su vez y tomó las riendas del animal de Bronwyn.

—¿Me seguirás o debo llevarte por la brida?

Ella no soportaba la idea de que la llevaran de ese modo, como a una criatura traviesa.

—Te seguiré —dijo, con la espalda erguida y la frente alta.

Se alejaron de los hombres, por el sendero del acantilado, sin que Bronwyn mirara hacia atrás. Su humillación era demasiado grande. Sus hombres la respetaban y obedecían sus órdenes, pero Stephen trataba de reducirla a la condición de una niña. Rab corría junto a los caballos, siguiendo a su ama como siempre.

Cabalgaron más de tres horas. Bronwyn comprendió que se encaminaban hacia el límite norte de sus fincas. El paraje era montañoso y salvaje, con muchos arroyos a cruzar. Stephen mantenía un paso lento y parejo, sin mirarla, pero presintiendo cuándo era necesario aminorar para esperarla.

Bronwyn estaba muy cansada. No había comido desde antes de la incursión; parecía haber transcurrido días enteros desde aquello. Tenía tanta hambre que su estómago parecía devorarse a sí mismo. La lluvia se había reducido a una llovizna fría, que congelaba hasta los huesos. Se estremecía con frecuencia y estornudó varias veces. Tenía las piernas cubiertas de cortes y cardenales.

En cualquier posición que adoptara, la silla tocaba un sitio dolorido.

Pero prefería morir antes que pedir a Stephen que le diera un descanso.

Hacia mediodía se detuvieron; Bronwyn no pudo evitar un suspiro de alivio. Antes de que pudiera desmontar, él estaba a su lado, bajándola de la silla. Ella estaba demasiado cansada, hambrienta y con frío como para recordar siquiera lo ocurrido durante la noche.

Stephen la puso de pie en el suelo y se alejó. Era evidente que su enojo no había desaparecido.

—¿Por qué? —preguntó Stephen. La palabra demostraba hasta qué punto se estaba conteniendo para no abofetearla—. ¿Por qué me drogaste?

Ella trató de mantener los hombros erguidos.

—Los MacGregor estaban planeando otra incursión. Tenía que proteger la propiedad de mi gente.

Él la miró con ojos fríos y duros.

—¿Nadie te ha dicho nunca que es deber del hombre encabezar una partida de combate?

Ella se encogió de hombros.

—Eso es lo que os enseñan en Inglaterra. En Escocia somos

diferentes. Desde los siete años se me enseñó, como a mi hermano, a montar a caballo y a usar una espada en caso de necesidad.

—Y como tú no me creías capaz de conducir a los hombres, te quitaste la ropa —miró con burla la corta falda que la cubría— y los guiaste personalmente. ¿Tan poco hombre me crees que te consideras mejor?

—¡Ser más hombre o menos hombre! —exclamó ella, disgustada—. Eso es lo único que te interesa. En la anterior ocasión te presentaste con armadura. ¿Sabes que los MacGregor se rieron *de mí*? Dijeron que los MacArran tenían a una mujer por jefe y a una columna de acero por líder. Bueno, anoche hice que dejaran de reír. Grabé una B en el hombro del MacGregor.

—¡Qué hiciste! —barbotó Stephen.

—Ya me has oído —replicó ella, arrogante.

—Oh, por Dios. —Él se pasó una mano por el pelo mojado—. ¿No sabes lo que es el orgullo masculino? Llevará toda la vida la marca de una mujer. Te odiará… y odiará a tu clan.

—¡Te equivocas! Además, los MacGregor y los MacArran siempre nos hemos odiado.

—A juzgar por lo que veo no es así. Esto es más un juego que una verdadera guerra.

—¡Qué sabes tú de esto! Eres inglés —replicó ella, mientras empezaba a desensillar el caballo.

Él la detuvo con una mano.

—Quiero tu palabra de que no volverás a drogarme.

Ella se apartó bruscamente.

—A veces me…

Stephen la aferró por los hombros para obligarla a mirarle.

—No habrá veces en que puedas dominar mi vida y mi raciocinio. ¿Qué hubiera pasado si se hubiesen presentado problemas que requiriesen de mi intervención? Estaba tan dormido que se podría haber derrumbado el castillo sin que yo me percatara. No puedo vivir con alguien en quien no confío. Quiero tu palabra.

Ella le dedicó una pequeña sonrisa.

—No puedo darla.

Stephen la apartó de un empellón.

—No pondré a mis hombres en peligro por los caprichos de una tonta —dijo en voz baja.

—¡Cómo tonta! Soy una MacArran. Cuento con cientos de hombres y mujeres que me obedecen y me respetan.

—Y te dejan hacer tu voluntad con demasiada frecuencia. Eres inteligente y tienes buen criterio, pero careces de la experiencia necesaria para conducir a los hombres al combate. De eso me encargaré yo.

—Mis hombres no te seguirán.

—Lo harán, si estoy lo bastante despierto como para dar las órdenes. —La miró fijamente sin recibir respuesta—. Te he pedido tu palabra. Ahora voy a tomarla por la fuerza. Si vuelves a drogarme te quitaré a ese perro.

Bronwyn se quedó boquiabierta de estupefacción.

—Rab volverá siempre a mí.

—Si está a un metro bajo tierra no podrá hacerlo.

Ella tardó en captar el sentido de esas palabras.

—¿Serías capaz de matarlo? ¿Lo matarías para conseguir lo que deseas?

—Mataría a cien perros, a cien caballos para salvar a un solo hombre, fueran de los tuyos o de los míos. Ellos corren peligro si no estoy en condiciones de protegerlos. No puedo pasarme la vida pensando que mi propia esposa decidirá si me quiere consciente o dormido en una noche dada. ¿Me he explicado con claridad?

—Con mucha claridad. Disfrutarías matando a mi perro, sin duda. Después de todo, me has quitado casi todo lo demás.

Stephen la miró con exasperación.

—Por lo visto, sólo ves lo que quieres ver. Sólo recuerda que, si amas a ese animal, lo pensarás dos veces antes de volver a poner cosas en mi comida.

De pronto Bronwyn se sintió abrumada. Aquella larga noche de lluvia, el horror de verse descolgada por un precipicio y, como culminación, la idea de perder a Rab: todo fue demasiado para ella. Cayó de rodillas en el suelo empapado y Rab acudió a su lado. Ella lo rodeó con los brazos y escondió la cara en su áspero pelaje mojado.

—Sí, lo amo —susurró—. Vosotros, los ingleses, me habéis quitado todo lo demás y tú podrías quitarme también a Rab.

Matasteis a mi padre y a sus tres hombres favoritos. Matasteis todas mis posibilidades de ser feliz con un esposo al que pudiera amar. —Levantó la cabeza, con los ojos llenos de lágrimas contenidas—. ¿Por qué no me quitas a Rab? ¿Y a Tam también? Ya que estás, también podrías quemar mi casa.

Stephen, meneando la cabeza, le ofreció la mano.

—Estás cansada y hambrienta. No sabes lo que dices.

Ella se levantó sin aceptar su apoyo. De pronto Stephen la atrajo a sus brazos sin reparar en sus forcejeos por separarse.

—¿No se te ha ocurrido pensar que podrías amarme? Si me amaras nos ahorraríamos muchas riñas.

—¿Cómo amar a un hombre en el que no puedo confiar? —replicó ella, con sencillez.

Él no dijo una palabra, pero la retuvo contra sí, apoyando la mejilla contra su pelo mojado.

—Vamos —dijo al cabo de un rato—. Va a llover otra vez y faltan varios kilómetros para llegar a un sitio resguardado.

La soltó sin volver a mirarla. Bronwyn tuvo la pasajera idea de que estaba triste, pero la descartó de inmediato y montó a caballo.

8

Comenzaba a caer la tarde cuando Stephen se detuvo frente a una vieja casa de piedra. La parte trasera de la cabaña se enterraba en el flanco de una pequeña colina; el techo estaba cubierto de pasto. Había comenzado a llover, justo cuando las ropas de Bronwyn empezaban a secarse.

Ella frenó a su caballo, pero sin desmontar. Estaba demasiado fatigada como para moverse. Stephen la agarró por la cintura y la puso en el suelo.

—¿Tienes hambre? —murmuró, un segundo antes de alzarla en brazos para llevarla al interior de la vivienda.

Un fuego de turba caldeaba la habitación, cuyo suelo era de tierra apisonada. Contra la pared había un banquito. Allí la depositó

—Quédate aquí mientras atiendo a los caballos.

Ella estaba tan cansada que apenas reparó en su regreso.

—¿No dices siempre que los escoceses sois gente fuerte? —bromeó él. Se echó a reír al ver que ella erguía la espalda, aunque exhausta, en vez de continuar apoyada contra la pared—. Ven a ver lo que tengo aquí.

Abrió un arcón puesto contra una pared y empezó a retirar comida. Había una cacerola caliente, llena de un guisado que olía de maravillas. Después, un pan oscuro y grueso, pescado, sopa, frutas y hortalizas.

Bronwyn se sentía como en medio de un sueño. Poco a poco abandonó el banquillo para acercarse a Stephen. Miró con apetito cada uno de los platos y le siguió con la vista.

Cuando alargó la mano hacia un suculento trozo de puerco asado, Stephen apartó el plato.

—Todo esto tiene un precio —dijo en voz baja.

Ella se apartó, con los ojos vidriosos y endurecidos, haciendo ademán de levantarse.

Stephen depositó el plato.

—¡Toma! —dijo, sujetándole por los hombros—. ¿No tienes sentido del humor?

—Cuando se trata de un inglés asesino, no —replicó ella, rígida.

De pronto él la atrajo hacia sí.

—Al menos eres consecuente con tus ideas. —La apartó un poco para acariciarle la mejilla con el dorso de la mano—. ¿Y cuánto crees que voy a cobrarte por esta comida?

—Querrás que mis hombres y yo te juremos fidelidad y que combatamos por ti, aunque nos obligues a luchar contra nuestro propio pueblo —adivinó ella, con una voz sin inflexiones.

—¡Por Dios! —chilló Stephen—. ¡Qué monstruo me crees! —La miró por un instante con el ceño fruncido; luego sonrió—. El costo será mucho más grande: un beso, dado por propia voluntad. Un beso que no deba arrebatarte por la fuerza.

La primera reacción de Bronwyn fue decirle lo que podía hacer con su comida y sus besos (en gaélico, naturalmente), pero cayó en la cuenta de que él no comprendería. Sin embargo hizo una pausa. Los escoceses son prácticos, cuando menos. No se podía desperdiciar toda esa comida.

—Está bien —susurró—. Te daré un beso.

Se inclinó hacia adelante, de rodillas, y le tocó los labios con los suyos. Él quiso abrazarla, pero la muchacha le apartó los brazos.

—¡Esto es cosa mía! —dijo, posesivamente.

Stephen, sonriente, se reclinó hacia atrás, apoyado en los codos, y la dejó hacer su voluntad.

Los labios de Bronwyn jugaban con los suyos con muchísima suavidad. La muchacha usó el filo de los labios y la punta de la lengua, para explorarle la boca.

Se apartó el tiempo suficiente para mirarle. Afuera llovía; el ruido del agua los hacía sentirse aislados y solos, con una soledad muy especial. El oro de las llamas lanzaba sombras suaves sobre el hermoso rostro de Stephen, que mantenía los ojos cerrados y los labios entreabiertos. Bronwyn sintió que su corazón empezaba a palpitar con fuerza. ¿Era imaginación suya o ese hombre estaba aún más guapo últimamente? De pronto le parecía la perfección viril.

Y él se mantenía quieto, aguardando en silencio, sin señales del estímulo que ella sentía. «¡Conque no tengo sentido del humor!», pensó, sonriendo. «¡Veamos hasta dónde lo tienes tú, inglés!»

Stephen abrió los ojos por un instante en el momento en que los labios de la joven descendían otra vez hacia los suyos. Esa vez no actuaron con suavidad ni con dulzura, sino con apetito: le mordió los labios, succionándolos.

Stephen perdió su tranquila pose de relajación y cayó contra el duro suelo. Sus manos se cerraron alrededor de la cintura de Bronwyn, atrayéndola hacia sí. Ella rió guturalmente y volvió a apartarle las manos. Él, obediente, las dejó caer a los costados.

Bronwyn apartó la cabeza, sin dejar de besarle, y él siguió su movimiento. Con los dedos enredados en el pelo rubio oscuro, buscó con la otra mano la rodilla de Stephen y la movió poco a poco hacia arriba. Todo el cuerpo de su marido temblaba: llevaba el atuendo escocés y estaba desnudo bajo la camisa. Ella fue acariciando hacia arriba la parte interior del muslo. Cuando le tocó en la entrepierna Stephen abrió los ojos. Un momento después había arrojado a Bronwyn de espaldas y tenía una pierna cruzada sobre ella.

—¡No! —protestó ella, empujándolo—. El precio era un beso.

Respiraba con tanta fuerza que apenas podía hablar, como si hubiera corrido varios kilómetros. Stephen tardó en recobrar el sentido. La miraba con bastante estupidez. Ella seguía empujándole, con las manos contra su pecho.

—Prometiste darme de comer si te daba un beso. Creo que lo he hecho —adujo, con toda seriedad.

—Bronwyn —balbuceó Stephen, como si fuera un moribundo.

Ella sonrió con alegría y le aplicó un fuerte empellón para apartarse a gatas.

—No se podrá decir que los escoceses no respetamos la palabra dada.

Stephen, con un gruñido quejoso, cerró los ojos un momento.

—Debo de haber envejecido veinte años desde que te conocí. Anoche, drogas; después, tú colgando de un muro de piedra; ahora tratas de liquidarme. ¿Qué más debo esperar? ¿El potro de tormento? ¿O preferirías la tortura del agua?

Ella se rió de él y le entregó una jugosa pierna de cerdo asado. Por su parte, ya estaba comiendo, con los labios rojos por el beso y brillantes de grasa. En cuanto Stephen cogió su porción, ella se apoderó de un pastel de carne.

—¿Cómo has venido hasta aquí? ¿Quién ha traído esta comida? ¿Cómo te enteraste de lo del acantilado?

A Stephen le tocó entonces reír. Comenzó a comer, pero sin tanto apetito como ella. Aún no se había repuesto de la impresión dejada por las manos de la muchacha entre sus piernas. Tam tenía muchísima razón cuando ponderaba las ventajas del atuendo escocés.

—Douglas fue en busca de Tam —dijo, al cabo de un rato. Y frunció el ceño—. Deberías enseñar a tus hombres a recurrir a mí —dijo, disgustado—. Tengo que enterarme de todo por mediación de otros.

Bronwyn tenía las manos y la boca llenos de comida.

—Douglas actuó como un hijo obediente.

—¿Qué hijo? ¿De qué estás hablando?

Ella parpadeó.

—Douglas es hijo de Tam.

—Pero el hijo de Tam, ¿no había muerto?

Ella cogió un trozo de pan negro, mientras le echaba una mirada de disgusto.

—Se puede tener más de un hijo varón, ¿sabes? Según decía mi padre, Tam estaba tratando de crear un clan propio. Tiene doce hijos varones, nada menos... es decir, así era antes de que vosotros, los ingleses, le matarais a uno.

Stephen levantó una mano en gesto de defensa.

—¿Quiénes son?

—Douglas, Alex, Jarl y Francis son los mayores. Les siguen

algunos que todavía no están en edad de combatir. Y su nueva esposa va a darle otro cualquier día de éstos.

Stephen rió entre dientes, recordando que uno no debe fiarse de los callados.

—Pero no me has respondido —acusó Bronwyn, sin dejar de comer a dos carrillos—. ¿Y por qué me has traído hasta aquí?

—Pensé que la cabalgata me calmaría un poco. Y no quería que tus hombres se entrometieran —respondió él, antes de pasar a las otras preguntas—. Tam trató de despertarme, pero no pudo.

Ella no prestó atención a su mirada acusadora.

—Después Morag me hizo beber un brebaje asqueroso, que estuvo a punto de matarme. Antes de que me despejara del todo ya estábamos a caballo, galopando por el sendero del acantilado. Llegamos justo cuando estaban izando a Alex.

Stephen dejó la pata de pollo que estaba comiendo y le clavó una mirada interrogante.

—¿Por qué tuviste que bajar personalmente? ¿Por qué diablos no te lo impidieron tus hombres?

Ella dejó el panecillo que acababa de morder.

—¿Es que nunca lo entenderás? La jefa MacArran soy yo. Soy yo quien impide o permite. Mis hombres siguen mis órdenes, no yo las suyas.

Stephen se levantó para echar más turba al fuego. Su crianza inglesa estaba en guerra con él.

—Pero tú no eres fuerte. ¿Y si Alex hubiera estado inconsciente, incapacitado para ayudarte? No tienes músculos para levantar el peso muerto de un hombre.

Ella se mostró paciente, comprendiendo que él trataba de comprender.

—Bajé yo porque soy más menuda. En ese saliente había muy poco espacio; yo podía moverme allí con más facilidad que un hombre corpulento. En cuanto a levantar a Alex, no podría alzarlo de cuerpo entero, pero sí pasar una soga bajo su cuerpo para que lo izaran. Si me hubiera parecido que Alex tenía más posibilidades de salvarse con la ayuda de otra persona, no habría vacilado. Siempre trato de hacer lo que sea mejor para los míos.

—¡Maldición! —dijo Stephen, con fiereza. De pronto la

levantó de un tirón—. No me gusta oír palabras sabias en una mujer.

Ella parpadeó, pero tanta franqueza acabó por hacerla sonreír.

—¿No conoces a algún buen jefe que use la cabeza en vez de los músculos?

Él la miró fijamente. Después la encerró entre sus brazos y le sepultó las manos en la cabellera.

—Estaba tan furioso —susurró— que me costó creer a tus hombres cuando me dijeron dónde estabas. Creo que no respiré hasta comprobar que estabas bien.

Ella levantó la cabeza para mirarle a la cara.

—Si me hubiera matado, no dudo que Tam te hubiera entregado algunas de mis fincas.

—¡Fincas! —exclamó él. Y volvió a apretarle la cabeza contra su hombro—. A veces eres estúpida. Debería castigarte por ese insulto. Ella quiso moverse, pero no pudo.

—Voy a retrasar tu cena —dijo, con voz ronca, mientras le levantaba la cara para besarla con ansias, riendo por lo engrasado de sus labios—. Eres muy de esta tierra —le dijo.

Y calló, porque ella le había deslizado los brazos al cuello. La pasión se renovó en segundos. Al recordar lo ocurrido esa mañana y el miedo que había sentido por ella, suspendida junto a un precipicio de roca, la besó con desesperación. Después la alzó para depositarla junto al fuego.

—Ven a mí —susurró Bronwyn.

Pero le tocaba a él ser el torturador. Apartó sus manos suplicantes y empezó a desabotonarle la blusa. Se tomó tiempo para desvestirla, besando cada parte descubierta. Hacía calor en el cuarto, pero el contacto de la piel caliente creaba un infierno.

—Stephen —susurró ella. Y la palabra sonó casi como una caricia.

—Sí —murmuró él; abrazándola.

Pese a la pasión, el acto de amor fue lento. Ambos se tomaron bastante tiempo. Por fin él se dejó caer con los labios contra el cuello de Bronwyn debilitado. A los pocos minutos dormían.

Dos semanas después se cumplió la predicción de Stephen en cuanto a que el jefe MacGregor odiaría a Bronwyn. Stephen había pasado esas dos semanas adiestrándose con los escoceses. Aquel desastroso enfrentamiento con armadura le había demostrado la necesidad de aprender a combatir a la manera del país. Practicó la carrera y el uso de la pesada espada. Ya sabía ponerse y quitarse la manta en cuestión de segundos. Sus piernas se volvieron curtidas y oscuras; cuando llegaron las primeras nieves ni siquiera notó la diferencia.

En cuanto a Bronwyn, le observaba con aire suspicaz. Sólo bajaba la guardia por la noche, en sus brazos.

La primera señal que Lachlan MacGregor dio de su cólera fue el incendio de tres granjas en las fincas del norte.

—¿Ha habido algún herido? —preguntó Bronwyn con voz débil, al enterarse de la noticia.

Tam señaló a un joven que permanecía de pie entre las ruinas. En la mejilla tenía una L grabada a fuego.

Bronwyn se llevó la mano a la boca, horrorizada.

—El jefe MacGregor dijo que marcaría a todo el clan. Dijo que había estado a punto de morir por la infección que le produjo tu herida —continuó Tam.

Ella le volvió la espalda y se encaminó hacia su caballo. Stephen la detuvo.

—No te preocupes: no voy a sermonearte —le dijo secamente, al verle la expresión—. Tal vez hayas aprendido algo. Ahora me toca a mí solucionar esto.

—¿Qué piensas hacer? —preguntó ella.

—Trataré de entrevistarme con MacGregor para resolver esto de una vez por todas.

—¡De entrevistarte con él! —exclamó la muchacha—. ¡Te matará! Odia a los ingleses más que yo.

—Imposible —aseguró él sarcástico.

Montó a caballo y se alejó de las ruinas humeantes de las casas.

Una hora después Chris se declaraba de acuerdo con Bronwyn. Los dos hombres, tan parecidos al llegar a Escocia, parecían ahora muy diferentes. Chris aún vestía a la usanza inglesa: gruesa chaqueta de terciopelo forrada de visón, calzones de satén y apretadas calzas de lana. Pero Stephen había cambiado por completo; hasta su piel se había oscurecido. El pelo, más largo, se le enroscaba alrededor de las orejas de una manera muy atractiva. Sus piernas eran más musculosas que nunca por las carreras diarias con los escoceses.

—Ella tiene razón —observó Chris—. No puedes ir a golpear la puerta de MacGregor pidiendo una entrevista. He oído algunos relatos de sus hazañas. Tendrías suerte si se limitara a matarte en el acto.

—¿Y qué puedo hacer? ¿Quedarme sentado mientras incendian las tierras y marcan a fuego a mi gente?

Chris le miró fijamente.

—¿Tu gente? —repitió, en voz baja—. ¿Desde cuándo eres escocés?

Stephen, sonriendo, se pasó una mano por el pelo.

—Son gentes de valor; me enorgullecería ser uno de ellos. Sólo ha sido el genio vivo de Bronwyn lo que ha provocado este desastre, pero no dudo que se puede solucionar.

—¿Sabías que este pleito entre clanes existe desde hace siglos? Al parecer, cada uno de estos clanes está en guerra con otro. ¡Éste es un país de bárbaros!

Stephen se limitó a sonreír. Pocos meses antes hubiera dicho lo mismo.

—Pasa y tomaremos una copa. Ayer recibí una carta de Gavin; quiere que lleve a Bronwyn a casa para las Navidades.

—Y ella ¿querrá ir?

Stephen se echó a reír.

—Irá, lo quiera o no. Y tú ¿vendrás con nosotros?

—Me encantaría. Ya no soporto más este frío. No comprendo cómo haces para andar por allí medio desnudo.

—Deberías hacer un intento, Chris. Uno se siente mucho más libre.

Chris resopló:

—No es libertad para congelarme las partes más delicadas lo que deseo. Tal vez sepas decirme dónde se puede cazar un poco. Me gustaría salir con algunos de tus hombres y los míos en busca de un venado.

—Sólo si prometes llevar también a algunos hombres de Bronwyn.

Chris emitió un leve bufido de desprecio.

—No sé si tomar eso como un insulto o no. —Pero se interrumpió ante la expresión de Stephen—. Está bien, haré lo que dices. Si se presenta algún problema, tal vez me convenga tener a mano a algunos de tus patidesnudos. —Y dio una palmada en el hombro a su amigo, agregando—: Nos reuniremos mañana para comer carne fresca.

Stephen no volvió a ver a Chris con vida.

Cuando el sol invernal empezaba a ponerse, cuatro de los hombres de Bronwyn cruzaron los portones, en la boca de la península. Traían la ropa desgarrada y llena de sangre. Uno de ellos tenía una larga herida mellada en la mejilla.

Stephen estaba en el campo de práctica, donde Tam le instruía en el uso del hacha escocesa. Bronwyn los observaba desde cierta distancia.

Tam fue el primero en ver a los hombres desharrapados y heridos. Dejó caer el hacha y se adelantó a toda carrera, seguidos de cerca por Stephen y Bronwyn.

—¿Qué ha pasado, Francis? —exclamó, arrancando al joven de su caballo.

—Los MacGregor —fue la respuesta—. La partida de caza fue atacada.

Stephen estaba a caballo aun antes de que Francis hubiera desmontado. El muchacho levantó la vista hacia él.

—Tres kilómetros más allá del lago, por la ruta del este.

Stephen hizo una señal afirmativa y partió, sin reparar en Bronwyn ni en Tam, que trataban de seguirle el paso.

El sol poniente arrancaba destellos a la armadura de Chris, que yacía inmóvil en el frío suelo escocés. Stephen desmontó de un salto y se arrodilló junto a su amigo para apartar con ternura el yelmo. No levantó la vista al acercarse uno de los hombres de Chris.

—Lord Chris quería demostrar a los escoceses cómo luchamos nosotros —dijo el hombre—. Se puso la armadura y quiso enfrentarse a un MacGregor cara a cara.

Stephen siguió contemplando aquella silueta callada. Sabía que la pesada armadura había inmovilizado a su amigo, permitiendo que un MacGregor le golpeara a voluntad. La armadura dejaba sitios sin protección; el acero presentaba abolladuras y mutilaciones.

—Ellos trataron de salvarlo.

Por primera vez, Stephen reparó en los tres escoceses tendidos junto a Chris. Sus cuerpos, fuertes y jóvenes, estaban ensangrentados.

Stephen sintió que la ira se henchía dentro de él. ¡Su amigo! Su amigo había muerto. Se puso de pie y asió a Bronwyn, poniéndola frente a los cuatro cadáveres.

—¡Mira lo que has conseguido con tu ocurrencia! ¡Míralos! ¿Los conoces?

—Sí —susurró ella, contemplándolos. Conocía a esos jóvenes por haberlos tratado toda su vida. Apartó la vista.

Stephen le puso las manos en la cabellera, obligándola a mirarlos otra vez.

—¿Recuerdas el sonido de sus voces? ¿Oyes aún sus risas? ¿Tienen familia? —Le movió la cabeza para que mirara a Chris—. Chris y yo crecimos juntos. Pasamos juntos toda la niñez.

—¡Suéltame! —pidió ella, desesperada.

Stephen la soltó abruptamente.

—Me drogaste para conducir a tus hombres a una incursión. Tallaste tu inicial en el jefe MacGregor. ¡Estúpidos actos infantiles! Y ahora tenemos que pagar por ti, ¿no?

Ella trató de mantener la cabeza en alto, se resistía a creer que él tuviera razón.

Douglas levantó la espada. Había llegado a ese sitio siguiendo a Bronwyn y a su padre.

—Debemos vengarlos —dijo, en voz alta—. Debemos montar a caballo para combatir contra los MacGregor.

—¡Sí! —gritó Bronwyn—. ¡Tienen que pagar ahora mismo!

Stephen dio un paso adelante y hundió el puño en la cara de Douglas. Sujetó la espada escocesa un momento antes de que el muchacho cayera.

—Escuchadme todos con atención —dijo, en voz baja, pero audible para todos—. Esto quedará arreglado, pero no con más derramamiento de sangre. Se trata de un pleito inútil y no tomaré venganza con la espada. Con matar a otros no devolveremos la vida a éstos.

Y señaló los cuatro cadáveres ensangrentados.

—Eres un cobarde —dijo Douglas, mientras se levantaba, frotándose la mandíbula dolorida.

Antes de que Stephen pudiera pronunciar palabra, Tam se acercó a su hijo con el puñal en la mano y le apuntó a las costillas.

—Puedes estar en desacuerdo con él, pero no le llamarás cobarde —pronunció con su voz grave y resonante.

Douglas se enfrentó a la mirada de su padre. Por fin hizo un gesto afirmativo y se volvió hacia Stephen.

—Estamos dispuestos a seguirte —dijo.

—¡A seguirlo! —gritó Bronwyn—. La jefa MacArran soy yo. ¿Olvidáis que es inglés?

Tam habló por su hijo.

—No creo que hayamos olvidado eso, pero hemos aprendido —observó, sereno.

Bronwyn no le preguntó qué había aprendido. Se limitó a mirarlos a la cara, uno tras otro, y vio que estaban cambiando. ¿Había sido algo gradual? ¿Acaso ellos también le culpaban por aquellas muertes? Dio un paso hacia atrás, con la sensación de que debía levantar las manos para protegerse.

—No —susurró.

Giró en redondo y echó a correr hacia su caballo.

Partió sin importarle adónde iba. Las lágrimas le enturbiaban tanto la vista que apenas distinguía el camino. Cabalgó varios kilómetros, cruzando colinas y lagos. Ni siquiera se dio cuenta de que había abandonado las tierras de MacArran.

—¡Bronwyn! —vociferó alguien, a su espalda.

En un primer momento ella se limitó a espolear a su caballo para alejarse de aquella voz familiar. Sólo cuando lo tuvo a su lado reconoció a su hermano.

—Davey —susurró, tirando de las riendas con brusquedad.

El muchacho le sonrió. Era tan alto como Bronwyn, y tenía también el pelo negro de su padre, pero había heredado los ojos pardos maternos. Estaba más delgado de lo que Bronwyn recordaba; en sus ojos parecía arder un salvaje fulgor interior.

—Has estado llorando —observó—. ¿Por los hombres que mataron los MacGregor?

—¿Lo sabías? —preguntó ella, secándose las lágrimas con el dorso de la mano.

—Sigue siendo mi clan, pese a lo que nuestro padre hubiera decidido. —Por un momento la expresión del muchacho fue dura y fría; de inmediato cambió—. Hacía mucho tiempo que no te veía. Siéntate conmigo y deja descansar a tu caballo.

De pronto Davey fue como un viejo amigo. Ella apartó de su mente el recuerdo de la última vez que lo viera; aquella noche en que Jamie MacArran la había nombrado sucesora. El anuncio era doloroso por lo inesperado. Todo el clan estaba reunido allí, esperando la proclamación de Davey como próximo jefe. Jamie MacArran era siempre franco consigo mismo, sobre todo con respecto a sus hijos, y habló al clan de ellos. Dijo que a Davey le gustaba demasiado la guerra, que se interesaba más por dar batalla que por proteger a su clan. Dijo que Bronwyn tenía demasiado temperamento y que con demasiada frecuencia actuaba sin pensar. Los dos se sintieron muy humillados por aquellas observaciones. Pero Jamie continuó diciendo que Bronwyn podía equilibrarse si se casaba con un muchacho sereno, como Ian, Ramsey o Ennis. Aun después de aquella declaración, nadie adivinó lo que el jefe estaba pensando. Cuando anunció que Bronwyn sería su sucesora, a condición de que se casara con uno de esos jóvenes, todos guardaron silencio. Luego, uno a uno, los del clan levantaron las copas para brindar por ella. Davey tardó algunos instantes en comprender lo que estaba ocurriendo. Por fin se levantó, maldiciendo a su padre. Lo llamó traidor y declaró que dejaba de ser su hijo. Invitó a los hombres a seguirle, abandonando para siempre el clan. Esa noche, doce jóvenes salieron del salón siguiendo a Davey.

Bronwyn no había vuelto a ver a su hermano desde entonces. A partir de aquella noche habían muerto muchos, incluido su padre; la habían casado con un inglés. De pronto, cuanto Davey dijera tanto tiempo atrás dejó de tener importancia. Desmontó del caballo para abrazarle.

—¡Oh, Davey, qué mal ha salido todo! —exclamó.

—¿El inglés?

—Él lo ha cambiado todo. Mis hombres me han mirado como si la intrusa fuera yo. Leí en sus ojos que le daban la razón a él y no a mí.

—¿Eso significa que está volviendo a los hombres contra ti? —exclamó Davey, apartándose—. ¿Cómo pueden estar tan ciegos? Él ha de ser muy buen actor para hacerles olvidar la horrible muerte de nuestro padre. ¿No tienen en cuenta que fueron los ingleses quienes mataron a MacArran? ¿Y también a Ian? ¿Acaso el mismo Tam ha olvidado la muerte de su hijo?

—No lo sé. —Bronwyn se sentó en un tronco caído—. Todos parecen confiar en él. Mi esposo viste como escocés; se adiestra con mis hombres y hasta dedica tiempo a los granjeros. Los veo juntos, riendo, y sé que todos le tienen aprecio.

—Pero ¿qué ha hecho para ganarse esa confianza, aparte de besar a los bebés?

Ella se apretó las sienes. Sólo veía a los cuatro hombres tendidos en el suelo. ¿Acaso era culpable de esas cuatro muertes?

—Tampoco ha hecho nada para que desconfíen de él.

Davey resopló.

—Por supuesto; se cuidará muy bien de eso. Esperará hasta ganarse la confianza de todos antes de traer a sus ingleses.

—¿Qué ingleses? ¿De qué hablas?

—¿No te das cuenta? —protestó Davey, con gran paciencia—. Dime, ¿no planea volver pronto a Inglaterra?

—Sí —reconoció ella, sorprendida—. Creo que está planeando una visita a Inglaterra conmigo, para dentro de algunas semanas.

—Y entonces volverá con sus ingleses. Les enseñará cuanto ha aprendido sobre el modo de combatir de los escoceses y tendremos muy poca defensa contra ellos.

—¡No! —exclamó Bronwyn, levantándose—. No lo dices en serio, Davey. Él no es así. Suele ser bondadoso y sé que se preocupa por mis hombres.

Él la miró con desagrado.

—Dicen que te hace gritar en el lecho. Tienes miedo de perderle. Sacrificarías a tu clan por seguir sintiendo sus manos sobre el cuerpo.

—¡No es cierto! Para mí el clan es siempre primero. —Bronwyn se interrumpió bruscamente—. Había olvidado lo mucho que reñimos. Es hora de que vuelva a casa.

—No —dijo Davey, en voz baja, apoyándole una mano en el brazo—. Perdona si te he alterado. Quédate un rato conmigo. Te echo de menos. Cuéntame cómo está Larenston. ¿Has hecho arreglar la gotera del techo? ¿Cuántos hijos tiene Tam ahora?

Ella volvió a sentarse, sonriendo. Conversaron durante varios minutos, mientras la noche se cerraba. Conversaron sobre los detalles cotidianos de la vida en el clan. Ella se enteró entonces de que Davey vivía en las colinas, pero el muchacho se mostró evasivo con respecto a eso y ella respetó su reticencia.

—¿Te gusta ser jefa? —preguntó él, amistoso—. Los hombres ¿te obedecen?

Ella sonrió.

—Sí. Me tratan con mucho respeto.

—Hasta ahora, pero se vuelven hacia tu esposo.

—No vuelvas a empezar.

Davey se recostó contra un árbol.

—Es una pena que los MacArran, después de siglos, se vean ahora bajo el mando de un inglés. Con un poco de tiempo hubieras podido afirmar tu propia autoridad, pero no se puede esperar que los hombres sigan a una mujer si hay un hombre que se interpone.

—No sé qué quieres decir.

—Soñaba. ¿Y si tu Stephen es un espía enviado por el rey Enrique? Cuando se haya ganado la confianza de tus hombres podrá hacer mucho daño a Escocia. Tú estarás allí, desde luego, y tratarás de que ellos te sigan, pero por entonces estarán tan habituados a desobedecerte que ni siquiera te prestarán atención.

Ella no pudo responder. Estaba recordando todas las ocasiones en que sus hombres habían recurrido a Stephen en los últimos tiempos, en vez de pedir sólo la opinión de ella, como al principio.

Davey continuó:

—Es una pena que no tuvieras tiempo para estar a solas con tu clan. De ese modo ellos comprobarían que tienes sentido común y puedes guiarlos. Si Montgomery te traicionara podrías manejar al clan de modo seguro.

A ella no le gustó pensar en esas palabras. Había sido causa de la muerte de cuatro hombres. Por estupidez, por arrogancia, y Stephen tenía razón al culparla. Sus hombres tenían razón al buscar guía en él. Pero ¿y si Stephen era un espía? ¿Si decidía aprovecharse de la confianza de sus hombres? Los escoceses llevaban generaciones enteras odiando a los ingleses.

Sin duda había motivos para ese odio. Bien podía haber, en la vida de Stephen, cien tragedias que le dieran causa para odiar a los escoceses. Tal vez Davey estaba en lo cierto; quizá Stephen quería llevarlos a todos a una matanza.

Se llevó las manos a la cabeza.

—No puedo pensar —susurró—. No sé cómo es él, no sé si merece confianza.

—Bronwyn —dijo Davey, tomándole las manos—: aunque no lo creas, sólo quiero lo que más convenga al clan. He tenido meses enteros para pensar en todo esto. Ahora comprendo que a ti te corresponde ser la jefa y no a mí. —Le puso un dedo en los labios—. No, déjame terminar. Quiero ayudarte. Quiero asegurarme de que él no sea un espía empeñado en acabar con nuestro clan.

—¿De veras? ¿A qué te refieres?

—Le llevaré a mi campamento. No se le hará daño. Y mientras él no esté, tú podrás establecerte como verdadera jefa del clan MacArran.

—¡Llevártelo! —exclamó ella. Se levantó. Sus ojos echaban chispas, aun en la oscuridad de la noche.

—No se le hará daño. Sería una estupidez hacerlo, pues el rey Enrique declararía la guerra al clan. Sólo quiero darte un poco de tiempo.

Ella se apartó.

—¿Y qué ganas tú con esto? —preguntó, fría.

—Quiero volver a casa —respondió él con pesadez—. Si hago por ti esta buena acción podré volver a casa con honor. Mis hombres y yo estamos pasando hambre, Bronwyn. No somos campesinos y no tenemos granjeros que cosechen para nosotros.

—Sabes bien que puedes volver cuando quieras —observó Bronwyn, en voz baja.

Él se levantó de un salto.

—¿Para que todos se rían de mí, diciendo que vuelvo con la cola entre las piernas? ¡No! —Se calmó un poco—. Si pudiera hacer un retorno triunfal salvaríamos la dignidad. Volveríamos a Larenston con tu esposo inglés y todos nos estarían agradecidos, desde el rey Enrique hacia abajo.

—Pero… no es posible. Stephen es…

—Piénsalo. Tendrás el mando del clan y yo podré volver a

casa con honores. Pero tal vez te importa más ese inglés que tu propio hermano —se burló, desdeñoso.

—¡No, claro que no! Pero si él sufriera algún daño…

—¡Me insultas! ¿Crees que no tengo cerebro? Bien sé lo que nos haría el rey si a él le pasara algo. Oh, Bronwyn, piénsalo, por favor. Sería muy beneficioso para el clan. No permitas que sigan confundidos. No esperes a verlos en un campo de batalla, tratando de elegir entre Inglaterra y Escocia. Que sepan que son escoceses. No hagas que repartan su alianza.

—Por favor, Davey, tengo que irme.

—Sí. Piénsalo. Dentro de tres días te esperaré junto a la muralla del acantilado, donde cayó Alex.

Ella levantó la vista, sorprendida.

—Sé mucho sobre mi clan —explicó él.

Montó a caballo y se alejó.

Bronwyn le siguió con la vista por algunos minutos, hasta que se lo tragó la oscuridad. Temía volver a Larenston y enfrentarse a la muerte de sus hombres, al enojo de Stephen. Pero una MacArran no podía mostrarse cobarde.

Irguió los hombros y montó a caballo.

9

Bronwyn cruzó silenciosamente el patio. En los tres días transcurridos desde la muerte de sus hombres había tenido tiempo de pensar. Las palabras de Davey la perseguían como un fantasma. A cada instante cobraba más conciencia de que sus hombres se estaban volcando hacia Stephen. Era natural que buscaran el liderazgo de un hombre, puesto que pocos meses antes seguían a Jamie MacArran. Pero Bronwyn no confiaba en ningún inglés. Los tenía por un pueblo traicionero, brutal y codicioso. ¿Acaso no había conocido a muchos ingleses durante su cautiverio en casa de Sir Thomas Crichton?

En cuanto a Stephen, la muerte de su amigo le afectaba mucho. Apenas hablaba; con frecuencia Bronwyn le sorprendía con la mirada perdida en el vacío. Inmediatamente después de los asesinatos había ordenado que se comenzara con los preparativos para el viaje a Inglaterra, diciendo que tenía intenciones de devolver el cadáver de Chris a su familia.

Por las noches, cuando estaban solos, permanecían el uno junto a la otra sin hablarse, sin contacto alguno. A Bronwyn la acosaba el recuerdo de sus tres hombres muertos. Se preguntaba cómo hubiera hecho su padre para seguir adelante cuando un error suyo costaba la vida de seres queridos. Un nudo se le formaba en la garganta, pero la jefa de un clan no debía llorar. Debía ser fuerte y no temer la soledad.

Además de sus remordimientos tenía que estudiar la petición de Davey. Conocía el orgullo de su hermano y no ignoraba lo que le había costado pedirle aquello. Sin embargo, ¿podría entregarle a Stephen?

Se cubrió los oídos con las manos. Ella quería actuar como fuera mejor para todos, pero se sentía sola e inerme. ¿Qué era lo mejor para todos?

Ensilló personalmente a su caballo y abandonó la península para reunirse con Davey.

Su hermano la miró fijamente un instante, con ojos ardorosos y penetrantes. Como ella bajara la vista, tratando de expresar sus pensamientos, adivinó su decisión.

—¡Ya veo! —exclamó. Sus ojos tomaron una expresión inflexible—. Vas a anteponer a tu amante al clan.

Ella le miró sin parpadear.

—Sabes que no es así.

Él bufó:

—En ese caso debo suponer que no crees en mí. Confiaba en que me dieras una oportunidad de probar que he madurado, que ya no soy ese horrible muchacho que maldijo a su padre.

—Eso quiero, Davey —dijo ella, en voz baja—. Quiero hacer lo mejor para todos.

—¡A otro perro con ese hueso! —estalló el muchacho—. Sólo te preocupas de ti misma. Tienes miedo de que yo vuelva. Tienes miedo de que los hombres me sigan a mí, el verdadero MacArran.

Y giró hacia su caballo.

—Por favor, Davey, no quiero que nos separemos así. Ven a casa, al menos durante un tiempo.

—¿Para ver, cruzado de brazos, cómo mi hermana ocupa el sitio que me corresponde por derecho? No, gracias. Prefiero ser rey de mi pobre reino que sirviente en otro.

Subió a la montura de un salto, o poco menos, y se alejó como el rayo. Bronwyn pasó allí un tiempo indefinido, con la vista fija en el suelo, sintiéndose estúpida e indefensa.

—¿Quién era? —preguntó Stephen, en voz baja.

Ella levantó la vista. No le sorprendía verle allí. Con mucha frecuencia él parecía estar cerca cuando menos se sospechaba su presencia.

—Mi hermano —respondió, en el mismo tono.

—¿Davey? —inquirió él con interés, mirando en dirección al caballo que se alejaba.

Ella no respondió.

—¿Le has pedido que volviera a Larenston? —continuó Stephen—. ¿Le has dicho que tendrá siempre las puertas abiertas?

—No necesitas indicarme lo que debo decir a mi hermano. —Bronwyn le volvió la espalda, con los ojos llenos de lágrimas.

Él la tomó del brazo.

—Disculpa. No era ésa mi intención.

Ella se desasió bruscamente, pero el joven volvió a abrazarla.

—Me equivoqué al maldecirte por la muerte de Chris —reconoció en voz baja—. Estaba tan colérico que necesitaba desquitarme con alguien. Me equivoqué.

Ella mantenía la cara apretada contra su pecho.

—¡No, tenías razón! Es cierto: yo maté a mis hombres y a tu amigo.

Él la estrechó un poco más, percibiendo la fragilidad de su cuerpo. ¡Qué delicados y pequeños eran sus hombros!

—No es demasiada responsabilidad para que la asumas. —Le levantó el mentón—. Mírame. Lo creas o no, los dos estamos metidos en esto por igual y yo compartiré la carga de esas muertes.

—Pero fue culpa mía —dijo ella, desesperada.

Él le puso un dedo en los labios, estudiándola.

—Eres muy joven. No tienes aún veinte años, pero tratas de cuidar de cientos de personas, hasta de protegerlos de mí, temiendo que yo pueda ser un espía.

Se rió ante su expresión, agregando:

—Empiezo a comprenderte. En estos momentos piensas que puedo tener un motivo para hablarte de este modo. Piensas que puedo estar planeando alguna traición y que quiero aturdirte con la miel de mis palabras.

Ella se apartó.

—¡Suéltame!

Aquellas palabras eran tan acertadas que casi la habían asustado. Él rió con gravedad.

—¿Estoy demasiado cerca de la verdad? Quieres que siga siendo un extranjero, ¿no? Alguien a quien te sea fácil odiar.

Pero no te permitiré olvidar que, antes que inglés, soy hombre.

—Lo… lo que dices no tiene sentido. Tengo que volver a Larenston.

Él, sin prestarle atención, se sentó en la hierba y la obligó a hacer lo mismo.

—Mañana partiremos hacia Inglaterra. ¿Te gusta la idea de conocer a mi familia?

Ella le miró fijamente.

—No lo he pensado. —Sus ojos despidieron fuego azul al recordar los días pasados en la casa de Sir Thomas Crichton—. No me gustan los ingleses.

—¡No los conoces! —contraatacó Stephen—. No has tratado sino con la chusma. Yo mismo me avergoncé del modo en que te trataban mis compatriotas en casa de Sir Thomas.

—Pues ninguno de ellos me dejó esperando ante el altar.

Él rió entre dientes.

—No quieres perdonarme por eso, ¿eh? Tal vez me disculpes cuando conozcas a Judith, mi cuñada.

—¿Cómo… cómo es? —preguntó Bronwyn, vacilante.

—¡Hermosa! Dulce, inteligente y bondadosa. Administra las fincas de Gavin con un ojo cerrado. El rey Enrique quedó cautivado con ella; más de una vez le ha pedido opinión.

Bronwyn suspiró con dificultad.

—Me alegra saber que existe alguien competente, capaz de cumplir con sus responsabilidades sin equivocarse. Ojalá mi padre tuviera una hija digna del título de jefa.

Él la abrazó, riendo, y se tendió en el suelo húmedo.

—Para ser mujer resultas bastante capaz como jefa.

Ella parpadeó.

—¿Para ser mujer? ¿Quieres decir que ninguna mujer es capaz de dirigir un clan?

Él se encogió de hombros.

—Al menos ninguna que sea tan joven y tan bonita. Y ninguna que haya recibido tan mala preparación.

—¿Mala preparación? Me he preparado a lo largo de toda mi vida. Sabes que leo mejor que tú y soy más rápida con los números.

Él rió.

—Para dirigir a los hombres hace falta algo más que ser

rápido con los números. —La miró un instante—. ¡Qué hermosa eres! —comentó en voz baja, inclinándose para besarla.

—¡Suéltame! Eres un patán insufrible, ignorante y estrecho de mente...

Se interrumpió porque él le estaba acariciando las piernas.

—Sí —susurró Stephen, contra su boca—. ¿Qué más?

—No lo sé ni me importa —replicó ella, como desde muy lejos.

Y arqueó el cuello hacia atrás.

Pese a la aparente intimidad del escenario, Bronwyn y Stephen no estaban solos. David MacArran, de pie en la colina, los observaba.

—¡Esa arrastrada! —susurró—. Antepone su lujuria a las necesidades de su hermano. ¡Y pensar que Jamie MacArran la consideró más digna de ser jefa que yo!

Levantó el puño hacia la pareja. ¡Ya les enseñaría! Demostraría a toda Escocia quién era el más poderoso, el verdadero jefe del clan MacArran.

Desvió bruscamente a su caballo y se encaminó hacia su campamento secreto, oculto en las colinas.

El sol apenas asomaba cuando las carretas se pusieron en marcha por el sendero que unía el castillo a la tierra firme. Los hombres de Stephen, ahora bronceados y apenas diferenciables de los escoceses, cabalgaban a su lado. Formaban un grupo silencioso y aprensivo en cuanto a los resultados del viaje. Las carretas iban cargadas de ropas inglesas y los hombres de Bronwyn se preguntaban si podrían desenvolverse bien en la sociedad de Inglaterra.

Bronwyn, por su parte, tenía sus propias preocupaciones. Morag la había sermoneado por largo rato, al enterarse de los planes de Davey.

—No se te ocurra confiar en él —dijo, apuntándole con un dedo corto y huesudo—. Siempre ha sido ladino, aun de niño. Quiere apoderarse de Larenston y no se detendrá ante nada por conseguirlo.

Bronwyn había defendido a su hermano, pero ahora recordaba las advertencias de Morag. Miró a su alrededor por centésima vez.

—¿Nerviosa? —preguntó Stephen, a su lado—. No tienes por qué. Estoy segura de que mi familia te cobrará cariño.

Ella tardó todo un minuto en comprender de qué le hablaba. Entonces levantó la nariz, altanera.

—Antes bien debería interesarte que yo les tome cariño a ellos.

Y azuzó a su caballo.

En medio del crepúsculo, la primera flecha pasó zumbando junto a la oreja izquierda de Bronwyn que apenas empezaba a relajarse y a olvidar sus temores. En un principio ella no comprendió lo que estaba ocurriendo.

—¡Nos atacan! —gritó Stephen.

En cuestión de segundos sus hombres formaron un círculo de defensa y prepararon las armas. Los de Bronwyn desmontaron y, después de quitarse las mantas, se perdieron en los bosques. Ella permaneció estúpidamente a caballo, viendo cómo desmontaban los suyos.

—¡Bronwyn! —chilló Stephen—. ¡Galopa!

Ella obedeció por instinto, entre una lluvia de flechas. Una le rozó el muslo y su caballo relinchó, quemado por la vara. De pronto Bronwyn comprendió el porqué de su aturdimiento: ¡Todas las flechas iban dirigidas contra ella! Y uno de los arqueros, al que había visto en lo alto de un árbol, era uno de los hombres que habían abandonado el clan para seguir a Davey. ¡Su propio hermano estaba tratando de matarla!

Bajó la cabeza y azuzó a su caballo. No había necesidad de volverse para mirar, pues sentía el golpeteo de los cascos que la seguían. Marchó tras el caballo de Stephen, que la conducía lejos de las flechas voladoras. Por una vez no se preguntaba si debía o no confiar en él.

De pronto lanzó un grito: su caballo se había derrumbado bajo ella. Antes de que el animal pudiera siquiera incorporarse sobre las rodillas, Stephen describió un círculo con el suyo y le rodeó la cintura con un brazo para ponerla delante de sí. Ella se retorció hasta quedar a horcajadas; luego se agachó hacia el cuello del animal.

Cruzaron a todo galope aquel paraje silvestre, desconocido. Bronwyn sentía que el gran potro de Stephen comenzaba a cansarse.

De pronto Stephen cayó hacia adelante, chocando contra la espalda de Bronwyn. Ella, sin darse tiempo a pensar, tomó las riendas y tiró bruscamente de ellas. El caballo abandonó el sendero para perderse entre los árboles. La muchacha comprendió que debía desmontar a Stephen antes de que cayera. En el bosque era imposible moverse con celeridad, pero tal vez dispusiera de algunos momentos antes de que la alcanzaran.

Frenó al caballo con tanta brusquedad que el bocado desgarró la boca al animal. El cuerpo inerte de Stephen cayó a tierra antes de que ella pudiera desmontar. Ella descendió de un salto, ahogando una exclamación: Stephen tenía una mancha de sangre en la nuca, allí donde una flecha le había rozado la piel. No había mucho tiempo para pensar, pues ya se aproximaban los otros jinetes. El suelo del bosque estaba cubierto de hojas secas. Eso le dio una idea.

Silenciosamente, para que nadie la oyera, condujo al caballo de la brida, alejándolo de Stephen. Como no podía arriesgarse a darle una palmada, cuyo ruido era muy perceptible, se quitó el broche y dio un alfilerazo a la grupa del animal, que echó a correr casi de inmediato. Entonces Bronwyn volvió a toda carrera junto a Stephen, cayó de rodillas ante él y lo empujó contra un tronco caído. Luego lo cubrió con brazadas de hojas. El diseño de su manta se confundía con el follaje marchito. Por fin la muchacha se tendió a su lado y se cubrió también.

Segundos después los rodeó un grupo de hombres coléricos. Bronwyn estrechó a Stephen contra sí, cubriéndole la boca con una mano, por si él despertaba y emitía algún quejido.

—¡Maldita sea!

Bronwyn contuvo el aliento; hubiera reconocido la voz de Davey en cualquier parte.

—¡Esa mujer tiene siete vidas! Pero pienso quitarle las siete —agregó él, con crueldad—. Y también a su marido inglés. Ya aprenderá el rey Enrique que en Escocia mandan los escoceses.

—¡Por allí va su caballo! —dijo otra voz.

—¡Vamos! —mandó Davey—. No puede estar muy lejos.

Pasó largo rato antes de que Bronwyn se moviera. Al principio se sintió demasiado aturdida y alterada. Cuando se le despejó un poco el cerebro actuó con cautela. Quería asegurarse de que Davey no hubiera dejado a nadie en la zona. Tenía la esperanza de oír el ruido de sus propios hombres al acercarse, pero como en una hora no aparecieron perdió las ilusiones.

Ya había oscurecido por completo cuando Stephen, quejándose, hizo un primer movimiento.

—¡Quieto! —indicó ella, deslizándole los dedos por la mejilla. Sentía el brazo derecho entumecido por haber sostenido su peso durante tanto tiempo.

Poco a poco, alerta a cada ruido del bosque que los rodeaba, fue apartando las hojas. Gozaba de buena vista en la oscuridad y había tenido tiempo para analizar los sonidos del ambiente. Había un arroyo a poca distancia, al pie de un risco empinado. Corrió hasta él y se arrodilló para mojar un gran trozo de paño de hilo arrancado a sus enaguas. Luego regresó junto a Stephen. Le puso algunas gotas de agua en los labios y le limpió la herida de la cabeza. No parecía grave, pero ella sabía que a veces un daño sufrido en esa zona podía tener serias consecuencias. Era posible que su cerebro estuviera afectado.

Él abrió los ojos y la miró fijamente. El claro de luna hacía que sus ojos parecieran plateados. Bronwyn se inclinó hacia él, preocupada.

—¿Quién soy? —le preguntó con suavidad.

Stephen respondió con mucha seriedad, como si la pregunta requiriera de muchas cavilaciones.

—Un ángel de ojos azules, que convierte mi vida en un paraíso y un infierno, todo al mismo tiempo.

Bronwyn gruñó, disgustada, y le arrojó a la cara el paño ensangrentado.

—Por desgracia, eres el mismo de siempre.

Stephen intentó una lamentable sonrisa y trató de incorporarse. El hecho de que ella le rodeara los hombros con un brazo para ayudarle con toda naturalidad, le hizo arquear una ceja.

—¿Tan mal están las cosas? —preguntó, frotándose la sien.

—¿A qué te refieres? —inquirió ella suspicaz.

—Si me ayudas debemos de estar en muy mala situación.

Bronwyn se puso tensa.

—En vez de esconderte debí dejarte para que te encontraran.

—Se me parte la cabeza. No tengo ganas de discutir. ¿Y qué diablos me has hecho en la espalda? ¿Me has clavado alfileres de acero?

—Te has caído del caballo —informó ella, con cierta satisfacción. Aun en la oscuridad vio que ponía cara de advertencia—. Creo que debería comenzar por el principio.

—Nada me complacería más —replicó Stephen, mientras se frotaba la espalda.

Ella le reveló sucintamente los planes de Davey y su intención de secuestrar a Stephen.

—Y tú aceptaste, sin duda —fue el seco comentario.

—¡Desde luego que no!

—Pero deshaciéndote de mí hubieras solucionado muchos de tus problemas. ¿Por qué no aceptaste?

—No sé —respondió ella, en voz baja.

—Sus argumentos eran muy lógicos. Tenías una manera perfecta de deshacerte de mí.

—¡No sé! —repitió ella—. Supongo que, en el fondo, no confié en él. Mientras estábamos escondidos bajo las hojas le oí decir… que quería matarnos a los dos.

—Ya lo sospechaba.

—¿Cómo te diste cuenta?

Él le tocó un rizo negro.

—Por la cantidad de flechas disparadas directamente contra ti. Y por el modo en que trataron de separarnos de nuestros hombres. Eso te ha alterado, ¿no?

Ella levantó bruscamente la cabeza.

—¿Qué sentirías si te enteraras de que uno de tus hermanos quiere matarte?

Aun en la oscuridad vio que Stephen palidecía. La miró con horror.

—Es una idea imposible —afirmó, dando el asunto por concluido—. ¿Dónde estamos?

—No tengo ni idea.

—¿Y los hombres? ¿Estarán cerca?

—Soy sólo una mujer, ¿recuerdas? ¿Cómo puedo saber de estrategias bélicas?

—¡Bronwyn! —advirtió él.

—No sé dónde estamos. Si los hombres no nos encuentran pronto volverán a Larenston. Debemos regresar allá cuanto antes. —De pronto desvió la cabeza con un susurro feroz—. ¡Silencio! Alguien viene. ¡A escondernos!

El primer impulso de Stephen fue enfrentarse a quien fuera, pero no tenía más armas que un pequeño puñal e ignoraba cuántas personas podría haber allí.

Bronwyn le tomó de la mano para tirar de él hacia adelante. Le condujo hasta la cima del risco y más allá, hasta la pendiente. Allí se acurrucaron en el grueso colchón de hojas para observar a los dos hombres que se acercaban. Eran cazadores; no buscaban a la desaparecida jefa y a su esposo, sino alguna presa conveniente.

Stephen hizo un gesto, como si quisiera decirles algo, pero Bronwyn se lo impidió. Él la miró con sorpresa, pero calló.

Cuando los hombres estuvieron lejos, se volvió para aducir:

—No eran hombres de David.

—Peor aún —replicó ella—. Eran MacGregor.

—No me digas que conoces personalmente a cada uno de los MacGregor.

Ella meneó la cabeza ante tanta estupidez.

—En el sombrero llevaban los colores y la insignia del clan.

Stephen puso cara de admiración ante tan buena visión nocturna.

—Creo saber dónde estamos —agregó Bronwyn.

Él se recostó en la ribera, con un suspiro.

—Déjame adivinar —dijo, sarcástico—. Estamos en medio de las tierras de los MacGregor. Sin armas, sin caballos, comida ni oro. Tu hermano nos persigue y al jefe MacGregor le encantaría ver nuestras cabezas en una bandeja.

Bronwyn se volvió para estudiar su perfil. De pronto dejó escapar una risita. Su marido la miró, atónito, pero acabó por sonreír.

—Desesperante, ¿no?

—Sí —acordó ella, con ojos danzarines.

—No es momento para reír, claro está.

—Por cierto.

—Pero es casi divertido, ¿no? —rió él.

Ella le acompañó.

—De un modo u otro, es probable que mañana estemos muertos.

—¿Y qué te gustaría hacer en tu última noche sobre la tierra? —preguntó él. Sus ojos azules recogían rayos de luna.

—Alguien podría tropezar con nosotros en cualquier momento —observó ella, muy seria.

—Hummm... ¿Y si le brindamos un espectáculo?

—¿Por ejemplo?

—Un par de espíritus del bosque, sublimemente felices y totalmente desnudos.

Ella se ciñó la manta.

—Pero hace muchísimo frío, ¿no te parece? —dijo astutamente.

—Apuesto a que podemos hallar el modo de entrar en calor. En realidad, lo más lógico sería combinar el calor de nuestros cuerpos.

—En ese caso...

Ella saltó desde el suelo, aterrizando sobre él. Stephen ahogó un grito de sorpresa y se echó a reír.

—Creo que he hecho mal en no haberte traído antes a las tierras de los MacGregor.

—¡Silencio, inglés! —ordenó ella, mientras bajaba la cabeza para empezar a besarle.

Ninguno de los dos recordó que estaban encaramados en la pendiente de un risco muy escarpado. La pasión, intensificada por el peligro de la situación, los hizo olvidar el peligro más inmediato. Bronwyn fue la primera en perder pie. Acababa de acercarse a Stephen y se estaba quitando la falda, mientas él se desvestía; un segundo después se encontró rodando por el flanco de la colina.

Stephen trató de sujetarla, pero tenía los sentidos obnubilados por la pasión y no la alcanzó. Al alargar demasiado la mano, cayó tras ella.

Aterrizaron juntos en un enredo de miembros desnudos y un revoloteo de hojas secas.

—¿Estás bien? —preguntó Stephen.

—Estaré bien en cuanto no te tenga encima. Me estás rompiendo la pierna.

En vez de apartarse, Stephen hizo todo lo contrario.

—Hasta ahora no te habías quejado de que yo fuera muy pesado —observó, mordisqueándole la oreja.

Ella cerró los ojos, sonriendo.

—A veces no pesas nada.

Él deslizó los labios hasta su cuello. De pronto algo enorme y muy pesado le aterrizó en plena espalda. Stephen se derrumbó durante un instante sobre Bronwyn, pero se apresuró a elevarse con los brazos para protegerla.

—¿Qué diablos…?

—¡Rab! —exclamó Bronwyn, escurriéndose bajo su cuerpo—. ¡Oh, Rab! —Lo decía con profunda alegría, sepultando la cara en el pelo áspero del perro—. Mi dulce, dulce Rab.

Stephen se sentó sobre los talones.

—¡Sólo eso me faltaba! —comentó sarcástico—. Como si no me doliera bastante la espalda.

Rab se apartó de Bronwyn para saltar contra él. Pese a su protesta, Stephen lo abrazó con cariño, mientras el animal le lamía la cara, sofocándolo con su afecto.

—¿No te da vergüenza? —lo regañó Bronwyn—, el pobre te quiere y está feliz de verte.

—Pues me gustaría que fuera más considerado con mis propios amores. ¡Basta, Rab! ¡Vas a sofocarme! Busca, Rab, busca.

Stephen fingió arrojar un palo imaginario y el galgo salió disparado tras él.

—¡Qué malo! Ahora pasará horas buscándolo. Lo que más le gusta es complacernos.

Stephen la sujetó por la muñeca.

—Espero que lo busque durante toda la noche. ¿Sabes que estás preciosa a la luz de la luna?

Ella contempló su amplio pecho, sus fuertes hombros.

—Pues tú no eres desagradable, visto así.

Él la abrazó.

—Sigue así, que no querré volver a Larenston. Bien, ¿dónde estábamos?

—En que te dolía la espalda y…

Un beso le impidió seguir hablando.

—Ven aquí, mujer —susurró Stephen, empujándola hacia las hojas.

Hacía frío, pero ninguno de los dos lo sintió. Las hojas se acumularon alrededor, abrigándolos, formándoles un escondrijo. Bronwyn sintió los muslos de Stephen contra los suyos y lo estrechó contra sí.

Forcejearon juntos, riendo. Había palos y piedras que se les clavaban en el cuerpo, pero no les prestaron atención. Stephen tuvo la ocurrencia de hacer cosquillas a Bronwyn; su carcajada, sonido tan poco familiar para él, le avivó la pasión.

Cuando alcanzaron juntos él éxtasis, aquello fue diferente de otras veces. Pese a sus desencuentros y a lo imposible de la situación, hicieron el amor como si fueran libres por primera vez. No se trataba sólo de pasión, sino también de goce, de alegría.

—No sabía que tuvieras tantas cosquillas —susurró Stephen, soñoliento, estrechándola contra sí.

Rab se apretujó contra la muchacha por el otro lado.

—Yo tampoco. ¿No convendría que nos vistiéramos?

—Dentro de un momento —dijo Stephen—. Dentro de…

Un gruñido de Rab los despertó muy temprano. Los reflejos de Stephen fueron instantáneos. Se incorporó, empujando a Bronwyn detrás de su cuerpo. Un hombre estaba a cinco o seis metros de distancia. Era bajo y membrudo, de pelo y ojos pardos. Y llevaba la insignia de los MacGregor.

—Buenos días —saludó, cordialmente—. No era mi intención molestar. Vine en busca de agua, pero su perro no me deja pasar.

Stephen oyó que Bronwyn tomaba aliento para hablar y le echó una mirada de advertencia. Ella estaba medio sepultada en las hojas; sólo la cabeza y los hombros eran visibles.

—Buenos días —respondió él, con la misma cordialidad, dando a su voz el fuerte acento escocés—. Ven aquí, Rab. Deja pasar a ese buen caballero.

—Gracias, señor —dijo el hombre, caminando hacia el arroyo.

—Rab, trae la ropa —ordenó Stephen.

Y siguió con la vista al perro, que obedecía. El hombre, junto al arroyo, contemplaba con curiosidad a la pareja desnuda.

—Más o menos como Adán y Eva, ¿no? —rió Stephen.

El hombre también rió.

—Es lo que estaba pensando. —Se incorporó—. No vi carretas ni caballos. Por eso no tenía idea de que hubiera alguien aquí.

Stephen se puso la camisa. Después se envolvió diestramente en la manta y abrochó su ancho cinturón. Los dos apartaron discretamente la vista para que Bronwyn pudiera vestirse. Ella no dijo nada, pero la fascinaba ese flamante acento de su marido.

—A decir verdad —explicó Stephen—, sólo tenemos lo puesto.

Bronwyn vio que escondía la gorra a su espalda para arrancarle la insignia de los MacArran.

—Unos ladrones nos tendieron una emboscada.

—¡Ladrones! —exclamó el hombre—. ¿En tierras de los MacGregor? A él no le gustará.

—Ya lo creo —concordó Stephen—, sobre todo porque fue un grupo de esos repugnantes MacArran. ¡Oh, disculpa, querida! Te he tirado del pelo sin querer —agregó, pues Bronwyn había dejado escapar un gritito de horror.

—Ah, esos MacArran —añadió el hombre—. Nunca ha habido gente más deshonesta, traicionera y cobarde sobre la faz de la tierra. ¿Sabéis que no hace mucho estuvieron a punto de matar al jefe MacGregor, sólo porque pasaba a caballo por las tierras de esa mujer? La bruja le atacó con el puñal y quiso mutilarle. Dicen que trató de cortarle el miembro viril. Envidia, probablemente.

Stephen puso a Bronwyn de espaldas al hombre para impedir que él le viera la expresión.

—Deja que te ayude con ese broche —dijo amistosamente, con su fuerte acento escocés.

—Pero si apenas le hice un rasguño —protestó ella, disgustada.

—¿Cómo? —inquirió el hombre.

Stephen sonrió.

—Mi esposa me recuerda que la última vez le hice un rasguño al ponerle el broche.

El otro rió entre dientes.

—Soy Donald Farquhar, del clan MacGregor.

Stephen sonrió alegremente.

—Yo, Stephen Graham. Y ésta es mi esposa, Bronwyn. —Sonrió al ver la cara de la muchacha.

—¡Bronwyn! —exclamó Donald—. Nombre poco propicio, ése. ¿Sabíais que así se llama esa bruja de la jefa MacArran?

Stephen sujetó con firmeza a Bronwyn por los hombros.

—Uno no tiene la culpa del nombre que le pongan al nacer.

—No, claro. —El visitante observó la espesa cabellera de la muchacha, a la cual se entremezclaban algunas hojas marchitas—. Cualquiera se da cuenta de que tu Bronwyn no es como la otra.

Ella inclinó la cabeza y fingió besar la mano de Stephen; en realidad, lo que hizo fue clavarle los dientes para que la soltara. Entonces pudo volverse hacia Donald con una sonrisa.

—Y tú has visto muchas veces a la MacArran, ¿verdad? —dijo con mucha dulzura.

—De cerca no, pero sí desde cierta distancia.

—¿Y es fea?

—Oh, sí. Tiene hombros de muchachón y es más alta que la mayoría de sus hombres. En cuanto a la cara, la tiene tan fea que la lleva cubierta.

Stephen le clavó los dedos en el hombro a manera de advertencia. Ella hizo un gesto afirmativo.

—Es lo que siempre he oído decir. ¡Qué gusto hablar con alguien que la conoce, en cierto modo! —dijo con mucha seriedad.

Stephen se inclinó para darle un beso en la oreja.

—Compórtate bien si no quieres que nos maten —le susurró.

Donald les dedicó una sonrisa radiante.

—Sin duda sois recién casados —comentó feliz—. Se nota por la forma en que os tocáis sin cesar.

—Nada se te pasa por alto, ¿eh, Donald? —dijo Bronwyn.

—Me tengo por hombre observador. Allá, en el risco, está

nuestra carreta. ¿No querríais comer con nosotros? Me gustaría presentaros a mi esposa, Kirsty.

—No... —empezó Bronwyn.

Pero Stephen se plantó delante de ella.

—Nos encantaría —respondió—. Desde ayer a mediodía no hemos comido. Tal vez tú puedas darnos algunas indicaciones. Desde que nos asaltaron hemos estado caminando sin rumbo y acabamos extraviándonos.

—Pero aprovechasteis bien el tiempo —rió Donald, mirando con intención la hojarasca.

—¡Muy cierto! —afirmó Stephen, jovial, abrazando con firmeza a Bronwyn por los hombros.

—Bueno, venid. Un MacGregor siempre recibe de buen grado a otro MacGregor.

Y el mozo echó a andar colina arriba.

—No hagas nada que nos ponga en peligro —recomendó Stephen a su esposa, mientras le seguían.

—¡Un MacGregor! —murmuró ella colérica.

—¡Y un inglés! —agregó él, en el mismo tono.

—No sé cuál de los dos males es menor.

Stephen sonrió.

—Ódiame cuanto quieras, pero a él no. Él tiene la comida.

En la cima del risco, los tres se detuvieron ante una mujercita inclinada hacia la fogata. Era delicada, no más grande que un niño; su perfil mostraba una nariz pequeña y una boca frágil; denotaba un avanzado embarazo: el vientre sobresalía adelante de ella como un voluminoso monumento. Iba contra todas las fuerzas de la lógica que pudiera mantenerse en pie sin caer hacia adelante.

Pero se puso de pie con bastante facilidad para volverse hacia las tres personas que la observaban. Por un momento miró sólo a Donald, con una sonrisa de pura adoración que le iluminó la cara. Cuando vio a Bronwyn su expresión cambió; pareció pasar por diversas emociones: extrañeza, miedo e incredulidad. Por fin sonrió.

Stephen y Bronwyn permanecían inmóviles y sin respirar, esperando que en cualquier momento ella denunciara su identidad.

—¡Kirsty! —exclamó Donald, corriendo hacia ella—. ¿Estás bien?

Ella se apoyó una mano en el vientre enorme, con cara de pedir disculpas.

—Lamento haberos saludado de ese modo, pero es que he recibido un fuerte puntapié.

Donald levantó la vista con una sonrisa.

—Es un mozo fuerte —rió—. Venid a sentaros junto al fuego.

Stephen fue el primero en relajar sus músculos para caminar hacia la fogata. Bronwyn le siguió lentamente. Aún no estaba segura de no haber detectado la identificación en los ojos de Kirsty. Tal vez la mujer pensara decírselo a Donald más tarde y ambos los atacarían durante la noche.

Donald los presentó a su esposa. Al oír el nombre de Bronwyn, Kirsty se limitó a sonreír. No era escocés, sino galés, y hubiera debido producir algún comentario.

—¿Te parece que tenemos comida suficiente? —preguntó Donald.

Kirsty sonrió. Tenía el pelo rubio oscuro y ojos pardos, de expresión ingenua. Resultaba difícil desconfiar de ella.

—Siempre hay suficiente para compartir —dijo en voz baja.

Se sentaron a consumir tortas de cebada a la parrilla y un sabroso guiso de conejo. Alrededor soplaba un viento frío. La carreta de Donald, detenida al costado de la ruta, era pequeña, con un refugio de madera construido arriba: cómoda, pero no para viajes de larga distancia.

Después del desayuno Stephen propuso salir a cazar con Donald. Bronwyn se levantó de inmediato, sacudiéndose las migajas de la falda, con evidente intención de acompañarlos.

Stephen se volvió hacia ella.

—Creo que deberías quedarte con Kirsty —dijo con voz serena, cargada de intención—. El lugar de la mujer está junto al fuego.

Bronwyn se sintió arrebatada por el enojo. ¿Qué sabía ella de cocina? En cambio podía ayudar en la cacería. Sólo al notar la aprobación que demostraba Donald comprendió la actitud de Stephen: el muchacho podía sospechar de una mujer que supiera cazar, pero no preparar la comida. Entonces suspiró, resignada.

—Al menos tendremos a Rab para que nos proteja.

—No —la contradijo Stephen—. Lo necesitamos para la cacería.

—¡Rab! —ordenó ella—. Quédate conmigo.

—Vamos, Rab —dijo Stephen, paciente—. Vamos a cazar.

El perrazo no parecía dispuesto a abandonar a Bronwyn y no se movió. Donald rió por lo bajo.

—Qué perro tan bien adiestrado tenéis.

—Me lo regaló mi padre —informó ella, orgullosa.

—¿Tu padre?

—Será mejor que nos vayamos —intervino Stephen apresuradamente, arrojando a Bronwyn una mirada de advertencia.

Ella le volvió la espalda y fue a sentarse junto al fuego, cerca de Kirsty… su enemiga.

10

Bronwyn retorció unas briznas de hierba entre las manos. La advertencia de Stephen le había hecho caer en la cuenta de que era muy fácil traicionarse. Sabía muy poco de la vida que llevaba una esposa común, pues había pasado toda su existencia entre los hombres. Sabía montar a caballo y disparar un arma, pero cocinar representaba para ella todo un misterio. También le era desconocida la conversación cotidiana entre mujeres.

—¿Hace mucho que te has casado? —preguntó Kirsty.

—No —respondió Bronwyn—. ¿Y tú?

—Unos nueve meses. —Kirsty sonrió, frotándose el gran vientre.

De pronto Bronwyn cobró conciencia de que algún día su aspecto sería el mismo. Nunca se le había ocurrido que debiera soportar un embarazo.

—¿El niño te hace mucho daño? —preguntó en voz baja.

—Sólo de vez en cuando. —De pronto Kirsty hizo una mueca de dolor—. Hoy parece peor que de costumbre —agregó sofocada.

—¿Puedo ayudarte en algo? ¿Quieres agua, una almohada, algo?

La otra la miró, parpadeando con rapidez.

—No, pero conversemos. Hace mucho tiempo que no tengo la compañía de una mujer. Dime, ¿cómo es tu esposo?

—¿Stephen? —preguntó Bronwyn, inexpresiva.

Kirsty se echó a reír.

—No me prestes atención. Es pura curiosidad. Una no conoce a un hombre mientras no vive con él.

Bronwyn se mostró cautelosa.

—¿Donald te ha desilusionado?

—En absoluto. Antes de casarnos era bastante tímido. Ahora se muestra muy gentil y bondadoso. Tu Stephen parece buen hombre.

Bronwyn cayó en la cuenta de que hasta entonces sólo había pensado en él en su condición de inglés.

—Bueno… me hace reír —dijo al cabo—. Me hace reír de mí misma cuando me pongo demasiado seria.

Kirsty sonrió. De pronto se puso una mano contra el vientre, inclinada hacia adelante.

—¿Qué pasa? —exclamó Bronwyn, acercándose a ella.

La joven se incorporó con lentitud. Respiraba profundamente y con dificultad.

—Por favor, deja que te ayude —suplicó Bronwyn, apoyándole las manos en el brazo.

Kirsty la miró a los ojos.

—Eres muy bondadosa, ¿verdad?

La otra sonrió.

—No soy bondadosa en absoluto, sino…

Iba a decir que era una McArran pero se interrumpió. ¿Qué era, una vez separada de su clan?

Kirsty le cubrió una mano con la suya.

—Creo que tratas de disimularlo. Cuéntame más de ti. Así no pensaré en mis propios problemas.

—Creo que deberíamos llamar a alguien. Me parece que estás a punto de dar a luz.

—Por favor —dijo Kirsty, desesperada—, no asustes a Donald. Todavía no estoy en fecha. No puedo tener al bebé ahora. Donald y yo vamos a casa de mis padres, para que mi madre me asista en el alumbramiento. Esto ha de ser algo que he comido. No es la primera vez que me atacan estos dolores.

Bronwyn frunció el ceño y volvió a sentarse en el suelo.

—Háblame de ti —le instó Kirsty nuevamente, con ojos vidriosos—. ¿Cómo es vivir con un…?

Bronwyn levantó bruscamente la cabeza, pero Kirsty no concluyó con la frase; se dobló en dos por el dolor. Un segundo después Bronwyn la sostenía en brazos.

—Es el bebé —susurró Kirsty—. El bebé va a nacer. Tú eres la única que puede ayudarme.

Bronwyn puso cara de horror. Estaban en el medio de la nada; ¿quién oficiaría de partera? Viendo que otro dolor atacaba a Kirsty, la abrazó.

—Rab —dijo en voz baja—, busca a Stephen. Busca a Stephen y tráelo en seguida.

El perro partió antes de que ella concluyera la frase.

—Ven a la carreta, Kirsty —propuso Bronwyn con suavidad.

Como era fuerte, no le costó subir a aquella menuda mujercita al vehículo. Kirsty se acostó en el momento en que otro dolor la doblaba en dos. Bronwyn echó una mirada hacia el bosque. No había señales de los hombres. Volvió junto a Kirsty y le dio un sorbo de agua. Se repetía mentalmente que Stephen sabría cómo actuar, sin tener conciencia de que, por primera vez en su vida, dependía de él.

Sonrió al oír el furioso bramido de Stephen:

—¡Bronwyn!

Bajó de la carreta para salirle al encuentro.

—¡Qué diablos quiere este endemoniado perro tuyo! —acusó él—. Me brincó encima en el momento en que yo estaba apuntando contra un venado y estuvo a punto de arrancarme la pierna para traerme aquí.

Ella se limitó a sonreírle, diciendo:

—Kirsty va a dar a luz.

—¡Oh, Dios mío! —susurró Donald. Y corrió hacia la carreta.

—¿Cuándo? —preguntó Stephen.

—Creo que ahora mismo.

—¡Crees! ¿No lo sabes con seguridad?

—¿Cómo podría saberlo?

—Se supone que las mujeres saben de estas cosas —tartamudeó él.

—¿Nos las enseñan durante las lecciones de lectura o

cuando practicamos con la espada? —preguntó ella, sarcástica.

—Si quieres que te dé mi opinión, has recibido una educación muy poco adecuada para una niña. En algún momento tu familia tiene que haber hecho otra cosa que planear incursiones para robar ganado.

—¡Maldito seas! —le espetó Bronwyn. Se interrumpió al ver que Donald bajaba de la carreta, evidentemente preocupado.

—Pregunta por ti —dijo, con la frente arrugada. Había una línea blanca a cada lado de sus labios. Buscó un leño para arrojar al fuego, pero la mano le temblaba tanto que lo dejó caer.

—¿Por mí? —exclamó Bronwyn.

Pero Stephen la empujó hacia adelante con energía.

—No hay otra —dijo.

Ella perdió el color.

—Stephen... no sé absolutamente nada de nacimientos.

Él le puso una mano en la mejilla.

—Estás asustada, ¿no?

Bronwyn se miró las manos.

—No debe de ser muy diferente de ayudar a una vaca o a una yegua.

—¡A una yegua! —Los ojos de la muchacha despidieron chispas, pero luego se relajó—. Quédate conmigo —dijo en voz baja—. Ayúdame.

Stephen nunca la había visto tan vulnerable, tan necesitada de ayuda.

—¿Cómo? Los hombres no pueden presenciar un parto. Quizá si fuera pariente mía...

—¡Mira a ese hombre! —apuntó Bronwyn, señalando a Donald con la cabeza—. Sólo quiere que su esposa salga bien del trance. Es lo único que le importa.

—¡Bronwyn! —gritó súbitamente Kirsty, desde dentro de la carreta.

—Por favor —susurró ella, apoyando una mano en el pecho de Stephen—. Nunca te he pedido nada hasta ahora.

—Sólo que cambie mi nombre, mi nacionalidad, mis...

Ella le volvió la espalda, pero su marido la tomó del brazo.

—Juntos —susurró—. Por una vez hagamos algo juntos.

El alumbramiento no fue fácil. Kirsty era muy menuda y el bebé, grande. Ninguno de los tres sabía mucho de esos trances, pero todos estuvieron de acuerdo en que era una experiencia maravillosa. Bronwyn y Stephen sudaron tanto como Kirsty. Cuando apareció la cabeza, ambos intercambiaron una mirada de orgullo. Luego Stephen incorporó a la parturienta para que pudiera ver a su bebé; en tanto Bronwyn sujetaba el pequeño cráneo y guiaba con suavidad la salida de los hombros. El resto del bebé pareció dispararse hacia afuera. Bronwyn lo cogió en brazos, susurrando:

—¡Lo logramos!

Stephen le sonrió con toda la cara y dio un sonoro beso a Kirsty.

—Gracias —sonrió ella, recostándose contra su brazo, completamente exhausta, pero muy feliz.

Se necesitaron algunos minutos más para limpiar al bebé y a su madre. Stephen y Bronwyn se quedaron contemplándolos; la criatura ya buscaba el pecho, moviendo la cabecita.

—Vamos a anunciar a Donald que es padre —susurró él.

Donald estaba esperando ante la carreta, con la cara llena de terror. Stephen salió riendo:

—¡Anímate y ve a echar un vistazo a tu niño!

—Es niño —dijo Donald, con voz temblorosa.

Y subió a la carreta.

Mientras tanto había oscurecido. El día frío y luminoso estaba transformado en una noche oscura y más fría aún.

Bronwyn se desperezó, bebiendo a bocanadas el aire fresco y límpido. Sin saber por qué se sentía libre. De pronto echó la cabeza atrás y empezó a girar, una y otra vez, con los brazos extendidos.

Stephen, riendo, la tomó en sus brazos y la alzó en vilo.

—Has estado estupenda —le dijo, lleno de entusiasmo—. Te has mostrado serena y decidida. Así has facilitado las cosas para Kirsty.

Y se interrumpió en seco, comprendiendo que le había dado pie para ponderar, una vez más, su preparación para convertirse en la jefa MacArran.

Pero Bronwyn le sonrió. Le echó los brazos al cuello, escondiendo la cara en su hombro.

—Gracias, aunque fueron tus conocimientos los que más

ayudaron. Si yo hubiera estado sola, creo que me hubiera quedado petrificada en cuanto apareciera la cabeza.

Stephen no le creyó ni por un momento, pero sintió halagado su orgullo al oírle decir que le había sido útil.

—¿Estás cansada? —preguntó en voz baja, deslizándole una mano por el pelo.

—Mucho —confesó ella, muy cómoda y relajada.

Él la levantó en vilo.

—Busquemos algún lugar para dormir.

La llevó al fondo del risco y la dejó en el suelo, en tanto se quitaba diestramente la manta para tenderla en tierra. En pocos minutos estaban acurrucados en ella, abrazados para conservar el calor y con Rab contra la espalda de la muchacha.

—Stephen —inquirió Bronwyn, en voz baja—, ¿qué haremos ahora? Aún no tenemos medios de llegar a Inglaterra. Y si viajamos solos nos reconocerán.

Stephen permaneció muy quieto, pero sus pensamientos volaban. Era la primera vez que Bronwyn le pedía opinión sobre algo; también era la primera vez que se tendía a su lado de ese modo, llena de confianza. Le sonrió, le dio un beso en la frente y la apretó un poco más contra sí, con la sensación de que su pecho se ensanchaba varios centímetros.

—No lo he pensado mucho, pero creo que, dentro de lo posible, deberíamos continuar con Kirsty y Donald. —Hizo una pausa—. ¿Qué te parece?

En cuanto lo hubo dicho cayó en la cuenta de lo mucho que había cambiado. Pocos meses antes habría ordenado a su esposa lo que debía hacer, sin pedirle opinión. Bronwyn hizo un gesto afirmativo.

—Van hacia el sur, a casa de los padres de Kirsty. Si pudiéramos seguir el viaje con ellos tal vez conseguiríamos comprar caballos.

—¿Con qué? ¿Con nuestra belleza? —se burló Stephen—. No tenemos un centavo. Ni siquiera podemos pagar a Donald por su hospitalidad.

—A los escoceses no se les paga la hospitalidad.

—¿Ni siquiera a los MacGregor? —le provocó él.

Bronwyn rió por lo bajo.

—Mientras no sepa que somos MacArran… En cuanto a la comida, tú eres buen cazador. Mejor que Donald, sin duda. Por el momento sólo debemos pagar por un par de caballos. —Ella suspiró—. Es una lástima que Davey no nos atacara más cerca de la frontera.

—¿Por qué?

—Porque en ese caso yo hubiera estado vestida con uno de mis trajes ingleses, que están cubiertos de piedras preciosas. Habríamos podido venderlas.

—Si hubieras estado vestida a la moda inglesa ya no estaríamos vivos. Además, no tendríamos esta abrigada manta para envolvernos.

Ella levantó la cabeza para mirarle.

—¿No detestabas el atuendo escocés? Si mal no recuerdo, dijiste que te dejaba desnuda la mitad inferior.

—No seas impertinente —protestó él, con fingida seriedad—. Esa facilidad de acceso tiene sus ventajas. Uno se quita esa ropa en el tiempo que un inglés tarda en decidirse a desnudarse.

Ella le sonrió.

—Me parece oír cierto orgullo en tu voz —bromeó—. ¿Y de dónde diantres te ha surgido ese acento?

—No tengo idea de lo que quieres decir. A decir verdad, creo que me lo pongo con la manta.

—Pues me gusta —aseguró ella, moviendo la rodilla a lo largo de la pierna desnuda de Stephen, por debajo de la camisa—. ¿Te agradaría hacer el amor con una partera? ¿O insistes en hacerlo con la jefa de un clan?

Él le puso una mano en la cabellera.

—En estos momentos te querría fueras lo que fueras. Eres Bronwyn, algo dulce y delicioso, capaz de cabalgar como un demonio, salvar la vida de tu marido y ayudar en un alumbramiento, todo en pocas horas.

—Todo ha sido con tu ayuda —susurró ella, antes de levantar la boca para besarle.

Bronwyn también percibía lo extraño de ese lugar y ese momento. Habría debido estar preocupada por su clan, pero sabía que allí estaba Tam para hacerse cargo. Tal vez sus hombres estuvieran mejor sin la guerra constante que libraban ella y Stephen. En ese instante no tenía la menor intención de pelear con él. Nunca se había sentido así suave y femenina. No tenía decisiones que tomar, enojos ni preocupaciones por la posición de su marido. Por el momento estaban en el mismo bando: el de los perseguidos.

—Tienes una expresión lejana —comentó él—. ¿No quieres contarme lo que piensas?

—Estaba pensando en lo feliz que soy ahora. No me había sentido así desde la muerte de mi padre.

Stephen sonrió al ver que, por primera vez, no le acusaba de esa muerte.

—Ven aquí, tesoro, y veremos si puedo hacerte aún más feliz.

Se tomó mucho tiempo para desvestirla. Ambos se retorcieron bajo la manta, riendo cada vez que un codo se hundía en algún sitio delicado. Era un forcejeo íntimo, risueño y gozoso. Las manos de Stephen hicieron que Bronwyn se aquietara; estaba aprendiendo los placeres del amor. Le besó en el rostro, en el cuello, y observó el reflejo de la luna en su piel.

Hicieron el amor con lentitud, hasta que Bronwyn le arañó, exigente, y se arqueó para salirle al encuentro. Juntos y unidos cayeron en el sueño, cada uno en brazos del otro.

Fue Bronwyn la primera en despertar. Stephen la tenía tan apretada que apenas era posible respirar. Le observó un momento. Tenía un rizo a lo largo de la oreja. ¡Y cuánto había cambiado en los últimos meses! Nada quedaba de su pálida piel ni del pulcro pelo corto de los ingleses. Difícilmente se le reconociera ya como inglés. Bronwyn se inclinó para besar aquel rizo, recordando que en otros tiempos hubiera tenido miedo de gestos como ése. Esa mañana, en cambio, despertarle con un beso parecía lo más adecuado.

Él sonrió sin abrir los ojos.

—Buenos días —susurró ella.

—Tengo miedo de mirar —comentó él soñador—. ¿Alguien me ha cambiado a Bronwyn por un hada de los bosques?

Ella le mordió el lóbulo de la oreja.

—¡Ay! —Abrió los ojos, riendo entre dientes—. Creo que no te cambiaría por hadas de ningún tipo —reconoció, tratando de abrazarla.

—¡Oh, que no se te ocurra! —protestó ella, apartándolo—. Quiero ver al bebé.

—¿Conque al bebé? Yo preferiría seguir aquí y hacer uno propio.

Bronwyn se hizo a un lado.

—No estoy segura de querer pasar por lo que sufrió Kirsty ayer. Vamos; te juego una carrera colina arriba.

Stephen se vistió apresuradamente, pero una risa de la muchacha le hizo girar en redondo: Bronwyn, desde lo alto del risco, le mostraba las botas que le había robado. Él ordenó a Rab que se las trajera, y el forcejeo entre perro y ama le dio tiempo para subir la colina. Recuperó sus botas y corrió en calcetines hasta la carreta.

Cuando ella le alcanzó, estaba tranquilamente sentado. La saludó como si llevara días enteros sin verla.

—Buenos días. ¿Has dormido bien?

Ella soltó una carcajada y entró en la carreta para ver a Kirsty.

Durante el resto del día tuvieron muy poco tiempo para reír o jugar. Los hombres salieron de cacería. Bronwyn quedó a cargo de Kirsty y del campamento. Le horrorizó comprobar que la pareja tenía muy pocas provisiones: apenas dos saquitos de cebada y poca cosa más. No quiso insultar a Kirsty preguntando si había más alimentos, pero rogó que eso no fuera todo.

Los hombres regresaron al atardecer, trayendo sólo dos conejos pequeños. Alcanzaban apenas para una comida.

Bronwyn llevó a Stephen aparte para decirle:

—No podemos seguir consumiendo sus provisiones. Tienen muy pocas.

Él se reclinó contra un árbol.

—Lo sé, pero al mismo tiempo detesto dejarlos solos. Donald apenas sabe usar el arco. Y los animales de esta zona desconfían de los cazadores. Me parece tan inconveniente dejarlos como seguir con ellos.

—Ojalá pudiéramos ayudarlos de algún modo. Toma, bebe esto.

Bronwyn le ofrecía un jarrito.

—¿Qué es?

—Kirsty me enseñó a prepararlo. Está hecho con algunos líquenes y cerveza liviana. Dice que lo cura todo. Ha pasado el día preocupada porque tú y Donald estabais pasando frío.

Stephen sorbió el líquido caliente.

—Y tú ¿no te has preocupado por nosotros?

—Por Donald, tal vez —sonrió ella—. Pero sé que tú eres capaz de cuidar de los dos.

Él iba a responder, pero la bebida atrajo su atención.

—Es eficaz, de veras. Se me está pasando el dolor de cabeza.

Ella frunció el ceño.

—No sabía que te doliera la cabeza.

—No ha cesado desde que me rozó la flecha. —Stephen descartó el tema—. Acabo de tener una idea. Estos líquenes ¿eran difíciles de hallar?

—En absoluto —respondió ella con curiosidad.

A Stephen le brillaron los ojos.

—Donald me ha dicho que hay una población a poca distancia. Quiere llevar a su hijo a que lo bauticen. Si pudiéramos preparar una tina de esta bebida quizá la podríamos vender.

—¡Qué buena idea! —acordó ella, elaborando ya sus planes.

Pasaron el resto de la tarde buscando líquenes. Donald tomó el poco dinero que restaba y usó uno de los caballos para ir a la ciudad, en busca de cerveza.

Tarde ya, se envolvieron en sus mantas, cerca del fuego medio apagado, y se quedaron dormidos. Bronwyn se mantenía cerca de Stephen, feliz de estar junto a él sin necesidad de hacer el amor. Esa sensación de intimidad le resultaba novedosa y satisfactoria.

Muy temprano por la mañana uncieron los caballos y continuaron viaje hasta el pueblo. Parecía haber cientos de negocios y pequeñas casas dentro de las murallas. El aire era denso y poco respirable. Aquel lugar hizo que Bronwyn deseara verse al aire libre.

Había visto pocas ciudades en su vida, pues los mercaderes solían viajar hasta Larenston para vender sus mercancías.

Donald apartó la carreta de la calle principal, deteniéndola frente a un callejón, y soltó los caballos. Pusieron en exhibición un frasco de la bebida preparada y comenzaron a convocar a los posibles compradores. Kirsty y Bronwyn escuchaban, sin bajar de la carreta. La voz grave de Stephen retumbaba sobre el ruido de la ciudad, pregonando raras virtudes de la bebida; hablaba de su propia experiencia, asegurando que la pócima le había curado de su lepra.

Pero nadie compraba.

La gente se detenía a escuchar, aunque nadie ofrecía sus centavos por el milagroso líquido.

—Quizá deberías hacer algunas cabriolas como las que hiciste al luchar con Tam —bromeó Bronwyn.

Stephen pasó por alto sus pullas. Estaba tratando de convencer a un joven, asegurándole que el brebaje mejoraría su vida amorosa.

—Tal vez tú necesites ayuda, pero yo no —replicó el mozo.

La multitud, riendo, empezaba a dispersarse

—Es hora de que yo haga un intento —dijo Bronwyn, mientras se desabotonaba la camisa.

—¡Bronwyn! —protestó Kirsty—. ¿No pensarás hacer algo que enfade a Stephen?

Ella sonrió.

—Tal vez. ¿Así estoy bastante apetecible? —Y echó un vistazo a la generosa curva de sus pechos, insinuados por la camisa desabotonada.

—Más que suficiente. Donald me despellejaría si me viera salir así.

—Las inglesas escotan sus vestidos hasta el límite con lo indecente —respondió la muchacha.

—¡Pero tú no eres inglesa!

Bronwyn se limitó a sonreír a modo de respuesta y bajó por la parte delantera de la carreta, en el lado opuesto a aquél donde operaba Stephen.

Él sonrió, sorprendido al oír la voz de Bronwyn.

—Esto cura cualquier cosa, desde una llaga hasta las peores fiebres —anunciaba la joven.

Stephen notó que la muchedumbre empezaba a acumularse al otro lado del carro.

—¿Tu esposa es desdichada? —clamaba Bronwyn—. Tal vez sea culpa tuya. Esta bebida te convertirá en el más potente de los hombres. Y como filtro de amor es insuperable.

—¿Me serviría para conseguir a una como tú? —gritó un hombre.

—Sólo si bebieras todo un tonel —replicó ella de inmediato.

La multitud rió.

—Creo que voy aprobar —decidió alguien.

—Compraré un poco para mi esposo —anunció una mujer, echando a correr hacia el extremo de la carreta donde esperaban Donald y Stephen.

Durante un rato Montgomery estuvo muy ocupado llenando los recipientes que acercaban los lugareños; prestaba poca atención a Bronwyn, aunque le enorgullecía su manera de vender y la simpatía que despertaba en las gentes. Hasta rió entre dientes ante la idea de que una dama escocesa pudiera vocear mercancías con tanto éxito. Sólo al oír las carcajadas graves y sugestivas de los hombres empezó a alertarse.

Uno de los hombres, que esperaba con una taza, se volvió hacia su compañero.

—Ella casi ha prometido reunirse conmigo junto al aljibe de la ciudad.

Stephen se quedó petrificado.

—¿No ha dicho que yo también estaría allí? —preguntó, con voz mortífera.

El hombre reparó en el tono desafiante y retrocedió.

—No me culpes a mí —protestó—. Ha sido ella quien me ha dado la idea.

—¡Maldita sea! —exclamó Stephen, furioso, mientras arrojaba el cazo dentro de la bebida. ¿Qué diablos estaría haciendo esa mujer?

Al rodear la esquina de la carreta se detuvo en seco. Tenía la camisa desabotonada, descubriendo una buena porción de sus pechos altos y firmes. Se había quitado la discreta manta; la falda se le adhería a las caderas mientras se paseaba frente a la muchedumbre, cada vez más numerosa. ¡Y qué modo de caminar! Con las manos apoyadas en la cadera, se meneaba seductoramente.

Stephen se quedó aturdido por un momento, incapaz de moverse. Luego la alcanzó con dos largos pasos y la sujetó de un brazo para arrastrarla hasta el callejón.

—¿Qué demonios haces? —susurró, con los dientes apretados.

—Vendo el tónico —replicó ella con mucha calma—. Como Donald y tú no parecíais tener mucho éxito, decidí ayudar.

Él le soltó el brazo para abotonarle la blusa, encolerizado.

—Pues te estabas divirtiendo, ¿no? ¡Mira que exhibirte como una mujer de la calle!

Ella le sonrió con alegría.

—Estás celoso, ¿verdad?

—¡Desde luego que no! —le espetó él. Pero hizo una pausa—. Tienes mucha razón, qué diantres. Estoy celoso. Esos viejos sucios no tienen derecho a ver lo que me pertenece.

—Oh, Stephen, eso es… No sé qué es, pero me gusta que tengas celos.

—¿Te gusta? —exclamó él, desconcertado—. Pues la próxima vez disfruta de memoria. Que no te haga falta volver a provocarme.

La cogió en sus brazos para besarla con ferocidad, posesivo. Bronwyn respondió apretando su cuerpo contra él, permitiendo esa posesión.

De pronto, una voz potentísima sacudió las casas, interrumpiendo el beso.

—¿Dónde está la muchacha que vende el tónico?

Bronwyn se apartó con desgana y miró a su marido, desconcertada.

—¿Dónde está?

Tronó la voz nuevamente.

—Es el jefe MacGregor —susurró ella—. No es la primera vez que le oigo.

Giró hacia la voz, pero Stephen la sujetó por un brazo.

—No puedes ir al encuentro del jefe MacGregor.

—¿Por qué no, si nunca me ha visto? No sabe quién soy. Además, ¿cómo negarme? Estamos en sus tierras.

Stephen frunció el ceño, pero la soltó. Cualquier negativa los haría sospechosos.

—Aquí estoy —anunció la joven, saliendo del callejón. Stephen le pisaba los talones.

El jefe MacGregor, sin desmontar, la miró con aire divertido. Era un hombre corpulento y grueso; su pelo ya era gris en las sienes; su mandíbula era notable por lo fuerte. Los ojos verdes chispeaban por encima de su nariz prominente.

—¿Y quién me busca? —preguntó ella, arrogante.

El jefe MacGregor echó la cabeza atrás, aullando de risa.

—Como si no conocieras a tu propio jefe —dijo. Sus ojos tomaron un color de esmeraldas.

Ella le sonrió con dulzura.

—¿El mismo jefe que no conoce a los miembros de su propio clan?

Él no perdió la sonrisa.

—Eres desfachatada, muchacha. ¿Cómo te llamas?

—Bronwyn —dijo ella con orgullo, como si su nombre fuera un desafío—. Como la jefa del clan MacArran.

Stephen le apretó los hombros a manera de advertencia. Los ojos del MacGregor se endurecieron.

—No me menciones a esa mujer.

Bronwyn puso los brazos en jarras.

—¿Porque aún llevas su marca?

De pronto se hizo un silencio mortal alrededor. La muchedumbre callaba, conteniendo el aliento.

—Bronwyn —susurró Stephen, horrorizado.

El MacGregor levantó la mano.

—No sólo eres desfachatada, sino que tienes coraje. Nadie se ha atrevido a mencionarme esa noche.

—Dime, ¿por qué te enfurece tanto esa pequeña marca?

El MacGregor calló. Parecía estar estudiándola y analizando la pregunta.

—Pareces muy enterada. —De pronto pareció aflojar su tensión y sonrió—. Creo que es por la mujer en sí. Si se hubiera parecido un poco a ti, llevaría la marca con orgullo, pero una bruja como ella no tiene derecho a marcar al jefe MacGregor.

Bronwyn iba a hablar, pero Stephen le oprimió la cintura con las manos hasta dejarla sin respiración.

—Perdona a mi esposa —la disculpó—. Suele ser demasiado parlanchina.

—En efecto —reconoció el MacGregor, entusiasta—. Espero que la ates corto.

—Hasta donde puedo —rió Stephen.

—Me gustan las mujeres de carácter —añadió el MacGregor—. La tuya es hermosa y, además, tiene sesos.

—Lástima que no sepa callarse lo que piensa de vez en cuando.

—Eso es algo que pocas mujeres saben. Buenos días tengáis los dos.

Y apartó su caballo.

—¡Maldito seas! —protestó Bronwyn feroz, enfrentando a su marido.

Antes de que pudiera seguir hablando él le aplicó una sacudida que le hizo castañetear los dientes.

—¡Podrías habernos causado muchos problemas! —exclamó. Al ver que la muchedumbre seguía observándolos la asió por un brazo para llevarla hasta el costado de la carreta—. Bronwyn —continuó, paciente—, ¿no te das cuenta de lo que podría haber pasado? Tenía la impresión de que en cualquier momento ibas a anunciarte como jefa del clan MacArran.

—¿Y qué? —pronunció ella, terca—. Tú mismo le has oído decir…

Él la cortó en seco.

—Lo que diga un hombre por jactarse delante de una muchacha bonita y lo que deba hacer al enfrentarse con una multitud son dos cosas diferentes. ¿Acaso has tenido en cuenta a Kirsty y a Donald, que nos han dado refugio?

Quedó atónito al ver que Bronwyn se relajaba, como perdiendo bríos. Pareció perder el ánimo y se reclinó en sus brazos.

—Tienes muchísima razón, Stephen. ¿Aprenderé alguna vez?

Él la estrechó con fuerza, acariciándole el pelo. Le gustaba que ella se apoyara en él, tanto anímica como físicamente.

—¿Alguna vez tendré la inteligencia necesaria para ser la jefa MacArran?

—Sí, amor mío —susurró él—. El deseo está en ti y pronto se cumplirá.

—¿Bronwyn?

Ambos levantaron la vista. Donald estaba a pocos pasos.

—Kirsty quiere saber si estáis listos para ver al sacerdote. Queremos bautizar al bebé antes de que caiga la noche, porque no nos gusta estar entre muros después del oscurecer.

Stephen sonrió.

—Estamos listos, por supuesto.

Notó que algo preocupaba a ese silencioso joven. ¿Por qué se había dirigido a Bronwyn y no a él? Si Donald hubiese estado dentro de la carreta un momento antes, bien podía haberles oído decir que la muchacha era una MacArran. Pero si lo sabía, era evidente que no pensaba denunciarlos a los MacGregor.

La iglesia era el edificio más grande de la ciudad, alto e imponente. Una vez dentro guardaron silencio; el bebé dormía en brazos de Kirsty.

—¿Puedo hablar con vosotros? —preguntó la madre, en voz baja, antes de que llegaran al altar—. ¿Queréis ser los padrinos de mi hijo?

Bronwyn la miró fijamente un momento.

—Nos conoces tan poco... —susurró.

—Os conozco más que suficiente. Sé que los dos tomaréis con seriedad vuestra responsabilidad de padrinos.

Stephen la tomó de la mano.

—Sí, seremos sus padrinos y cumpliremos con esa función. Al niño jamás le faltará nada mientras nosotros vivamos —aseguró.

Kirsty les sonrió y se adelantó hacia el sacerdote, que esperaba. Bautizaron al bebé con el nombre de Rory Stephen. Su padrino puso cara de sorpresa, pero sonrió encantado. Bronwyn no protestó al oírle presentarse al sacerdote con el apellido de Montgomery.

Cuando salieron de la iglesia fue él quien llevó al bebé hasta la carreta.

—¿Por qué no hacemos uno de éstos? —sugirió a Bronwyn—. Me gustaría tener un niñito de pelo negro, ojos azules y hoyuelo en el mentón.

—¿Sugieres acaso que mi aspecto es más adecuado para un varón que para una niña? —bromeó ella.

Stephen se echó a reír.

—¿Sabes? Empiezas a gustarme, ahora que no te pasas la vida acusándome a gritos de ser inglés.

Ella observó su pelo largo y la desenvoltura con que lucía su manta.

—Es que ya no pareces inglés. ¿Qué dirán tus hermanos cuando vean que te has vuelto medio escocés?

Él resopló.

—Me aceptarán tal como soy. Y si tienen dos dedos de frente aprenderán unas cuantas cosas de nosotros, los escoceses.

—¿De nosotros? —observó ella, deteniéndose de pronto.

—Vamos, deja de mirarme como si me hubiesen salido dos cabezas.

Ella le siguió, sin dejar de observarle. De pronto cayó en la cuenta de que Stephen hablaba ahora siempre con su entonación escocesa, aun cuando estaban solos. La manta le golpeaba las rodillas en el ángulo justo. Caminaba como si siempre hubiera vivido en Escocia.

Ella sonrió, apretando el paso. Estaba muy guapo con el bebé fácilmente acunado en un brazo. A ella le gustó el modo en que le deslizó el otro brazo por los hombros.

Así volvieron a la carreta: juntos, riendo, felices.

11

Durante dos días viajaron con mucha lentitud. Bronwyn trataba de que Kirsty se quedara en la carreta, pero ella se limitaba a reír. Stephen decía que Kirsty salía en defensa propia, después de haber probado las comidas de Bronwyn.

—Éste es el peor guiso de conejo que he probado en mi vida —dijo Stephen una noche, disgustado—. No tiene sabor a nada.

—¿De conejo? —preguntó Bronwyn, distraída. Tenía al bebé en brazos y le observaba seguir con la vista el movimiento de los reflejos del sol poniente en su broche. Por fin comprendió lo que Stephen estaba diciendo y enrojeció—. ¡Oh, no! Los conejos todavía están colgados en la carreta. Me...

La risa de Stephen la interrumpió.

—¿Qué se ha hecho de la inteligente mujer con quien me casé?

Bronwyn le sonrió con toda confianza.

—Aún está aquí. Cualquiera puede cocinar, pero yo puedo...

Se interrumpió, levantando la vista con desconcierto.

—Estamos esperando —dijo Stephen.

—Deja de fastidiarla —protestó Kirsty, serena—. Hermosa como eres, Bronwyn, no necesitas saber cocinar. Además, eres valiente, no temes a nada, tienes muchísimo sentido común y…

Bronwyn se echó a reír.

—¡Lo ves! —dijo a Stephen—. Me alegro de que alguien sepa valorarme.

—Oh, Stephen te valora —le aseguró Kirsty, sonriente—. En realidad no recuerdo haber visto a otra pareja tan enamorada como vosotros.

Bronwyn apartó la vista del bebé, sobresaltada. Stephen la miraba con expresión idiota, como aquella primera vez.

—Es bonita, ¿verdad? —dijo—. Lástima que no sepa cocinar.

Lo dijo con tanta melancolía que Bronwyn, haciendo una mueca, le arrojó un terrón de barro seco a la cabeza. Él se echó a reír y volvió a la realidad.

—Déjame coger a mi ahijado, ¿quieres? Pasa demasiado, tiempo con las mujeres.

Y se echó a reír otra vez ante la réplica de su esposa.

Al anochecer del día siguiente divisaron la casa de los padres de Kirsty. Era la típica cabaña de granjeros, de piedra encalada y techado de paja. Cerca de ella había algunos sembrados de cebada, ovejas y vacas. Por detrás, no lejos de la vivienda, se alzaba una formación rocosa cortada a pico.

Los dueños de la casa les salieron al encuentro. Harben, el padre, era un hombrecillo contrahecho y de baja estatura; le faltaba el brazo derecho. Una voluminosa barba gris le oscurecía la cara y parecía perpetuamente furioso.

Nesta, su esposa, era muy menuda; llevaba el pelo muy tirante recogido atrás. Se mostró tan cálida como frío su marido. Abrazó al bebé, a Kirsty y a Bronwyn, todos al mismo tiempo, mientras agradecía repetidas veces a la pareja por haber ayudado a nacer a su único nieto. Besó a Stephen con tanto entusiasmo como a Donald.

Stephen le preguntó si podían quedarse a pasar la noche allí, para continuar el viaje por la mañana.

Harben puso cara de sentirse insultado.

—¿Sólo una noche? ¿Por quién me tomas? Tu esposa está demasiado flaca. ¿Y dónde están tus hijos? —Sin esperar a que Stephen respondiera, agregó—: Mi cerveza casera pondrá un bebé en ese vientre plano que trae.

El joven asintió como si acabara de escuchar una muestra de gran sabiduría.

—¡Y yo que estaba convencido de que era yo quien debía dejarla embarazada, cuando eso correspondía a la cerveza casera!

Harben emitió un sonido que podía pasar por risa.

—Entrad y consideraos bienvenidos.

Después de una simple cena de leche, manteca, queso y tortas de cebada, todos se sentaron alrededor del fuego en la única habitación. Stephen, sentado en un banquillo, tallaba un juguete para Rory Stephen. Bronwyn se acomodó en el suelo de tierra apisonada, contra sus rodillas. Kirsty y su madre, al otro lado. Donald y Harben, frente al fuego.

Donald, que ya había demostrado ser buen narrador, relató cómicamente las tretas de Bronwyn para vender la pócima y la reacción de Stephen ante sus incitantes movimientos. Terminó contando el encuentro entre la muchacha y el jefe MacGregor.

Bronwyn reía tanto como los otros. De pronto Harben se levantó de un brinco, tumbando su banquillo.

—Padre —pronunció Kirsty, preocupada—, ¿te duele otra vez el brazo?

—Oh, sí —respondió él, con gran amargura—. Nunca ha cesado de doler desde que los MacArran me lo llevaron.

Stephen se apresuró a apoyar una mano en el hombro de Bronwyn, a modo de advertencia.

—No es éste un buen momento —murmuró Nesta.

—¡Que no es buen momento! —vociferó Harben—. ¡Todo momento es bueno para odiar a los MacArran! —Se volvió hacia los visitantes—. ¿Veis esta manga vacía? ¿Qué puede hacer un hombre sin el brazo derecho? Me lo arrancó el jefe MacArran en persona, hace seis años. Se llevó mi ganado junto con el brazo.

—Seis años —susurró Bronwyn—. ¿No es cierto que los MacGregor hicieron también algunas incursiones en las que mataron a cuatro hombres, por entonces?

Harben hizo un gesto con la mano.

—Lo merecían por robarnos.

—¿Qué debía hacer el jefe MacArran? ¿Permanecer cruzado de brazos mientras matabais a sus hombres o vengarse?

—Bronwyn... —advirtió Stephen.

—Déjala —le espetó Harben—. Ya que hablas, tú, ¿qué sabes del MacArran?

—Era...

Kirsty la interrumpió.

—Bronwyn vive cerca de los límites de las tierras Mac-Arran.

—Ah, sin duda tenéis muchos problemas con ellos —comentó Harben, con cierta simpatía.

—En realidad, ninguno —sonrió la muchacha.

—Pues contadme cómo...

Kirsty se levantó.

—Es hora de que nos acostemos. Mañana habrá que ordeñar.

—Sí —dijo Harben—. Las mañanas llegan más temprano de año en año.

Más tarde, cuando Bronwyn y Stephen se acurrucaron bajo sus mantas en un jergón de paja, ella rogó, susurrando:

—No me sermonees.

Él la estrechó contra sí.

—No pensaba hacerlo. Me gusta verte discutir con el viejo Harben. Creo que esta vez te has encontrado con la horma de tu zapato. Ninguno de vosotros puede creer nada bueno del clan ajeno.

Acalló su réplica con una sonrisa y se acomodó apaciblemente para dormir.

Por la mañana, un jinete trajo noticias que alteraron los planes de Stephen, que pensaba continuar viaje. Se comentaba que había desaparecido la jefa MacArran, junto con su esposo inglés. El jefe MacGregor había ofrecido una generosa recompensa por su captura.

Stephen sonrió ante el comentario de Harben, lamentando no tener a esa bruja para entregarla al MacGregor. Pero dejó de sonreír cuando el viejo añadió que el inglés era un pavo real indigno de la tierra en que le sepultarían. Frunció el ceño, mientras Bronwyn se declaraba fervorosamente de acuerdo con esas opiniones. Aquello continuó hasta que Kirsty interrumpió la perorata de su padre.

—Ya me las pagarás —susurró Stephen, mientras se dirigían al cobertizo donde esperaban las vacas lecheras.

—¿Piensas someterme a tu codicia inglesa? —bromeó ella.

Y se le adelantó meneando seductoramente las caderas. Stephen iba a contestar, pero de pronto sintió una enorme codicia. Le dedicó una sonrisa y se acercó a una de las vacas.

Bronwyn había pasado la vida entre los granjeros de Mac-Arran y ese tipo de tareas, cuando menos, le era familiar. Stephen, en cambio, sólo sabía dirigir una batalla. Se sentó en un banquillo, junto al animal, y lo miró desconcertado.

—Mira —le dijo Kirsty, en voz baja.

Y le demostró cómo se ordeñaba. Stephen se echó más leche en la ropa que dentro del cubo, pero ella no prestó atención a sus palabrotas.

Más tarde compartieron la leche ordeñada, para que el cubo de Stephen pareciera tan lleno como el de ellas. Nesta se quedó intrigada por el inexplicable descenso en la producción de leche, pero les sonrió a todos con cariño y los envió a los sembrados.

Había que cosechar las hortalizas de invierno y reparar los cercados. Donald y Bronwyn rieron con ganas al ver la expresión de Stephen ante la cerca de piedra: estaba complacido como un niño al haber encontrado una tarea de la que era capaz. Acarreó más piedras que todos los demás juntos; estaba cargándose a la espalda una especie de canto rodado cuando Kirsty codeó a Bronwyn: Harben le observaba con adoración.

—Creo que podéis quedaros tanto tiempo como deseéis —dijo la joven, en voz baja.

—Gracias —respondió Bronwyn. Y una vez más tuvo la sensación de que Kirsty sabía mucho sobre ella.

Esa noche volvieron a la abrigada cabaña muy cansados, pero felices. Harben los observaba, mientras todos bromeaban y reían, repasando los acontecimientos del día. Encendió una pipa, apoyó el codo en una rodilla y, por primera vez en años, no recordó el día en que perdió su brazo.

Dos días después, Kirsty y Bronwyn salieron en busca de líquenes al otro lado del risco contra el cual se apoyaba la cabaña. Rory Stephen iba cómodamente arrebujado en una manta; le dejaron dormido en su cesta, junto al arroyo. Durante la noche había nevado un poquito y las mujeres no apresuraron la búsqueda. Reían y conversaban sobre la granja, sobre sus maridos. Bronwyn se sentía libre como nunca antes se había sentido, sin responsabilidades ni preocupaciones.

De pronto se quedó petrificada. En realidad no había oído nada, pero algo en el aire le hizo saber que había peligro cerca. Sus muchos años de adiestramiento no podían ser olvidados ni por un instante.

—Kirsty —llamó en voz baja, pero autoritaria.

La muchacha levantó la cabeza.

—Quédate muy quieta, ¿comprendes? —Ya no se trataba de una mujer risueña, sino de la jefa MacArran.

—Pero Rory… —susurró Kirsty, con los ojos muy abiertos.

—Escucha y obedéceme. —Bronwyn hablaba con claridad—. Quiero que te ocultes entre esas hierbas altas.

—Rory…

—¡Confía en mí! —pidió Bronwyn con firmeza.

Las dos cruzaron una mirada.

—Sí —dijo Kirsty.

Sabía que podía confiar en esa mujer, que ahora era su amiga. Bronwyn era más fuerte y más rápida; Rory le era demasiado valioso como para arriesgarlo por vanidad materna. Giró en redondo y se alejó entre los pastos. Luego se agazapó en un sitio desde donde pudiera ver el cesto del niño. Sabía que Bronwyn era más apta para escapar con el bebé, mientras que a ella, más débil, cualquier hombre la alcanzaría en segundos.

Bronwyn permanecía muy quieta, esperando algo sin saber qué.

El ruido del agua, al correr, disimuló el golpeteo de cascos. Cuatro jinetes aparecieron por detrás del risco, casi antes de que Kirsty pudiera esconderse. Eran ingleses y vestían gruesas ropas acolchadas. Llevaban chalecos raídos y calzas emparchadas; en sus ojos había hambre.

Vieron inmediatamente a Bronwyn y ella reconoció la luz que se les encendió en los ojos. Rory se echó a llorar y ella corrió a apretarle contra su seno.

—¡Mirad qué tenemos aquí! —exclamó uno de ellos, un rubio, encaminando a su caballo directamente hacia ella.

—Una belleza de los páramos escoceses —rió un segundo jinete, acercándose con el caballo por atrás.

—¡Qué cabellera! —exclamó el primero.

—Las mujeres de Escocia son todas rameras —aseguró un tercero. Él y el cuarto hombre cerraron el círculo alrededor de Bronwyn. El de delante avanzó con su caballo hasta que ella tuvo que dar un paso atrás.

—No parece muy asustada —observó él—. En realidad, se diría que está pidiendo a gritos que le borren esa expresión de la cara. El mentón hendido no sienta bien en una mujer —rió.

—Pelo negro y ojos azules —comentó el segundo—. ¿Dónde he visto antes esa combinación?

—Si yo la hubiera visto antes la recordaría muy bien —dijo el tercero.

Desenvainó la espada y puso la punta bajo el mentón de Bronwyn. Ella levantó la vista, con ojos duros y vidriosos, pero serenos, para estudiar la situación.

—¡Dios bendito! —exclamó el segundo—. Acabo de recordar quién es.

—¡Qué me importa quién sea! —protestó el primero, desmontando—. Es algo que pienso disfrutar. Sólo eso me importa.

—¡Espera! —exclamó el segundo—. Es la jefa MacArran. La vi en casa de Sir Thomas Crichton. ¿Recuerdas que la casaron con uno de los Montgomery?

El hombre que estaba junto a la muchacha dio un paso atrás.

—¿Es cierto eso? —preguntó, con voz de gran respeto.

Ella se limitó a mirarle, mientras trataba de tranquilizar al niño. Uno de los jinetes se echó a reír.

—¡Miradla! Es la jefa MacArran, sí. ¿Alguien ha visto semejante orgullo en una mujer? Dicen que hizo combatir a Montgomery por ella, pese a que el rey Enrique ya la había dado en matrimonio.

—Sí —confirmó el segundo—. Pero puedes comprobar por qué Montgomery estaba dispuesto a blandir la espada por ella.

—Lady Bronwyn —dijo el primero, pues su nombre era conocido en los más altos círculos de Inglaterra—, ¿dónde está Lord Stephen?

Bronwyn no respondió. Sus ojos se desviaron momentáneamente en dirección a las rocas que la separaban de la cabaña. Como el bebé gimiera, ella le apoyó una mejilla contra la cabecita.

—¡Qué presa! —exclamó el cuarto, silencioso hasta entonces. Lo dijo por lo bajo, melancólico—. ¿Qué haremos con ella?

—Entregarla a los Montgomery. Sin duda Stephen ha de estar buscándola —dijo el primer hombre.

—Y pagará buen precio por su devolución —rió otro.

El cuarto adelantó su caballo, haciendo que Bronwyn retrocediera.

—¿Y su clan? —apuntó con seriedad—. ¿Sabíais que los MacArran están en guerra con los MacGregor? Ésta es tierra de MacGregor.

—Charles —ponderó el primero, lentamente—, creo que estás concibiendo alguna buena idea. Es obvio que esta mujer se está ocultando. ¿De quién es ese niño? —preguntó a la muchacha.

—Aún no puede haber tenido uno de Montgomery. Tal vez escapó de él para dar a luz al hijo de otro.

El segundo se echó a reír.

—Supongo que él pagaría mucho dinero por recuperarla, aunque sólo fuera para hervirla en aceite.

—¿Y si pedimos rescate a los tres? A su clan, al MacGregor y a Montgomery.

—Mientras esperamos podríamos disfrutarla —propuso el tercero.

Kirsty lo observaba todo desde el herbazal junto al arroyo, con lágrimas en los ojos; tenía sangre en el labio a fuerza de mordérselo. Sabía que Bronwyn hubiera podido escapar. Las rocas de atrás eran demasiado empinadas para que los hombres pudieran subir a caballo y la muchacha habría podido escapar por ellas, pero no con el niño: hacía falta emplear las dos manos para trepar.

—Me gusta la idea —dijo el primero, acercándose a la muchacha—. Si cooperas no te haremos daño. Ahora dame ese niño. —Le hablaba como si la creyera idiota. Como Bronwyn diera un paso atrás, él frunció el ceño—. Sabemos que el crío no es Montgomery. ¿No sería mejor deshacernos de él ahora mismo?

Bronwyn se irguió con firmeza.

—Si mi hijo o yo sufrimos daño, todo mi clan y toda la familia Montgomery caerán sobre vosotros —dijo con voz serena.

El hombre la miró sorprendido un momento, pero se repuso.

—¿Tratas de asustarnos? —Dio un paso más—. ¡Dame ese niño!

—No te acerques más —advirtió Bronwyn con voz seca.

Uno de ellos se echó a reír.

—Creo que conviene andarse con cuidado. Me parece peligrosa.

El hombre de atrás se deslizó a tierra.

—¿Necesita ayuda? —preguntó.

Los otros dos permanecieron a caballo y se adelantaron. Bronwyn no cayó presa del pánico. No podía dejar al niño en el suelo ni sacar su puñal. Su única posibilidad era correr más que los ingleses, que estaban habituados al caballo. Esquivó con destreza al hombre que tenía delante, acomodó a Rory contra su cuerpo y echó a correr.

Pero ni siquiera una escocesa podía superar al caballo. Uno de los jinetes le cortó el paso. Su risa insidiosa cruzó el aire y Rory rompió a llorar. Bronwyn lo estrechó contra sí, sabiendo que los hombres lo matarían si lo dejaba en tierra.

Los jinetes volvieron a rodearla. Uno de ellos la aferró por el hombro y la empujó hacia otro.

De pronto una flecha, surgida de la nada, se hundió en el pecho del primer hombre, en el momento exacto en que alargaba la mano para tocar otra vez a la muchacha.

Las otros tres quedaron aturdidos, mirando fijamente a su compañero, que yacía a sus pies, silencioso y sin vida.

Bronwyn no perdió tiempo en preguntarse de dónde había surgido esa flecha: utilizó esos pocos segundos para correr hacia las rocas.

Los hombres miraron a su alrededor, buscando al arquero. Antes de que pudieran pensar, un escocés solitario se irguió de entre las piedras y disparó otra flecha. El tercer hombre, que también estaba a pie, cayó al suelo.

Los dos hombres montados giraron en redondo y se alejaron por donde habían venido.

Stephen brincó entre las rocas, con agilidad y presteza, seguido por Rab. Había sido el perro quien diera la alarma. Corrió tras los jinetes, disparando con el arco sin detenerse. Uno de los hombres quedó colgando del estribo; su caballo continuó al galope, llevándolo a rastras. Stephen continuó corriendo tras el cuarto.

Poco a poco, Kirsty salió de su escondrijo. Estaba demasiado asustada para actuar con rapidez y Bronwyn se reunió con ella a medio camino. Kirsty tomó en brazos a su hijo, abrazándolo con ternura, y levantó la vista. Donald venía hacia ella. La muchacha entregó el bebé a su padre para abrazar a Bronwyn, trémula.

—Lo salvaste —susurró—. Podrías haber escapado, pero no lo hiciste. Arriesgaste la vida para salvar a mi bebé.

Pero Bronwyn apenas le escuchaba. Miraba fijamente el punto por donde había aparecido Stephen.

—¡Mató a los ingleses! —susurraba una y otra vez, entre feliz y atónita. Stephen había matado a sus compatriotas para proteger y defender a un bebé escocés.

Donald le puso una mano en el hombro.

—Tú y Stephen tendréis que partir —dijo con tristeza.

—Oh, Donald, por favor… —comenzó Kirsty.

—No, es preciso. Esos hombres… —Se interrumpió al ver que Stephen regresaba.

Bronwyn caminó hacia él como en medio de un deslumbramiento. Le observó con atención, pero no encontró rastros de sangre. Tenía la frente cubierta de sudor y ella hubiera querido enjugársela.

—¿Te han hecho daño? —preguntó ella, en voz baja.

Él la miró fijamente y la estrechó contra sí.

—Fue muy valeroso el modo en que protegiste al bebé.

Antes de que la muchacha pudiera responder, Donald intervino:

—Stephen, ¿qué fue del otro hombre?

—Escapó —informó Stephen, deslizando las manos por la espalda de Bronwyn, como para asegurarse de que estuviera sana y salva.

Kirsty y Donald intercambiaron una mirada.

—Irá en busca del jefe MacGregor, sin duda —dijo Donald.

Bronwyn se desprendió del abrazo de Stephen.

—¿Desde cuándo sabíais que soy la jefa MacArran? —preguntó.

—Desde el principio —respondió Kirsty—. Te vi hace un año, un día en que cabalgabas con tu padre. Mi madre y yo estábamos recogiendo moras.

—Conque tu madre también lo sabe —dijo Bronwyn. Retenía la mano de Stephen, reconfortada por su contacto—. ¿Y tu padre?

Kirsty frunció el ceño.

—Está demasiado colérico como para perdonar. Quise darle más tiempo para que los conociera a los dos. Pensaba contárselo todo cuando os hubierais ido. Sabía que entonces le sería difícil odiaros.

—Pero ha habido muy poco tiempo —agregó Donald—. Ese inglés lo dirá todo.

—Stephen —dijo Bronwyn—, debemos irnos. No podemos poner en peligro a Kirsty y a su familia.

Él asintió.

—Donald, Kirsty… —empezó.

—No —le interrumpió la muchacha—, no hace falta que digas nada. Sois los padrinos de mi hijo y pienso obligaros a cumplir con vuestro papel.

Stephen le sonrió.

—Puede iniciarse como caballero con uno de mis hermanos —propuso.

—¡Con un inglés! —saltó Bronwyn—. No, Kirsty. Puede venir a casa de los MacArran.

Donald sonrió.

—Basta. Ya tendremos más muchachos para vosotros. Ahora coged los caballos de los ingleses y seguid viaje. Llegaréis a casa de vuestros hermanos antes de Navidad.

—Kirsty —murmuró Bronwyn. La muchacha la abrazó con fuerza—. ¿Qué dirán los míos cuando sepan que mi mejor amiga es una MacGregor? —Y se echó a reír.

La otra estaba seria.

—Debes volver con nosotros y hablar con el jefe MacGregor. Es un buen hombre y le gustan las mujeres bonitas. Tienes que tratar de resolver este pleito. No quiero que nuestros hijos deban pelear entre sí.

—Tampoco yo —aseguró Bronwyn, apartándose—. Te doy mi palabra de que volveré.

Stephen la rodeó con un brazo.

—Es necesario que volvamos para beber otro poco de esa cerveza casera.

Donald dejó escapar una carcajada.

—Y estoy en deuda contigo, Bronwyn, por haberte reído de mí cuando nos conocimos. ¡Cuando pienso en todo lo que dije de la jefa MacArran!

—Todo era cierto —le aseguró Stephen—: es la mujer más terca, desobediente y…

—Magnífica de todas —concluyó el otro por él, abrazando a Bronwyn—. Jamás podré pagarte lo que has hecho por mi hijo. Gracias. —La dejó a un lado y abrazó a Stephen—. Ahora marchaos los dos. Tomad los caballos de los ingleses y corred, —Se apartó de Stephen—. Cuando Kirsty me dijo que eras inglés no quise creerle. Todavía me cuesta.

Stephen se echó a reír.

—Eso debe de ser un cumplido, sin duda. Kirsty, ha sido un honor conocerte. Ojalá pudiéramos quedarnos más tiempo para que mi esposa pudiera aprender a ser dulce como tú.

Antes de que Bronwyn pudiera replicar, Donald estalló en una carcajada.

—Eso es lo que aparenta, amigo. Se sale con la suya, igual que Bronwyn, sólo que lo hace de otro modo.

Bronwyn entornó los ojos para mirar a su marido.

—Piensa antes de contestar —le advirtió.

Stephen la estrechó contra sí.

—Lo que pienso es que debemos irnos.

Tocó la mano de Rory y dejó que los deditos del niño se envolvieran al suyo un instante. Luego cogió a Bronwyn de la mano y echó a andar hacia los caballos.

Ninguno de los dos pudo volver la vista al alejarse. El breve tiempo pasado en la cabaña del granjero había sido un tiempo de paz. Resultaba demasiado doloroso abandonarla.

Marcharon a paso firme durante varias horas. No querían llamar la atención viajando al galope. Stephen ordenó una parada para quitar a los caballos los arreos más visiblemente ingleses y los arrojó a la maleza. Bronwyn convenció a la esposa de un granjero para que le diera un bote de tintura casi negra, con la que tiñó las marcas blancas de los animales. Si uno miraba con atención podía notar que las patas delanteras tenían una tonalidad más purpúrea que castaña.

A Stephen le preocupaba la falta de provisiones. Quería gastar en víveres las pocas monedas que encontraron en las alforjas, pero Bronwyn se limitó a reír, recordándole que aún estaban en Escocia. Dondequiera que fuesen se les recibiría con generosa hospitalidad. Aun los granjeros que no tenían lo suficiente para su propia familia estaban dispuestos a compartir lo que hubiera con otro escocés... o con cualquiera que no fuese inglés. Bronwyn solía reírse ante el modo en que Stephen soportaba los insultos prodigados contra sus compatriotas. Uno tras otro, los granjeros le mostraban sembrados incendiados por los ingleses; uno le presentó a su nieto, producto de la violación de su hija por parte de los conquistadores. Stephen escuchaba y respondía con su suave entonación de Escocia, ya tan natural como el respirar.

Por las noches se envolvían juntos en las mantas y hacían el amor. A veces, durante el día, se miraban en plena marcha; un momento después estaban tendidos en el suelo, desnudos.

A Stephen le bastaba mirar a Bronwyn para saber lo que estaba pensando. A ella le brillaban los ojos y le ardía el cuerpo. Sonriente, se dejaba abrazar por la cintura y subir al otro caballo.

—Creo que jamás podré hartarme de ti —susurró Stephen, mordisqueándole el lóbulo.

—No será porque no lo intentes —dijo ella impúdica. Pero cerró los ojos y echó la cabeza atrás para acercarle el cuello. De pronto irguió la espalda, pues varias personas los miraban desde la vera del camino—. ¡Stephen!

—Buenos días —saludó Stephen. Y volvió al cuello de su esposa.

—¿No tienes pudor? —protestó ella empujándolo—. Por lo menos deberíamos... —Se interrumpió al ver el brillo de los ojos de su marido—. Por allí hay unos cuantos árboles —susurró.

Rab montó guardia mientras ellos se escondían en el bosquecillo. Bronwyn tenía la sensación de que, cuanto más hacían el amor, más la fascinaba el cuerpo de Stephen, su fuerza, su potencia, su capacidad de moverla con una sola mano. Ella le provocaba apartándose, pero a él le bastaba rodearle la cintura con una mano para atraerla de nuevo.

Hacían el amor en todas las posiciones imaginables. Al estar tantos días lejos de su clan, Bronwyn había perdido su fuerte sentido de la responsabilidad; se sentía libre y feliz. Buscaba a Stephen con tantas ansias como él a ella. Experimentaba, dejando que su cuerpo tomara el mando.

Permanecieron quietos largo rato, abrazados entre los árboles. Ninguno de los dos reparaba en el viento frío ni en la tierra húmeda, casi helada.

—¿Cómo es tu familia? —preguntó Bronwyn, con voz ronca.

Stephen sonrió, estudiándole el cuerpo. La complacía verla debilitada y exhausta, exactamente igual que él. Una ráfaga le hizo sentir frío por el cuerpo. Se estremeció.

—Vístete y prepararemos unas tortas de cebada.

Cuando estuvieron vestidos, Stephen tomó una ancha placa de metal que llevaba en la alforja. Ésa había sido su única compra. Cuando se reunió con Bronwyn, ella ya había encendido el fuego. Mezclaron la cebada con agua mientras se calentaba la placa. Después extendieron una gruesa capa de masa sobre la plancha caliente. Stephen dio vuelta a la torta con los dedos.

—No me has respondido —observó ella, mientras comía la primera torta.

Él sabía bien a qué se refería, pero no quiso dejarle ver lo mucho que le complacía ese interés por su familia. Tuvo la súbita sensación de que no deseaba llegar a la finca de los Montgomery, pues prefería tener a Bronwyn sólo para él. La luz del fuego arrancaba destellos a su cabellera negra y al broche prendido en su hombro. No, no quería compartirla con nadie.

—¿Stephen? Me estás mirando de un modo extraño.

Él, sonriente, volvió su atención a la torta que se asaba en la plancha.

—Pensaba, solamente. Veamos. Querías saber de mi familia.

—Enrolló una torta caliente y comenzó a comerla—. El mayor es Gavin. Después vengo yo; por último, Raine y Miles.

—¿Cómo son? ¿Se parecen a ti?

—Es difícil juzgar cuando uno mismo forma parte de la familia. Gavin es alto y sumamente testarudo. Está dedicado a las tierras Montgomery y pasa allí la mayor parte de su vida.

—Y es el único casado.

—¿Te olvidas de mí? —rió él—. Gavin y Judith se casaron hace más o menos un año.

—¿Cómo es ella?

—¡Bellísima! Bondadosa, dulce, comprensiva. —Rió entre dientes—. De otro modo no podría soportar a Gavin. Él no sabe gran cosa de las mujeres; por eso se mete en muchos problemas con ellas.

—Me alegro de que sea el único entre los cuatro que sepa poco de mujeres.

Stephen pasó por alto el sarcasmo de aquellas palabras. Comenzaba a recordar a su familia con nostalgia.

—Después viene Raine. Se parece a Tam: corpulento y pesado, como nuestro padre. Raine es el… No sé cómo explicarlo. Es bueno, profundamente bueno. No soporta las injusticias. Es capaz de poner en peligro su propia vida antes que hacer daño a un siervo o permitir que otro lo maltrate.

—¿Y Miles?

—Miles… —Stephen sonrió—. Miles es callado y nadie le conoce a fondo. De vez en cuando estalla con el temperamento más horrible que puedas imaginar. Cierta vez, cuando éramos niños, se encolerizó con uno de los escuderos de mi padre. Tuvimos que sujetarlo entre los tres.

—¿Qué había hecho el escudero? —preguntó ella, por curiosidad, aceptando otra torta.

Los ojos de Stephen se encendieron con el recuerdo.

—Estaba fastidiando a una niñita. Miles adora a las mujeres.

—¿A todas?

—A todas. Y ellas le siguen como si tuviera la clave de toda la felicidad. Nunca he conocido a una mujer que no quisiera a Miles.

—Parece interesante —comentó ella, lamiéndose los dedos.

—¡Que no se te ocurra…! —Pero Stephen se interrumpió, porque Bronwyn lo miraba con mucho interés. Entonces volvió a las tortas—. Y además está Mary.

—¿Qué Mary?

—Nuestra hermana.

Algo en su modo de decir esas palabras hizo que Bronwyn lo mirara fijamente.

—Nunca mencionaste a ninguna hermana. ¿Cómo es ella? ¿Estará en la casa en Navidad?

—Mary es como la Virgen —dijo él, con reverencia—. Aun cuando niños la reconocíamos diferente. Es la hija mayor y siempre supo cuidar de nosotros, sus hermanos menores. A veces Gavin y Raine se liaban a golpes. Gavin siempre tenía en cuenta que algún día las tierras serían suyas; por eso se enfurecía cuando Raine perdonaba a un siervo cualquier destrucción, aun cuando fuera claramente accidental. Mary siempre se interponía entre ellos y los calmaba con su voz suave.

—¿Cómo? —preguntó Bronwyn, pensando en sus responsabilidades dentro del clan.

—Nunca he sabido cómo. Aquella vez, cuando Miles trató de matar al escudero, fue Mary quien logró calmarle.

—¿Y qué ha sido de ella? ¿Su esposo la trata bien?

—No tiene esposo. Pidió que se le permitiera no casarse jamás. Lo aceptamos, porque no conocíamos a ningún hombre que fuera digno de ella. Vive en un convento, no lejos de las fincas de Montgomery.

—Fuisteis muy amables al acceder. Dicen que las mujeres inglesas rara vez pueden decidir su propio futuro.

Stephen no se ofendió por sus palabras.

—Tienes razón. Tal vez deberían aprender de los escoceses.

—¿Deberían? ¿Quiénes? —apuntó ella con suavidad.

Él rió ante la observación.

—¿Sabes que casi empiezo a sentirme escocés? —Se levantó para mostrar la pierna desnuda—. ¿Crees que mis propios hermanos podrán reconocerme?

—Probablemente sí, pero dudo que los demás lo hagan. —Había orgullo en la voz de Bronwyn.

—Me gustaría saber si estás en lo cierto.

—¿Planeas algo? —preguntó ella, suspicaz, pues en ese momento él parecía un niñito travieso—. Stephen, ya nos buscan los MacGregor, mi hermano con sus hombres y algunos ingleses, sin duda, puesto que mataste a tres de ellos. Me gustaría llegar entera a casa de tu hermano.

—Llegaremos —le aseguró él, con expresión lejana—. Pero podríamos hacer una visita en el trayecto.

Bronwyn, suspirando, se levantó para sacudirse la falda. Mientras caminaba hacia los caballos iba pensando en los niños que nunca crecen.

12

En cuanto entraron en Inglaterra Stephen percibió la diferencia en el aire. Aun en la frontera con Escocia la gente no estaba habituada a ver montañeses. Muchos miraban abiertamente sus atuendos; algunos les gritaban palabras coléricas, pues sus tierras y propiedades habían sido atacadas por escoceses. Bronwyn marchaba con la espalda erguida y la cabeza en alto, negándose a contestar. Sólo una vez dio muestras de emoción.

Stephen se había detenido ante el aljibe de una granja para llenar sus jarras de agua y el granjero corrió tras ellos con una horquilla para heno. El joven, enrojeciendo, se volvió contra el hombrecito, que tan vívidamente maldecía a los escoceses. Bronwyn tuvo que sujetar a su esposo por un brazo y arrastrarlo hasta los caballos. Stephen pasó horas enteras murmurando por la estupidez de los ingleses, mientras ella se limitaba a sonreír. No había una maldición que ella no hubiera pensado o pronunciado antes.

Y ahora discutían por otra cuestión. Dos noches antes, Stephen había revelado a Bronwyn sus planes para jugar una mala pasada a un amigo de la niñez.

—¡No, no lo comprendo! —protestó ella, por centésima vez.

—Es un viejo pleito —dijo Stephen, con paciencia—. Tú

deberías saber mejor que nadie lo que representa un pleito.

—Lo que separa a los MacGregor de los MacArran es algo real, basado en muchos años de hostilidad. Ellos han matado a mis hombres y robado mi ganado. Algunas de mis mujeres tienen bastardos de los MacGregor. —Le echó una mirada suplicante—. Por favor, Stephen, no nos metamos en más dificultades por un juego de niños. ¿Qué importa si ese hombre te reconoce o no?

Stephen se negó a responder, sobre todo porque ya había contestado varias veces a esa pregunta. No podía explicarle lo de Hugh. Ni siquiera podía recordar lo ocurrido sin bochorno y dolor.

Mientras patrullaba con Hugh las fronteras con las tierras bajas de Escocia, por orden del rey Enrique, había recibido la noticia de que el monarca deseaba casarle con la heredera del clan MacArran. Hugh estalló en risas. Durante días enteros se dedicó a conjurar horribles imágenes de la futura esposa. No pasó mucho tiempo sin que todo el campamento hablara de la fea bestia con que se casaría Lord Stephen.

La orden era más desagradable aún por el hecho de que, por entonces Stephen se creía enamorado. Ella se llamaba Margaret; la llamaban Meg. Era una rubia rosada y regordeta, hija de un comerciante de las tierras bajas. Tenía grandes ojos azules y una boquita que parecía siempre lista para el beso. Era tímida y silenciosa; adoraba a Stephen… o al menos eso pensaba él. Por las noches él la tenía en sus brazos, acariciaba su cuerpo blanco y suave e imaginaba la detestable vida que le esperaba junto a una jefa de clan.

Después de pasar varias noches sin dormir empezó a considerar la posibilidad de rechazar el ofrecimiento del rey. Quería casarse con la hija del mercader; ella no era rica, pero su padre tenía una posición desahogada y Stephen contaba con los ingresos de una pequeña finca propia. Cuanto más lo pensaba, más le gustaba la idea. Trataba de no imaginar la ira del rey ante su negativa.

Pero fue Hugh quien hizo trizas sus sueños. Hugh reveló a Meg lo del inminente casamiento; la pobre muchacha, afligida e indefensa, se había arrojado en los brazos bien dispuestos del supuesto amigo. Hugh, sin pensarlo dos veces, la llevó a su lecho. Por lo menos, eso fue lo que Meg le había contado.

Stephen se quedó aturdido al encontrar a su amigo en la cama con su amada. Cosa extraña: su desconcierto nunca se convirtió en cólera. Eso le permitió comprender que, en realidad, no amaba a Meg ni ella a él, puesto que con tanta facilidad lo cambiaba por otro. Su única preocupación era pagar a Hugh con su propia moneda. Antes de que pudiera trazar sus planes había recibido la visita de un mensajero de Gavin, que necesitaba ayuda. Stephen acudió en socorro de su hermano sin volver a pensar en Hugh.

Ahora se le presentaba una forma de ajustar cuentas con su amigo… y Hugh seguía siéndolo. Si lograba introducirse en su casa y volver a salir sin ser reconocido, pero dejando un mensaje que probara su presencia allí, se sentiría satisfecho: a Hugh no le gustaba tener a desconocidos en su proximidad; rara vez salía sin llevar una amplia protección. Stephen sonrió, pensando que sería un buen modo de saldar la deuda de Hugh Lasco.

Llegaron a la finca de Lasco antes del anochecer. Era una casa de piedra, alta y con ventanas cubiertas por persianas de hierro. El patio de entrada estaba lleno de gente, que caminaba de manera ordenada, como si todos tuvieran una labor a cumplir y se apresuraran a ejecutarla. No había ningún grupo de sirvientes dedicado al chismorreo.

Stephen y Bronwyn recibieron la orden de alto en cuanto se aproximaron a la casa. El joven, con fuerte acento escocés, preguntó si podía ganarse la comida cantando. Esperaron pacientemente, mientras uno de los guardias volvía a la casa para consultar a Sir Hugh.

Stephen sabía que Hugh se tenía por muy buen ejecutante de laúd y no pasaría por alto la oportunidad de apreciar el arte de otro. El guardia le indicó que llevara los caballos al establo y fuera a la cocina.

Más tarde, cuando estuvieron sentados ante una generosa comida servida en la enorme mesa de roble de la cocina, Bronwyn comenzó a resignarse a los planes de su marido. ¡Claro que él no le había contado gran cosas al respecto! Sólo sabía que Stephen planeaba alguna travesura infantil contra su amigo.

—¿Cómo es Sir Hugh? —preguntó, con la boca llena de pan fresco.

Stephen soltó un bufido desdeñoso.

—Es bastante apuesto, supongo, si a eso te refieres; pero de baja estatura, grueso y muy moreno. Y su presencia resulta irritante. Nunca he conocido a nadie que se moviera con tanta lentitud. Es más lento que nadie. En las tierras bajas yo temía siempre que nos atacaran y Hugh cayera antes de haber podido abrir los ojos, ni hablar de ponerse la armadura.

—¿Está casado?

Stephen la miró con aspereza y la estudió durante un segundo. Aunque él nunca había podido descubrir por qué, las mujeres parecían hallar muy atractivo a Hugh. Si a él sus actitudes pesadas, excesivamente cautelosas, le resultaban insoportables, a las mujeres…

—Quiero que mantengas la cabeza gacha en todo momento —especificó, con mucha firmeza—. Por una vez en la vida, trata de actuar como esposa obediente y respetuosa.

Ella arqueó una ceja.

—¿Alguna vez he actuado de otro modo?

—¡Te lo advierto, Bronwyn! Esto es entre Hugh y yo. No quiero que te entrometas.

—Se diría que le tienes miedo —provocó ella—. ¿Hay algo en él por lo cual las mujeres se le arrojan a los pies?

Lo había dicho de broma, pero la expresión de Stephen le reveló que había dado muy cerca del blanco. De pronto sólo quiso darle la seguridad de que no tenía ningún interés en arrojarse a los pies de otro hombre. Aunque haciendo memoria podía recordar algunas posiciones en que había encontrado los pies de Stephen muy cerca de su cara. El recuerdo la hizo sonreír.

—¡No veo motivo de risa! —apuntó él, muy tieso—. Si no me obedeces…

Se interrumpió. Uno de los guardias venía a decirle que le había llegado el turno de actuar.

En el gran salón ya estaban puestas las mesas y la comida había empezado. Stephen empujó a Bronwyn hasta un banquillo, contra la pared más alejada. Ella sonrió pícaramente ante esa conducta y hasta sofocó una risita ante su sombría mirada de advertencia. Tenía intención de hacerle lamentar esa chiquillada.

Stephen aceptó el laúd que se le ofrecía y se sentó a un par de metros de la mesa principal. Tocaba muy bien; su voz era grave y sonora; llevaba con exactitud la melodía.

Durante un rato Bronwyn se dedicó a pasear la vista por la habitación. El hombre moreno que ocupaba la cabecera de la mesa no miraba al cantante. Ella le observó sin interés: comía con mucha lentitud, tal como Stephen había dicho. Cada movimiento parecía planeado de antemano.

Pronto perdió interés en Hugh Lasco y reclinó la cabeza contra el muro de piedra, con los ojos cerrados, para entregarse a la música de Stephen. Era como si él estuviera tocando sólo para ella; en cierta ocasión abrió los ojos y vio que él la observaba; su mirada fue tan sorpresiva como un contacto; la expresión de sus ojos le hizo correr un escalofrío por el cuerpo. Sonrió a modo de respuesta y volvió a cerrar los ojos. Él cantaba una melodía gaélica, probablemente aprendida de Tam; era un gusto saber que se había tomado la molestia de aprender la letra. La dulce música, las palabras de amor cantadas en su propio idioma, le hicieron olvidar que estaba en Inglaterra, rodeada de ingleses y casada con un inglés. Se sentía en su hogar de Larenston, con el hombre amado.

El pensamiento la hizo sonreír, soñadora, pero entonces notó un cambio en la voz de Stephen. Abrió rápidamente los ojos. Él ya no la miraba: tenía la vista fija en Hugh. Poco a poco, la muchacha giró la cabeza. Supo antes de verlo que Hugh la estaba observando.

Era apuesto, a su manera: un moreno de ojos oscuros. Sus labios eran un poco gruesos para tratarse de un hombre, pero llamaban la atención. Ante su vista, Hugh se limpió los labios con su característica lentitud. Por un momento ella se preguntó si se movería con la misma morosidad en la cama.

Su propia idea la hizo sonreír. ¡Conque ése era el atractivo de Hugh! Era lógico que Stephen no pudiera captarlo, pero a ella, como mujer, le resultaba interesante. Sonrió otra vez ante la idea de revelar a su marido ese descubrimiento.

Al girarse hacia su esposo le vio ceñudo; sus ojos azules se habían convertido en un oscuro zafiro. Por un momento se preguntó qué había hecho ella para enfurecerlo así, pero de inmediato estuvo a punto de reír a todo pulmón. «Está celoso», pensó, maravillada. Y eso le resultó más apasionante que las ardorosas miradas de Hugh.

Bajó la vista a su falda y paseó un dedo por el bordado de la tela. Aunque no fuera correcto, le alegraba que Stephen tuviera celos. No le diría que, para ella, Hugh no resultaba más interesante que… que el jardinero, por ejemplo, pues le gustaba darle celos.

Hugh dijo algo a uno de los dos guardias que estaban detrás de él y el hombre se acercó a Stephen para comunicárselo. Él le entregó el laúd y cruzó la habitación a grandes pasos. Agarró a Bronwyn del brazo y la llevó consigo, medio a rastras.

Una vez en el patio iluminado por la luna la hizo girar en redondo.

—¡Has disfrutado! —siseó con los dientes apretados.

—Me estás haciendo daño —replicó ella, muy tranquila, tratando de desprenderle los dedos.

—¡Debería castigarte!

Ella le fulminó con la mirada. ¡Eso sí que era ir demasiado lejos!

—¡Lógica masculina! Fuiste tú quien quiso venir aquí y quien insistió en actuar como una criatura. Ahora, para disimular tu propia estupidez, tu niñería, quieres castigarme *a mí*.

Él le clavó los dedos con más fuerza.

—Te dije que permanecieras discretamente sentada, fuera de la vista, pero has tenido que dedicar a Hugh esas sonrisitas incitantes. Le estabas concediendo de antemano todo lo que quisiera pedir.

Ella se quedó boquiabierta.

—Es lo más absurdo que jamás he oído.

—¡Mientes! ¡Te he visto!

Bronwyn abrió aún más los ojos. Cuando habló lo hizo con mucha calma.

—Stephen, ¿qué diantres te pasa? Miré a ese hombre como a otro cualquiera. Sentía curiosidad porque tú me habías dicho que era lento, pero que tenía muchas mujeres.

—¿Quieres agregarte a su harén?

—Eres grosero e insultante —advirtió ella, seca—. Y sigues haciéndome daño.

Él no la soltó.

—Tal vez quisieras que el rey te hubiera casado con él, junto con Roger Chatworth. Si pude vencer a uno, puedo hacer lo mismo con el otro.

El comentario era tan infantil que Bronwyn no pudo evitar una carcajada.

—No seas irracional. Apenas le he mirado. Si he sonreído ha sido porque pensaba en otra cosa. Vuelvo a recordarte que nunca quise venir a esta casa.

De pronto Stephen olvidó todo su enojo y la estrechó contra sí en un fuerte abrazo.

—No vuelvas a hacerlo —dijo con fiereza.

Ella iba a contestar que no había hecho nada, pero resultaba casi reconfortante estar en ese abrazo. Le dolían los brazos, sin duda amoratados con la marca de cada uno de sus dedos, pero le gustaba la idea de que él tuviera celos de cualquier otro hombre.

—Casi lamento que seas tan endemoniadamente bonita —susurró Stephen apartándola. Después le echó un brazo sobre los hombros—. Tengo hambre otra vez. Veamos si en la cocina queda algo.

Mientras volvían a la cocina, Bronwyn se sintió más ligada a él que nunca. Era casi como si ambos estuvieran enamorados en vez de sentir simple deseo físico. La gente de la cocina gruñó al verlos reaparecer, pero Stephen guiñó un ojo a la cocinera y Bronwyn notó que la gorda anciana se derretía. Experimentó una punzada de celos propios y comprendió que deseaba concentrar todas las miradas de Stephen, todas.

Se mantuvieron a un lado para comer jugosos pasteles de manzana.

—Aquí se derrocha demasiado —comentó Bronwyn.

Stephen iba a replicar defendiendo la cocina inglesa, pero había pasado demasiado tiempo en Escocia. Había vivido con los padres de Kirsty, apreciando su pobreza. Aun en Larenston la gente era frugal, siempre consciente del valor de los alimentos y de que al día siguiente podían faltar.

—Sí, es cierto —dijo con firmeza—. En casa podríamos aprovechar todo esto.

Bronwyn le miró cálidamente. Alargó una mano y le apartó un rizo del cuello. Ese pelo largo y el intenso bronceado le sentaban muy bien. Echó un vistazo por la habitación y vio que una ayudante de cocina, de generosas curvas, miraba con interés los muslos musculosos de Stephen, en ese instante muy expuestos, pues él había apoyado una de sus largas piernas en el asiento de una silla. Le cogió de la mano.

—Ya estoy harta de estar aquí. ¿Salimos?

Stephen se mostró de acuerdo y salió con ella, sin haber reparado en la joven ayudante.

Fue la tormenta lo que les impidió abandonar la casa de Hugh. Llegó de súbito, con violentas lluvias. Los cielos parecían despejados, pero un momento después amenazaban con repetir el diluvio de Noé.

Bronwyn rogó a Stephen que continuaran la marcha, asegurando que un poco de lluvia no era nada para una escocesa. Pero él no le prestó atención. No quería que cogiera una fiebre pulmonar si era posible evitarlo. Por lo tanto, se prepararon para pasar la noche en casa de Hugh.

El suelo del salón grande estaba cubierto de jergones de paja, listos para los invitados y los sirvientes. Stephen trató de hallar un rincón apartado, pero no lo había. Cuando estuvo junto a Bronwyn le deslizó una mano por debajo de la falda para tocarle la rodilla. Ella le chistó, diciéndole con toda firmeza que no daría un espectáculo en semejante lugar. Él suspiró; en el fondo estaba de acuerdo. Se arrebujaron juntos y en pocos minutos ella estuvo dormida.

Pero Stephen no podía conciliar el sueño. Se había habituado al aire libre y ahora las paredes parecían cerrarse sobre él. Cambió de posición una y otra vez, pero la paja seguía pareciéndole demasiado blanda. Rab llegó a gruñirle, porque se movía demasiado. Él se puso las manos detrás de la nuca para contemplar las vigas del techo. Recordaba sin cesar las miradas que Hugh había echado a Bronwyn. ¡Maldito hombre! Creía poder apoderarse de todas las mujeres que le gustaran. Sin duda lo alentaba el hecho de que Meg se le hubiera entregado.

Cuanto más pensaba en la mala pasada de Hugh, más se enfurecía. Pese a las advertencias de Bronwyn, quería que Hugh se enterara de su presencia allí.

Se levantó en silencio y ordenó a Rab que permaneciera junto a la muchacha. Sin hacer ruido se encaminó hacia la puerta que se abría hacia el este.

Cuando eran niños, él y sus hermanos habían visitado con frecuencia la finca de Lasco. Un día, siendo muy niños, él y Hugh habían descubierto un pasadizo secreto que llevaba a la planta alta. Cuando llegaron al tope de la escalera, donde se abría la segunda puerta, ambos estaban temblando de entusiasmo. Les sorprendió que la portezuela estuviera bien aceitada. Sin ruido alguno, salieron a una habitación por detrás de un grueso tapiz. No supieron con certeza dónde estaban hasta que oyeron ciertos ruidos que provenían de la cama. Entonces era ya demasiado tarde. Allí estaba el abuelo de Hugh, con una criada muy joven, y ambos parecían estar pasándolo de maravilla. El anciano no encontró motivos para divertirse cuando, al levantar la vista, se encontró con los dos niños de siete años, que lo observaban con los ojos dilatados de interés. Stephen aún hacía una mueca de dolor al recordar la paliza que el abuelo de Hugh les había dado y la que les había prometido, por añadidura, si revelaban la existencia del pasadizo.

El anciano ya no existía. Stephen había llorado en su funeral, cuatro años antes. Al recordarlo pensó: «Ojalá yo pueda aún complacer a las muchachas a esa misma edad.» El pensamiento le hizo reír; era una suerte que Bronwyn no pudiera percibirlo.

Se deslizó tras un biombo, en la antesala del salón grande. Una vez junto al asiento de la ventana, sacó su puñal para introducirlo en la juntura del entramado de madera que había debajo de los almohadones. Había sido gracias a una violenta pelea con almohadones que el panel se había abierto, aquella primera vez. Stephen tuvo que hundir el brazo a través de dos centímetros de telarañas antes de divisar el contorno de la escalera. Una vez dentro volvió a poner el panel en su lugar.

El pozo de la escalera estaba totalmente oscuro; por doquier se oía el escurrir de patitas que correteaban. Nuevas telarañas le rozaron la cara y él lamentó no llevar su espada para poder apartarlas. En vida del anciano, ese pasadizo había estado en uso constante, por lo tanto, siempre limpio. Puesto que Hugh vivía solo, no había motivos para que disimulara sus aventuras.

La puerta de arriba se abrió sin hacer mucho ruido, pero Stephen no tuvo tiempo de extrañarse por eso. Como su vista se había acostumbrado a la oscuridad de la escalera, aquel cuarto parecía inundado de luz, aunque sólo ardía una única vela. Stephen sonrió ante tanta suerte; Hugh dormía en la cama, sin sospechar. Desenvainó el puñal que llevaba en el costado.

Aún cuando niño, Hugh había tenido siempre miedo de estar sin protección, tras un intento de secuestro sufrido a los cinco años. Nunca hablaba del episodio, pero no se movía de su casa sin protección. El solo despertar por la mañana con un puñal junto a la cabeza sería castigo más que suficiente por haberle robado la novia a Stephen.

El joven envolvió la empuñadura con un trocito de su manta escocesa y le prendió la insignia de los MacArran. Siempre en silencio, depositó el arma junto a su amigo y, con una amplia sonrisa, giró hacia el tapiz que ocultaba la puerta secreta.

—¡Atrapadlo! —resonó la intensa voz de Hugh.

Cuatro hombres saltaron contra Stephen desde los rincones oscuros de la habitación. Él esquivó al primero y estrelló el puño en la cara del segundo. El hombre se tambaleó hacia atrás. Las reacciones de Stephen eran más rápidas que las de los dos hombres restantes: llegó a la puerta antes de sentir en la nuca la espada de Hugh.

—¡Bien por ti! —exclamó su amigo, admirado—. Veo que no has descuidado tus ejercicios mientras estabas en Escocia.

Y apartó la espada para que Stephen pudiera volverse.

Hugh estaba completamente vestido. Sin dejar de apuntarle con la espada al cuello, indicó a sus guardias que le rodearan y recogió el puñal depositado en su almohada.

—MacArran, ¿verdad? —Hizo saltar el cuchillo en la mano izquierda—. Me alegro de volver a verte, Stephen.

El joven sonrió ampliamente.

—¡Maldito seas! ¿Cómo te has dado cuenta?

—Hace un par de días pasó Gavin y comentó que te estaba esperando. Había oído decir que en Escocia tenías problemas y comenzaba a preocuparse. Pensó que tal vez pasarías primero por aquí.

Stephen meneó la cabeza.

—Traicionado por mi propio hermano. —Levantó la vista, sorprendido—. Pero aunque me esperaras, ¿cómo...? —Estaba seguro de haber cambiado mucho su imagen inglesa.

Hugh sonrió, sus ojos cobraron un cálido fulgor.

—Una de las canciones que entonaste. La aprendimos juntos en las Tierras Bajas, ¿recuerdas? ¿Cómo has podido olvidar lo que nos costó aprender ese acorde?

—¡Por supuesto! —exclamó Stephen, comprendiendo que había confiado demasiado en su disfraz—. Bronwyn predijo que no daría resultado, que me traicionaría de algún modo.

—Reconozco que tu acento es perfecto, pero ya puedes abandonarlo.

—¿Qué acento? —preguntó Stephen, sinceramente desconcertado—. Dejé de usarlo cuando dejamos atrás las tierras de los MacGregor.

Hugh rió a todo pulmón.

—De verdad te has convertido en escocés, Stephen. Cuéntame qué ha pasado en Escocia. ¿Te casaste con esa mujer horrible? Era jefa de un clan, ¿no? ¿Y quién era esa deliciosa personita que no dejaba de mirarte con tanto deseo mientras cantabas?

Stephen frunció el ceño.

—Es Bronwyn —dijo secamente.

—¿Bronwyn? Nombre galés, ¿no? ¿La encontraste en Escocia? ¿Cómo has escapado de tu mujer?

—Bronwyn es la heredera de MacArran. Mi esposa. —Estaba muy tieso; apenas movía los labios al hablar.

Hugh se quedó boquiabierto.

—¿Vas a decirme que ese ángel de ojos azules es la jefa de un clan y que tú has tenido la buena suerte de casarte con ella? Stephen le fulminó con la mirada, sin responder. ¿Por qué le mantenía de pie, rodeado de guardias?

—¿Qué pasa aquí? —preguntó en voz baja.

Su amigo sonrió, con un chisporroteo de ojos.

—Nada en absoluto. Sólo un pequeño juego, como el que tú querías jugar conmigo. —Frotó el puñal entre los dedos—. Conque Bronwyn... —agregó en voz baja. Había bajado la espada, pero aún estaba preparado—. ¿Recuerdas cuando nos enteramos de la noticia? No hacías más que quejarte, diciendo que no te casarías con semejante esperpento. Querías a... ¿Cómo se llamaba? ¿Elizabeth?

—Margaret —le espetó Stephen—. No sé qué tienes pensado, Hugh, pero...

—Lo que tengo pensado es exactamente lo de antes.

Stephen le miró fijamente. Recordaba demasiado bien a Meg en el lecho con su amigo de la infancia. La idea de que pudiera tocar a Bronwyn...

—Si la tocas te mato —dijo, con toda seriedad.

Hugh parpadeó, sorprendido.

—Casi parece que hablaras en serio.

—Hablo muy en serio.

Hugh sonrió.

—¡Pero si somos amigos! ¿Cuántas veces hemos compartido a una mujer?

—¡Bronwyn es mi esposa! —gritó Stephen, arrojándose contra él.

Los cuatro guardias actuaron de inmediato, pero entre todos no pudieron sujetarle. Hugh se apartó con tanta rapidez como le fue posible, pero Stephen seguía atacando. De pronto se abrió la puerta de la alcoba. Otros tres guardias entraron e inmovilizaron al joven.

—Llevadlo a la habitación de la torre —ordenó Hugh, mirando a su amigo con admiración, apresado por los siete guardias.

—¡No te atrevas! —le advirtió éste, mientras le sacaban a la rastra.

—No voy a forzarla, si a eso te refieres. Sólo quiero disponer de un día completo. Si en ese tiempo no la seduzco, sabrás que tu esposa te es fiel.

—¡Maldito seas! —juró Stephen.

Trató de atacar una vez más, pero se lo llevaron por la fuerza.

Bronwyn, de pie ante el largo espejo, se estudiaba con aire crítico. Le había llevado más de una hora vestirse con ese traje inglés. La falda y las mangas eran de un color anaranjado suave. Un pequeño manto de armiño, atado con cintas a los hombros, le caía sobre los brazos. La abertura frontal de la falda dejaba entrever una enagua de terciopelo color canela. El escote cuadrado era muy profundo.

La cabellera le formaba pesados rizos sobre la espalda, dejando algunos anillos tras las orejas.

—Está usted encantadora, señora —dijo la tímida doncellita que la ayudaba—. Sir Hugh nunca ha tenido a una visitante tan hermosa.

Bronwyn iba a responder, pero se calló. No había tardado mucho en descubrir que en la casa de Lasco era inútil hacer preguntas. Por la mañana había tenido que contener a Rab para que no atacara al dueño de casa en el gran salón. Por algún motivo, el perro le detestó en cuanto le vio acercarse al jergón de su ama.

Hugh se embarcó en una larga explicación por la ausencia de Stephen antes de que ella pudiera formular una sola pregunta. Tras concluir con su relato, dijo que Stephen había ido a visitar una de las fincas de Lasco, como favor otorgado a un viejo amigo, dio un paso atrás y sonrió a la muchacha con toda confianza.

Ella empezó a dispararle preguntas. ¿Por qué Stephen se había ido sin decirle nada? ¿Qué asunto era ése que Hugh no podía solucionar por cuenta propia? Si necesitaba ayuda, ¿por qué no la había pedido antes a los hermanos de Stephen?

Notó que Hugh tartamudeaba, como tropezando con sus propias palabras. La miraba de modo extraño; a veces no lograba sostenerle la mirada. Al cabo de un momento sonrió y ella tuvo la impresión de que acababa de tener una idea. Le contó otra historia sobre cierta sorpresa que Stephen quería prepararle, por lo cual había pedido a Hugh que la entretuviera durante todo el día.

La muchacha cerró la boca para no hacer más preguntas. Por el momento sería mejor fingir que creía esas evidentes mentiras. Sonrió con dulzura a ese hombre, al que le llevaba tres o cuatro centímetros de estatura.

—¡Una sorpresa! —exclamó, fingiendo una voz infantil e inocente—. Oh, ¿qué será?

Hugh le sonrió de manera benévola.

—Habrá que esperar para enterarse, ¿no? Pero mientras tanto he planeado algunos entretenimientos. Afuera se están erigiendo pabellones entre fogatas.

—¡Oh, qué bonito! —Bronwyn palmoteó con aniñado regocijo. Al mismo tiempo ordenó a Rab que no agarrara al dueño de casa por el cuello.

Hugh la condujo a un cuarto del piso alto; el ambiente estaba limpio y caldeado, y allí le esperaba el traje de brocado. Alguien había soltado el ruedo para ajustar la falda a su estatura, probablemente trabajando durante toda la noche. Hugh le dedicó una de sus lentas y seductoras sonrisas en el momento de dejarla sola. Bronwyn tuvo que esforzarse para esbozar la sonrisita llena de hoyuelos que él parecía esperar como respuesta.

Una vez sola corrió a la ventana. Abajo, en los jardines, los carpinteros trabajaban apresuradamente en una plataforma. Ya había seis fogatas encendidas y un enorme brasero de carbón instalado bajo un dosel abierto. La muchacha frunció el ceño, consternada. ¿Qué idea era ésa de planear un festival al aire libre en pleno mes de diciembre? Durante la noche, la lluvia se había convertido en nevada; el suelo estaba cubierto por un leve polvo blanco. Por lo que ella había visto hasta entonces, los ingleses eran criaturas débiles que preferían permanecer de puertas adentro.

Vino una doncella para ayudarla a vestirse, pero Bronwyn no pudo sacarle mucha información. La doncella dijo que Sir Hugh se había pasado la noche en vela, dando órdenes para las festividades del día. Bronwyn se preguntó si no estaría tomándolo todo a la tremenda. Tal vez Stephen había tenido que acudir a algún aviso y su amigo sólo quería agasajar a la esposa. Pero ¿era posible que Stephen la dejara sola para prepararle una sorpresa? Era demasiado realista; antes hubiera hecho que ella le ayudara en los preparativos.

Antes de que pudiera ordenar sus pensamientos se presentó Hugh. La miró con admiración, recorriéndola con la vista.

—Está usted magnífica —susurró—. Stephen es un hombre muy afortunado.

Ella le dio las gracias y aceptó su brazo para bajar las escaleras.

—Tiene usted que contarme todo lo referido a su clan —pidió él, mirándole los labios—. Supongo que la hizo muy feliz casarse con un inglés. Tal vez algún día conozca usted al rey Enrique y pueda agradecérselo, señora.

Bronwyn estuvo a punto de estallar. Si hasta entonces había pensado que la vanidad de Stephen era el colmo, la de ese hombre superaba todo lo imaginable.

—Oh, sí —dijo, con voz suave—. Stephen me trata muy bien y me ha enseñado muchas cosas.

Estuvo a punto de sofocarse al pensar en los cambios que había experimentado su esposo, sin cambiar en absoluto a los escoceses.

—Por supuesto —sonrió Hugh—. Los ingleses somos combatientes superiores y vosotros, los escoceses, podríais aprender mucho. —Se interrumpió—. Debo disculparme. No era mi intención decir esas cosas. Después de todo, usted es jefa de un clan, ¿verdad?

Lo dijo como quien arroja una limosna a un mendigo. Ella no se atrevió a responder. Si ese payaso decía una palabra más, sería muy grande la tentación de hacer que Rab le atacara.

—¡Oh, mire usted! —exclamó feliz—. ¿Verdad que es bonito?

Se refería al pabellón de alegres colores. Hugh se detuvo y echó un vistazo hacia arriba, por los muros de su casa. Después le tomó una mano para besársela.

—Nada es tan bello como usted.

Ella le observaba con interés. Al principio había pensado que sus movimientos lentos y su boca extraña eran interesantes; pero ahora le resultaban tediosos. Por algún motivo él parecía dar por sentado que a ella le gustaba dar su mano a besar.

Empleó todo su autodominio para no apartarse. ¿Acaso todos los hombres se creían muy atractivos para las mujeres? De pronto comprendió que tenía muy poca experiencia. Los hombres de su clan nunca intentaban tocarla, quizá por miedo a las iras de su padre. En Inglaterra sólo había dedicado algún tiempo a Roger Chatworth, que sólo quería hablar de sus planes para el clan. Stephen era el único hombre que la había tocado y, al parecer, el único ante quien ella respondía. Al menos, el hecho de que el contacto con Hugh Lasco le inspirara el impulso de apartarse la obligaba a pensar así.

Él pareció satisfecho con su respuesta (o su falta de ella) y la condujo a una silla dorada, instalada bajo el pabellón. Dio una sola palmada y tres malabaristas aparecieron en la plataforma de madera ante ellos. Bronwyn dedicó una sonrisita a Hugh y fingió observar a los artistas, pero en verdad lo que le interesaba era el ambiente. A cada momento crecían sus sospechas de que algo no estaba bien. ¿Por qué se le agasajaba afuera?

Unas bailarinas se unieron a los malabaristas; las muchachas tenían los hombros azulados de frío. Un viento helado empezó a castigarles la cara. Algún criado sugirió que se instalara el pabellón en posición contraria, para bloquear el viento. La respuesta del amo fue casi violenta: se negaba a poner la tienda en cualquier otra dirección.

—Debe usted perdonarme, Sir Hugh —rogó Bronwyn, con su voz más dulce. Necesitaba tiempo para observar la casa; quizá pudiera hallar alguna clave que le ayudara a resolver el misterio. Tal vez Stephen no se hubiera ido, después de todo.

—Oh, pero aún no puede usted retirarse. Haré avivar el fuego. O pediré que traigan otro brasero.

—No tengo frío —dijo ella sincera, tratando de no sonreír ante la nariz azulada de Hugh—. Sólo deseo…

—Se miró las manos, como azorada.

—¡Oh, desde luego! —exclamó él, abochornado—. Haré que un guardia…

—¡No! Rab me acompañará. Estoy segura de hallar el camino.

—Sus deseos son órdenes para mí, señora —sonrió él, mientras volvía a besarle la mano.

Bronwyn tuvo que contenerse para no entrar a toda velocidad. No quería despertar las sospechas de Hugh. Una vez dentro comprendió que debía darse prisa.

—Rab —ordenó—, busca a Stephen.

El perro salió disparado por las escaleras, en un arrebato de júbilo. Durante toda la mañana había estado resistiéndose a las órdenes de Bronwyn. Se detuvo ante una puerta que debía de ser la de Hugh; allí olfateó y bailoteó un poco; luego corrió por otro tramo de escaleras, mientras su ama lo seguía deprisa, levantándose las pesadas faldas.

Al final del tercer tramo había una gruesa puerta de roble, cuya ventanilla tenía barrotes de hierro. Rab se alzó de manos ante la ventanilla y ladró dos veces, como cuando reconocía a alguien.

—¡Rab! —exclamó la voz de Stephen.

—¡Baja! —ordenó Bronwyn—. Stephen, ¿estás bien? ¿Por qué te tienen prisionero?

Alargó una mano entre los barrotes para coger la de su esposo. Él la miró fijamente.

—¿Es ésta la mano que dejas besar a Hugh con tanta frecuencia? —preguntó con frialdad, mientras la sujetaba entre las suyas.

—No es momento para uno de tus ataques de celos. ¿Por qué te tienen prisionero? ¿Y a qué vienen esos absurdos festejos?

—¿Absurdos? —barbotó Stephen, rechazándole la mano por entre los barrotes—. Pues parecías estar divirtiéndote mucho. Dime, ¿te parece que Hugh es atractivo? Muchas mujeres piensan que sí.

Ella le miró fijamente mientras daba unas palmaditas a Rab, nervioso por ver a su amo cautivo. La mente de la muchacha funcionaba a toda prisa.

—Esto no es nada grave, ¿verdad? —preguntó, serena—. Es un juego entre tú y tu amigo.

Cuando mi esposa está implicada no hay juego alguno —replicó él con fiereza.

—¡Maldito seas, Stephen Montgomery! Te dije que no viniéramos aquí. Pero te crees muy superior, ¿no? Ahora quiero saber qué pasa y cómo puedo sacarte de aquí, aunque no tengo idea de para qué quiero que salgas.

Él la miró con los ojos entornados.

—Si cedes ante Hugh y le dejas ganar te romperé el cuello.

Bronwyn comenzaba a comprender.

—¿Quieres decir que se me está utilizando para una especie de apuesta? ¿Que debe ganar él, supuestamente?

Como Stephen no respondiera, ella arriesgó:

—Creo que lo adivino. Hugh cree que puede seducirme y tú le crees. ¿No te ha pasado por esa cabeza hueca y vanidosa que yo puedo tener algo que decir al respecto? ¿Me crees tan tonta como para acostarme con cualquier hombre que me sonría y me bese la mano? Deberías saber que, como poco, le atacaría con un puñal. Rab gruñe cada vez que me toca.

—Lo cual parece ocurrir con bastante frecuencia, por lo que puedo apreciar.

Bronwyn reparó entonces en la ventana abierta al otro lado de la celda. Conque por eso Hugh se negaba a poner el pabellón hacia otro lado: quería que Stephen pudiera verlos juntos. Echó un vistazo a su cara fría y colérica. Ella también empezaba a enojarse. Esos dos hombres la estaban usando para una travesura infantil, sólo digna de niños de diez años. Hugh creía poder conquistarla y Stephen tenía tan poco en cuenta la moral y la integridad de su esposa que le creía. ¡Y Hugh! La había insultado al tratarla como si fuera estúpida, completamente seguro de que sucumbiría a sus encantos.

—¡Malditos seáis los dos! —susurró, antes de alejarse.

—¡Bronwyn! ¡Vuelve aquí! —ordenó él—. Di a Hugh que lo has descubierto todo y pídele la llave.

Ella se volvió con la más dulce de sus sonrisas.

—Me perdería las distracciones que Sir Hugh ha preparado para mí —observó, arqueando las cejas.

Y empezó a bajar las escaleras, apretando los labios para no responder al torrente de maldiciones que Stephen le arrojaba.

—Malditos seáis los dos —repitió para sus adentros.

13

Bronwyn aún estaba colérica cuando llegó al pie de las escaleras. Allí le estaba esperando Sir Hugh con expresión de impaciencia, hasta parecía dispuesto a castigarla por haber tardado tanto. El primer impulso de la muchacha fue sermonearle por lo que había planeado, pero la idea esa desapareció de inmediato de su mente. «¡Oh, los ingleses!», se dijo. Stephen, en un principio, se había mostrado convencido de que no existía otro modo de ser mejor que el inglés. Se reía de ella cuando le pedía que usara el atuendo escocés en vez de su pesada armadura. Y ahora difícilmente hubiera aceptado ponerse uno de esos pesados abrigos acolchados que usaba Sir Hugh. Pero Stephen había tenido que fracasar en una batalla antes de mostrarse dispuesto a cambiar.

Tal vez ella pudiera librar su propia batalla para enseñar a los ingleses algo que todo el pueblo escocés sabía: que las mujeres eran muy capaces de pensar por cuenta propia.

—Comenzaba a preocuparme por usted —dijo Sir Hugh, ofreciéndole la mano.

Bronwyn abrió los ojos con aire de inocencia.

—Espero que usted no se moleste, pero estuve recorriendo su casa. ¡Es magnífica! Dígame usted: ¿Es toda suya?

Sir Hugh la cogió del brazo, ensanchando visiblemente el pecho.

—Toda, junto con unas doscientas ochenta hectáreas. Claro que tengo otra finca en el sur.

Ella suspiró profundamente.

—Stephen no tiene una casa como ésta, ¿verdad? —preguntó con timidez

Hugh frunció el ceño.

—Bueno, no. Tiene algunas tierras no sé dónde, según creo, con una vieja torre edificada en ellas. Pero casa, no. Aunque usted, en sus fincas...

Ella volvió a suspirar.

—Es que están en Escocia...

—Oh, sí, desde luego, comprendo. Un país frío y húmedo, ¿no? No me extraña que usted desee vivir aquí. Bueno, quizá Stephen...

Se interrumpió. Bronwyn sonreía para sus adentros. Todo era tal como ella pensaba: en realidad Hugh no sentía ningún interés por ella; al menos, no tanto como para deshonrar a su amigo. Sólo estaba aburrido y quería hacer rabiar a Stephen. Le mencionaba con demasiada frecuencia como para considerarle enemigo suyo. Stephen la creía capaz de dejarse seducir por cualquier hombre atractivo y Hugh sólo la utilizaba para fastidiar a su amigo. Ninguno de los dos tenía en cuenta sus deseos ni sus pensamientos.

Sonrió más aún al preguntarse qué pasaría si les estropeaba los planes de un modo u otro. ¿Qué diría Sir Hugh si ella se fingía descontenta con Stephen y deseosa de permanecer en Inglaterra con un fino caballero como Hugh?

Mientras se acercaban al pabellón, levantó la vista hacia el firmamento.

—Creo que va a salir el sol. ¿No podríamos sacar las sillas al aire libre?

Sir Hugh sonrió ante la sugerencia y ordenó que se sacaran las sillas del pabellón. Bronwyn las hizo instalar muy juntas y sonrió al ver que el dueño de casa fruncía el ceño. Una vez sentados, no perdió tiempo. Aunque los músicos estaban tocando una dulce canción de amor, ella no les prestaba ninguna atención: sólo tenía ojos para Hugh.

—¿Está usted casado, señor? —preguntó en voz baja.

—No... todavía no. No he tenido tanta suerte como mi amigo Stephen.

—¿Es de verdad su amigo? ¿Podríamos ser amigos usted y yo?

Hugh la miró profundamente a los ojos, temiendo perderse en ellos. Stephen tenía suerte.

—Desde luego. Usted y yo somos amigos —dijo, paternalmente.

Ella se humedeció los labios con un suspiro.

—Me doy cuenta de que usted es un hombre sensible e inteligente. Ojalá mi esposo fuera como usted. —Sonrió de modo muy seductor al ver que Hugh se quedaba boquiabierto—. Sin duda sabe cómo ha sido nuestro matrimonio. No se me permitió elegir. Traté de que me desposaran con otro, pero... Lord Stephen...

Hugh enderezó la espalda.

—Dicen que Stephen tuvo que combatir por usted y que lo hizo muy bien. Se cuenta que Chatworth le atacó por la espalda.

—Oh, sí. Stephen es muy buen guerrero, pero no me... ¿cómo lo diría? No me satisface.

Los ojos del otro se abrieron mucho.

—¿Quiere usted decir que Stephen Montgomery es deficiente en algún aspecto? Permítame decirle, señora, que somos amigos desde siempre. Y en cuanto a las mujeres... —Ahora empezaba a enfadarse—. Cuando fuimos a Escocia, Stephen estaba enamoriscado de una ramerilla; ni siquiera se daba cuenta de que ella se acostaba con medio ejército. Pagué a esa muchacha para que se acostara conmigo en un momento en que él nos pudiera ver juntos.

—¿Por eso está tan enfadado con usted? —preguntó ella, olvidando por un momento dar un tono melifluo a su voz.

—Si yo le hubiera dicho lo que ella era, Stephen no me hubiera creído. No veía más allá de sus hoyuelos.

Bronwyn se echó hacia atrás, digiriendo la noticia. Conque Stephen la estaba utilizando para vengarse de un hombre por robarle a una amante. ¡Una muchacha de la que estaba enamoriscado! Sintió un agudo dolor en el pecho y los ojos se le llenaron de lágrimas ardientes. Había pensado desdeñarla por amor a una cualquiera.

—¿Se siente bien, Lady Bronwyn?

Ella se tocó el ojo con un nudillo.

—Creo que me ha entrado algo en el ojo.

—Permítame ver.

Él le sujetó la cara entre sus manos, grandes y fuertes. Bronwyn sabía que Stephen la estaba observando. ¿Estaría pensando acaso en la mujer que le traicionara?

—No veo nada —manifestó Sir Hugh, sin soltarle—. Es usted increíblemente hermosa —susurró—. Stephen tiene...

Ella se desasió.

—No quiero volver a oír ese nombre —protestó—. Por hoy estoy libre de él y quiero disfrutarlo. Tal vez los músicos puedan abrirnos un poco de espacio para que podamos bailar. Me gustaría enseñarle algunas danzas escocesas.

Él echó un vistazo nervioso hacia la ventana de la torre, pero se dejó arrastrar hacia la plataforma de madera.

No recordaba haberse divertido tanto en su vida. No estaba habituado a ver la cabellera de una mujer suelta alrededor de su cuerpo esbelto. Los ojos de Bronwyn chispeaban y reían al verle copiar torpemente sus intrincados pasos de danza. El día pareció perder su frío y él acabó por olvidar que el marido los observaba desde arriba.

—Bronwyn —rió. Hacía una hora que había dejado de tratarla con formalidad—. ¡Tengo que parar! Siento una punzada en el costado.

Ella se rió de él.

—No servirías para escocés. Si no puedes soportar un poco de ejercicio.

Él la cogió del brazo.

—No me he esforzado tanto desde que pasé una semana adiestrándome con los hermanos Montgomery.

—Sí —dijo ella, tomando asiento—, Stephen se ejercita mucho. —Se había puesto seria.

—Es un buen hombre —dijo Hugh, tomando un trozo de queso de la bandeja que un sirviente le ofrecía.

—Tal vez —reconoció Bronwyn, mientras bebía vino caliente con especias.

—Le envidio.

—¿De veras? Tal vez pudieras reemplazarle... en cierto modo.

Le observaba con interés, mientras Hugh comenzaba a captar el sentido de aquella sugerencia. «¡El grandísimo vanidoso!»

pensó ella. No se le ocurría pensar que pudiera no ser un regalo apetecible para las mujeres. Y todos eran iguales.

—Lady Bronwyn —observó él, retomando la formalidad—, debo hablar seriamente con usted con respecto a Stephen.

—¿Cómo era él de niño? —preguntó la muchacha, interrumpiéndolo.

Hugh se quedó claramente desconcertado.

—Serio, como Gavin. Los cuatro hermanos se criaron en un mundo de hombres. Tal vez Stephen sea torpe porque sabe muy poco de mujeres.

—A diferencia de ti —ronroneó ella.

Hugh sonrió, confiado.

—Tengo alguna experiencia. Sin duda es por eso que te sientes... atraída hacia mí. Hace muy poco que estás casada con Stephen. Sin duda con el correr de los años acabaréis... encariñándoos.

—¿Es eso lo que quieres de la vida? ¿Cariño?

—Yo soy diferente a Stephen —pronunció él, con presunción.

Bronwyn sonrió. En su mente comenzaba a tomar forma un plan.

—No hace mucho, estando en Escocia, Stephen y yo nos hospedamos en casa de algunos granjeros. Una de las mujeres preparaba una bebida deliciosa a base de líquenes. Mientras cruzábamos tu finca vi algunos que brotaban cerca de las piedras. ¿Podríamos dar un paseo para juntarlos? Me gustaría prepararte esa bebida.

Hugh pareció preocupado durante un instante, pero asintió. No le gustaba el giro que estaban tomando los acontecimientos. Esa mujer parecía casi dispuesta a traicionar a su marido, cuando Hugh sólo deseaba informarle de que Bronwyn era imposible de seducir.

Mientras caminaban le habló de Stephen, de lo honorable que era, de lo mucho que merecía a una mujer como ella, mencionó su generosidad al usar ese ridículo atuendo escocés. Bronwyn, casi sin comentarios, se dedicó a recoger líquenes y flores secas en la pequeña cesta que Hugh le había dado. Le escuchaba con atención, sin decir nada.

En el trayecto de regreso volvió a llover. Sir Hugh, con toda formalidad, la condujo a una habitación privada de un piso alto.

Un sirviente le llevó vino caliente y jarritas para que ella pudiera preparar las bebidas. Mientras ella mezclaba cuidadosamente los ingredientes, Hugh sacaba pecho, jactándose de su creencia de que se mostraba muy noble al rechazar las insinuaciones de la muchacha.

—Mi señor —ofreció ella, en voz baja, entregándole el jarrito caliente.

Por un momento su mano tocó la de él, acariciante. Él declaró que la bebida era deliciosa; bebió toda su taza y pidió más, mientras Bronwyn sonreía.

—Necesito hablar contigo —le dijo, muy serio, sorbiendo la segunda taza de líquido caliente—. No quiero que te vayas de esta casa con esas ideas.

—¿Qué ideas? —preguntó ella, con dulzura.

—Stephen y yo somos amigos. Siempre lo hemos sido. Sólo espero que él quiera seguir siéndolo después de esto.

—¿Y por qué no?

—Creo que depende de ti. No debes mencionar nunca el... la atracción que sientes por mí.

—¿Qué atracción? —preguntó ella, inocente, mientras se sentaba frente a él—. ¿De qué estás hablando?

—Oh, vamos, señora mía. Tú y yo sabemos lo que ha estado pasando entre nosotros durante todo el día. Todas las mujeres conocen los asuntos del corazón.

Ella arqueó las cejas.

—¿Todas las mujeres? Por favor, dime, ¿qué más saben todas las mujeres?

—¡No finjas conmigo! —protestó él—. No soy tan ingenuo como Stephen. Tal vez puedas convencerle de que no tienes ojos para otros hombres. Yo te respaldaré, porque él es amigo mío, pero no trates de hacerte la inocente ante mí.

—¡Me has atrapado! —confesó ella, sonriendo—. Sabes tanto de mujeres y de tu amigo que no puedo disimular.

Hugh iba a hablar, pero un súbito dolor le atravesó las entrañas, cerrándole la boca.

—Deja que vuelva a llenar tu taza. Estas pálido.

Hugh aceptó la bebida y se la bebió toda. Estaba sin aliento.

—El pescado debía de estar en mal estado —murmuró. Y cambió de tema—. ¿Qué estaba diciendo?

—Me estabas diciendo que yo estaba dispuesta a dejar a mi esposo por ti.

—Estás exagerando mis palabras. Yo...

Bronwyn plantó la jarra vacía en una mesa, con tanta fuerza que resquebrajó la loza.

—¡No! ¡Yo te lo diré! —se irguió ante él, con los brazos en jarras—. Te dices amigo de Stephen, pero le juegas una infantil mala pasada y le encierras para que vea cómo haces el tonto con su mujer.

—¡Que yo hago el tonto! ¡No era eso lo que pensabas hoy!

—¿Crees poder leerme los pensamientos? ¿Tan presumido eres que puedes creerme insatisfecha después de pasar meses enteros en la cama de Stephen Montgomery?

—Pero si has dicho...

—Estabas dispuesto a creerlo, porque te convenía. Actúas como si hubieras hecho algo noble al pagar a esa ramera para que se acostara contigo. Crees haber hecho un favor a Stephen, pero tal vez lo hiciste sólo por celos. Todos los hombres del campamento tenían que pagar por sus favores. Todos, menos uno: ¡Mi Stephen!

—¡Tu Stephen! —barbotó Hugh. Quiso levantarse, pero le retorció otro dolor. Levantó la vista horrorizado—. ¡Me has envenenado!

Ella sonrió.

—No es veneno, pero estarás descompuesto varios días. Quiero que te acuerdes de esto durante mucho tiempo.

—¿Por qué? —susurró él, apretándose el vientre—. ¿Qué te he hecho?

—Nada —replicó ella, con seriedad—, absolutamente nada. Demasiadas veces he sido utilizada por los ingleses como para soportar una más. Me has utilizado para jugar con Stephen. No se te ocurrió que yo podía tener opinión al respecto. Me di cuenta anoche, mientras Stephen tocaba el laúd. Estabas muy seguro de ti mismo, de que cualquier mujer te desearía.

Hugh se dobló en dos.

—¡Grandísima zorra! —balbuceó—. Stephen puede quedarse contigo.

—¿Soy una zorra porque decidí no ser un simple peón en vuestros pequeños juegos? Recuerda, Sir Hugh: en el tablero de ajedrez hay una sola hembra, pero es la pieza más versátil y poderosa. Se inclinó para sacarle la llave del chaleco y le volvió la espalda.

—Stephen te ha visto. Jamás creerá que no me deseabas.

Ella irguió la espalda.

—Pese a lo que piensas de él, Stephen Montgomery es el hombre más cuerdo e inteligente de cuantos he conocido. —Se detuvo ante la puerta—. Ah, Sir Hugh, otra cosa: la próxima vez que necesites ayuda con las mujeres, te aconsejo que recurras a Stephen. Por lo que he podido apreciar, hay muy poco que él no sepa.

Y se marchó.

Rab la estaba esperando ante la puerta. Juntos subieron corriendo al cuarto donde Stephen permanecía prisionero. Ella echó un vistazo entre los barrotes y se encontró con la mirada furiosa de su marido. El enojo y el odio que había en esos ojos le produjo un escalofrío en la espalda. Hundió la llave en la cerradura y abrió.

—Estás en libertad —dijo tranquilamente—. Aún es de día. Podemos continuar el viaje hacia la finca de tu hermano.

Stephen guardó silencio, muy ceñudo. Ella se acercó un paso y alargó una mano para tocarle un rizo.

—Sería mejor que expresaras tus sentimientos.

Él le apartó la mano.

—¿Cómo te atreves a venir directamente desde sus brazos? Llevas puesto el vestido que él te ha regalado, el traje con que te has estado pavoneando ante ese hombre durante todo el día. ¿Le ha gustado? ¿Le ha gustado verte así, medio desnuda?

Ella se sentó junto a la ventana, suspirando.

—Hugh me predijo que no me creerías inocente después de lo que habías visto.

—Conque Hugh, ¿eh? —gruñó Stephen, levantando los puños apretados. De inmediato los dejó caer, inerme—. Te has vengado plenamente de mí por haberte casado. Has esperado mucho para vengarte. —Se dejó caer en un banquillo, sin prestar atención a Rab, que le golpeaba con el hocico—. En nuestra noche de bodas debiste apuntar tu puñal al corazón.

Bronwyn se movió tan de prisa que ni siquiera Rab pudo reaccionar. Asestó a Stephen tal bofetada que le desvió la cabeza hacia atrás.

—¡Maldito seas mil veces, Stephen Montgomery! —exclamó—. ¡Estoy harta de que me insulten! Primero es tu supuesto amigo, que me trata como si yo fuese un objeto del que cualquiera puede apoderarse. Cuando le rechazo y le hago pagar su vanidad, me trata de zorra. Ahora debo escuchar en silencio que me acuses de ser una prostituta. ¡No soy como tu puta de campamento, tan llena de hoyuelos!

Stephen, que se estaba frotando la mandíbula magullada, se quedó petrificado.

—¿De qué estás hablando? ¿De qué mujer?

—Ella me importa un comino —aseguró Bronwyn furiosa—. ¿Qué he hecho para que me creas una cualquiera? ¿Cuándo te he hecho sospechar que soy deshonesta o que no respeto mis votos?

—No comprendo nada. ¿De qué votos hablas?

Ella soltó un suspiro exasperada.

—¡Los votos matrimoniales, estúpido!

—También juraste obedecerme —observó él mohíno.

Ella le volvió la espalda.

—Vamos, Rab. Vamos a casa.

Stephen se levantó de un salto y la sujetó de un brazo.

—¿Adónde vas? ¿Vuelves con Hugh?

Ella levantó un pie hacia atrás para golpearle, pero él la hizo girar en redondo y la abrazó desde atrás.

—Me has vuelto loco —susurró—. ¿Cómo pudiste hacerme eso? Sabías que estaba observando.

Aquellas palabras hicieron que la piel de Bronwyn refulgiera. Hacía una eternidad que no recibía un abrazo. Apoyó la mejilla contra su brazo.

—Me has hecho enfurecer. Los dos me habéis usado como si yo no tuviera derechos propios.

Él la puso frente a sí y le apoyó las manos en los hombros.

—Olvidamos que eres una MacArran, ¿no? Bronwyn…

—Abrázame —susurró la muchacha—. Abrázame y nada más.

Él estuvo a punto de estrujarla.

—No soportaba ver que te tocara. Cada vez que te tocaba… y cuando te tomó la cara entre las manos…

—¡Basta! —ordenó ella—. ¡Acaba ahora mismo! —Y se apartó—. Entre Hugh Lasco y yo no ha pasado nada. Él se creía capaz de conquistar a cualquier mujer del mundo entero y yo he querido demostrarle que no era así.

Stephen volvió a enfadarse.

—¡Pues fingiste muy bien, por cierto! Desde aquí parecíais viejos amantes.

—¿Eso te ha parecido? ¿Crees que soy capaz de dejar que un hombre me manosee sin motivos?

Los ojos de Stephen se pusieron casi negros.

—¡Había un motivo, sí! Ya sé cómo eres en la cama. Tal vez quieras probar con otros hombres, para ver si con ellos también gritas. Dime, ¿ha podido descubrir lo de tus rodillas?

Ella le fulminó con la mirada.

—¿Crees sinceramente que pasé la tarde en su lecho?

—No —reconoció él, derrotado—. No hubo tiempo suficiente y Hugh...

—Deja que yo termine la frase —interrumpió ella, secamente—. Hugh es amigo tuyo, hombre honorable e incapaz de hacer algo tan sucio. Por otra parte, yo soy sólo una mujer y, por lo tanto, no tengo honor. Soy un poquito de pelusa que va donde el viento la lleva. ¿No es así?

—¡Estás dando la vuelta a mis palabras!

—No lo creo. Esta mañana, cuando he venido a verte, dabas por sentado que Hugh podía conquistarme si así lo deseaba. Bastaba con que me hablara con dulzura. Si me conocieras un poco, te hubieras sentado tranquilamente en esta celda a esperarme. Así habríamos podido reírnos juntos de la broma que le he jugado a tu querido Sir Hugh.

—¿Qué broma? —preguntó él bruscamente.

Bronwyn se sentía casi sofocada. En los últimos meses había llegado a conocer bien a Stephen, a confiar en él, a creerle, quizá hasta a amarle. ¡Pero él no la conocía en absoluto! La creía débil, hueca y vana.

Respondió con voz inexpresiva.

—Le he dado a beber una pócima que, según Kirsty, provoca fuertes calambres estomacales. Pasará varios días descompuesto.

Stephen la miró fijamente un instante. ¡Cómo deseaba creerla! Tenía la sensación de haber envejecido años enteros mientras la observaba con Hugh. Al verlos bailar juntos hubiera arrancado los barrotes de la ventana. ¿Cómo podía pedirle que fuera razonable, si casi le había convertido en un animal? De haber estado libre hubiera matado a Hugh con sus propias manos.

Se pasó la mano por los ojos. ¿Qué había hecho esa mujer con él? Desde que la conocía no había tenido un pensamiento claro. ¿Y le pedía que razonase? Cuando estaba junto a ella perdía toda cordura.

—Haríamos bien en irnos —apuntó ella con frialdad, volviéndole la espalda.

Él la siguió con la mirada. Quería correr a ella, decirle que le creía, que la sabía honrada. No podía. Cierta vez Hugh había demostrado que era capaz de robarle a una mujer. La dulce Meg, que le amaba, había caído en los brazos de su amigo. Bronwyn no ocultaba que consideraba a Stephen como a un enemigo. Para ella, un inglés era igual que otro. Tal vez Hugh le había hecho promesas relativas a su clan. En ese caso...

Levantó la vista: Rab acababa de devolverle a la realidad con un ladrido seco. Entonces bajó las escaleras hacia el cuarto de Hugh.

Encontró a su amigo tendido en la cama, con las rodillas encogidas contra el pecho, rodeado de cuatro sirvientes y tres guardias.

—Llévatela lejos —susurró, entre dos punzadas—. No quiero ver nunca más a esa zorra con la que te has casado. Stephen retrocedió, con una sonrisa en los labios. ¡Bronwyn decía la verdad!

—¡Te he dicho que te la lleves! —ordenó Hugh, apretándose el vientre.

—Vencido por una mujer —rió Stephen, abandonando la habitación.

Bajó apresuradamente al salón grande, donde Bronwyn lo esperaba con su falda a cuadros y su blusa blanca. Era, una vez más, la muchacha de las montañas escocesas. Se acercó a ella y le sonrió.

Ella le volvió la espalda.

—Bronwyn...

—Si has terminado con lo que te trajo aquí, montemos a caballo. Eres el amo, por supuesto, y nos quedaremos si así lo mandas.

Él contempló un instante el frío azul de sus ojos.

—No, no quiero quedarme —respondió.

Y se alejó hacia la puerta principal.

Bronwyn le seguía a paso lento. Todo aquello había comenzado como un juego de niños, pero le hacía descubrir algo sorprendente con respecto a su esposo. Por algún motivo, ella creía ser quien debía aprender a confiar en él. En los últimos meses había observado objetivamente los cambios experimentados por su marido. Le había visto pasar, de arrogante inglés, a algo muy parecido a un escocés. Había apreciado cómo perdía gran parte de la frialdad hacia los hombres de su esposa. Y sus hombres, ingleses también, cambiaban casi tanto como su amo. Uno a uno habían comenzado a usar manta, en vez de pasarse varias horas al día lustrando las armaduras. Y pocos días antes Stephen había matado a tres ingleses por salvar a Bronwyn y al bebé de Kirsty. Para ella, ese acto había sido el último gesto necesario para confiar en él.

Pero mientras tanto, ¿qué había descubierto Stephen de ella? Desaprobaba todo lo que hacía. La maldecía si se ponía a la cabeza de sus hombres. Se enojaba si arriesgaba la vida para salvar a alguien. ¿Qué podía hacer para complacerle? ¿Tratar de convertirse en otra persona? ¿La querría más si se pareciera a… a su bella cuñada? Bronwyn tenía una idea bastante clara de Judith: una mujer suave, que jamás levantaba la voz, que sonreía a su esposo con dulzura y se mostraba de acuerdo con él, sin discutir jamás.

—¡Eso es lo que quieren los hombres! —dijo por lo bajo.

Stephen pretendía que ella permaneciera quieta, sin contradecirle jamás, como cualquier inglesa. «¡Que se vaya al infierno!», pensó. Ella no era como sus compatriotas, que tenían agua y leche en las venas. Era una MacArran, y cuanto antes lo aprendiera Stephen Montgomery, mejor sería para todos.

Con la barbilla en alto, se encaminó hacia los establos.

Por silencioso acuerdo mutuo no se detuvieron durante la noche. Continuaron el viaje a paso firme, sin hablar, cada uno pensando en lo ocurrido en los dos últimos días. Stephen no podía quitarse de la cabeza las manos de Hugh tocando a Bronwyn. Sabía que ella se había vengado de ese hombre, pero no podía dejar de lamentar que su esposa en vez de tanta sutileza, no le hubiera dado una puñalada.

En cuanto a Bronwyn, ya casi no recordaba a Hugh. Lo que le importaba era que Stephen no había confiado en ella; la había acusado de mentir.

Con la primera luz del alba se alzaron ante ellos las murallas del viejo castillo de Montgomery. Ella no esperaba encontrarse con una oscura y enorme fortaleza, sino con una casa, más o menos como la de Hugh Lasco. Echó una mirada a Stephen: le brillaba la cara casi tanto como a ella cuando veía Larenston.

—Entraremos por el portón del río —dijo él, espoleando a su caballo.

Delante de las altas murallas había dos grandes torres que protegían los portones cerrados. Ella siguió a Stephen hacia muros más bajos, que formaban un túnel sin techo rumbo a un portón de menor tamaño, al otro lado de las murallas.

Stephen aminoró el paso y entró cautelosamente por la boca del estrecho callejón emparedado. De inmediato, una flecha cruzó el aire y se clavó ante su caballo.

—¿Quién anda? —inquirió una voz sin rostro, desde lo alto de los muros.

—¡Stephen Montgomery! —declaró él, en voz muy alta.

Bronwyn sonrió, pues él tenía aún el acento de las tierras altas.

—¡No eres Lord Stephen! Le conozco bien. Anda, da la vuelta a esos jamelgos y vete. Sólo los amigos franquean estas murallas. Vuelve dentro de una hora al portón principal y ruega al guardia que te permita entrar.

—¡Matthew Greene! —gritó Stephen—. ¿Te has olvidado de tu propio amo?

El hombre se inclinó para mirarle.

—¡Es usted! —dijo, al cabo de un instante—. ¡Abrid los portones! —ordenó, lleno de júbilo—. ¡Lord Stephen está a salvo! Bienvenido a casa, mi señor.

Stephen le saludó agitando la mano y continuó la marcha. A lo largo del trayecto, los hombres le saludaban desde lo alto.

En el extremo de ese pasadizo se abría un portón que daba a un patio privado. Ante ellos se levantaba la casa.

—Me alegro mucho de verle, mi señor —dijo un anciano, tomando las riendas del caballo—. No le hubiera reconocido si los hombres no me hubieran dicho que era usted.

—Es estupendo estar en casa, James. ¿Están aquí mis hermanos?

—Lord Gavin ha vuelto hace apenas una hora.

—¿Que ha vuelto?

—Sí, mi señor. Sus hermanos han estado buscándole. Se nos dijo que usted había muerto a manos de su pagana esposa.

—¡Cuidado con lo que dices, James! —advirtió Stephen. Dio un paso atrás y tomó a Bronwyn de la mano—. Ésta es Lady Bronwyn, mi esposa.

—¡Oh, señora mía! —exclamó el anciano—. Perdóneme usted. Pensé que era una de las... Es decir, Lord Stephen suele traer a casa...

—Ya has dicho demasiado. Ven, Bronwyn.

No le dio tiempo para prepararse. Iba a presentarla a su familia con aspecto de sierva. Hasta su criado lo había pensado. Bronwyn sabía que los ingleses daban mucha importancia a las ropas. Pensó melancólicamente en los bellos vestidos que había usado en casa de Sir Thomas Crichton. Por el momento, sólo le quedaba mantener la cabeza erguida y soportar las pullas inglesas. Exceptuando a Judith, la perfecta, que sin duda se mostraría amable y bondadosa como una almohada de voz suave.

—Pareces mortalmente asustada —le espetó Stephen, mirándola—. Te aseguro que Gavin no suele pegar a las mujeres. En cuanto a Judith...

Ella levantó una mano.

—Ahórrame eso. Ya me has hablado suficiente de esa Judith. —Enderezó la espalda—. Y el día en que veas a una Mac-Arran temerosa de meros ingleses será el mismo en que los escoceses abandonen sus mantas.

Él le sonrió. Luego abrió la puerta de un cuarto muy iluminado por el sol, aún bajo. Bronwyn apenas echó un vistazo a la hermosa habitación, pues las dos personas que estaban de pie en el medio le llamaron la atención de inmediato.

—¡Maldita seas, Judith! —gritó un hombre alto, de pelo negro, ojos grises y pómulos salientes. Un hombre sumamente apuesto, cuya cara ardía de furia—. Dejé órdenes exactas sobre el modo en que se debía reconstruir la granja lechera. Hasta dejé los dibujos hechos. Como si no tuviera suficientes motivos de preocupación con la desaparición de Stephen y su esposa, vuelvo a casa y me encuentro con los cimientos ya echados... sin el menor parecido con mis planos.

Judith levantó la vista para mirarle con mucha calma. Tenía una abundante cabellera rojiza y dorada, oculta apenas en parte por una capucha francesa. Sus ojos lanzaban destellos.

—Porque tus planos eran completamente ineficaces. ¿Alguna vez has hecho mantequilla o queso? ¿Has ordeñado una sola vaca en tu vida?

El hombre se erguía ante ella en toda su estatura, pero la menuda mujer no cedió un paso.

—¿Qué diablos importa si he ordeñado una vaca o no? —Él estaba tan furioso que los pómulos parecían a punto de perforarle la piel—. El hecho es que has dado contraórdenes. ¿Cómo me has hecho quedar ante los granjeros?

Judith le miró con los ojos entornados.

—Pues están muy agradecidos por no verse obligados a trabajar en esa conejera que habías diseñado.

—¡Judith! —bramó él—. Si de algo sirviera, te castigaría hasta dejarte negra y azul por tanta insolencia.

—Es notable lo mucho que te enfadas cuando tengo razón.

El hombre hizo rechinar los dientes y dio un paso adelante.

—¡Gavin! —gritó Stephen, desde detrás de Bronwyn, mientras tomaba un hacha entre las armas colgadas en la pared.

Su hermano, adiestrado para la guerra y siempre alerta, reconoció la voz de alerta. Giró con rapidez y atrapó en el aire el hacha que su hermano le arrojaba. Por un momento se quedó mirándole, desconcertado por sus ropas.

—Para que te protejas de Judith —rió Stephen, señalando el arma.

Antes de que Gavin pudiera reaccionar, Judith cruzó el cuarto corriendo y se arrojó a los brazos de Stephen.

—¿Dónde estabas? Hace días que te buscamos. Estábamos muy preocupados por ti.

Stephen ocultó la cara en el cuello de su cuñada.

—¿Estás bien? La fiebre...

Le interrumpió un resoplido de Gavin.

—Está tan bien que mete la nariz en todos mis asuntos.

—¿Qué asuntos? —se burló Stephen—. ¿Todavía no has aprendido la lección?

—Ya basta —dijo Judith, desasiéndose de Stephen.

Gavin estrechó a su hermano contra sí.

—¿Dónde te habías metido? Se nos dijo que te habían matado; después nos llegó la misma noticia por segunda vez. Fue…

No pudo terminar; no podía expresar a Stephen el tormento que habían pasado mientras le buscaban.

—Ya estoy perfectamente, como puedes ver —rió su hermano.

—Veo que estás más guapo que nunca —apreció Judith, admirando francamente las piernas pardas y musculosas de su cuñado.

Gavin la rodeó con un brazo posesivo.

—Deja de coquetear con mi hermano. Y ve enterándote que no pienso ponerme una de esas cosas.

Judith rió por lo bajo y se apretó a su esposo.

Bronwyn permanecía a la sombra de una silla alta: la extraña que observaba a la familia. ¡Conque ésa era la suave Judith! Una mujer más baja que ella, diminuta y hermosa como una joya. Pero se plantaba ante su corpulento esposo sin temor alguno. ¡No era, por cierto, de las que se pasaban la vida cosiendo!

Judith fue la primera en notar que Bronwyn los observaba. Su primera impresión fue que Stephen había cumplido con su amenaza de encerrar a su esposa en alguna torre y buscarse una hermosa plebeya que le hiciera feliz, pero al mirar a la muchacha comprendió que no era una mujer vulgar; ninguna plebeya tenía ese porte. No se trataba sólo del orgullo de su asombrosa belleza, sino de cierta dignidad interior. Esa mujer conocía su propia valía.

Judith se apartó de su esposo para acercarse a ella.

—¿Lady Bronwyn? —preguntó en voz baja, con la mano extendida.

Los ojos de la muchacha se encontraron con los suyos. Entre ambas hubo una especie de entendimiento: se reconocían como iguales.

—¿Cómo te has dado cuenta? —rió Stephen—. James la tomó por una de mis… Bueno, pensó que no era mi esposa.

—James es tonto —expresó Judith, seca. Se apartó de Bronwyn para estudiar las ropas que llevaba puestas—. Esa falda ha de darte mucha libertad de movimientos, ¿no? Y no parece tan pesada como este vestido.

Bronwyn sonrió con calidez.

—Es sumamente liviana. Pero la tuya, tan bonita…

—Ven a mis habitaciones y hablaremos.

Los hombres las siguieron con la vista, boquiabiertos de asombro.

—Nunca he visto a Judith simpatizar así con nadie —comentó Gavin—. ¿Y cómo sabía que era tu esposa? Por su modo de vestir, yo hubiera estado de acuerdo con James.

—¡Y Bronwyn odia las ropas inglesas! —agregó Stephen—. No imaginas los sermones que me ha echado sobre la moda femenina inglesa; dice que inmoviliza.

Gavin comenzó a sonreír.

—¡Pelo negro y ojos azules! ¿Es realmente así o fue imaginación mía? ¿No habías dicho que era gorda y fea? No puede ser jefa de un clan, ¿verdad?

Stephen rió entre dientes.

—Sentémonos. ¿Crees que habrá algo para comer? —preguntó, con brillo en los ojos—. ¿O es que ahora los sirvientes sólo obedecen a Judith?

—Si no me alegrara tanto de verte a salvo te haría lamentar ese comentario —aseguró Gavin mientras salía para pedir comida y enviar a sus hombres en busca de Raine y Miles.

—¿Cómo está Judith, en realidad? —preguntó Stephen, cuando les sirvieron el desayuno—. En tus cartas decías que se había repuesto por completo del aborto, pero…

Gavin tomó un huevo duro del plato de su hermano.

—Ya la has visto. Tengo que luchar como endemoniado para retener un poco el mando sobre mi gente.

Stephen levantó la vista y dijo lentamente:

—Y eso te encanta.

Gavin sonrió.

—Me hace la vida interesante, sí. Cada vez que veo a esas esposas remilgadas, rosaditas y blancas que tienen otros hombres doy gracias al cielo por estar casado con Judith. Creo que me volvería loco si no tuviéramos una buena riña, bien estimulante, una vez a la semana. ¡Bueno, no hablemos más de mí! ¿Cómo es tu Bronwyn? ¿Siempre tan dulce y dócil como la he visto?

Stephen no sabía si reír o llorar.

—¿Dócil, Bronwyn? No tiene idea de lo que significa esa palabra. Si se mantuvo a un lado y en silencio, fue probablemente porque estaba preguntándose si usar un puñal o ese endemoniado perro que tiene.

—¿Por qué?

—¡Porque es escocesa, hombre! Los escoceses odian a los ingleses porque les queman los sembrados y violan a las mujeres, y porque los ingleses son un montón de inútiles insufribles y arrogantes, aunque se crean mucho mejores que esos honrados y generosos escoceses y...

—¡Un momento! —rió Gavin—. La última vez que nos vimos eras inglés.

Stephen volvió a su comida, obligándose a serenarse.

—Creo que por un momento lo he olvidado.

El hermano mayor se reclinó en la silla para mirarle.

—A juzgar por lo largo de tu pelo, diría que lo olvidaste hace ya algunos meses.

—No critiques la moda escocesa antes de probarla, ¿quieres? —le espetó Stephen.

Gavin le apoyó una mano en el brazo.

—¿Qué te pasa? ¿Qué te tiene tan molesto?

El otro se levantó para caminar hacia el hogar.

—A veces ya no sé quién soy. Cuando fui a Escocia estaba seguro de ser un Montgomery; me sentía muy noble con respecto a la misión que llevaba: enseñar a los ignorantes escoceses nuestras costumbres civilizadas. —Se pasó la mano por el pelo—. Pero no son ignorantes, Gavin. Lejos de eso. ¡Las cosas que podríamos aprender de ellos, Señor! Nosotros no conocemos siquiera el sentido de la palabra «lealtad». Ese clan de Bronwyn está formado por gente que moriría por ella. ¡Y que me aspen si no la he visto arriesgar la vida por su clan! Además, las mujeres participan en las decisiones... y les he oído tomar decisiones muy buenas.

—Como a Judith —observó Gavin sereno.

—¡Sí! Pero ella tiene que pelear contigo a cada paso.

—Por supuesto —respondió Gavin, con firmeza—. Las mujeres deberían...

Le interrumpió una carcajada.

—En algún momento, en estos meses, dejé de pensar en lo que «deberían» las mujeres.

—Cuéntame más de Escocia —pidió Gavin, por cambiar de tema.

Stephen volvió a sentarse y a comer. Su voz sonaba lejana.

—Es un país bellísimo.

—Dicen que llueve casi siempre.

—¿Y qué importa un poco de lluvia cuando se es escocés?

Gavin quedó pensativo; observaba a su hermano y escuchaba algo más que sus palabras.

—Hace algún tiempo pasó por aquí Christopher Audley. ¿Logró reunirse contigo antes de tu boda?

Stephen dejó de comer.

—Le mataron en Escocia.

—¿Cómo?

El joven se preguntó cómo explicar que Chris había muerto en algo que, a los ojos de un caballero como Gavin, parecería una pelea deshonrosa.

—Una incursión para robar ganado. Algunos de los hombres de Bronwyn murieron tratando de protegerlo.

—¿De proteger a Chris? ¡Pero si era un soldado excelente! Su armadura…

—¡Malditas armaduras! No pudo correr. Como dijo Douglas, estaba encerrado en un ataúd de acero.

—No comprendo. ¿Cómo?

Stephen se ahorró la respuesta porque la puerta se abrió de par en par.

Raine y Miles entraron en la habitación como un estallido. El primero cruzó el cuarto a grandes pasos, haciendo temblar los vidrios con sus trancos, y levantó en un abrazo a su hermano, que era más liviano, aunque de más edad.

—¡Stephen! ¡Se nos dijo que habías muerto!

—Y morirá si no le sueltas —apuntó Miles tranquilamente.

Raine aflojó un poco los brazos.

—Eres un flacucho endeble —dijo jactancioso.

Stephen, sonriente, procedió a empujar los brazos de su hermano con los suyos. Sonrió aún más al sentir que el otro cedía. Los dos aplicaron más presión. Perdió Raine.

Stephen irradiaba placer. No eran muchos los que lograban superar la fuerza enorme del tercer hermano sin recurrir a un arma. Para sus adentros dio las gracias a Tam.

Raine dio un paso atrás y le sonrió con orgullo.

—Escocia parece sentarte bien.

—O tú has descuidado tus ejercicios —sugirió el recién llegado, presumido.

La cara de Raine se llenó de hoyuelos.

—¿Quieres probar?

—¡Un momento! —intervino Miles, interponiéndose entre los hermanos—. No dejes que Raine te mate antes de que yo te haya dado la bienvenida. —Y le abrazó.

—Has crecido, Miles —observó Stephen— Y estás más grueso.

Gavin resopló.

—Culpa de las mujeres. Dos de las ayudantes de cocina combaten entre sí por superarse con los platos.

—Comprendo —rió Stephen—. El premio es nuestro hermanito menor.

Raine se echó a reír.

—Lo que resta de él cuando las otras mujeres le dejan ir.

Miles no les prestaba ninguna atención. Rara vez sonreía abiertamente, como sus hermanos. Era un hombre solemne. Su emoción se revelaba en los ojos, grises y penetrantes. Echó una mirada a su alrededor.

—James ha dicho que habías traído a tu esposa.

—Que Miles se encargue de ella —rió Gavin—. Al menos así podré tener a Judith para mí de vez en cuando. Cada vez que levanto la vista la encuentro con uno de mis indignos hermanos.

—Es que Gavin la hace trabajar como a una sierva —protestó Raine, medio en serio.

Stephen sonrió. Era un gusto estar otra vez en casa, ver discutir a Gavin con Raine y oír a ambos provocando al menor. Sus hermanos habían cambiado poco en los últimos meses. Raine estaba más fuerte y saludable, si era posible. Miles aún se mantenía a un lado, aparte, aunque formando parte del grupo. Y Gavin los unía a todos. Gavin era el sólido, el que amaba la tierra. Donde él estuviera estaría siempre el hogar de todos los Montgomery.

—No estoy seguro de estar dispuesto a presentaros a Bronwyn —vaciló Stephen.

—¿Qué? ¿Es tímida? —preguntó Raine, preocupado—. Supongo que no la has traído a rastras por toda Inglaterra, ¿verdad? Porque no he visto ninguna carreta de equipaje. ¿Dónde están tus hombres?

Stephen aspiró hondo y se echó a reír. Jamás creerían la verdad.

—No, yo no diría que Bronwyn es tímida —dijo.

14

Bronwyn estaba sumergida hasta el cuello en una bañera de agua caliente y jabonosa. En la enorme chimenea ardía un buen fuego, que daba al cuarto calor y fragancia. Se relajó en la tina y miró a su alrededor. La habitación era hermosa, desde las vigas del cielo raso hasta los mosaicos españoles del suelo. Las paredes eran de madera pintada de blanco, con diminutos pimpollos de rosa enroscados a las juntas. El enorme lecho de dosel tenía cortinas de terciopelo de color rosado intenso. Las sillas, los bancos y los armarios mostraban hermosas tallas en arcos ojivales.

Bronwyn se reclinó en la bañera, con una sonrisa. Resultaba agradable verse en medio de tanto lujo, pero al mismo tiempo sentía que ese dinero hubiera debido ser utilizado para otra cosa. Ella y Stephen habían visto mucha pobreza en el trayecto hacia la finca de Montgomery. Por su parte habría usado ese dinero para su pueblo, pero sabía que los ingleses eran diferentes.

Cerró los ojos para pensar en los últimos minutos. Le divertía pensar en la diferencia entre Judith y la imagen que ella se había formado. No había nada en su cuñada de la mujer suave y dulce que ella esperaba encontrar. Los sirvientes se apresuraban a cumplir con sus órdenes. Antes de que Bronwyn tuviera plena conciencia de lo que ocurría, se había encontrado desnuda y en una tina de agua caliente, justamente lo que necesitaba, sin saberlo.

La puerta se abrió con suavidad.

—¿Te sientes mejor? —preguntó Judith entrando.

—Mucho mejor. Había olvidado esta clase de mimos.

Judith hizo una mueca y le tendió una toalla grande, ya caliente.

—Temo que los Montgomery no son dados a mimar a sus mujeres. A Gavin le parece muy natural pedirme que le acompañe a cabalgar bajo la peor de las tormentas.

Bronwyn se envolvió en la toalla y la miró atentamente.

—¿Y qué harías si pretendiera que te quedaras en casa? —preguntó, sin alzar la voz.

Judith rió de buena gana.

—No obedecería. Gavin suele pasar por alto detalles a los que no da importancia, como el hecho de que un mayordomo robe cereales de los depósitos.

Bronwyn se sentó ante el fuego y dio un suspiro.

—Me gustaría que echaras un vistazo a mis libros de contabilidad. Creo que los descuido demasiado.

Judith tomó un peine de marfil y se dedicó a desenredar la cabellera mojada de su cuñada.

—Es que tienes que considerar otras cosas, aparte de los guisantes acumulados en el depósito. Dime: ¿cómo es ser jefa de un clan, tener a tantos hombres gallardos dispuestos a obedecer hasta tu más ínfimo deseo?

Bronwyn estalló de risa, tanto por el tono melancólico de Judith como por lo absurdo de la idea. Se puso una bata prestada por ella y comenzó a desenredarse personalmente el pelo.

—Es una gran responsabilidad —explicó—. Pero eso de que mis hombres me obedecen…

—Suspirando, quitó algunos cabellos enredados al peine—. En Escocia no somos como vosotros, los ingleses. Aquí se trata a las mujeres como si fueran distintas.

—¡Como si no tuviéramos cerebro! —añadió Judith.

—Sí, eso es cierto. Pero cuando los hombres creen que las mujeres son inteligentes les exigen más.

—No comprendo.

—Mis hombres no me obedecen ciegamente. Ponen mis

decisiones en tela de juicio a cada paso. En Escocia cada uno se siente igual a cualquier otro. Cuando Stephen ordena a sus hombres que ensillen sus caballos y se preparen para partir en una hora, nadie hace preguntas.

—Comienzo a comprender —dijo Judith—. ¿Tus hombres preguntan dónde van y por qué? Eso puede ser…

—… enfurecedor, a veces —concluyó Bronwyn—. Uno en especial, Tam, hombre ya mayor, vigila cada uno de mis movimientos y analiza todas mis decisiones. Y todos sus hijos me contradicen a la menor oportunidad. En realidad tomo sólo las decisiones de menor importancia. Las más importantes se toman en común.

—Pero ¿y si tú quieres hacer algo y ellos se oponen? ¿Qué haces?

Bronwyn sonrió con lentitud.

—Siempre hay una manera de salirte con la tuya.

A Judith le tocó entonces el turno de reír.

—¡Como en el caso de la granja! No pude permitir que Gavin construyera ese esperpento. Hice que los hombres trabajaran toda la noche para que los cimientos estuvieran listos a su regreso, sabiendo que él es demasiado ahorrativo para destruirlo todo y demasiado orgulloso para darme la razón.

Bronwyn se sentó en el banco, junto a su cuñada.

—¡Pensar que tenía mucho miedo de conocerte! Stephen dijo… bueno por su descripción te había imaginado bonita, insulsa e idiota.

—¡Ese Stephen! —rió Judith, tomándola de la mano—. Fui yo la culpable de que llegara tarde a la boda. Cuando me enteré de que no te había enviado siquiera un mensaje me quedé horrorizada. —Vaciló un momento—. Me han dicho que eso provocó ciertos problemas entre vosotros.

—Fue Stephen Montgomery el que provocó los problemas —corrigió Bronwyn secamente—. A veces es arrogante, insufrible, enfurecedor…

—Y fascinante como nadie —completó Judith—. No hace falta que me lo digas. Lo sé demasiado bien, porque estoy casada con uno de la familia. Pero no cambiaría a Gavin por todos esos caballeros perfumados que andan por el mundo. Sin duda piensas lo mismo respecto a Stephen.

Bronwyn comprendió que debía responder, pero no tenía

idea de lo que correspondía decir. De pronto Rab se puso de pie y meneó el rabo, ladrando hacia la puerta.

Era Stephen, que se arrodilló para rascarle las orejas.

—Se os ve muy felices —comentó.

—Ha sido un placer tener un momento de paz y tranquilidad —replicó Bronwyn.

Stephen sonrió a Judith.

—Ya que estamos aquí, ¿podrías dulcificarle un poco la lengua? A propósito, abajo hay un hombre que dice no sé qué cosas sobre unos vestidos.

—¡Estupendo! —declaró Judith y salió casi corriendo.

—¿Qué pasaba aquí? —preguntó Stephen, acercándose a su esposa. Tomó uno de los rizos mojados que se le adherían al pecho—. Estás tentadora como una mañana de primavera.

Ella se apartó para volver la mirada al fuego.

—No me digas que sigues enojada por lo que pasó en casa de Hugh.

Ella se volvió para enfrentarlo.

—¿Enojada? —dijo, fría—. No, no estoy enojada. Hice una tontería, nada más.

—¿Qué tontería? —preguntó él, apoyándole una mano en el hombro. No le molestaban sus arrebatos de cólera, ni siquiera cuando lo amenazaba con un puño, tanto como esa frialdad—. ¿Qué tontería cometiste?

—Había empezado a creer que podía haber algo entre tú y yo.

—¿Amor? —preguntó él, con los ojos brillantes y el comienzo de una sonrisa curvándole los labios—. No está mal admitir que me amas.

Ella apretó los labios y le apartó la mano.

—¡Qué amor! —protestó—. Hablo de cosas más importante que el amor entre hombre y mujer. Hablo de confianza, lealtad, de la fe que una persona debe tener en otra.

Él frunció el ceño.

—No sé de qué me hablas. ¿No es amor lo que quieren casi todas las mujeres?

Bronwyn suspiró exasperada.

—¿Cuándo vas a aprender que yo no soy «casi todas las mujeres»? Soy Bronwyn, una MacArran, y soy única. Tal vez casi todas las mujeres piensen que el amor es la meta principal de su vida, pero yo ya tengo amor, me aman mis hombres, me ama Tam. Soy amiga de las mujeres de mi clan y hasta de Kirsty, una MacGregor.

—¿Y qué papel juego yo en todo eso? —preguntó Stephen, apretando los dientes.

—Estoy segura de que nos amamos, a nuestro modo. Me preocupé por ti cuando Davey te hirió con una flecha. Y tú sueles dar muestras de que te preocupas por mí.

—Menos mal —observó él sombrío—. ¡Y yo, pensando que te gustaría oír una declaración de amor!

Ella le miró con agudeza; el corazón le brincaba ante esas palabras, pero no estaba dispuesta a confesarlo.

—Quiero algo más que amor. Quiero algo quo perdure cuando yo ya no tenga la piel suave ni la cintura estrecha. —Hizo una pausa—. Quiero respeto, quiero honor y confianza. Que no se me acuse de mentirosa ni se me haga objeto de celos. Puesto que soy una MacArran debo vivir en un mundo de hombres; no quiero un esposo que me acuse de cosas viles cuando me pierde de vista.

En la mandíbula de Stephen se contrajo un músculo.

—¡Ajá! ¿Debo hacerme a un lado y dejar que los hombres te toquen sin decir nada?

—Creo que sólo se trataba de un hombre. Debiste darte cuenta de que había un propósito detrás de mis actos.

—¿Darme cuenta? ¡Por Dios, Bronwyn! ¿Cómo voy a darme cuenta de nada cuando veo que un hombre te toca?

El ladrido de Rab la salvó de responder. La puerta se abrió un poquito.

—¿Se puede? —preguntó Judith, mirando al perro con desconfianza.

—Ven aquí, Rab —ordenó Bronwyn, mientras su cuñada entraba—. No te hará daño mientras no me ataques con un arma.

—Lo tendré en cuenta —rió Judith. Y alargó los brazos. Traía un vestido de rico terciopelo pardo, bordado con hilos de oro—. Para ti. Veamos si te queda bien.

—¿Cómo…? —balbuceó Bronwyn, sosteniendo el vestido contra el cuerpo.

Judith sonrió con aire secreto.

—Hay un hombrecito horrible que trabaja para Gavin. Mi

marido se pasa la vida encerrándolo en el sótano por sus... indiscreciones, digamos. Yo he decidido aprovechar sus talentos. Le di un saco de plata, le indiqué tu estatura y le ordené que me consiguiera un vestido digno de una dama.

—Es hermoso —susurró la muchacha, deslizando las manos por el terciopelo—. Has sido tan amable conmigo... Me haces sentir muy bien recibida.

Judith miraba a Stephen, que estaba de espaldas. Le puso una mano en el hombro.

—¿Te sientes bien? —preguntó—. Se te nota cansado.

Él trató de sonreír y le besó la mano con aire distraído.

—Tal vez se trata de eso. —Se volvió hacia Bronwyn—. Mis hermanos quieren conocerte —dijo—. Será un honor que nos visites.

Judith no preguntó qué había pasado entre los recién casados. Sólo deseaba que su estancia en la casa estuviera libre de tensiones hasta donde fuera posible.

—Te ayudaré a vestirte. Mañana podrás probarte las ropas que he encargado para ti.

—¿Ropas? No has debido hacerlo.

—Pero lo he hecho. Lo menos que puedes hacer es disfrutarlas. Ahora veamos cómo te queda esto.

Pasaron horas antes de que Bronwyn estuviera vestida y peinada a gusto de su cuñada. Judith había aprendido muchos trucos en la corte, sitio al que no deseaba volver. Le gustó la costumbre escocesa de dejar el pelo suelto, hasta tal punto que se quitó el velo y dejó su cabellera en libertad. Llevaba un vestido de satén violeta, con visón pardo en las mangas y en el ruedo. Un cinturón dorado, con amatistas púrpuras, le rodeaba la cintura.

Bronwyn alisó el terciopelo sobre sus caderas. El vestido era pesado y le limitaba los movimientos, pero en esos momentos le parecía hermoso. El escote cuadrado, profundo, exhibía la belleza del pecho. Las mangas abullonadas tenían tajos por los que asomaba el forro de finísimo paño dorado.

Enderezó los brazos y bajó la escalera para presentarse a sus cuñados.

Los cuatro hombres estaban juntos, de pie, frente al hogar de piedra, Bronwyn y Judith se detuvieron un instante para mirarlos con orgullo. Stephen se había recortado el pelo largo y ya no llevaba la ropa escocesa; Bronwyn sintió una súbita punzada de nostalgia por el montañés perdido. Su marido lucía un abrigo de terciopelo azul oscuro, con cuello de martas, y ceñía sus piernas musculosas con medias del mismo color.

Gavin vestía de gris; su chaqueta estaba forrada con pieles de ardilla gris. Raine, de terciopelo negro, lucía un cuello bordado con intrincados bordados españoles en hilo de plata. La chaqueta de Miles, de terciopelo verde esmeralda, tenía cortes en las mangas, que dejaban al descubierto un tejido plateado; las mangas de su camisa estaban decoradas con perlas.

Miles fue el primero en verlas. Dejó la copa de plata en la repisa y se adelantó. Se detuvo frente a Bronwyn, con los ojos oscurecidos casi negros: una hoguera ardorosa y oscura, e hincó una rodilla ante ella.

—Es un honor —susurró con mucha reverencia.

Bronwyn miró a los otros, consternada. Judith le sonrió con orgullo.

—¿Puedo presentarte a Miles?

Bronwyn alargó la mano, que Miles besó largamente.

—Ya está todo entendido, Miles —observó Stephen, sarcástico.

Gavin, riendo, le dio en el hombro tal palmada que el vino le salpicó la mano.

—¡Por fin tengo a alguien que me ayude con mi hermanito menor! Lady Bronwyn, ¿me permite presentarme con más formalidad? Soy Gavin Montgomery.

Bronwyn desprendió la mano de entre los dedos del menor; le costó un poco más desprender la mirada. En ese joven había algo muy intrigante. Alargó la mano a Gavin y se volvió hacia el otro hermano.

—Y usted tiene que ser Raine. He oído hablar mucho de usted.

—¿Bien o mal? —preguntó Raine, besándole la mano. Sonreía tanto que sus hoyuelos se habían profundizado.

—Casi siempre mal —respondió ella con franqueza—.

Uno de mis hombres, llamado Tam (un verdadero roble humano) adiestraba a Stephen en Escocia. Durante varias semanas seguidas el nombre de Raine fue usado como grito para incitar a Stephen cuando trataba de rehuir las tremendas exigencias de Tam.

El muchacho rió de buena gana.

—Sin duda daba resultado, pues esta mañana me ha derrotado en un forcejeo. —Echó un vistazo a Stephen—. Pero todavía no ha aceptado mi desafío a un combate mas prolongado.

Bronwyn dilató los ojos, estudiando los anchos hombros del joven y su voluminoso pecho.

—Yo diría que basta una oportunidad para derrotar a un hombre.

Raine la sujetó por los hombros para darle un sonoro beso en la mejilla.

—Cuida bien a ésta, Stephen —rió.

—Hago lo posible —respondió él tomándolo de la mano antes de que Miles volviera a apoderarse de ella—. La cena está servida. ¿Vamos a comer?

Ella le sonrió con dulzura, como si nunca hubieran reñido.

—Sí, por favor —fue la escueta respuesta.

Durante la cena, mientras desfilaban los diversos platos, Bronwyn comprendió que esas personas eran muy diferentes de los ingleses a los que había conocido antes. Esa familia feliz, sonriente, no guardaba ninguna semejanza con los hombres que ella había visto en casa de Sir Thomas Crichton. Judith se había tomado grandes y costosas molestias para que ella se sintiera a gusto. Los hermanos de Stephen la aceptaban sin hacer comentarios burlones por el hecho de que ella fuera jefa de un clan.

De pronto todo parecía dar vueltas y vueltas. Ella había crecido odiando a los MacGregor y a los ingleses. Ahora era madrina de un MacGregor y quería involuntariamente a esa cálida y afectuosa familia inglesa. Sin embargo, los MacGregor habían matado a los MacArran durante siglos y siglos. Los ingleses habían matado a su padre. ¿Cómo amar a quienes debía odiar?

—Lady Bronwyn —preguntó Gavin—. ¿El vino es demasiado fuerte para usted?

—No —sonrió ella—. Todo es perfecto. Y ése, me temo, es mi problema.

Él la estudió durante un instante.

—Debe usted saber que ahora todos nosotros somos también su familia. Si necesita de alguno de nosotros en cualquier momento, allí estaremos.

—Gracias —respondió ella, muy seria, sabiendo que era verdad.

Después de la comida, Judith llevó a Bronwyn a recorrer los terrenos dentro de las murallas. El castillo estaba dividido en dos secciones: la exterior, donde vivían los sirvientes, y el círculo interior, más protegido, para la familia. Bronwyn escuchó y formuló cientos de preguntas sobre aquella organización, increíblemente eficaz. Aquellas hectáreas de tierra encerradas por las murallas eran casi autosuficientes.

Stephen las detuvo mientras conversaban con el herrero. Judith estaba explicando a su cuñada una nueva técnica para forjar el metal.

—¿Puedo hablar contigo, Bronwyn? —pidió el joven.

Ella comprendió que se trataba de algo serio y le siguió al exterior de la fragua, donde pudieran dialogar en privado.

—Gavin y yo volveremos a Larenston para traer el cuerpo de Chris.

—A estas horas Tam lo habrá hecho sepultar.

Él asintió.

—Lo sé, pero creo que tenemos esa obligación para con la familia de Chris. Ni siquiera saben que ha muerto. Se sentirían algo mejor si pudieran sepultarlo en sus propias tierras.

Ella asintió.

—A Chris no le gustaba Escocia —añadió solemne.

Stephen le deslizó los nudillos por la cara.

—Será la primera separación desde nuestra boda. Me gustaría pensar… —Se detuvo, dejando caer la mano.

—Stephen… —empezó ella.

De pronto él la tomó entre sus brazos para estrecharla con fuerza.

—Ojalá pudiéramos volver a los días que pasamos con Donald y Kirsty. Entonces parecías feliz.

Ella se aferró a él. Pese a los peligros corridos, ella también recordaba esos días como una temporada feliz.

—Has llegado a representar mucho para mí —susurró él—.

No me gusta marcharme mientras te muestras tan… fría conmigo.

Como ella riera, Stephen la apartó de sí con el ceño fruncido.

—¿De qué te ríes? —preguntó enfadado.

—Pensaba que en este momento no me siento nada fría. Dime, ¿de cuánto tiempo disponemos antes de que partas?

—De algunos minutos —dijo él con tanta tristeza que ella volvió a reír.

—¿Y cuánto tardarás en volver?

Él le puso un dedo bajo la barbilla.

—Tres larguísimos días, como poco. Conozco a Gavin y sé que viajaremos a todo galope, en vez de detenernos a cada rato, como hacíamos tú y yo —añadió sonriente.

Ella le rodeó el cuello con los brazos.

—¿No me olvidarás en tu ausencia? —susurró, rozándole los labios con los suyos.

—Sería más fácil olvidar una tempestad —respondió él. Los esfuerzos de Bronwyn por apartarse le hicieron reír entre dientes—. Ven aquí, mujer.

Su boca tomó posesión de ella, haciéndole olvidar toda idea de honor y respeto. Ya nada recordaba, salvo sus travesuras en los páramos de Escocia. Apretó su cuerpo contra él y estrechó el abrazo.

—Stephen…

Él le cerró los labios con dos dedos.

—Cuando regrese tendremos que hablar largo y tendido. ¿Estás dispuesta?

Ella sonrió, feliz.

—Muy dispuesta, sí.

Stephen volvió a besarla, lleno de promesas para el porvenir, y se apartó con clara resistencia.

Fue por la noche cuando Bronwyn se dio cuenta de lo mucho que echaba de menos a Stephen. En aquella habitación encantadora, la enorme cama le resultaba fría e insoportable.

Pensó en Stephen, que estaría galopando hacia Escocia sin detenerse siquiera para dormir, y se maldijo por no haber insistido en acompañarle.

Cuanto más pensaba, más inquieta se sentía. Por fin arrojó a un lado los cobertores y se acercó rápidamente a un baúl que ocupaba un rincón del cuarto. En pocos minutos estaba sujetándose la manta escocesa al hombro. Tal vez un paseo por el frío patio la ayudaría a conciliar el sueño.

En cuanto estuvo fuera, un resonar de cascos levantó ecos contra los edificios que rodeaban el patio de ladrillos.

—¡Stephen! —exclamó ella, mientras echaba a correr, pues sabía que sólo los miembros de la familia podían entrar durante la noche.

—Lady Mary —saludó alguien en voz baja, ¡qué gusto volver a verla! ¿Ha tenido usted buen viaje?

—Inmejorable, James —respondió una voz suave y gentil.

—¿Quiere usted que llame a Lady Judith?

—No, no la molestes. Le hace falta descansar. Me las arreglaré sola.

Bronwyn, de pie en las sombras, vio que uno de los sirvientes ayudaba a desmontar a una mujer. Entonces recordó que Stephen solía comparar a su hermana con la Virgen, diciendo que vivía en un convento, a poca distancia del castillo, y que siempre imponía la paz.

—La esperábamos más temprano —dijo James—. Espero que no haya tenido usted ningún problema.

—Uno de los niños estaba enfermo y me quedé a atenderlo.

—Tiene usted demasiada bondad en el corazón, Lady Mary. No debería aceptar a hijos de mendigos. Algunos han sido engendrados por asesinos. Y tampoco las madres han de ser buena gente, a decir verdad.

Mary iba a decir algo, pero giró en redondo para mirar a Bronwyn con una sonrisa.

—Tenía una extraña sensación de que alguien me observaba. —Dio un paso adelante—. Tú debes ser Bronwyn, la esposa de Stephen.

El patio estaba en penumbra. La única luz era la del claro de luna y como una única farola. Mary era baja y regordeta con un perfecto rostro oval. Inspiraba confianza inmediatamente.

—¿Cómo te has dado cuenta? —sonrió Bronwyn—. No he podido engañar a ninguno de los Montgomery.

—Sé que los escoceses son fuertes. Y para soportar este viento sin necesidad hace falta mucha resistencia.

Bronwyn se echó a reír.

—Pasa al salón de invierno y en pocos minutos tendré un buen fuego encendido.

—Celestial —comentó Mary, sin sacar las manos de debajo de su grueso manto de lana.

Siguió a su cuñada hasta el gran salón y permaneció en silencio, mientras la muchacha preparaba los leños y encendía el fuego con sus propias manos. Luego sonrió, complacida de que una dama de tanto rango como Bronwyn se sintiera lo bastante segura de su dignidad como para no desdeñar los trabajos humildes.

La joven se volvió hacia ella.

—Debes estar cansada. ¿No preferirías que encendiera el fuego en tu cuarto?

Mary se instaló en una silla acojinada y acercó las manos al fuego.

—Estoy cansada, sí. Demasiado cansada para dormir. Prefiero estar un rato aquí, hasta entrar en calor.

Bronwyn puso el atizador en su soporte. Verdaderamente, Mary se parecía a la Virgen. Su frente se curvaba, alta y despejada, por encima de los ojos pardos, suaves, expresivos. Tenía la boca pequeña y delicada, con un hoyuelo en la mejilla. «Los hoyuelos de Raine», pensó Bronwyn.

—Qué alegría, estar nuevamente en casa —suspiró Mary. Y volvió a mirar a su cuñada—. ¿Por qué estás levantada? —preguntó de pronto—. ¿Acaso Stephen…?

Bronwyn, riendo, ocupó una silla a su lado.

—Ha vuelto a Escocia con Gavin para… para traer el cadáver de un amigo.

—Christopher —especificó Mary, suspirando.

—¿Lo sabías? —preguntó Bronwyn, casi temerosa.

—Sí, Stephen me lo contó en una carta.

Bronwyn guardó silencio un momento.

—¿Te dijo que la muerte de Chris fue culpa mía?

—¡No! Y no debes siquiera pensar así. Stephen dijo que Chris murió por su propia arrogancia. Que todos los ingleses cometían un suicidio cuando entraban en las montañas de Escocia.

—¡Pero los ingleses han matado a muchos montañeses! —protestó Bronwyn, con fiereza. De inmediato agregó—: Perdona. A veces olvido que…

—¿Que nosotros somos ingleses? Es todo un cumplido, sin duda. —Mary estudió a la muchacha a la luz del fuego—. Stephen me describió en las cartas tu hermosura, pero se quedó muy corto.

Bronwyn hizo una mueca.

—Da demasiado valor a la hermosura femenina.

Mary se echó a reír.

—Has descubierto lo que también descubrió Judith. Mis hermanos creen que todas las mujeres son como yo, sin vigor ni pasión.

Bronwyn levantó la vista.

—Pero, sin duda…

Mary la interrumpió con un gesto.

—¿Quieres decir que la hermana de hombres tan apasionados como los de mi familia ha de tener algo de fuego propio? —No aguardó la respuesta—. Pues no. Temo que yo tiendo a escapar de la vida. Las mujeres como Judith (¡y como tú!, a juzgar por lo que escribe Stephen) cogéis la vida con ambas manos.

Bronwyn no supo qué responder, extrañada por aquel diálogo. Conversaban como si se conocieran desde hacía años y no apenas unos minutos. Pero el silencio de la habitación y la luz del fuego parecían aisladas de los rincones oscuros, dando a todo un aspecto muy cotidiano.

—Dime, ¿te sientes sola? —preguntó Mary—. ¿Echas de menos las costumbres escocesas? ¿Tu familia, tus amigos?

La muchacha tardó un rato en responder.

—Sí, echo de menos a mis amigos —dijo, pensando en Tam, en Douglas, en todos los suyos—. Los añoro mucho.

—Y ahora también Stephen se ha ido. Tal vez mañana podamos pasear juntas a caballo. Me gustaría saber algo más de Escocia.

Bronwyn, sonriente, se reclinó en la silla. Le encantaría pasar el día con esa mujer. Transmitía paz y serenidad, cosas que Bronwyn necesitaba mucho en esos momentos.

Pasó los dos días siguientes con Lady Mary y no tardó mucho en quererla. Mientras Judith estaba atareada con la contabilidad y la tarea de administrar sus vastas fincas propias, además de las de Gavin, Mary y Bronwyn descubrieron su mutuo amor por la gente. La muchacha nunca había podido interesarse por los números, pero apreciaba mejor el grado de prosperidad de un sitio conversando con sus pobladores. Cruzó con Mary varias hectáreas de tierra y charló con todos. En un principio los siervos se mostraban tímidos, pero pronto respondían a la franqueza de la muchacha. Ella estaba habituada a hablar con los subordinados como si fueran sus pares. Mary vio que, uno a uno, hombres y mujeres enderezaban los hombros en un gesto de orgullo. Bronwyn hizo que los enfermos se acostaran. Pidió provisiones adicionales para los niños de algunas familias y se las dieron con alegría.

Pero no siempre era generosa con lo obtenido. Para ella los siervos eran personas, por eso no los miraba con compasión. Descubrió que varios hombres robaban a sus amos y se encargó de que se los castigara. Algunas familias leales y trabajadoras fueron puestas en cargos de mayor responsabilidad.

Al atardecer del primer día, Bronwyn pasó varias horas con Judith. Su cuñada la escuchó con admiración, captando de inmediato su sabiduría y aceptando todos sus consejos.

Por su parte, Bronwyn aprendió mucho sobre reorganización y eficiencia, reglas todas que planeaba aplicar en Larenston. Estudió los planos de Judith y sus diseños para huertas. Judith prometió enviarle una carreta de plantas jóvenes en la primavera.

Además, su cuñada era una maravilla para la crianza de animales. Bronwyn se quedó fascinada ante los cruces que había hecho en ovejas y vacas, hasta lograr que produjeran más carne, leche y lana.

Cuando se acostó estaba ya demasiado cansada como para permanecer despierta. Ante los ojos le bailaban planos y números, cientos de caras y nombres.

Por la mañana se despertó temprano. Llegó a los establos antes de que los habitantes del castillo despertaran, vestida otra vez con su atuendo escocés, pues había descubierto que la gente reaccionaba con entusiasmo ante las ropas sencillas.

Plantó una silla ligera en el lomo de una yegua.

—Permítame usted, señora mía —dijo una fuerte voz joven a su lado.

Era un hombre rubio y apuesto, de baja estatura: uno de los vasallos de Miles, que había acompañado a las dos mujeres el día anterior.

—Gracias, Richard.

Él la miró con ojos cálidos.

—¿Sabe usted mi nombre? Es todo un honor para mí.

Ella se echó a reír.

—¡Tonterías! En Escocia conozco por su nombre a cada uno de mis hombres, y ellos me llaman por el mío.

Él se inclinó para ajustar la cincha.

—He estado hablando con alguno de los hombres de Lord Stephen, que le acompañaron a Escocia. Cuentan que usted solía viajar por la noche, sola con sus hombres.

—Es cierto —respondió ella lentamente—. Soy una Mac-Arran, la jefa de mis hombres.

Él sonrió de manera lenta y provocativa.

—¿Me permite decir que envidio a sus montañeses? En Inglaterra no tenemos el gusto de que nos guíe una mujer, mucho menos tan hermosa.

Ella frunció el ceño y tomó las riendas del animal.

—Gracias —dijo secamente, alejándose del establo.

—¿Qué atrevimiento es ése? —siseó un hombre a espaldas de Richard. El mozo apartó la vista de la puerta que Bronwyn acababa de cerrar y se volvió hacia el otro.

—Nada que sea de tu incumbencia, George —dijo, apartando al caballero de un empellón.

George le agarró por un brazo.

—Te he visto hablando con ella y quiero saber qué le has dicho.

—¿Por qué? —le espetó el joven—. ¿La quieres sólo para ti? He oído lo que tú y el resto de los hombres de Stephen dijisteis de ella.

—¡*Lord* Stephen, querrás decir!

—¡No seas hipócrita! La llamas Bronwyn y hablas de ella como si fuera tu hermana menor, pero en cuanto alguien le dirige la palabra quieres desenvainar la espada. Pues te diré que, por mi parte, pienso tratarla como a la meretriz escocesa que es. Una verdadera dama no habla con los hombres y los siervos, a menos que busque lo que les cuelga entre las piernas. Y yo...

George plantó el puño en la boca de Richard sin darle tiempo a decir una palabra más.

—¡Te voy a matar! —chilló, agarrándole por el cuello.

El joven logró esquivarle. Cruzó las manos y las descargó contra la nuca de George, que cayó despatarrado, de bruces en la paja.

—¿Qué pasa aquí? —preguntó Bronwyn, desde el umbral. George se incorporó, frotándose el cuello. A Richard le sangraba la nariz.

—He hecho una pregunta —insistió Bronwyn, sin levantar la voz, observando a los dos hombres—. No quiero saber la causa de esta riña, pues eso es cosa vuestra. Pero quiero saber quién descargó el primer golpe.

Richard miró a George con toda intención.

—Fui yo, mi señora —dijo el hombre, levantándose.

—¿Tú, George? Pero si...

La muchacha se interrumpió. Debía existir un buen motivo para que ese hombre, tan sereno y ecuánime, iniciara una pelea. Richard, en cambio, no le inspiraba confianza. El día anterior había mirado con demasiada lascivia a las siervas jóvenes. Pero no podía dejarlos juntos y solos, ni llevar consigo al que había iniciado la riña. Lo mejor era llevar a Richard consigo y proteger al hombre de Stephen.

—Richard —dijo, serena—, hoy irás con Lady Mary y conmigo.

Miró con pena a George y abandonó los establos.

—Arde por mí, hombre —rió el mozo.

Y salió antes de que George pudiera atacarle otra vez.

15

Mary subió a la montura, desviando hacia su cuñada una mirada soñolienta. ¿Sabría esa muchacha lo que eran el frío o el agotamiento? Habían pasado todo el día anterior a caballo y los guardias que las seguían estaban ya cansados. Después Bronwyn se había sentado a conversar con Judith y a hacerle preguntas hasta pasada la medianoche.

Mary se desperezó con un bostezo y sonrió. No era de extrañar que, según las cartas recibidas, Stephen tuviera que esforzarse para seguir el paso a su esposa. De pronto se preguntó si su hermano habría dicho alguna vez a Bronwyn lo mucho que la admiraba. Sus misivas estaban llenas de alabanzas para su nuevo pueblo y la vida que llevaba; sobre todo, para su valiente esposa.

Mary azuzó a su caballo para alcanzar a Bronwyn. La escocesa ya se estaba deteniendo ante la cabaña de un siervo. El sol ya estaba alto cuando se detuvieron, por fin, en la ladera de una colina. Los hombres se tendieron en el césped, respirando profundamente, y se dedicaron a comer con apetito pan, vino y queso.

Mary y Bronwyn se sentaron en la cima de la colina en un sitio desde donde la muchacha podía ver todo el paisaje. Mary había empleado sus últimas fuerzas para seguirla.

—¿Qué ha sido eso? —preguntó Bronwyn de súbito.

Mary aguzó el oído, pero sólo percibió el suave susurro del viento y las voces de los guardias.

—¡Otra vez! —apuntó Bronwyn, mirando por encima del hombro. Rab se acercó a golpearla con el hocico—. Sí, muchacho —susurró ella mientras se levantaba con rapidez—. Alguien tiene problemas —le dijo a Mary.

Y echó a correr hacia la cima, seguida por el perro.

Los guardias levantaron la vista, pero optaron por dejar a las mujeres en la intimidad, suponiendo que alguna llamada de la naturaleza las hacía buscar el otro lado de la colina.

Mary aguzó la vista pero no logro ver nada. Allí abajo había un estanque, con los bordes medio congelados; grandes láminas de hielo delgado flotaban en el agua.

Bronwyn forzó la vista hasta que Rab, de pronto, dio un ladrido agudo.

—¡Allí! —exclamó la muchacha, mientras echaba a correr.

Mary, aunque no veía nada, se recogió las pesadas faldas para seguirla. Sólo cuando estaba a medio camino hacia el estanque vio la cabeza y los hombros del niño atrapado en el agua helada.

Mary sintió que por la espalda le corría un escalofrío y corrió más de prisa. Pasó junto a Bronwyn sin darse cuenta y se metió directamente en el agua para sujetar a la criatura.

El niñito la miró con grandes ojos inexpresivos. Sólo disponían de pocos minutos antes de que se congelara.

—¡Está atrapado! —anunció Mary a su cuñada—. ¡Al parecer tiene el pie sujeto por algo! ¿Puedes arrojarme tu cuchillo?

La mente de Bronwyn funcionó a toda prisa. Sabía que la criatura no podía soportar ese frío por mucho tiempo más. Era esencial ahorrar segundos. Si arrojaba el cuchillo a Mary y ella no lograba cogerlo, probablemente perderían al niño. Y sólo había un modo de asegurarse que la mujer no lo perdiera.

—¡Rab! —llamó Bronwyn. El perro reconoció su tono de urgencia—. Corre en busca de los hombres y pide ayuda. Tráelos. Necesitamos ayuda, Rab.

El perro salió disparado como una flecha, pero no se encaminó hacia los guardias que esperaban al otro lado de la comida.

—¡Maldición! —protestó Bronwyn. Pero ya era demasiado tarde para llamar al perro.

Con el cuchillo en la mano, se introdujo en el agua fría, moviéndose con tanta rapidez como lo permitían las plantas acuáticas. Mary se estaba poniendo azul de frío, pero retenía al niño, cuya cara comenzaba a adquirir un tono gris.

Bronwyn se arrodilló; el agua golpeó contra su pecho como una pared de ladrillos. Buscó a tientas las piernas del niño y palpó las plantas que lo retenían. Los dientes empezaban a castañetearle, pero aserró los duros tallos.

—¡Está libre! —susurró al cabo.

Vio que la cara de Mary comenzaba a perder su tono azulado para ponerse gris, el más peligroso, y se arrodilló para levantar al niño. —¿Puedes seguirme? —preguntó a Mary, por encima del hombro.

La otra no tenía energías suficientes para responder. Concentró todas sus fuerzas en mover las piernas y seguir a la silueta de Bronwyn, que se movía de prisa.

La muchacha apenas había llegado al borde del estanque cuando alguien le quitó el niño de los brazos. Al levantar la vista se encontró con la seria cara de Raine.

—¿Cómo…? —preguntó ella.

—Miles y yo veníamos a caballo a vuestro encuentro cuando nos cruzamos con tu perro, que saltaba como un demonio —explicó Raine, sin dejar de moverse. Puso al niño en brazos de uno de sus hombres y envolvió con su manto los hombros fríos y mojados de la muchacha.

—¿Y Mary? —preguntó Bronwyn estremecida.

—Miles se encarga de ella.

Raine subió a su cuñada a la silla y montó tras ella.

Volvieron apresuradamente al castillo Montgomery. Raine dominaba a su caballo con una sola mano; con la otra masajeaba los hombros y los brazos de la muchacha. Ella comprendió que se estaba congelando y trató de acurrucarse contra el sólido calor del joven.

Una vez dentro de los portones, Raine la llevó hasta la alcoba y la depositó en medio del cuarto, para acercarse a un arcón, del que sacó una gruesa bata de lana dorada.

—Toma, ponte esto —ordenó, mientras le volvía la espalda para echar leña al fuego.

Bronwyn trató de quitarse la camisa, pero le temblaban los dedos y la tela mojada se le adhería como otra piel. La bata era gruesa y pesada, pero aun así ella no se sintió más abrigada. Raine, al ver su cara sin color, la envolvió entre sus brazos y se sentó ante el fuego, con ella en el regazo, arrebujándola en aquella enorme prenda, que era de Stephen. Ella recogió las piernas contra el pecho y hundió la cabeza en el amplio pecho de su cuñado. Pasaron varios minutos antes de que dejara de temblar.

—¿Y Mary? —susurró al cabo.

—Miles está cuidando de ella. A estas horas Judith ha de haberla sumergido en una tina llena de agua caliente.

—¿Y la criatura?

Raine la miró con atención. Sus ojos tomaron un tono de azul más oscuro.

—¿Sabéis que era sólo el hijo de un siervo? —preguntó en voz baja.

Ella se apartó con brusquedad.

—¿Y eso qué importa? Necesitaba ayuda.

Raine, sonriendo, la estrechó nuevamente contra el pecho.

—Supuse que no te importaría. Y estaba seguro de que a Mary tampoco. Pero tendrás problemas con Gavin. Él no sería capaz de arriesgar un solo cabello de sus parientes por todos los siervos del mundo.

—Después de entenderme con Stephen durante meses enteros, creo poder arreglármelas con Gavin —suspiró ella. Raine soltó una carcajada que se inició en su vientre plano. Ella la sintió antes de oírla.

—¡Bien dicho! Veo que conoces a mis hermanos mayores.

Ella le sonrió contra el pecho.

—¿Por qué no te has casado, Raine?

—La pregunta universal de las mujeres —rió él—. ¿No se te ha ocurrido la posibilidad de que ninguna me acepte?

La sugerencia era tan absurda que ella no se molestó en replicar.

—En realidad, en los últimos ocho meses he rechazado a seis mujeres.

—¿Por qué? —inquirió ella—. ¿Eran demasiado feas, demasiado flacas, demasiado gordas? ¿O ni siquiera las has visto personalmente?

—Las conocía —replicó él—. No soy como mis hermanos, que no tienen inconveniente en no conocer a la novia hasta el día de la boda. Los padres me hicieron ofertas matrimoniales y yo pasé tres días con cada una de ellas.

—Pero las rechazaste a todas.

—En efecto.

Ella suspiró.

—¿Qué esperas de una mujer? Sin duda alguna de ellas era bastante bonita.

—¡Bonita! —resopló el mozo—. ¡Tres de ellas eran verdaderas bellezas! Pero busco algo más que belleza en una mujer. Quiero una muchacha que use la cabeza para algo más que para copiar diseños de bordado. —Le chisporrotearon los ojos—. Quiero una mujer capaz de meterse en un estanque helado para salvar al hijo de un siervo, a riesgo de su propia vida.

—Pero cualquier mujer que hubiera visto al niño…

Raine desvió la vista hacia el fuego.

—Tú y Mary sois especiales. Y también Judith. ¿Sabías que Judith se puso a la cabeza de los hombres de Gavin para rescatar a su esposo, prisionero de un loco? Y para salvarle arriesgó su propia vida. —Le sonrió—. Estoy esperando a que aparezca una como tú o como Judith.

Bronwyn se quedó pensativa.

—No, no creo que nosotras seamos lo que necesitas. Gavin está atado a la tierra y Judith también; ellos concuerdan. Para mí, el lazo es Escocia y Stephen tiene libertad para vivir allí conmigo. Pero tú… Me parece que nunca te quedas mucho tiempo en un mismo lugar. Necesitas de alguien que sea tan libre como tú. Alguien que no esté atada a un trozo de roca o piedra.

Raine la miró boquiabierto. Luego sonrió.

—No voy a preguntarte cómo sabes todo eso. Sin duda eres bruja. Pero puesto que pareces saber tanto sobre mí, me gustaría formularte algunas preguntas personales. —Hizo una pausa para mirarla a los ojos—. ¿Qué pasa entre Stephen y tú? ¿Por qué estás siempre enfadada con él?

Bronwyn tardó en responder. Conocía la estrecha relación que existía entre los hermanos y no estaba segura de cómo tomaría Raine una crítica contra Stephen. Pero ¿cómo mentir?

Suspiró hondo y dijo la verdad.

—Stephen piensa que yo no tengo honor ni orgullo. Le es más fácil creer en la palabra de cualquiera que en la mía. En Escocia opinaba que cuanto yo hacía estaba mal, y a veces era cierto, pero él no tenía derecho a tratarme como si me equivocara siempre.

Raine asintió, comprendiendo. Gavin también había tardado bastante en comprender que Judith era algo más que un cuerpo bonito. Pero antes de que pudiera decir una palabra, la puerta se abrió de par en par. Stephen, sucio y cansado, entró como la tempestad.

—¡Miles dijo que Bronwyn había saltado a un lago helado! —tronó—. ¿Dónde está?

En el momento en que lo decía la vio en el regazo de su hermano. Dio grandes pasos a lo largo de la habitación y se la arrebató.

—¡Maldita seas! —vociferó—. ¡No puedo dejarte por unas horas sin qué te metas en problemas!

—¡Suéltame! —indicó ella fría.

Llevaban varios días separados y era la primera vez que no viajaban juntos. Pero todo lo que a él se le ocurría era maldecirla.

Stephen debió de captar en parte sus pensamientos, pues la depositó en el suelo y le tocó la mejilla, murmurando:

—Bronwyn...

Ella recogió el ruedo de la bata y se encaminó hacia la puerta. Era una de esas pocas mujeres en el mundo entero que pueden mantener la dignidad aun descalzas y con una bata cuyas mangas cuelgan varios centímetros más allá de las muñecas. Apoyó la mano en el pomo de la puerta y, sin volverse, dijo:

—Algún día descubrirás que no soy una niña ni una idiota.

Abrió la puerta y se marchó. Stephen dio un paso hacia ella, pero lo detuvo la voz de Raine.

—Siéntate y déjala en paz —dijo en tono resignado.

Stephen clavó la vista en la puerta cerrada. Luego se volvió para ocupar una silla frente a la de su hermano y deslizó una mano por su pelo sucio.

—¿No ha sufrido daños? ¿Está bien?

—Por supuesto —fue la confiada respuesta—. Es fuerte y saludable. Además, tú mismo dices que los escoceses pasan la mayor parte de la vida a la intemperie.

Stephen miró el fuego fijamente.

—Lo sé —reconoció.

—¿Qué te pasa? No eres el de siempre.

—Es por Bronwyn —susurró él—. Esa mujer será mi muerte. Una noche, en Escocia, decidió atacar al clan enemigo. A fin de asegurarse de que yo no me interpusiera, me drogó.

—¿Qué? —estalló Raine, comprendiendo todo el peligro implícito en ese acto.

Stephen hizo una mueca.

—Uno de sus hombres descubrió lo que había hecho y ayudó a que me despertaran. Cuando la hallé estaba descolgándose por un acantilado, atada a una soga por la cintura.

—¡Por Dios! —exclamó Raine.

—No sabía si castigarla o encerrarla para protegerla de sí misma.

—¿Y qué hiciste?

Stephen se reclinó en la silla. Su voz sonó disgustada.

—Lo que hago siempre: terminé haciéndole el amor.

Raine rió entre dientes.

—A mi modo de ver, el problema sería que ella fuera egoísta y sólo se interesara por sus propias cosas.

Stephen se levantó para acercarse al fuego.

—Se interesa muy poco en sus propias cosas. A veces hace que yo sienta vergüenza de mí mismo. Cuando se trata de su clan hace lo que cree mejor sin tener en cuenta su propia seguridad.

—¿Y tú te preocupas por ella? —preguntó Raine.

—¡Por supuesto! ¿Por qué no se quedará en casa, a tener hijos y cuidarlos... y a cuidarme a mí, como debe hacer toda esposa? ¿Por qué tiene que encabezar ataques, grabar sus iniciales en el pecho de un hombre, enrollarse en su manta y dormir en el suelo, perfectamente cómoda? ¿Por qué no es...?

—¿Una muchachita llena de hoyuelos y de voz meliflua, que te mire con ojos de adoración y te borde todos los cuellos de las camisas? —sugirió Raine.

Stephen se dejó caer en la silla.

—No es eso lo que quiero, pero debe de existir un término medio.

—¿De veras quieres cambiarla? —preguntó Raine—. ¿Por

qué te enamoraste de ella, para empezar? Y no me digas que fue por su belleza. Te has acostado con muchas mujeres hermosas sin enamorarte de ellas.

—¿Tanto se nota?

—Lo noto yo. Probablemente Gavin y Miles también, pero creo que Bronwyn no. Ella cree que no la quieres en absoluto.

Stephen suspiró.

—No he conocido nunca a nadie como ella, hombre o mujer. Es tan fuerte, tan noble… casi como un hombre. ¡Si vieras cómo la tratan los de su clan! Los escoceses no son como nosotros. Los hijos de los siervos corren a abrazarla y ella besa a todos los bebés. Conoce a todos los que habitan sus tierras y los llama a todos por su nombre.

»Prescinde de ropas y de comida para que su clan tenga más. Una noche, más o menos un mes después de casarnos, vi que envolvía pan y queso en su manta. No me prestaba atención a mí, pero vigilaba sin cesar a Tam, un hombre que con frecuencia actúa como si fuera su padre. Me di cuenta de que estaba tratando de ocultarle algo y, después de la cena, la seguí hasta fuera de la península. Llevaba comida a uno de los hijos de un granjero: un niñito mohíno que se había escapado de su casa.

—¿Y qué le dijiste?

Stephen sacudió la cabeza al recordar.

—Yo, el gran sabio, le dije que debía enviar al niño a casa de sus padres en vez de alentarle a huir.

—¿Y qué contestó ella?

—Que el niño era tan importante como los padres y que no tenía derecho a traicionarle sólo por ser pequeño. Dijo que en unos pocos días él volvería a su casa y aceptaría el castigo que correspondiera.

Raine emitió un grave silbido de admiración.

—Me parece que puede enseñarte unas cuantas cosas.

—¿Te parece que no lo ha hecho ya? Me ha cambiado toda la vida. Fui a Escocia como inglés y ahora… mírame. No soporto estas ropas inglesas. Con el pelo corto me siento como Sansón. El paisaje inglés me parece seco y caliente comparado con el de su patria. ¡La patria! Juro que siento nostalgia de un sitio que desconocía hasta hace pocos meses.

—¿Le has dicho a Bronwyn lo que sientes? ¿Le has dicho que la amas y que sólo te preocupa su seguridad?

—Lo he intentado. Una vez traté de decirle que la amaba y ella respondió que no importaba, que para ella valían más el honor y el respeto.

—Pero por lo que dices me doy cuenta de que se los otorgas.

Stephen sonrió.

—No es fácil hablar con Bronwyn. Antes de llegar a casa tuvimos… una discusión, o algo así.

Y resumió lo ocurrido en casa de Hugh Lasco.

—¡Hugh! —exclamó Raine—. Nunca me gustó mucho ese hombre tan lento.

—Pues Bronwyn no recibió la misma impresión, al parecer —apuntó Stephen, disgustado.

Su hermano se echó a reír.

—¡No me digas que te has contagiado de los celos de Gavin!

El otro se dio la vuelta bruscamente.

—¡Ya verás cuando te obsesiones por una mujer! Entonces no tendrás la cabeza tan fría.

Raine levantó la mano.

—Espero que para mí el amor sea una alegría y no una enfermedad como la que parece consumirte.

Stephen fijó la vista en el fuego. A veces su amor por Bronwyn le parecía una enfermedad. Era como si ella le hubiera robado el alma junto con el corazón.

Cuando Bronwyn salió de su propia habitación fue a la de Mary. La encontró en cama. Judith rondaba a su alrededor, poniéndole ladrillos calientes por todo el lecho.

—Judith —protestó Mary en voz baja—, no voy a morir por un poco de agua fría. —Sonrió a Bronwyn—. Ven, ayúdame a convencer a Judith que nuestra aventura no ha sido mortal.

La escocesa sonrió a sus cuñadas, sin dejar de observar a la mayor. Su piel pálida estaba más descolorida que nunca, pero con manchas muy rojas en las mejillas.

—No ha sido nada —dijo—, pero te envidio ese dominio de ánimo que te permite descansar. —Le brillaron los ojos—. Estoy tan entusiasmada por el vestido nuevo que me ha prometido Judith que no puedo estarme quieta. ¿No podríamos verlo ahora? —dijo a Judith sugerente.

Ella comprendió en seguida y las dos se retiraron en silencio.

—¿Te parece que se repondrá sin dificultades? —preguntó Judith, en cuanto estuvieron en el pasillo.

—Sí. Me doy cuenta de que necesita descansar. No creo que nuestra Mary pertenezca por completo a este mundo. Creo que el cielo posee una parte de ella. Tal vez por eso es tan débil.

—Sí —acordó Judith—. Respecto a ese vestido…

Bronwyn lo desechó con la mano.

—Era sólo una excusa para que Mary pudiera descansar.

Judith se echó a reír.

—Por bien que te siente la bata de Stephen, no sustituye al traje que necesitas. Acompáñame. Y no quiero excusas.

Una hora después Bronwyn lucía un vestido de terciopelo verde intenso, con anchos bordes de zorro colorado. Tenía gruesos cordones dorados sujetos a los hombros; le colgaban hasta debajo del profundo escote cuadrado.

—Es muy bonito, Judith —susurró Bronwyn—. No sé cómo agradecértelo. Todos vosotros habéis sido muy generosos.

Judith la besó en la mejilla.

—Ahora debo continuar con el trabajo del día. Tal vez a Stephen le guste verte con el traje nuevo —sugirió.

La escocesa le volvió la espalda. Stephen no haría sino quejarse de que el escote era demasiado profundo o de cualquier otra cosa por el estilo.

Cuando Judith se hubo ido, Bronwyn bajó al patio, con un manto forrado de piel de zorro sobra los hombros, y caminó hacia los establos.

—Bronwyn —dijo una voz poco familiar, dentro de aquel lugar oscuro.

Ella miró hacia las sombras y vio allí al hombre que había peleado con George por la mañana.

—Sí —dijo muy seca—. ¿Qué sucede?

Al hombre le brillaban los ojos en la penumbra.

—Ese vestido inglés le sienta muy bien, señora.

Antes de que ella pudiera replicar, sus modales se volvieron más formales.

—Se dice que los escoceses son muy buenos con el arco. —Aquello parecía divertirlo—. ¿Me enseñaría usted a manejarlo mejor?

Ella pasó por alto cierto asomo de risa en su voz. Tal vez era una defensa, por si ella se negaba. Pero Bronwyn había pasado muchas horas aprendiendo a manejar el arco y estaba habituada a adiestrar a los hombres. No dejaba de ser una suerte que ese inglés quisiera aprender las técnicas escocesas.

—Será un placer enseñarte —dijo. Y siguió su camino... para encontrarse contra el duro pecho de Stephen.

El hombre se apresuró a alejarse.

—¿Qué le estabas diciendo? —preguntó Stephen directamente.

Ella se soltó.

—¿Alguna vez vas a hablarme sin enfado? ¿Por qué no eres como los otros esposos, que saludan a sus esposas con afecto? Hace días que no nos vemos, pero no haces otra cosa que maldecirme.

Él la estrechó en sus brazos, susurrando:

—Bronwyn, vas a acabar conmigo. ¿Por qué tuviste que saltar a ese estanque helado en pleno invierno?

Ella se apartó.

—Me niego a responder a ese tipo de preguntas.

Él volvió a estrecharla y la besó con fuerza, magullándola. Parecía querer algo más que un beso.

—Te he echado de menos —susurró—. He pensado en ti cada minuto.

El corazón de Bronwyn palpitaba con fuerza. Tenía la sensación de que iba a fundirse contra aquel pecho. Pero las palabras siguientes quebraron el hechizo.

—El hombre con quien hablabas cuando entré, ¿era uno de los de Miles?

Ella trató de apartarse otra vez.

—¿Otra vez celos? Se perciben en tu voz.

—No, Bronwyn, escúchame. Sólo quiero advertirte de algo.

Los ingleses no son como tus montañeses. No puedes hablar con ellos como si fueran hermanos tuyos. En Inglaterra es muy frecuente que las damas se acuesten con los soldados de sus esposos.

Bronwyn abrió muy grandes los ojos.

—¿Me estás acusando de acostarme con tus hombres? —exclamó.

—No, por supuesto, pero...

—Pero me acusaste de hacerlo con Hugh Lasco.

—¡Hugh Lasco es un caballero! —le espetó Stephen.

Bronwyn estuvo a punto de alejarse de un brinco.

—¡Bueno! Por lo menos me tomas por una meretriz con pretensiones.

Giró en redondo y echó a andar hacia la puerta. Stephen la sujetó por el brazo.

—No te acuso de nada. Sólo trato de explicarte que las cosas no son aquí como en Escocia.

—Conque ahora soy tan estúpida que no sé apreciar la diferencia entre un país y otro. ¡Tú puedes, pero yo no!

Él la miró fijamente.

—¿Qué te pasa? Estás actuando de un modo extraño en ti.

Ella le volvió la espalda.

—¿Y qué sabes tú de mí? Nunca haces otra cosa que maldecirme. De cuanto hago fuera de la cama, nada te complace. Si me pongo a la cabeza de mis hombres, te enfureces. Si trato de salvar a un siervo de tu hermano, te enojas. Si soy bondadosa con tus hombres, me acusas de acostarme con ellos. Dime. ¿Qué puedo hacer para complacerte?

Stephen la fulminó con una fría mirada.

—No sospechaba que te resultara tan desagradable. Te dejaré en paz.

Y se alejó muy rígido.

Bronwyn le siguió con la vista; los ojos se le estaban llenando de lágrimas. ¿Qué le pasaba, en realidad? Stephen no la había acusado de acostarse con ese hombre y estaba en su perfecto derecho al prevenirla de algo que él podía pensar. ¿Por qué no le daba la bienvenida que hubiera deseado? Sólo quería estar entre sus brazos y dejarse querer. Pero algo le impulsaba a iniciar una riña cada vez que le tenía cerca.

De pronto sintió que le dolía todo el cuerpo. Se llevó la

mano a la frente. No estaba habituada a sentirse mal. Y en ese momento cayó en la cuenta de que llevaba varios días sin prestar atención a ese malestar. Claro que no podía sentarle bien quedarse conversando hasta la madrugada con Judith. Y esa mañana había entrado en un estanque medio congelado. Salió del establo maldiciendo para sus adentros el insalubre clima inglés.

—Bronwyn —la llamó Judith—, ¿quieres un poco de pan fresco?

Bronwyn se apoyó contra la pared de piedra de los establos. La discusión le había revuelto el estómago y sólo de pensar en comida le daba náuseas.

—No —susurró apretándose el estómago.

—¿Qué te pasa, mujer? —preguntó Judith, dejando su cesto—. ¿No te sientes bien? —Le apoyó una mano en la frente—. A ver, siéntate —indicó, conduciéndola hasta un barril puesto contra la pared—. Respira hondo y se pasará.

—¿El qué? —preguntó Bronwyn, brusca.

—La náusea.

—¿Qué? ¿De qué estás hablando?

—A menos que me equivoque, vas a tener un hijo. —Y sonrió ante la expresión de su cuñada—. Descubrirlo es desconcertante. —Se acarició el vientre—. Daremos a luz más o menos por la misma época —agregó orgullosa.

—¡Tú! ¿Tú también vas a tener un bebé?

Judith tenía una sonrisa distraída.

—Sí. Perdí el primero, ¿sabes? Ahora me cuido tanto que ni siquiera se lo digo a nadie. Sólo lo sabe Gavin, por supuesto.

—Desde luego. —Bronwyn apartó la vista un segundo, pero volvió a mirarla—. ¿Cuándo nacerá tu bebé?

—Dentro de siete meses —rió su cuñada.

—¿De qué te ríes? Necesito un poco de buen humor en estos momentos.

—Sólo pensaba en que mi madre podrá venir a atenderme durante mi cuarentena. —Judith hizo una pausa y explicó—: Pensaba que no podría venir, porque debíamos dar a luz al mismo tiempo.

—¡Tienes a tu madre viva! ¡Qué suerte poder contar con tus padres!

—Sólo con ella. —Judith sonrió—. Mi padre murió hace varios meses.

—¿Y si el niño no es de él? —preguntó Bronwyn en voz baja.

—Oh, no, y me alegro mucho de eso. Mi padre le pegaba con frecuencia. Después, ella estuvo cautiva en compañía de John Bassett, el segundo de Gavin. Al parecer mi madre y él descubrieron una extraordinaria manera de entretenerse.

Bronwyn se echó a reír.

—Sí —continuó Judith—. Cuando Gavin descubrió que había un niño en camino permitió que John se casara con mi madre.

—¿Y ella ya ha dado a luz?

—Faltan un par de meses. Cuando llegue mi fecha ella ya estará repuesta y en condiciones de viajar. Bueno, debo volver a mi trabajo. ¿Por qué no te sientas y descansas?

—Has dicho que tu madre había estado cautiva, Judith. ¿Cómo logró escapar?

Los ojos de Judith se oscurecieron con el recuerdo.

—Yo maté a su secuestrador y los hombres de Stephen derribaron la muralla del viejo castillo.

Bronwyn le leyó el dolor en los ojos y, sin más preguntas, la dejó alejarse hacia el portón que separaba en dos partes las tierras del castillo.

Pasó mucho tiempo inmóvil. «¡Un bebé!», pensaba. Una cosa dulce y tierna, como el de Kirsty. Su mente pareció abandonarla. Apenas se dio cuenta de que estaba caminando. Pensaba en Tam y en lo orgulloso que se sentiría de ella. Sonrió, soñadora, al imaginar la reacción de Stephen ante la noticia. ¡Qué feliz sería! La levantaría en brazos, arrojándola por los aires, riendo de placer. Y después discutirían con respecto al nombre del niño: ¿MacArran o Montgomery? Seria MacArran, por supuesto y sin lugar a dudas.

Continuó caminando como en sueños, y sin darse cuenta llegó al portón abierto. Los hombres que custodiaban la entrada no le dieron la voz de alto ni la estorbaron en modo alguno.

Ella iba pensando en el nombre que daría a su hijito. James, como su padre, y tal vez otro nombre por la familia paterna. ¿Y si era niña? Sonrió con calidez: el clan MacArran tendría dos jefas sucesivamente. Enseñaría a su hija todo lo necesario para que fuera una buena jefa.

—Señora mía —dijo alguien.

Bronwyn miró al hombre con una sonrisa angelical.

—Estoy bien —replicó de manera vaga—. Más que bien.

El hombre desmontó para acercársele.

—Ya me doy cuenta —murmuró, arrimándole los labios al oído.

Bronwyn le prestó poca atención. Sólo podía pensar en su hijo, a Morag le encantaría tener a otro bebé para cuidar. Eso se estaba diciendo cuando los labios del hombre le tocaron la oreja. Eso la sacó de sus ensoñaciones, obligándola a apartarse de un brinco.

—¡Cómo te atreves!—exclamó.

Salvo Stephen, nunca nadie la había tocado sin su permiso. Echó una mirada en derredor y sólo entonces se dio cuenta de lo mucho que se había alejado del castillo. Richard interpretó mal aquella actitud.

—No tiene usted por qué preocuparse. Estamos solos y, como Lord Gavin acaba de regresar desde Escocia, todo el mundo está muy ocupado; tenemos tiempo.

Ella retrocedió. Por la mente le cruzaron mil pensamientos. Las advertencias de Stephen era un grito en su mente. Y la preocupación por su bebé ocupaba la mayor parte de su cerebro. «¡Por favor, que mi hijo no sufra daño alguno!»

—No tiene usted por qué temerme —continuó Richard con meliflua voz—. Podríamos divertirnos juntos.

Bronwyn irguió los hombros.

—Soy Bronwyn MacArran. Vuelve al castillo.

—¡MacArran! —rió él—. Los hombres decían que eras una mujer independiente, pero nunca supe que llegaras al punto de repudiar a tu esposo.

—Me estás insultando. Vete. Déjame en paz.

Richard perdió la sonrisa.

—¿Crees que voy a dejarte después de lo mucho que me has provocado? Esta mañana me elegiste para que te acompañara. Apostaría a que sentiste no tener oportunidad de estar a solas conmigo.

Ella se quedó horrorizada.

—¿Eso fue lo que pensaste? ¿Que deseaba estar a solas contigo?

Él le tocó la cabellera; su meñique le rozó el pecho. Bronwyn abrió mucho los ojos y buscó a Rab con la vista. El perro la acompañaba siempre.

—Tomé la precaución de encerrar a tu perro en un granero —sonrió Richard—. Anda, deja esos juegos. Sabes que me deseas tanto como yo a ti.

La agarró por la cabellera y hundió sus labios en los de ella.

Bronwyn sintió que la recorrían oleadas de furia. Se relajó en aquellos brazos, recostada hacia atrás. En el momento en que él se inclinaba hacia adelante para presionar el cuerpo contra ella, Bronwyn levantó la rodilla.

Richard gruñó, soltándola bruscamente. Bronwyn se tambaleó y tropezó con su falda de terciopelo. Jurando por lo bajo, recogió en las manos la tela y echó a correr, pero la falda seguía enredándose a sus piernas, impidiéndole correr. Tropezó una vez más; entonces se echó el terciopelo al brazo. A la tercera oportunidad Richard cayó sobre ella. Le sujetó un tobillo y la hizo caer de bruces, jadeante. Entonces le deslizó una mano por las piernas.

—Y ahora, mi fiera escocesa, veremos qué utilidad podemos dar a tanto fuego.

Bronwyn trató de darle patadas, pero él la mantuvo inmovilizada contra el suelo. Agarró su vestido y lo desgarró, exponiendo al aire frío la piel de su espalda.

—Bueno —dijo, apoyándole los labios contra el cuello.

Un momento después Richard aullaba, atacado por una masa de pelo gris y dientes afilados. Bronwyn rodó para alejarse, mientras el hombre trataba de levantarse para luchar contra Rab.

Un brazo la levantó del suelo. Miles la retuvo contra sí con un brazo, mientras desenvainaba la espada con el otro.

—Llama a tu perro —le dijo en voz baja.

—¡Rab! —ordenó Bronwyn con voz insegura.

El perro, con desgana, abandonó a su víctima para acercarse a ella. Richard trató de levantarse. Tenía sangre en el brazo y en el muslo. Sus ropas estaban desgarradas en varios lugares.

—¡Ese maldito perro me atacó sin motivo! —comenzó—. Lady Bronwyn cayó y yo me detuve a ayudarla.

Miles se apartó un paso de su cuñada, con los ojos duros como el acero.

—Nadie toca a las mujeres Montgomery —dijo con voz mortífera.

—¡Ella me buscó! —adujo el hombre—. Me pidió que…

Fueron sus últimas palabras. La espada de Miles le atravesó directamente el corazón. El joven se limitó a echarle una mirada rápida, aunque era uno de sus propios hombres, y se volvió hacia Bronwyn. Parecía adivinar cómo se sentía: indefensa y violada.

La rodeó con sus brazos y la estrechó contra sí.

—Ya estás a salvo —dijo, sereno—. Nadie más tratará de hacerte daño.

De pronto empezó a temblarle el cuerpo. Miles la abrazó aún más.

—Dijo que yo le había alentado —susurró ella.

—Calla. Lo he estado observando. No comprende tus costumbres escocesas.

Bronwyn se apartó para mirarle.

—Es lo que dijo Stephen. Me advirtió que no debía hablar con los hombres, asegurando que los ingleses no lo comprenderían.

Miles le apartó el pelo de la frente.

—Entre toda dama inglesa y los hombres de su esposo hay una formalidad que no existe en tu cultura. Ahora volvamos a casa. Sin duda alguien me ha visto seguir a tu perro.

Bronwyn echó una mirada al cadáver.

—Él encerró a Rab y yo ni siquiera me di cuenta. Estaba…

Pero no podía decir a nadie lo del bebé hasta que Stephen lo supiera.

—Yo oí ladrar al perro. En cuanto lo solté se volvió loco. Me llamaba y husmeaba el suelo. —Miles miró con admiración al perrazo—. Sabía que estabas en dificultades.

Ella se arrodilló para frotar la cara contra el áspero pelaje de Rab. Un ruido de cascos hizo que ambos se volvieran. Gavin y Stephen se acercaban a paso rápido. Stephen se descolgó de la montura antes de que el caballo se detuviera del todo.

—¿Qué ha pasado aquí? —acusó.

—Este hombre trató de atacar a Bronwyn —explicó Miles.

Stephen fulminó con la vista a su mujer, notando los rasguños de su mejilla y el vestido desgarrado.

—Te lo advertí —susurró, con los dientes apretados—, pero no quisiste prestarme atención.

—Stephen —protestó Gavin, apoyando una mano en el brazo de su hermano—, no es buen momento...

—¡Que no es buen momento! —estalló Stephen—. ¡Hace apenas una hora estabas haciendo una lista de todos mis defectos! ¿Acaso encontraste a otro que tuviera menos faltas? ¿Le alentaste a propósito?

Antes de que nadie pudiera hablar, Stephen les volvió la espalda y montó en su caballo. Bronwyn, Miles y Gavin le observaban, impotentes.

—¡Habría que azotarle! —resopló Miles.

—¡Silencio! —ordenó Gavin. Se volvió hacia Bronwyn—. . Está alterado y confuso. Tendrás que perdonarle.

—¡Está celoso! —corrigió Bronwyn, feroz—. Esos celos vacuos le convierten en un loco.

Se sentía débil y derrotada. Él no se preocupaba por ella, sino por sus propios celos.

Gavin la rodeó con un brazo protector.

—Vamos a casa. Judith te dará algo de beber. Prepara una deliciosa bebida a base de manzana.

Bronwyn asintió, aturdida, y se dejó poner a lomos del caballo de Miles.

16

Con la bebida que Judith le dio, Bronwyn se quedó dormida casi de inmediato. Había vivido demasiado en un solo día: el rescate del niño y el intento de violación. Soñó que estaba perdida y que buscaba a Stephen sin hallarlo.

Despertó súbitamente, con el cuerpo empapado en sudor, y alargó la mano buscándole. La cama estaba vacía. Se incorporó para echar un vistazo por el cuarto en penumbra.

Se sentía insoportablemente sola. ¿Por qué reñía siempre con Stephen? No se había enojado con Miles cuando él le había dicho que las costumbres escocesas eran diferentes, pero cuando Stephen comentaba lo mismo, ella tenía ataques de ira. Arrojó los cobertores a un lado y tomó la bata que Judith le había prestado. Necesitaba buscar a Stephen para decirle que reconocía su error. Debía decirle lo del niño y pedirle que la perdonara por su pésimo humor.

Rab la siguió hasta un arcón, de donde sacó su manta. El perro parecía tener miedo a perderla de vista. Se vistió de prisa y abandonó la habitación. La casa estaba silenciosa y oscura. Una sola vela ardía en la puerta entreabierta del salón de invierno. El fuego estaba casi apagado.

En el momento en que abría la puerta oyó la risita de una mujer y se detuvo. Probablemente estaba interrumpiendo los goces de Raine o Miles con alguna criada. En el momento en que se volvía para retirarse, las palabras de la mujer hicieron que se detuviera:

—Oh, Stephen, cuánto te he echado de menos. No hay manos como las tuyas,

Bronwyn oyó el rumor profundo de una risa familiar. Como no era tímida, no huyó de la habitación llorando. Aquélla era la gota que colmaba el vaso de los insultos recibidos ese día. Abrió la puerta de un enérgico empujón y se dirigió hacia la chimenea.

Stephen estaba sentado en un gran sillón, completamente vestido, con una joven regordeta despatarrada en el regazo, desnuda desde la cintura hacia arriba. Le acariciaba el pecho sin interés; en la otra mano tenía una redoma de vino.

Rab miró a la muchacha mostrándole los dientes. Ella descubrió a Bronwyn y a su perro y, dando un solo alarido, huyó de la habitación.

Stephen se limitó a echar un vistazo a su mujer.

—Bienvenida —balbuceó alzando su copa.

Bronwyn sintió que el corazón iba a estallarle. ¡Stephen, tocando a otra! Sentía que la piel le abrasaba y la cabeza le palpitaba. Stephen seguía mirándola.

—¿Cómo te sienta, mi querida esposa? —Tenía los ojos enrojecidos y sus movimientos eran torpes. Su borrachera era evidente—. He tenido que permanecer cruzado de brazos mientras tú jugabas con un hombre y con otro. ¿Sabes ahora lo que sentí cuando dejaste que Hugh te tocara?

—Lo hiciste a propósito —susurró ella—. Lo hiciste para castigarme. —Echó los hombros atrás. Quería herirlo para que sufriera igual que ella—. Tenía razón al decir a Sir Thomas Crichton que no podía casarme contigo. No eres apto para marido de una escocesa. Llevas meses tratando de imitar nuestras costumbres como un mono... y fracasando en todo.

Pese a su estado de ebriedad, reaccionó con rapidez. Arrojó la redoma al suelo y se levantó de un salto para aferrarla por el escote del vestido.

—Y tú ¿qué me has dado? —graznó—. He hecho todo lo posible para aprender de ti, pero ¿acaso has escuchado? No has hecho sino luchar contra mí. Te has reído de mí delante de tus hombres y hasta has ridiculizado mis consejos ante mis propios hermanos. Lo soporté todo porque soy tan idiota que te quiero. ¿Cómo se puede amar a alguien tan egoísta? ¿Cuándo vas a crecer, a dejar de esconderte detrás de tu clan? No es tu clan lo que te preocupa. Sólo te preocupan tus deseos y tus necesidades.

La apartó de sí como si de pronto le hubiera hartado.

—Estoy cansado de tratar de complacer a una mujer fría. Voy a buscar a otra, que sepa darme lo que necesito.

Giró en redondo y salió de la habitación con paso de borracho.

Bronwyn pasó largo rato inmóvil, allí donde estaba. No tenía idea de que él la despreciara tanto. ¿Cuántas veces había estado a punto de decirle que la amaba, sin que ella le prestara atención? En cambio, con mucho vigor y orgullo, le había dicho que el amor no importaba tanto como lo que ella deseaba.

¿Acaso algo importaba más que el amor de Stephen? Ahora se daba cuenta de que no. Había tenido ese amor en la palma de la mano, sólo para arrojárselo en plena cara. En Escocia él había hecho todo lo posible por aprender su modo de vida. ¿Y qué había hecho ella para acomodarse a las costumbres de su marido? Su mayor concesión era vestir los lujosos trajes ingleses y hasta de eso se quejaba.

Apretó el puño con fuerza. ¡Stephen tenía razón! Ella era una egoísta. Exigía que su marido se convirtiera en escocés, cambiando todas las áreas de su ser, pero no hacía nada por él. Desde el primer momento le había hecho pagar por el privilegio de casarse con ella.

—¡Gran privilegio! —exclamó.

Le había obligado a combatir por ella en el mismo día de la boda y apuñalado en la noche nupcial. Recordó sus palabras: «Algún día pensarás que una gota de mi sangre es más preciosa que todos tus rencores.»

Las lágrimas empezaron a correrle por la cara. Él ya no la amaba, se lo había dicho. Bronwyn había descartado su amor como un desecho cualquiera.

Parpadeó para alejar las lágrimas y miró a su alrededor. Stephen era bueno; su familia era buena. Ella le odiaba por ser inglés, así como odiaba a todos los MacGregor. Pero Stephen le había demostrado que existían MacGregor buenos e ingleses generosos.

Stephen le había demostrado y enseñado muchas cosas, sin que ella se ablandara. Le drogaba, le maldecía, le provocaba: cualquier cosa para demostrarle su rencor. Cualquier cosa para no amarle: ahora se daba cuenta. Temía que su clan la tuviese por débil, por indigna de la jefatura. Pero Tam le amaba; casi todos sus hombres habían aprendido a amarle.

Giró hacia la puerta y salió al patio buscando a Stephen. Tal vez pudiera encontrarle. Algo le decía que él no estaba arriba.

—Stephen ha salido a caballo hace pocos minutos —dijo Miles suavemente a su espalda.

Ella giró lentamente. Ese hombre también era bondadoso con ella. La había abrazado después del ataque.

De pronto le rozó un viento frío, provocándole una visión de Escocia. Por encima de todas las cosas del mundo, deseaba volver a su patria. Tal vez en su patria hallara el modo de ganarse nuevamente el amor de Stephen. Tal vez se le ocurriera cómo hacerle comprender que ella también le amaba y que estaba dispuesta a cambiar tanto como él.

Miró a Miles como si no le viera. Giró en redondo y caminó hacia los establos.

—Bronwyn —dijo él, sujetándola por un brazo—, ¿qué ha pasado?

—Me voy a casa —respondió ella en voz baja.

—¿A Escocia? —preguntó él atónito.

—Sí. A casa, a Escocia. —Y sonrió—. ¿Quieres disculparme con Judith?

El joven le estudió la cara un momento.

—Judith comprende sin que nadie le dé explicaciones. Ven, partamos.

Ella quiso protestar, pero cerró la boca. No podía impedir que Miles la acompañara, así como no podía contener su impulso de volver a la patria.

Cabalgaron a lo largo de aquella noche larga y horrible, sin intercambiar una palabra. Bronwyn sólo sentía su dolor por haber perdido a Stephen. Tal vez él sería más feliz en Inglaterra, donde estaba su familia y no se veía obligado a luchar sólo por sobrevivir. Con frecuencia se llevaba la mano al vientre, preguntándose cuándo empezaría a hincharse. Esperaba con ansias una señal visible de que su hijo nacería pronto.

Cruzaron la frontera temprano por la mañana. De pronto Bronwyn cayó en la cuenta de que había sido muy egoísta al permitir que Miles la acompañara. Existían muchos escoceses como el viejo Harben, dispuestos a matar a cualquier inglés a primera vista. Sugirió a su cuñado que, puesto que viajaban sin custodia, sería menos peligroso si él se vestía de montañés. Miles le echó una extraña mirada que ella no comprendió.

Comenzó a comprenderla más adelante, a medida que se adentraban hacia el norte. Miles estaría siempre a salvo dondequiera hubiese mujeres. Las muchachas bonitas se detenían para ofrecerles cuencos de leche, pero sus ojos ofrecían al mozo mucho más. Una mujer, que caminaba con su hija de cuatro años, se detuvo a conversar con ellos. La pequeña corrió a los brazos del extranjero. Él no pareció encontrar nada extraño en eso; se limitó a subirla a sus hombros y recorrieron un buen trecho juntos.

Cerca del atardecer llegaron a la cabaña de un viejo granjero, donde los recibió una bruja vieja, fea y desdentada. Con una sonrisa encantadora, tomó la mano a Miles y la frotó entre las suyas; después puso la palma contra la luz mortecina.

—¿Qué ves? —le preguntó Miles con suavidad.

—Ángeles —cloqueó ella—. Dos ángeles. Un ángel bello y un querubín.

Él sonrió con dulzura y la mujer se volvió a reír.

—Son ángeles para otros, pero verdaderos demonios para ti. —Un relámpago estalló en el cielo—. Oh, sí, lo son. Son ángeles de lluvia y relámpagos. —Rió otra vez y giró hacia Bronwyn—. Muéstrame tu palma.

La muchacha retrocedió.

—Preferiría no hacerlo —dijo secamente.

La vieja se encogió de hombros y los invitó a pasar la noche en su vivienda.

Por la mañana sujetó la palma de Bronwyn. Su rostro se ensombreció.

—Cuídate de un hombre rubio —le previno.

Bronwyn apartó bruscamente la mano.

—Temo que la advertencia llega demasiado tarde —murmuró, pensando en el pelo soleado de Stephen.

Y abandonó la casita.

Continuaron el viaje durante todo el día y se detuvieron a pasar la noche en un refugio sin techo, un castillo destruido.

Fue Miles quien cayó en la cuenta de que era Nochebuena. Organizaron una especie de festejo, pero Miles, percibiendo la tristeza de su compañera, la dejó a solas con sus propios pensamientos. Bronwyn comprendió entonces que parte del encanto de su cuñado radicaba en su capacidad de comprender los sentimientos de la mujer. No le exigía nada, como habría hecho Stephen, ni trataba de entablar conversación, como Raine. Miles comprendía y la dejaba en paz. Sin duda, si ella hubiera tenido deseos de conversar, él la habría escuchado con gran atención.

Con una sonrisa, tomó la torta de avena que él le ofrecía.

—Por desgracia, te he hecho perder la Navidad con tu familia.

—Tú eres parte de mi familia —apuntó él, contemplando el cielo negro que los rodeaba—. Espero que no llueva, siquiera por esta vez.

Bronwyn se echó a reír.

—Estás acostumbrado con exceso al clima seco de tu país. —El recuerdo le hizo sonreír—. A Stephen no le molestaba la lluvia. Se…

Pero se interrumpió apartando la vista.

—Creo que Stephen viviría bajo el agua con tal de estar contigo.

Ella levantó la vista, sorprendida, y se acordó de la criada despatarrada en el regazo de su marido. Tuvo que parpadear varias veces para alejar la visión.

—Creo que me acostaré.

Miles, atónito, la vio envolverse en la delgada manta y relajarse de inmediato. Por su parte, se ciñó el manto forrado de pieles y suspiró, pensando que jamás sería buen escocés.

Aún era de mañana cuando llegaron a la colina desde donde se veía Larenston. Miles se quedó estupefacto ante la fortaleza que constituía esa península. Bronwyn, en cambio, espoleó a su caballo y brincó a los brazos de un hombrón.

—¡Tam! —exclamó, escondiendo la cara en aquel cuello familiar.

Tam la apartó de sí.

—Vas a sacarme canas verdes —susurró—. ¿Cómo puedes meterte en tantos líos siendo tan pequeña? —Pasaba por alto el hecho de que ella le superaba en estatura; en realidad, parecía pequeña ante ese cuerpo sólido y voluminoso.

—¿Sabías que el jefe MacGregor ha pedido reunirse contigo? Envió no sé qué mensaje sobre un brebaje y una muchacha audaz que se reía de él. ¿Qué has hecho, Bronwyn?

Ella le miró atónita un momento. ¿El jefe MacGregor quería reunirse con ella? Tal vez sería una manera de demostrar a Stephen que no era tan egoísta. Abrazó otra vez a Tam.

—Ya habrá tiempo para contártelo todo. Ahora quiero ir a casa. Temo que este viaje me ha cansado.

—¿Qué te ha cansado? —barbotó Tam alarmado, pues nunca hasta entonces le había oído pronunciar esa palabra.

—No me mires como si me creyeras idiota —sonrió ella—. No es fácil llevar a otra persona en todo momento.

Él comprendió de inmediato. La sonrisa estuvo a punto de partirle la cara en dos.

—Siempre supe que ese inglés era capaz de hacer algo bien sin necesidad de ejercicio. ¿Y dónde le has metido? ¿Quién es éste?

Bronwyn respondió a sus preguntas durante todo el trayecto hasta Larenston. Sus hombres le salieron al encuentro y la interrogaron sin pausa. Miles permanecía a un lado, sobrecogido por la escena. Los sirvientes de Bronwyn actuaban más como una familia enorme que como un conglomerado de distintas clases sociales. Los hombres le saludaron con afecto, y mencionaban a Stephen sin cesar.

Bronwyn se separó del grupo para subir a su cuarto, donde la recibió Morag.

—¿Vas cambiando de hermano? —la acusó.

—¿Ni siquiera me saludas? —protestó Bronwyn cansada mientras se encaminaba hacia la cama—. Te traigo un bebé y no eres capaz de saludarme con cariño.

La cara arrugada de Morag se arrugó más en una amplia sonrisa.

—¡Bien por mi dulce Stephen! ¡Yo sabía que era muy hombre!

Bronwyn se tendió en la cama, sin molestarse en discutir.

—Ve a que te presenten al otro inglés que te traje. Te gustará.

Y se cubrió con una colcha. Sólo quería dormir.

Pasaron semanas enteras sin que ella hiciera otra cosa que dormir. Su confusión interior y los cambios provocados por el embarazo la mantenían exhausta. Una mañana, Miles fue a anunciarle que volvía a Inglaterra. Le dio las gracias por su hospitalidad y prometió presentar sus disculpas a Judith y a Gavin. Ninguno de los dos mencionó a Stephen.

Bronwyn trataba de no pensar en su esposo, pero no resultaba fácil. Todo el mundo preguntaba por él. Tam quiso saber por qué diantres había abandonado tan precipitadamente Inglaterra. ¿Por qué no se había quedado para luchar por él? Quedó boquiabierto al verla romper en llanto y huir de la habitación. A partir de entonces, la gente fue dejando de hacerle preguntas a las que ella no podía responder.

Tres semanas después de su regreso, uno de sus hombres le dijo que una guardia de ingleses se aproximaba a Larenston.

—¡Gavin! —exclamó ella.

Y corrió al piso superior para cambiarse de ropa. Se puso el vestido plateado que le había regalado Stephen y se acicaló para recibir a su cuñado. Estaba segura de que se trataba de Gavin. Conocía el país y era la persona más adecuada para darle noticias de Stephen. Tal vez su marido la había perdonado y volvía a ella. No, era demasiado pedir.

Su sonrisa se evaporó al ver que era Roger Chatworth quien entraba en el salón grande. Se quedó horrorizada por lo que había hecho: acababa de ordenar que se permitiera la entrada al visitante sin saber en realidad quién era. Y sus hombres le habían obedecido sin chistar. Observó las caras reunidas a su alrededor y notó en todas la preocupación que les inspiraba. Harían cualquier cosa por volver a verla como era habitualmente.

Tratando de disimular su desilusión, alargó la mano al visitante.

—Me alegro mucho de volver a verle, Lord Roger.

Él hincó una rodilla y le tomó la mano para llevársela a los labios. Su pelo rubio era más oscuro de lo que ella recordaba; la cicatriz junto al ojo, aún más prominente. Le traía recuerdos de la temporada vivida en casa de Sir Thomas Crichton, de su soledad; él se había mostrado bondadoso y comprensivo, hasta dispuesto a arriesgar la vida por ella.

—Es usted más bella de lo que yo la recordaba —dijo con suavidad.

—Bueno, bueno, Lord Roger, no sabía que le gustara halagar.

Él se irguió para mirarla a los ojos.

—¿Y qué recuerda usted de mí?

—Sólo que estuvo usted dispuesto a ayudarme cuando más lo necesitaba. —Y llamó—: Douglas, haz que Lord Roger y sus hombres sean bien alojados.

El inglés vio que el hombre obedecía de inmediato. Contempló las paredes despojadas de Larenston y recordó que en el trayecto hacia la península sólo había visto casuchas muy pobres. ¿Era ésa toda la riqueza de los MacArran?

—Venga a mis habitaciones y conversaremos, Lord Roger. ¿Qué le ha traído a Escocia? Oh, ahora recuerdo que usted tiene familiares aquí, ¿verdad?

Roger arqueó una ceja.

—Sí, en efecto.

La siguió por la escalera a otra habitación austera, donde ardía un fuego discreto.

—¿No quiere sentarse?

Bronwyn arrojó una mirada seca a Morag, que ponía cara de desaprobación, y le ordenó traer vino y comida. Cuando estuvieron a solas, Roger se inclinó hacia ella.

—Seré franco con usted, Lady Bronwyn. He venido para preguntarle si necesita ayuda. Cuando vi a Stephen en la corte del rey Enrique...

—¡Ha visto usted a Stephen en la corte! —exclamó ella.

Él la observaba.

—Se me ocurrió que usted podía ignorarlo. Estaba rodeado de mujeres y...

Bronwyn se levantó para acercarse al fuego.

—Prefiero no oír el resto —dijo fría.

Empezaba a recordar algo más de él, ya una vez había querido atacar a Stephen por la espalda.

—Lady Bronwyn —dijo él, desesperado—, no tengo malas intenciones. Pensé que usted lo sabría.

Ella giró en redondo.

—He madurado mucho desde la última vez que nos vimos. En otros tiempos fui presa fácil de sus actitudes encantadoras. Además, estaba infantilmente furiosa porque mi novio llegaba tarde a la boda. Pero ahora soy mayor y mucho más sabia. Como usted habrá adivinado a estas horas, mi esposo y yo hemos reñido. No sé si solucionaremos nuestras diferencias o no, pero el problema quedará entre nosotros.

Roger entornó sus ojos oscuros. Solía inclinar la cabeza de un modo tal que parecía mirar a lo largo de la nariz, aguileña y estrecha.

—¿Cree usted que he venido a traerle chismes, como una mujer de pueblo?

—Eso parece. Ya ha mencionado a las mujeres que rodeaban a Stephen.

Roger comenzó a sonreír.

—Tal vez lo hice. Disculpe usted. Es que me sorprendió verle lejos de su esposa.

—Y por eso se apresuró a informarme de sus… aventuras.

Él la miró fijamente, cálido y vivaz.

—Venga usted a sentarse, por favor. No siempre se mostró tan hostil conmigo. En cierta oportunidad hasta me pidió por esposo.

Ella ocupó la silla vecina.

—Eso ocurrió hace mucho tiempo. Al menos ha pasado tiempo suficiente para cambiar nuestras vidas y sentimientos de modo drástico —respondió ella observando el fuego.

—¿No le interesa a usted conocer el verdadero motivo de mi viaje hasta aquí?

Como ella no respondiera, Roger continuó:

—Traigo un mensaje de una mujer llamada Kirsty.

Bronwyn levantó bruscamente la cabeza. Antes de que pudiera replicar entró Morgan, trayendo una bandeja. La muchacha tuvo la sensación de que tardaba horas en dejarlos a solas. Insistía en añadir leña al fuego y en hacer preguntas al visitante.

Bronwyn también quería hacerle preguntas. ¿Cómo había conocido a Kirsty? ¿Qué mensaje traía? ¿Tenía alguna relación con el deseo del jefe MacGregor de entrevistarse con Bronwyn?

—¡Basta ya, Morag! —intervino, impaciente. No prestó atención a la cara con que la anciana abandonaba el cuarto—. ¡Bien! ¿Qué sabe usted de Kirsty?

Roger se reclinó en la silla. Bronwyn no era lo que esperaba. Tal vez por el hecho de estar en su propio país, tal vez por influencia de Montgomery, ya no resultaba tan fácil de manipular como antes. Por casualidad, él había sabido parte de la historia de Bronwyn y Stephen en tierras de los MacGregor. Un hombre, pobre y hambriento, había pedido que se le permitiera incorporarse a su guarnición. Una noche Roger le oyó contar sus aventuras en Escocia con la hermosísima jefa del clan MacArran. Lo llevó a sus habitaciones y averiguó toda la historia. Era sólo una parte, por supuesto, y Roger había gastado una considerable suma en averiguar el resto.

Cuando tuvo todas las piezas en su poder, comprendió que le serían de utilidad. La idea de que Stephen se exhibiera ante esos toscos escoceses con ropas tan incivilizadas como las de ellos le daba risa. Sorbió su vino y volvió a recordar, con odio, el momento en que Montgomery le deshonró en el campo de batalla. Eran demasiados los que sabían de aquella justa; con frecuencia oía rumores sobre «el que ataca por la espalda». Ya pagaría Stephen por ese apodo.

Su plan era seducir a su esposa y tomar lo que había provocado aquel combate. Pero Bronwyn lo arruinaba todo. Por lo visto, no era de las que siguen a un hombre con facilidad. Tal vez con el tiempo. Pero no tenía idea de cuánto duraría la ausencia de Stephen.

En ese momento se le ocurrió un nuevo plan. Oh, sí, se vengaría plenamente de Montgomery.

—¡Y bien! —exclamó Bronwyn—. ¿Cuál era ese mensaje? ¿Kirsty me necesita?

—En efecto —confirmo él sonriendo, mientras pensaba: «Y yo te necesito más aún.»

17

Bronwyn, tendida en la cama, contemplaba la parte interior del dosel. Todo su cuerpo estaba tenso de entusiasmo. Por primera vez en varias semanas se sentía viva. La somnolencia había desaparecido, junto con las náuseas, y ahora le alegraba que algo estuviera a punto de pasar.

Al enterarse por Tam del mensaje de MacGregor, a su llegada, no le había prestado atención, demasiado envuelta en sus propios problemas y angustias para pensar en otra persona. Stephen la tildaba de egoísta; la acusaba de no prestarle atención ni de aprender de él. Por fin tenía una oportunidad de hacer algo que le complaciera. Él siempre había querido que solucionara sus diferencias con el jefe MacGregor y ahora Kirsty le abría el camino.

En un primer momento, había tenido alguna intención de hablar con el jefe MacGregor al recibir su mensaje, pero la protesta de sus hombres sacudió los muros. Bronwyn descartó entonces el asunto y se dedicó a tener lástima de sí misma. Eso había terminado. Tenía una manera de recuperar a Stephen, de demostrarle que había aprendido algo de él, que no era egoísta.

Roger Chatworth le había contado una historia increíble, según la cual Kirsty, a quien conocía, le encargaba comunicar a Bronwyn que se había dispuesto una entrevista. El jefe MacGregor y la jefa MacArran se reunirían a solas, al día siguiente por la noche. Según Kirsty, los MacGregor se oponían a ese encuentro, como sin duda se opondrían los MacArran; por lo tanto, había hecho todo lo posible por acordar una reunión en privado. Enviaba recuerdos para Bronwyn y Stephen y rogaba a su amiga que lo hiciera por la paz y el bienestar de todos.

Bronwyn arrojó a un lado los cobertores y se acercó a la ventana. La luna aún no se había puesto; disponían de mucho tiempo. Debía encontrarse con Roger Chatworth en las afueras de Larenston, junto a los prados, para guiarle por la península. Él tenía caballos preparados para llevarla al encuentro con Kirsty y Donald.

No era fácil esperar. Se vistió mucho antes de lo necesario. Durante un momento se detuvo junto a la cama para acariciar la almohada en donde solía dormir Stephen.

—Pronto, amor mío, pronto —susurró.

En cuanto volviera a reinar la paz entre los clanes podría mirar a su esposo con la cabeza en alto. Quizá entonces él consideraría que valía la pena recuperar su amor.

Fue fácil escurrirse fuera de su cuarto. Ella y Davey habían escapado con frecuencia a los establos, cuando eran niños, para reunirse con Tam o con uno de sus hijos. Rab la siguió por los gastados escalones de piedra, percibiendo la necesidad de su ama.

Roger Chatworth surgió de entre las sombras, tan sigiloso como un escocés. Bronwyn le hizo una seca señal y ordenó a Rab que se estuviera quieto. El perro no sentía la menor simpatía por Roger y no lo disimulaba. El inglés la siguió a lo largo de aquel sendero empinado y oscuro. Bronwyn percibía su tensión; más de una vez él la tomó de la mano para afirmar el paso. Se aferraba a ella, inmóvil, hasta recuperar el aliento.

Ella trató de disimular su disgusto. Por suerte ahora sabía que no todos los ingleses eran así. Sabía que los había valientes y arriesgados, como su esposo y sus cuñados, hombres en los que una mujer podía apoyarse en vez de ser a la inversa.

Roger comenzó a respirar con tranquilidad una vez que llegaron a tierra firme, donde estaban los caballos. Pero no podían hablar mientras no estuvieran fuera del valle. La muchacha abrió la marcha alrededor del valle, junto a la muralla. Iba a paso lento, para que el inglés pudiera tranquilizar a su caballo. La noche era muy negra y ella se guiaba más por instinto y la memoria que por la vista.

Cerca del amanecer se detuvieron en el risco desde el cual se veían sus tierras. Ella se detuvo para dar a su compañero un momento de reposo.

—¿Está usted cansada, Lady Bronwyn? —preguntó Roger con voz trémula. Acababa de pasar por lo que, para él, era obviamente una prueba muy difícil. Desmontó.

—¿No deberíamos continuar? —le instó ella—. No estamos muy lejos de Larenston. Cuando mis hombres…

Se interrumpió, sin poder creer en lo que veía. Roger Chatworth, con un movimiento rápido y fluido, sacó una pesada hacha de guerra de la montura y golpeó con ella a Rab. El perro, que estaba mirando a su ama, más preocupado por ella que por Roger, reaccionó con demasiada lentitud y no pudo esquivar ese golpe mortal.

De inmediato Bronwyn se descolgó desde su silla para caer de rodillas junto a Rab. Aun en la oscuridad veía un enorme agujero abierto en el lomo.

—¿Rab? —logró balbucear, con la garganta cerrada.

El perro apenas movió la cabeza.

—Está muerto —informó Roger, seco—. ¡Ahora, levántate!

Bronwyn se volvió contra él.

—¡Pedazo de…!

No malgastó más energías en palabras. Un momento después, se arrojaba hacia delante, con el puñal apuntando a la garganta del inglés. Él no estaba preparado para esa reacción y se tambaleó bajo su peso. El puñal se le hundió en el hombro, errando al cuello por muy poco. Roger le agarró por la cabellera y le tiró la cabeza hacia atrás, en el momento justo en que ella le daba un rodillazo en la entrepierna. El inglés volvió a tambalearse, pero no la soltó; al caer al suelo la arrastró consigo. Ella giró la cabeza para morderle hasta obligarle a que le soltara el pelo. Entonces volvió a atacar con el puñal.

Pero el cuchillo no llegó a dar en el blanco, porque cuatro pares de manos la aferraron, apartándola de su presa.

—¡Pues bastante habéis tardado! —protestó Roger a los hombres que retenían a Bronwyn—. Un minuto más y podría haber sido demasiado tarde.

Bronwyn miró a su perro, inmóvil y silencioso en el suelo. Después a Roger.

—El mensaje de Kirsty nunca existió, ¿verdad?

El inglés deslizó una mano por el corte que tenía en el hombro.

—¿Qué me importa a mí una escocesa cualquiera? ¿Crees que voy entregando mensajes, como un siervo? ¿Has olvidado que soy conde?

—Había olvidado lo que eres —reconoció Bronwyn, pronunciando la frase con lentitud—. Había olvidado que eres capaz de atacar por la espalda.

Fueron sus últimas palabras durante algún tiempo, pues el puño de Roger se descargó contra su mandíbula. Pudo mover la cabeza a un lado a tiempo para evitar que le destrozara la nariz, como era la intención de ese hombre, pero cayó hacia adelante, inconsciente.

Cuando despertó no sabía dónde estaba. La cabeza le palpitaba con negra furia, como nunca antes, y sus pensamientos estaban desorganizados. Le dolía el cuerpo y tenía la boca inmovilizada. Después de unos pocos intentos de pensar con claridad, volvió a quedarse dormida.

Cuando volvió a despertar se sentía mejor. Permaneció tendida y cayó en la cuenta de que gran parte de su dolor era provocado por una mordaza que le rodeaba la boca. También tenía fuertes ataduras en las manos y en los pies. Prestó atención, estaba en una carreta, tendida en un montón de paja. Era de noche; sin duda había dormido durante todo el día.

A veces sentía deseos de llorar por el dolor de esa inmovilidad. Las cuerdas se le hundían en la carne; tenía la boca seca e hinchada por la mordaza.

—Está despierta —dijo una voz de hombre.

La carreta se detuvo. Roger Chatworth se inclinó hacia ella.

—Si juras no gritar te daré agua. Estamos en un bosque y nadie podría oírte, pero de cualquier modo quiero que me des tu palabra.

Ella tenía el cuello tan entumecido que apenas pudo moverlo, pero le dio su palabra.

Él la levantó para desatarle la mordaza.

Bronwyn nunca había sentido un alivio tan paradisíaco. Se

acarició la mandíbula e hizo una mueca al tocarse el cardenal dejado por Roger.

—Toma —ordenó él impaciente, entregándole una taza de agua—. No podemos quedarnos aquí toda la noche.

Ella bebió con ansia el agua.

—¿Adónde me llevas? —preguntó.

Roger le arrebató la taza.

—Montgomery podrá tolerar tus insolencias, pero yo no. Si quisiera que estuvieses enterada de algo, te lo diría.

Antes de que ella pudiera desprender la mirada ansiosa de la taza que le había quitado, la aferró por el pelo, arrojó a un lado la taza medio llena y volvió a ponerle la mordaza. Por fin la tendió de nuevo en la paja.

Bronwyn pasó el día siguiente dormitando. Roger la había cubierto de sacos; la falta de aire y de movilidad la mareaban. Permanecía en un estado de semiconsciencia, semisueño.

En dos ocasiones la bajaron de la carreta para darle comida y agua y le permitieron cierto grado de intimidad.

En la tercera noche la carreta se detuvo. Una mano retiró los sacos y la levantó con brusquedad. El frío aire nocturno le cayó como un cántaro de agua helada.

—Llevadla arriba —ordenó Roger—. Encerradla en el cuarto del este.

El hombre levantó casi con delicadeza la silueta exánime de Bronwyn.

—¿La desato?

—Sí. Puede gritar todo lo que quiera. Nadie la oirá.

Bronwyn mantuvo los ojos cerrados y el cuerpo laxo, pero se esforzó por recobrar la conciencia. Comenzó a contar, después enumeró a todos los hijos de Tam e hizo lo posible por recordar sus respectivas edades. Cuando el hombre la depositó en una cama, su mente estaba ya funcionando de prisa. ¡Tenía que escapar! Y debía ser de inmediato, antes de que el castillo se asentara en la rutina.

Resultaba difícil mantenerse inmóvil mientras el hombre le desataba suavemente los pies. Ella les envió sangre a fuerza de voluntad usando la mente en vez de mover los tobillos. Se concentró en los pies, tratando de pasar por alto los miles de dolorosas agujas que parecían atravesarle las muñecas.

La mordaza fue lo último. Ella cerró la boca y movió la lengua por la sequedad interior. Permaneció muy quieta; su mente empezaba a volar. Cuando el hombre le tocó el pelo y la mejilla, ella maldijo ese contacto; pero al menos eso daba a su cuerpo tiempo para acostumbrarse a la sangre que circulaba otra vez.

—Algunos hombres tienen suerte, lo consiguen todo —murmuró el hombre con un suspiro melancólico, mientras se apartaba de la cama.

Bronwyn esperó hasta oír un paso. Era de esperar que el hombre se estuviera alejando. Abrió apenas los ojos y le vio demorándose junto a la puerta. Entonces se volvió con rapidez y tomó una jarra que estaba en la mesita, junto a la cama, para arrojarla al otro lado del cuarto. El peltre resonó estruendosamente contra la pared.

Volvió a quedarse quieta, con los ojos apenas entreabiertos, mientras el hombre corría hacia el ruido. Un segundo después saltaba de la cama y salía disparada hacia la puerta. El tobillo cedió una vez, pero ella continuó corriendo sin mirar hacia atrás. Agarró el pomo de la pesada puerta y cerró con violencia. Luego deslizó el cerrojo. Ya se podían oír los golpes del hombre, pero el grueso roble apagaba el ruido.

Bronwyn oyó pasos y tuvo el tiempo justo de deslizarse por el hueco oscuro de una ventana antes de que apareciera Roger Chatworth. El inglés se detuvo ante la puerta, atento a los golpes del hombre y la voz apagada. Bronwyn contuvo el aliento. Roger, con una sonrisa de satisfacción continuó la marcha hacia la escalera.

La muchacha se permitió algunos segundos para serenar su precipitado corazón; por primera vez se frotó las muñecas y los tobillos doloridos. Movió varias veces la mandíbula amoratada, mientras se deslizaba entre las sombras, siguiendo a Roger escaleras abajo.

Él giró a la izquierda al llegar al piso bajo y entró en una habitación. Bronwyn se ocultó entre las sombras, junto a una puerta entrecerrada. Desde allí veía bastante bien el interior del cuarto. Había una mesa y cuatro sillas; en el centro de la mesa, una sola vela gorda.

Una bella mujer estaba sentada a la mesa; Bronwyn sólo vio su perfil. Llevaba un brillante vestido de satén a rayas verdes y purpúreas, sus delicadas facciones eran perfectas: desde la boquita hasta los almendrados ojos azules.

—¿Por qué has tenido que traerla aquí, si podías poseerla cuando se te antojara? —dijo la mujer furiosa y con una voz burlona que desdecía su hermoso rostro.

Roger, de espaldas a Bronwyn, ocupó una silla frente a esa mujer.

—No podía hacer otra cosa. Ella no quiso escuchar lo que yo iba a decirle respecto a Stephen.

—¿No quiso escucharte? —le provocó la mujer—. ¡Malditos sean estos Montgomery! ¿Y qué estaba haciendo Stephen en la corte del rey Enrique?

Roger descartó el tema con un gesto de la mano.

—Creo que había ido a presentar una petición para que el rey interrumpiera las incursiones en Escocia. ¡Si le hubieras visto! Prácticamente hacía llorar a todos los cortesanos al hablar de los nobles escoceses y de lo que se les estaba haciendo.

Bronwyn cerró los ojos un momento, sonriendo. «¡Stephen!», pensó. Su querido y dulce Stephen. Volvió al presente y comprendió que por escuchar a esos dos estaba perdiendo tiempo. ¡Debí escapar!

Se lo impidieron las siguientes palabras de Roger.

—¿Cómo diablos iba yo a saber que elegirías este momento para secuestrar a Mary Montgomery?

Bronwyn se quedó petrificada. Todo su cuerpo atendía.

La mujer, sin volver el rostro, esbozó una amplia sonrisa que descubrió sus dientes torcidos.

—En realidad, quería secuestrar a su mujer —dijo soñadora.

—Supongo que te refieres a Judith, la esposa de Gavin.

—¡Sí, esa ramera que me robó a Gavin!

—No estoy seguro de que haya sido tuyo nunca. En todo caso, fuiste tú la que lo despreciaste al casarte con mi querido hermano mayor, que Dios le tenga en su gloria.

La mujer no le prestó atención.

—¿Y por qué has capturado a Mary, en cambio? —continuó Roger, como si estuviera hablando del clima, a juzgar por el interés que el tema le inspiraba.

—Porque volvía al convento en donde vive y estaba a mano.

Me gustaría matar a todos los Montgomery, uno a uno. No importa por quién comience. ¡Bien, dime ahora quién es esa mujer que has raptado! ¿La esposa de Stephen?

La mujer seguía sin girar la cara. Mantenía su perfil tanto hacia Roger como hacia Bronwyn.

—Ella ha cambiado. En Inglaterra, antes de casarse, era fácil de manipular. Le conté una historia ridícula sobre ciertos primos que tenía en Escocia. —Soltó una risa despectiva. ¿Cómo pudo creer que yo estuviera emparentado con un mugriento escocés?

—Hiciste que pidiera un combate entre vosotros —observó la hermosa mujer.

—Era fácil meterle ideas en su hueca cabeza —respondió Roger—. Y Montgomery estaba muy dispuesto a combatir por ella. Ardía tanto por ella que se le caían los ojos.

—Dicen que es hermosa —comentó la mujer con gran amargura.

—Ninguna mujer es más hermosa que sus tierras. Si se hubiera casado conmigo, yo hubiera enviado allí a granjeros ingleses, para hacer que la tierra rindiera bien. Esos escoceses se creen obligados a compartirla con los siervos.

—Pero la perdiste al perder el combate —adujo la mujer sin levantar la voz.

Roger se levantó y estuvo a punto de derribar la pesada silla.

—¡Ese mal nacido! —maldijo—. Me puso en ridículo. Se rió de mí… e hizo que toda Inglaterra se riera de mí.

—¿Preferirías que te hubiera matado? —preguntó ella.

Roger se irguió ante su cuñada.

—¿No preferirías tú haber muerto? —preguntó sereno.

La mujer inclinó la cabeza.

—Sí, claro que sí —susurró, levantando la cabeza—. Pero ya se lo haré pagar, ¿no? Tenemos a la esposa de Stephen y a la hermana de Gavin. Dime, ¿qué piensas hacer con los dos?

Roger sonrió.

—Bronwyn es mía. Si no puedo quedarme con sus tierras tendré que conformarme con ella. Mary es tuya, por supuesto.

La mujer levantó la mano.

—No es divertido pelear con ella. Todo la aterroriza. Tal vez deba enviarla a casa así —dijo con odio.

Y al decirlo volvió la cara de modo tal que Bronwyn pudo verla del todo.

Fue una combinación de lo que dijo sobre Mary con la visión de su mejilla, horriblemente cubierta de cicatrices, lo que arrancó una exclamación a Bronwyn. Antes de que pudiera moverse, Roger estaba ante la puerta y la retenía por un brazo. La llevó a tirones al interior del cuarto, arrancándole una mueca de dolor por la fuerza con que le hundía los dedos en la carne.

—¡Conque ésta es la gran jefa que capturaste! —se burló la mujer.

Bronwyn la miraba fijamente. Aquella cara, antes hermosa, estaba desfigurada por un lado; largas cicatrices tiraban del ojo hacia abajo y de la boca hacia arriba. Eso le daba una expresión maligna y despectiva.

—¡Mira hasta hartarte! —chilló la mujer—. Te conviene verlo, pues tú también pagarás por lo que habéis hecho.

Roger soltó a Bronwyn para sujetar a la mujer por las manos.

—Siéntate —ordenó—. Tenemos algo más que resolver, no sólo tus odios inmediatos.

La mujer se sentó, pero sin apartar la vista de Bronwyn.

—¿Dónde está Mary? —preguntó la muchacha serena—. Si la soltáis no trataré de escapar otra vez. Podéis hacer conmigo lo que deseéis.

Roger se rió de ella.

—¡Qué noble de tu parte! Pero no tienes con qué negociar. No se te dará una segunda oportunidad para intentar la fuga.

—Pero ¿de qué utilidad puede seros Mary? Nunca en su vida ha perjudicado a nadie.

—¿Y esto? —gritó la mujer, deslizando los dedos por las cicatrices—. ¿Te parece poca cosa?

—No fue Mary quien hizo eso —aseguró Bronwyn convencida. Comenzaba a creer que las cicatrices mostraban el verdadero carácter de la mujer.

—¡Silencio! —ordenó Roger. Se volvió hacia Bronwyn—. Te presento a Lady Alice Chatworth, mi cuñada. Los dos tenemos motivos para odiar a los Montgomery y hemos jurado destruirlos.

—¡Destruirlos! —exclamó Bronwyn—. Pero Mary...

Roger la aferró por el brazo.

—¿No te preocupas por ti?

—Sé lo que quieren los hombres como tú —escupió ella—. ¿No puedes conseguir a una mujer si no es con mentiras y traición?

Roger levantó la mano para abofetearla, pero le detuvo la risa de Alice.

—Para eso fuiste a Escocia, ¿verdad, Roger? —rió—. ¿No fue necesario traerla en una carreta, atada de pies y manos?

Roger las miró a ambas; después arrastró a Bronwyn fuera de la habitación y la llevó por la escalera. Después de detenerse frente a la puerta cerrada con cerrojo, la arrastró un poco más hasta empujarla hacia la ancha cama que ocupaba el centro de un lujoso cuarto. Del dosel pendían colgaduras de terciopelo pardo oscuro. El mismo paño cubría la ventana, elegantemente bordeado de cordeles dorados.

—¡Desvístete! —ordenó.

Bronwyn le sonrió.

—Jamás —respondió con voz amistosa.

Él le devolvió la sonrisa.

—Si aprecias la vida de Mary me obedecerás. Cada segundo que tardes le costará un dedo.

Bronwyn lo miró, boquiabierta, y se quitó el broche del hombro. Roger, recostado contra un alto armario tallado, la observaba con interés.

—¿Sabes que me emborraché en tu noche de bodas? —preguntó—. No, claro que no lo sabes. Apostaría a que nunca has pensado en mí. No me gusta que me utilicen, y tú me utilizaste con Stephen Montgomery.

Ella se detuvo, con las manos en los botones de la camisa.

—Nunca te he utilizado. Si tú hubieras ganado el combate me habría casado contigo. Pensé que eras sincero cuando decías que te interesabas por mi clan.

Él emitió un resoplido despectivo.

—Estás escurriendo el bulto. Quiero ver eso que me ha costado tanto dolor y deshonor.

Bronwyn se mordió los labios para no hablar. Habría querido decirle que él mismo había provocado su deshonor.

Las manos le temblaban en los botones. Nunca antes se había desvestido ante un hombre, salvo ante Stephen. Parpadeó para contener las lágrimas. Stephen no volvería a amarla si otro hombre la poseía. Estaba ya tan celoso que desconfiaba de todos sus afectos. ¿Cómo sería después de que Roger Chatworth terminara con ella?

Se levantó para quitarse el cinturón y la falda y los dejó caer al suelo. ¿Cómo reaccionaría ella misma al contacto de Roger? Bastaba con que Stephen la mirara para que ella ardiera, temblando de pasión. ¿Podría Roger hacer otro tanto?

—¡Apresúrate! —ordenó Roger—. Hace meses que espero esto.

Bronwyn cerró los ojos por un momento y, aspirando hondo, dejó caer la camisa. Mantenía el mentón en alto y los hombros muy erguidos. Roger tomó una vela para acercarse.

La recorrió con la vista: la piel satinada, los pechos altos y orgullosos. Le tocó la cadera con suavidad y deslizó el dedo por la suave piel del ombligo.

—¡Qué belleza! —susurró—. Montgomery tenía razón al pelear por ti.

Un súbito golpe en la puerta hizo que ambos dieran un salto.

—¡Silencio! —ordenó Roger, echando una mirada a la puerta.

—Roger —llamó la voz de un joven—. ¿Estás despierto?

—¡Métete en la cama! —ordenó Roger, por lo bajo—. Escóndete bajo las frazadas y no hagas ruido. ¿O tendré que amenazarte?

Bronwyn le obedeció con rapidez, escondiendo de buena gana su cuerpo desnudo. Se enterró entre las pieles y los cobertores, mientras Roger corría apresuradamente los cortinados que cerraban el lecho.

—¿Qué pasa, Brian? —preguntó, con una voz muy diferente, mucho más suave, al abrir la puerta—. ¿Has tenido otra pesadilla?

Bronwyn se movió en silencio para mirar entre las cortinas. Roger encendió varias velas que estaban en la mesa junto a la cama. Luego dio un paso a un lado; así Bronwyn pudo ver al joven que entraba.

Brian parecía tener unos veinte años pero su liviana contextura le daba el aspecto de un muchachito. Caminaba con paso vacilante, como si tuviera una pierna tiesa, pero hubiera aprendido a caminar disimulando la renquera. Era, obviamente, hermano de Roger: una versión más joven, más débil, más delicada de él.

—Deberías estar acostado —dijo Roger, con una bondad que Bronwyn nunca había percibido en él.

El amor que sentía por el muchacho se evidenciaba en cada una de sus palabras. Brian se instaló en una silla.

—Esperaba tu regreso. Ni siquiera he podido averiguar adónde habías ido. Alice dijo… —Se interrumpió.

—¿Te ha molestado? —preguntó Roger, severo—. Si te ha…

—No, no, desde luego —interrumpió Brian—. Alice es una mujer infeliz. Es muy desdichada desde la muerte de Edmund.

—Sí, sin lugar a dudas —dijo Roger sarcástico. Y cambió de tema—. Fui a visitar mis otras fincas para verificar que los siervos no nos robaran hasta los ojos.

—Roger… ¿quién es la mujer que llora y llora?

Roger levantó bruscamente la cabeza.

—No… no sé de qué hablas. No hay aquí ninguna mujer que llore.

—Desde hace tres noches oigo llorar a alguien. Hasta durante el día me llega algo de ese sonido.

El mayor sonrió.

—Tal vez hay un fantasma en la casa. O quizá Edmund…

Se interrumpió bruscamente.

—Ya sé lo que quieres decir —apuntó Brian seco—. Sé más sobre nuestro hermano mayor de lo que tú imaginas. Ibas a decir que tal vez quien llora es el fantasma de una de las mujeres de Edmund. Tal vez sea la que se mató la noche en que asesinaron a Edmund.

—¡Brian! ¿De dónde sacas esas cosas? Es tarde. Tendrías que estar en la cama.

Brian, suspirando, permitió que Roger le ayudara a levantarse.

—Me voy a dormir. ¿Nos veremos por la mañana? Alice mejora mucho cuando estás aquí y ya echo de menos a Elizabeth. La Navidad es demasiado corta.

—Sí, desde luego, aquí estaré. Hasta mañana, hermanito. Que duermas bien.

Cuando la puerta se hubo cerrado, Roger esperó un momento. Bronwyn le observaba sin moverse. Ese hombre podía ser mentiroso y atacar por la espalda, pero amaba a su hermano menor. Por fin él se volvió y descorrió las cortinas del lecho.

—¿Tenías la esperanza de que me hubiera olvidado de ti?

Su voz era fría otra vez. Ella se cubrió hasta el cuello con las sábanas y retrocedió hasta el otro extremo de la cama.

—¿Quién es Elizabeth? —preguntó.

Roger le clavó una mirada burlona.

—Elizabeth es mi hermana. Ahora ven aquí.

—¿Es mayor o menor que Brian? —Bronwyn hablaba con apresuramiento.

—¿Quieres que te cuente mi árbol genealógico? —Él la tomó del brazo para atraerla hacia sí—. Elizabeth tiene tres años menos que Brian.

—¿Es...?

Roger la abrazó y empezó a besarla con apetito, sin permitirle seguir hablando. Ella permaneció inmóvil. Roger tenía los labios firmes y agradables; su aliento era dulce. Pero no había fuego allí. Le deslizó la boca por el cuello, acariciándole la espalda, y jugó con los dedos por su columna, estrechándola contra sí. Estaba completamente vestido y el terciopelo acolchado de sus ropas tenía un roce delicioso contra la piel fresca y desnuda. Pero aparte de esa sensación agradable no había fuego. Bronwyn se sentía como si estuviera observando la escena en vez de experimentarla.

—¿No te resistes? —preguntó Roger, en un susurro gutural, con un deje de humor en la voz.

—No —respondió ella con franqueza—. Me...

Una vez más, él la interrumpió con un beso. La tendió suavemente de espaldas y empezó a acariciarle el cuello y los pechos.

—No, Roger, no me resisto —dijo ella, con toda franqueza—. En realidad, no hay nada contra lo que resistir. Admito que sentía curiosidad por saber cómo reaccionaría cuando me tocara otro hombre. Según Stephen, lo busco tanto que no le doy tiempo a reponerse. —Soltó una risita, clavó la vista en el dosel y se puso las manos detrás de la cabeza—. Claro que no siempre Stephen dice la verdad. —Rió—. Pero parece que no es lo mismo. Tú me tocas en el mismo lugar que él y no siento nada. ¿No te parece extraño?

Le miró con ojos inocentes. Él estaba inclinado hacia ella, con las manos quietas y los ojos dilatados.

—Lo siento de verdad —agregó—. No quiero ofenderte. Sin duda gustas a algunas mujeres, pero se diría que yo soy de un solo hombre.

Roger levantó la mano para pegarle. Los ojos de Bronwyn se volvieron fríos.

—No lucharé contra ti ni reaccionaré cuando me hagas el amor. ¿Te enoja saber que no eres tan hombre como Stephen Montgomery, en la cama o fuera de ella?

—¡Pagarás eso con tu vida! —gruñó Roger, arrojándose contra ella.

Bronwyn se apartó rodando y él aterrizó de bruces en el blando colchón. La muchacha se levantó de un salto, en busca de un arma, pero no halló ninguna.

Roger iba a lanzarse tras ella, pero se detuvo. ¡Qué espectáculo el de esa mujer! La cabellera negra flotaba a su alrededor como una nube demoníaca. Su cuerpo orgulloso y fuerte era una provocación. Resultaba apabullante, como una antigua reina primitiva; desafiante, amenazándole con sus pocas energías.

Cada palabra que ella pronunciara sobre su esposo era como un grito en su mente. Conque ella conocía bien a los hombres. Cada una de sus frases le había empequeñecido la pasión. ¿Qué hombre podía poseerla sabiendo que ella se reía en su cara? Habría podido violarla si la hubiera visto temerosa, pero esa risa era demasiado.

—¡Guardias! —vociferó.

Bronwyn comprendió que la liberaba de esa imposición sexual. Colgó sus ropas y, cuando la puerta se abrió, ella ya estaba envuelta en su manta, con el resto de las ropas bajo el brazo.

—Llevadla al cuarto del este —dijo Roger cansado—. Haré degollar al que le permita huir.

Bronwyn sólo respiró con tranquilidad al oír que el cerrojo se corría por fuera, dejándola sola en el cuarto. Los guardias habían liberado al hombre que ella había encerrado en el cuarto horas antes.

Se dejó caer en la cama y de inmediato empezó a temblar. Le dolía el cuerpo por los tres días que había pasado maniatada en una carreta. Le atormentaba el temor por la suerte de Mary y el episodio vivido con Roger la debilitaba más aún.

Cierta vez, siendo casi una niña, había salido de paseo con uno de los hombres de su padre. Se detuvieron para que los caballos descansaran, y el hombre aprovechó la oportunidad para arrojarla a tierra y desvestirla. Bronwyn, que era muy inocente, se asustó mucho. El hombre se desvistió y se plantó ante ella, exhibiéndole su miembro viril como si estuviera muy orgulloso de él. Bronwyn, que sólo había visto los de toros y caballos, se echó a reír y le vio desinflarse ante sus mismos ojos. Ese día aprendió varias lecciones. Una, no salir jamás con un solo hombre; dos, que el miedo parecía excitar a los hombres, pero su risa los hacía añicos.

Nunca reveló a su padre lo ocurrido. Tres meses después, el hombre murió en una incursión para robar ganado.

Hubiera debido ser un placer ver a Roger tan herido, pero no lo era. Cayó en la cama, ocultando la cara. Necesitaba mucho a Stephen; él era el cimiento de su ser, le impedía hacer cosas estúpidas e impulsivas. De haber contado con él nunca habría salido de Larenston, Rab estaría con vida y ella no sería la prisionera de Roger Chatworth.

Stephen estaba con su rey, suplicándole que no ordenara más ataques contra los escoceses. ¿Acaso Stephen no demostraba así que era escocés? Merecía el título más que nadie.

Bronwyn no hubiera podido decir cuándo se echó a llorar. Al principio sus lágrimas fluyeron en silencio; después, con profundos sollozos desgarradores. Juró que, si lograba salir de ese enredo, sería sincera con Stephen. Le diría lo mucho que le amaba, lo mucho que le necesitaba.

Lloró por Mary, por Rab, por Stephen y, sobre todo, por sí misma. Había tenido algo hermoso y lo había dejado escapar.

—Stephen —susurró.

Y siguió llorando.

Cuando su cuerpo quedó seco y ya no pudo seguir llorando, se quedó dormida.

18

Brian Chatworth, muy en silencio, bajó las escaleras hasta el sótano. La casa de Chatworth había sido construida sobre un viejo castillo conquistado y destruido. Algunos decían que no era bueno construir sobre el hogar de un enemigo.

Brian sonrió al pensar en lo que su hermano había dicho respecto a los fantasmas. Roger protegía mucho a sus hermanos menores. En realidad, esa protección les había hecho falta contra el hermano mayor, en la infancia. Pero desde la muerte de Edmund no había necesidad de disimular y mentir. En alguna parte había una mujer que lloraba y Brian tenía toda la intención de averiguarlo. Probablemente fuera una criada enamorada de Roger, que lloraba por su amor no correspondido. Aparentemente, Roger creía que su hermanito ignoraba lo que sucedía entre hombres y mujeres; le consideraba aún como un niñito asustado, siempre escondido.

Se detuvo al pie de la escalera. Los sótanos estaban a oscuras, llenos de toneles de vino y barriles de pescado salado. Alerta a los ruidos, oyó correr un dado, entre las risas y maldiciones de dos guardias. Se deslizó entre los barriles para ir hacia la parte trasera, donde había una celda con candado. No tenía idea de por qué avanzaba tan subrepticiamente, pero había aprendido esa técnica en vida de Edmund. Además, prefería que Roger ignorara su falta de fe.

El llanto se hizo más audible al acercarse a la puerta de la celda. Era un sonido suave, desgarrante, que venía del corazón. Entonces comprendió por qué los guardias se alejaban hacia la parte opuesta del sótano: no querían oír esa queja constante.

Brian miró hacia el interior de la celda. Una mujer con hábito de monja yacía en un rincón, como un bulto informe.

Brian sólo pudo lanzar una exclamación ahogada; descolgó la llave puesta en un clavo, junto a la puerta, y abrió. Las bisagras bien aceitadas giraron sin ruido.

—Hermana —susurró Brian, arrodillándose a su lado—. Por favor, permítame que la ayude.

Mary le miró con miedo en los ojos.

—Suélteme, por favor —susurró—. Mis hermanos provocarán una guerra por este secuestro. ¡Por favor! No soportaría verlos sufrir.

Brian la miró atónito.

—¿Tus hermanos? ¿Quién es usted? ¿Qué ha hecho para que Roger la hiciera prisionera?

—¿Roger? —preguntó Mary—. ¿Es él quien me retiene aquí? ¿Dónde estoy? ¿Quién es usted?

Brian la observó con atención. Tenía la cara hinchada y enrojecidos los suaves ojos pardos. De pronto ella le recordó a su hermana, Elizabeth era encantadora como un ángel y esa mujer se parecía a la Virgen.

—Me llamo Brian Chatworth; ésta es mi casa, la finca de Chatworth. Es de mi hermano Roger.

—¿Chatworth? —exclamó Mary incorporándose—. Mi hermano estuvo cierta vez enamorado de una hermosa mujer, que se casó con alguien llamado Chatworth.

Brian se sentó sobre los talones. Comenzaba a ver algún motivo en el encarcelamiento de esa mujer.

—¡Y usted es de la familia Montgomery! —exclamó—. Yo sólo conocía la existencia de cuatro hermanos varones. No sabía que hubiera una mujer.

—Soy Mary Montgomery, la mayor.

Brian pasó algunos minutos en silencio.

—Dígame usted lo que sepa. Mis hermanos me protegen en exceso. ¿Por qué se me tiene cautiva? ¿Por qué odia su hermano a mi familia?

Brian sintió inmediatamente una especie de parentesco con ella.

—Mi hermano también me protege demasiado. Pero yo presto atención y me entero de algunas cosas. Le diré a usted lo que sé. Una joven llamada Alice Valence estuvo, en el pasado, enamorada de su hermano Gavin. El mayor, ¿verdad, hermana?

Mary asintió.

—Pero por alguna razón que ignoro, no se casaron. Alice contrajo matrimonio con Edmund, mi hermano mayor, y Gavin se casó con...

—Con Judith —apuntó Mary.

—Con Judith, sí —continuó Brian—. Mi hermano fue asesinado una noche.

El joven se interrumpió un momento. No quería mencionar la maldad de su hermano mayor, junto al cual todos vivían aterrorizados. Tampoco mencionó a la adorable joven que se cortó las muñecas la noche en que Edmund murió.

—Y Alice se quedó viuda —dijo Mary, en voz baja.

—En efecto. Creo que intentó reconquistar a Gavin, pero hubo un accidente y se le volcó aceite caliente en la cara. Se quedó marcada.

—¿Cree usted que hay alguna vinculación entre ese episodio y mi secuestro? ¿Dónde está Alice ahora?

—Vive aquí. No tiene a nadie más. —Pensó en la amabilidad de Roger—. Ese otoño, Roger combatió públicamente con otro de sus hermanos, señora. Lucharon por una mujer.

—Sólo puede haber sido Stephen. Bronwyn no me dijo nada. —Mary se pasó una mano por la cara—. Yo no tenía idea de que hubiera pasado eso. Oh, Brian, ¿qué vamos a hacer? No podemos permitir que nuestras familias estén en guerra.

El joven quedó sorprendido por esas palabras. ¿Qué significaba ese «nosotros» tácito? ¿Cómo podía ella suponer que lo tenía de su parte? Roger era su hermano y se pondría de parte de él, por supuesto. Si él tenía prisionera a esa suave mujer, debía de ser por un buen motivo.

Antes de que Brian pudiera decir una palabra, Mary volvió a hablar.

—¿Por qué renqueas? —preguntó con suavidad.

El muchacho dio un respingo. Hacía mucho que nadie le preguntaba eso.

—Un caballo me rompió la pierna —dijo secamente.

Mary le miró como si esperara oír más. Brian se sintió transportado a un día que no le gustaba recordar.

—Elizabeth tenía cinco años —dijo con voz remota—. Aún entonces parecía un ángel. Uno de los talladores de madera la usó como modelo para todos los querubines de la capilla. Yo tenía ocho años. Estábamos jugando en la arena de la liza. Edmund, nuestro hermano, ya era mayor entonces; tenía veintiuno.

Brian hizo una pausa antes de continuar.

—No lo recuerdo todo. Después se dijo que Edmund estaba borracho. No vio que Elizabeth y yo estábamos jugando allí y se lanzó a la carga.

Mary ahogó una exclamación de horror.

—Nos hubiera matado de no ser por Roger, que por entonces tenía catorce años; era grande y fuerte. Él corrió por delante del caballo de Edmund y nos agarró a ambos, pero un casco le golpeó en el brazo izquierdo, haciendo que me dejara caer. —Apartó la vista por un momento—. El caballo me trituró la pierna desde la rodilla hacia abajo. —Esbozó una débil sonrisa—. Tuve suerte de no perderla. Elizabeth dijo que eran los cuidados de Roger los que me la habían salvado. Pasó a mi lado varios meses.

—Le quieres mucho, ¿verdad?

—Sí —respondió él simplemente—. Nos protegió durante toda la infancia, a Elizabeth y a mí. A ella la puso en un convento a los seis años.

—Y está allí ahora.

Brian sonrió.

—Roger dice que está buscando a un esposo digno de ella, pero aún no lo ha hallado. ¿Cómo se puede buscar esposo a un ángel?

Y rió al recordar algo que la muchacha había dicho. Había sugerido a Roger que le buscara un demonio. Al hermano mayor no le había resultado muy humorístico. Con frecuencia Roger no se reía ante los agudos comentarios de su hermana. A veces la muchacha demostraba tener una lengua que no se ajustaba a su dulce aspecto.

—No podemos permitir que nuestras familias estén en guerra —dijo Mary—. Me has demostrado que tu hermano es un hombre bondadoso y cariñoso. Está enfadado con Stephen, nada más. Y lo mismo debe de ocurrir con tu cuñada.

Brian estuvo a punto de reír. Alice caía en demenciales ataques de furia que superaban holgadamente el enfado. A veces enloquecía por completo y era preciso darle hierbas soporíferas. Gritaba constantemente cosas sobre Gavin y Judith Montgomery.

—Ha dicho usted muy poco de sí misma —observó Brian, en voz baja—. Hace días que está prisionera y llora, pero quiere saber de mí. Dígame usted, ¿por qué ha estado llorando? ¿Por usted misma o por sus hermanos?

Mary bajó la vista a sus manos.

—Soy débil y cobarde. Ojalá pudiera rezar como corresponde, pero mis hermanos me han enseñado a ser realista. Cuando descubran mi desaparición se pondrán furiosos. Gavin y Stephen se prepararán serenamente para la guerra, pero en Raine y en Miles no habrá ninguna calma.

—¿Qué harán?

—¿Quién lo sabe? Lo que les parezca conveniente en el momento. Raine suele ser muy dulce, pese a su aspecto de oso, pero no puede soportar la injusticia. Y Miles tiene un temperamento terrible. Nadie sabe de lo que es capaz.

—Hay que terminar con esto —dijo Brian levantándose—. Iré en busca de Roger para exigirle que usted sea puesta en libertad.

Mary se puso de pie.

—¿No crees que una exigencia podría enojarle? ¿No sería mejor pedírselo?

Brian estudió sus suaves redondeces, sus grandes ojos. Le hacía sentirse fuerte como una montaña. Nunca había pedido nada a Roger, salvo su vida misma. Ella tenía razón: ¿Cómo exigir algo a quien se ama?

Tocó a Mary en la cara.

—Yo te sacaré de aquí. Te lo prometo.

—Te creo —respondió ella, con gran confianza—. Ahora debes irte.

Brian echó un vistazo a esa celda pequeña y húmeda. Había paja en el suelo, bastante sucia. El único mueble era un duro camastro y un cántaro en un rincón.

—Este calabozo es un asco. Saldrás de aquí conmigo.

—¡No! —Ella retrocedió—. Es preciso que tengamos cuidado para no enfurecer a tu hermano. Si es como el mío, tal vez diga cosas que lamente después, pero entonces estará obligado a atenerse a su palabra. Debes esperar a mañana y hablar con él cuando esté descansado.

—¿Cómo puedes preocuparte por mi hermano, si eso significa pasar otra noche en este infierno?

Ella le respondió sólo con la mirada.

—Ahora vete en paz. No tienes por qué preocuparte.

Brian la miró fijamente un momento. Luego le besó la mano.

—Eres una buena mujer, Mary Montgomery.

Y salió.

Mary apartó la vista al oír la cerradura de la puerta. Había tratado de no demostrar al muchacho lo asustada que estaba. Algo correteó por el suelo y ella dio un brinco. No debía llorar, no, pero era tan cobarde…

Roger miró espantado a su hermano menor.

—Quiero que la saques de ese calabozo —dijo Brian sereno.

Siguiendo el consejo de Mary, había esperado hasta la mañana para enfrentarse a Roger. A juzgar por las grandes ojeras de su hermano, tampoco él había dormido mucho.

—Por favor, Brian… —empezó Roger, con la voz que sólo empleaba para hablar con sus hermanos menores.

El muchacho no cedió.

—Todavía no me has dicho por qué la tienes prisionera, pero cualquiera sea el motivo quiero que la saques de ese calabozo.

Roger le volvió la espalda para ocultar su dolor. ¿Cómo explicar la humillación padecida a manos de los Montgomery? Había sufrido por su cuñada, rechazada por Gavin al arrojarse a sus pies. Cuando fue elegido por Bronwyn se había sentido redimido, pero Stephen, con un golpe de suerte, le dejó despatarrado. En su furia, sin pensar, había atacado a su adversario por la espalda. Ahora quería demostrar a los Montgomery que no siempre era posible derrotarle.

—No se le hará daño —dijo—. Te lo prometo.

—En ese caso ¿para qué la retienes? Ponla en libertad antes de que se produzca una guerra completa.

—Ya es demasiado tarde para eso.

—¿A qué te refieres?

Roger miró a su hermanito.

—Raine Montgomery iba hacia Gales, con varios cientos de los soldados del rey, cuando se enteró de que Mary estaba en mi poder. Entonces hizo que los hombres se desviaran hacia aquí para atacarnos.

—¿Qué? ¿Vamos a ser atacados? No tenemos defensas. ¿No sabe ese hombre que en estos tiempos no puede hacer esas cosas? Hay tribunales y leyes que nos protegen de un ataque.

—El rey se reunió con Raine antes de que pudiera llegar hasta aquí. Esa utilización de los soldados para cuestiones personales le enfureció tanto que le declaró descastado. Raine se ha retirado a los bosques.

—¡Buen Dios! —suspiró Brian dejándose caer en una silla—. No tenemos defensas como esa enorme fortaleza de los Montgomery. Si liberamos a Mary…

Roger le miró con admiración.

—No era intención mía incluirte en estas diferencias. Tienes que irte. Ve a alguna de mis otras fincas. Yo iré pronto a reunirme contigo.

—¡No! —dijo Brian con firmeza—. Primero es preciso arreglar esta riña. Enviaremos mensajes al rey y a los Montgomery. Mientras tanto me encargaré personalmente de Mary.

Y salió del cuarto renqueando.

Roger clavó la mirada en la puerta que su hermano acababa de cerrar, haciendo rechinar los dientes con furia. Después tomó un hacha de guerra de la que pendían en la pared y la arrojó contra el roble, donde se clavó.

—¡Malditos sean todos los Montgomery! —maldijo.

Era una suerte que el rey estuviera enojado con ellos. Se apoderaban de todo. Se había apoderado de la belleza de Alice, junto con su cordura, y de todas las tierras escocesas que hubieran debido ser suyas. Ahora querían quitarle la admiración de su hermano Brian, que hasta entonces nunca se le había opuesto en nada. Ahora, en cambio, tomaba decisiones y le indicaba qué hacer.

Se abrió la puerta, dando paso a Alice. Su vestido era de satén verde esmeralda, bordeado de piel de conejo teñida de amarillo. Un velo de finísima seda le cubría la cara.

—Acabo de ver a Brian —dijo, agresiva—. Estaba ayudando a Mary Montgomery a subir la escalera. ¿Por qué la hiciste sacar del sótano? Habría que arrojarla a los perros.

—Brian la descubrió por su cuenta y decidió atenderla.

—¡Atenderla! ¿O sea que la va a tratar como a esa invitada que tienes arriba? —Soltó una risa burlona—. ¿Acaso ya no eres tú el que da las órdenes en esta casa? Al parecer, ahora el amo es Brian.

—Tú debes saberlo mejor que nadie, puesto que te has acostado con todos los hombres de la casa.

Alice le sonrió.

—¿Envidioso? Se dice que anoche expulsaste de tu cuarto a la esposa de Stephen. ¿No pudiste hacer nada con ella? Tal vez Brian pueda hacerlo por ti.

—Sal de aquí —ordenó Roger, en voz baja, pero sin dejar dudas sobre sus intenciones.

Bronwyn miraba por la ventana hacia el patio cubierto de nieve. Hacía ya un mes que estaba prisionera de Roger Chatworth y en ese tiempo no había visto a nadie, con excepción de alguna criada. Las mujeres le traían la comida, leña y sábanas limpias. Limpiaban su cuarto y vaciaban su bacinilla, pero no le dirigían la palabra. Ella había tratado de hacerles preguntas, pero la miraban con mucho miedo y se marchaban de puntillas.

No existía un método de fuga que no hubiera intentado. Había atado las sábanas para descolgarse desde la ventana, pero los guardias de Roger la atraparon al llegar abajo. Al día siguiente, un hombre instaló barrotes en el vano.

Hasta había provocado un incendio para distraer a sus guardianes, pero los guardias la sujetaron mientras apagaban el fuego. Hizo un arma con el asa de una jarra de peltre y logró herir a uno de los guardias, pero sólo consiguió que reforzaran su custodia; Roger en persona fue a decirle que, si le causaba más problemas, la maniataría. Ella le rogó que le diera noticias de Mary. ¿Sabían los hermanos Montgomery que sus mujeres estaban cautivas?

Roger no le dio ninguna respuesta.

Bronwyn volvió a hundirse en su soledad. Lo único en que podía distraerse era en el recuerdo de Stephen. Tenía tiempo para repasar cada momento compartido con él y de estudiar los cambios convenientes.

Habría debido comprender, por ejemplo, que toda una raza no podía ser tan mala como los hombres que la devoraban con la vista en casa de Sir Thomas. Había hecho mal en enojarse porque Stephen se interesaba más en su persona que en su clan. Y en confiar tan plenamente en los cuentos de Roger.

Era comprensible que Stephen la creyera egoísta. Ella siempre veía un solo lado del problema. Pensó en la petición de Stephen a su rey y se dijo que, si salía de ésa con vida, recurriría a Kirsty para tratar de hacer las paces con los MacGregor. Era una deuda para con Stephen.

—Son hermosos, Brian —sonrió Mary, aceptando los zapatitos de cuero—. Me malcrías.

Brian la miró; el amor le brotaba por los ojos. Habían pasado juntos la mayor parte del mes transcurrido. Si no había vuelto a pedir a su hermano la liberación de Mary era porque no quería separarse de ella. Con demasiada frecuencia Roger salía de viaje y Elizabeth estaba siempre encerrada en su convento. En cuanto a las otras mujeres, le hacían sentirse torpe y tímido. Mary, en cambio, restaba soledad a su vida. Tenía diez años más y era tan poco de este mundo como él. Nunca se reía como una niña; no le pedía que bailara ni que la persiguiera entre los rosales. Mary era tranquila y sencilla; no le exigía nada. Pasaban los días tocando el laúd. A veces él le relataba cuentos que siempre había tenido en la cabeza, sin contárselos a nadie. Mary siempre le escuchaba y le hacía sentir fuerte y protector, algo más que un hermanito menor.

Por esa nueva sensación de protección, no pudo decir a Mary que también Bronwyn estaba prisionera. Ya no confiaba ciegamente en su hermano y había hecho preguntas a los sirvientes, para saber lo que ocurría en su propia casa. De inmediato exigió la liberación de Bronwyn, cosa que Roger ejecutó de inmediato. Ahora sólo Mary permanecía cautiva.

—Es mucho menos de lo que mereces —respondió sonriente.

Mary se ruborizó de un modo muy bonito y bajó la mirada.

—Ven y siéntate a mi lado. ¿Tienes noticias?

—Ninguna —mintió él. Sabía que Raine aún llevaba una vida de forajido en los bosques, al frente de una banda de rufianes, si se podía creer en Alice. Pero se lo calló—. Anoche refrescó aún más —agregó, calentándose las manos ante el fuego del cuarto.

Por mutuo acuerdo no mencionaban nunca a Roger ni a Alice; eran dos solitarios que se reunían por mutua necesidad. Su mundo consistía en una habitación grande y agradable, en el último piso de la casa Chatworth. Tenían la música, el arte y el mutuo goce; ninguno de ellos había sido nunca tan feliz.

Brian se recostó contra los almohadones de una silla, ante el fuego, y se dijo por milésima vez que deseaba seguir así para siempre. No quería que Mary regresara con su «antigua» familia.

Fue esa noche cuando habló con Roger de sus sueños.

—¿Que quieres qué? —chilló Roger, con los ojos dilatados.

—Que quiero casarme con Mary Montgomery.

—¡Casarte! —Roger se tambaleó contra una silla. ¡Emparentarse con una familia enemiga!—. Esa mujer pertenece a la Iglesia. No puedes.

Brian sonrió.

—No ha tomado los hábitos, aunque haga vida de monja. Mary es tan suave… Sólo quiere ayudar al mundo.

Los interrumpió la risa aguda de Alice.

—Sí que la has hecho, Roger. Tu hermanito quiere casarse con la mayor de los Montgomery. Dime, Brian, ¿qué edad tiene? ¿La necesaria para representar a la madre que siempre has querido?

Brian nunca había tenido motivos para enfurecerse. Roger siempre le protegía de las cosas desagradables del mundo. Pero en ese momento se acercó a Alice casi gruñendo. Roger le sujetó.

—Eso no es necesario.

Brian le miró a los ojos. Por primera vez en su vida no le veía perfecto.

—¿Vas a permitir que siga diciendo esas cosas? —preguntó en voz baja.

Roger frunció el ceño. No le gustaba que Brian le mirara con tanta frialdad, como si no fueran los mejores amigos del mundo.

—Se equivoca, claro está. Pero pienso que no has pensado bien en lo que me dices. Sé que eres joven, que necesitas esposa y…

Brian se soltó bruscamente.

—¿Soy demasiado estúpido para saber lo que quiero?

Alice bramaba de risa.

—¡Respóndele, Roger! ¿Permitirás que tu hermano se case con una Montgomery? Ya lo imagino. Toda Inglaterra dirá que, como no pudiste matar a Stephen por la espalda en una ocasión, lo haces ahora de otra manera. Dirán que los Chatworth toman sólo los despojos de los Montgomery. Yo no pude conquistar a Gavin. Tú tampoco a Bronwyn. Así que envías a tu hermano baldado detrás de la solterona de la familia.

—¡Cállate! —rugió Roger.

—La verdad duele, ¿no? —provocó Alice.

Roger apretó los dientes.

—Mi hermano no se casará con una Montgomery.

Brian se irguió en toda su estatura. Roger le doblaba en tamaño.

—Sí que me casaré con Mary —dijo con firmeza.

Alice volvió a reír.

—Debiste ponerle a cuidar a la otra. Así se habría dado gusto sin pensar en matrimonio.

—¿De qué estás hablando, espantajo? —acusó Brian—. ¿De qué otra?

Alice le fulminó con la mirada a través del velo.

—¿Cómo te atreves a llamarme espantajo? —exclamó—. En otros tiempos era tan bella que ni siquiera habría posado una mirada en un debilucho como tú.

Roger dio un paso adelante.

—Sal de aquí antes de que te fastidie la otra mejilla.

Alice le hizo una mueca antes de salir.

—Pregúntale lo de Bronwyn, la que está arriba. —Se rió mientras se retiraba apresuradamente.

Roger se volvió para enfrentarse a los fríos ojos de Brian. No, no le gustaba el modo en que le estaba mirando. Era casi como si ya no lo venerara.

—Me dijiste que la habías liberado —dijo el menor, con voz seca—. ¿Cuántas otras mentiras me has dicho?

—Bueno, Brian… —comenzó Roger, con la voz especial con que siempre le hablaba.

El otro se apartó.

—No soy un niño ni quiero que se me trate como a tal. ¡Qué tonto he sido! No me extraña que los Montgomery no nos hayan atacado. Tienes prisioneras a dos de sus mujeres, ¿no? ¿Cómo pude prestarte oídos? Ni siquiera puse en tela de juicio lo que hacías. En mi alegría por estar con Mary, ni siquiera pensé. Pero desde luego: siempre he estado demasiado atareado para pensar, ¿no?

—Por favor, Brian…

—¡No! —gritó el muchacho—. Esta vez me escucharás tú a mí. Mañana por la mañana llevaré a Mary y a Bronwyn con su familia.

Roger sintió que se le erizaba el pelo de la nuca.

—Son prisioneras mías. No harás semejante cosa.

—¿Por qué son tus prisioneras? —preguntó Brian —. ¿Porque atacaste a Stephen Montgomery por la espalda? ¿Porque él te derrotó?

Roger retrocedió, tambaleante.

—¿Cómo puedes hablarme así, Brian, después de cuanto he hecho por ti?

—¡Estoy harto de oírte contar cómo nos salvaste la vida! ¡Harto de agradecértelo a cada instante! Ya es hora de que deje de ser tu hermanito menor. Soy un hombre adulto y puedo tomar decisiones por cuenta propia.

—Brian —susurró Roger—, nunca te pedí gratitud. Tú y

Elizabeth sois toda mi vida. No tengo a nadie más. Nunca he querido a nadie más.

Brian suspiró, perdiendo el enojo.

—Lo sé. Siempre has sido bueno con nosotros, pero ya es hora de que yo te deje e inicie mi propia vida. —Le volvió la espalda—. Mañana llevaré a las mujeres a su casa.

En cuanto Brian salió, Roger se echó a temblar. Ninguna batalla, ningún torneo le habían dejado nunca tan débil como ese enfrentamiento con Brian. Momento a momento veía cambiar a su querido hermanito. Brian ya no adoraba ciegamente a su hermano mayor.

Se dejó caer en una silla, con la vista fija en los mosaicos del suelo. Sólo tenía a Brian y a Elizabeth. Los tres habían permanecido siempre juntos como una fuerza poderosa contra la maldad de Edmund. Elizabeth era independiente desde un principio. Su rostro angelical disimulaba un carácter fuerte; con frecuencia se enfrentaba a Edmund antes de su muerte. Pero Brian siempre había buscado el amor y la protección de Roger, permitiendo que él tomara todas las decisiones. Y a él le encantaba ese papel. Le encantaba que Brian le adorara.

Pero esa noche había perdido esa adoración. De muchachito dulce y amante, Brian se había convertido en un hombre hostil, exigente, lleno de arrogancia.

¡Y todo por culpa de los Montgomery!

Sin darse cuenta, Roger empezó a beber. El vino estaba a mano y lo bebió sin pensar. Sólo recordaba los ojos fríos de Brian y el hecho de que los Montgomery le habían hecho perder el amor de su hermano.

Cuanto más bebía, más pensaba en todos los problemas que le causaban los Montgomery. La pérdida hermosura de Alice parecía ser un insulto directo. Después de todo, era familiar suya. Judith y Gavin habían jugado con Alice. Peor aún: se habían reído de ella, tal como se reían de Roger. Casi podía escuchar las pullas de los hombres en la corte, donde había estado tras su batalla con Stephen. «¿Conque quisiste apoderarte de la escocesa de Montgomery, hombre? Por lo que dicen, se comprende, pero ¿tanto ardías por ella como para atacar a Stephen por detrás?»

Las palabras volvían a él una y otra vez. El hijo del rey Enrique acababa de casarse con una princesa española y el monarca no quería que esas poco caballerescas actitudes le arruinaran el buen humor.

Roger plantó su vaso de peltre en el brazo del sillón, haciendo caer un trozo de la talla.

—¡Malditos sean todos! —juró.

Brian estaba listo a cambiar años de amor y lealtad por una mujer a quien apenas conocía. Recordó a Bronwyn, riéndose de él mientras intentaba hacerle el amor. ¡Treta de ramera! Igual que la de Mary, al decir a Brian que no era monja. El muchacho parecía creerla pura, digna del matrimonio, pero ella había sabido seducir a un niño inocente, diez años menor que ella. ¿Pretendía utilizarle para conseguir la libertad o para echar mano de la fortuna de los Chatworth? Los Montgomery parecían estar adquiriendo la costumbre de casarse con personas de mucho dinero.

Roger se levantó, inseguro. Como tutor de Brian, estaba en la obligación de demostrarle que las mujeres eran zorras mentirosas. Eran todas como Alice y Bronwyn. No las había dulces ni gentiles; mucho menas, dignas de casarse con Brian.

Salió a tropezones del cuarto y subió la escalera. No tenía idea de adónde iba. Sólo al llegar al cuarto de Bronwyn se detuvo. Ante él flotaba una visión de pelo negro y ojos azules; recordaba cada curva de su bello cuerpo. Apoyó la mano en el cerrojo, pero en ese momento le vino a la memoria esa barbilla hendida que le desafiaba.

Se apartó de la puerta: no estaba tan borracho como para poder soportar el ridículo. ¡Era imposible emborracharse hasta tal punto!

Subió un tramo más hasta el último piso de la casa. Todos sus problemas eran culpa de esa buscona que se vestía de monja y provocaba a su hermanito. Sus maldades estaban causando la ruptura de su familia. Brian decía que por la mañana abandonaría la finca Chatworth. Iba a casarse con una Montgomery y se apartaría de él. Los Montgomery, como si no tuvieran ya bastante familia, se apoderaban de la de Roger.

Abrió la puerta de Mary. La luz de la luna entraba por la ventana. Junto a la cama ardía una vela.

—¿Quién es? —preguntó Mary en un susurro, incorporándose. Había miedo en su voz.

Roger tropezó con una silla y la estrelló contra una pared.

—¿Quién? —repitió ella, en voz más alta, pero ya temblorosa.

—Un Chatworth —gruñó Roger—. Uno de tus carceleros.

Se irguió ante la dama en toda su estatura para mirarla. Ella tenía su larga cabellera castaña retorcida en una trenza; sus ojos estaban dilatados de miedo.

—Lord Roger, yo…

—¿Tú qué? —acusó él—. ¿No vas a darme la bienvenida a tu cama? ¿Acaso un Chatworth no vale tanto como otro? Yo puedo dejarte en libertad tanto como Brian. Vamos, déjame ver con qué has tentado así a mi hermano.

Aferró la colcha que Mary apretaba contra su cuello y se la arrancó. Sus ojos vidriosos quedaron fijos en el pacato camisón de algodón. Casi todas las mujeres se acostaban desnudas, pero esa reina de las prostitutas usaba camisón. Por algún motivo eso exacerbó su ira. Dio un manotazo a la prenda y se la arrancó, sin reparar en su cuerpo ni en sus gritos aterrorizados. Sólo oía las palabras de Brian, diciendo que por la mañana abandonaría el hogar por esa mujer. Así se daría cuenta de que ella era una cualquiera, indigna de su afecto.

Cayó sobre el cuerpo regordete e inocente en estado de inconsciencia. Se quitó apenas las prendas necesarias para ejecutar el acto. Ella tenía las piernas tan apretadas que fue necesario abrírselas por la fuerza. Los alaridos habían cedido hasta convertirse en gemidos de terror. Todo el cuerpo estaba rígido como un trozo de acero.

No sintió placer al violarla. Estaba seca y tensa. Roger tuvo que empujar con todas sus fuerzas para penetrarla. Acabó en segundos. El alcohol y las emociones le habían agotado. Se dejó caer a un lado, en la cama, seguro de que Brian ya no le abandonaría, y cerró los ojos. En la primavera siguiente Brian, Elizabeth y él estarían juntos, como siempre.

Mary permaneció inmóvil. Se sentía invadida, impura. Su primer pensamiento fue para sus hermanos. ¿Cómo podría volver a mirarlos, si era lo que Roger había dicho una y otra vez, una prostituta? Brian tampoco volvería a sentarse a su lado para conversar.

Se levantó con mucha calma, sin prestar atención al dolor ni a la sangre que le goteaba por los muslos. Con mucho cuidado, se pasó el único vestido por la cabeza; era una sencilla prenda de lana azul oscura, hecha por las hermanas para ella. Echó una mirada alrededor por última vez y caminó hacia la ventana.

El frío aire de la noche le dio en pleno rostro. Lo aspiró profundamente y levantó los ojos hacia el cielo. Sabía que el Señor no podría perdonarle lo que hacía, pero tampoco ella podía perdonarse por lo ocurrido.

—Adiós, hermanos míos —susurró al viento—. Adiós, querido Brian.

Se persignó, cruzó las manos contra el pecho y saltó hacia las piedras de abajo.

Los animales de la finca percibieron algo antes que las personas. Los perros empezaron a ladrar; los caballos se movieron en los establos, inquietos.

Brian, alterado e insomne, se echó una bata sobre los hombros y salió al exterior.

—¿Qué pasa? —preguntó a un mozo de cuadra, que pasaba a toda carrera.

—Una mujer se ha arrojado desde una ventana del último piso —informó el mozo, por encima del hombro—. Voy en busca de Lord Roger.

El corazón de Brian se detuvo ante esas palabras. Tenía que ser una de las mujeres cautivas. «Que sea la que no conozco, esa Bronwyn», rogó. Pero aun al pensarlo sabía quién era la muerta.

Caminó tranquilamente hacia el lateral de la casa al que asomaba la ventana de Mary. Se abrió paso entre la muchedumbre de sirvientes que contemplaban el cuerpo.

—Ha sido violada —dijo una mujer en voz baja—. ¡Mirad esa sangre!

—Como cuando vivía Lord Edmund. ¡Y pensábamos que el hermano sería mejor!

—¡Salid de aquí! —gritó Brian. Le asqueaba que miraran tan libremente a su bienamada Mary—. ¿No me habéis oído? ¡Salid de aquí!

Los sirvientes no estaban acostumbrados a recibir órdenes de Brian, pero sabían reconocer la autoridad en una voz. Giraron en redondo y fueron a esconderse en los rincones oscuros, para contemplar desde allí a Brian y a esa mujer desconocida.

El joven le acomodó suavemente la ropa y le enderezó el cuello, torcido de un modo muy poco natural. Hubiera querido llevarla a la casa e hizo el intento, pero sus fuerzas no eran suficientes. Esa misma debilidad alimentó la cólera que crecía en él. Los sirvientes daban por sentado que era Roger quien la había violado, pero él no podía creerlo. «¡Alguno de los guardias!», pensó.

De pie junto al cadáver, comenzó a imaginar las torturas que aplicaría al hombre, como si con eso pudiera recuperar a su Mary. Como en trance, subió la escalera hasta el cuarto de Mary. Los guardias quisieron impedirle la entrada, pero dieron un paso atrás al verle la expresión. Él empujó la puerta.

Se quedó mirando a Roger, profundamente dormido, roncando en la cama de Mary. Parecía no tener pensamiento alguno; por él circulaba sólo una sensación, la de enriquecerse y fortalecerse a cada instante.

Con toda calma, tomó una jarra de agua fría de la mesa y vertió el contenido en la cabeza de su hermano.

Roger gruñó y levantó la vista.

—Brian —dijo, aturdido, con una débil sonrisa—. Estaba soñando contigo.

—¡Levántate! —ordenó Brian con voz mortífera.

Roger se puso alerta. Estaba adiestrado para la guerra y sabía dominar sus sentidos cuando se sentía en peligro.

—¿Qué ha pasado? ¿Está bien Elizabeth? —Pero se interrumpió al incorporarse y cobrar conciencia de dónde estaba—. ¿Dónde está Mary Montgomery?

La cara de Brian no cambió su apariencia de acero.

—Yace muerta en las piedras del patio.

Por la cara de Roger pasó una sombra.

—Quise demostrarte qué clase de mujer era. Quise mostrarte...

Le interrumpió la grave voz de Brian.

—¿Dónde está la esposa de Stephen Montgomery?

—Tienes que escucharme, Brian —suplicó su hermano.

—¡Escucharte! ¿Escuchaste tú los gritos de Mary? Sé que era tímida. Apostaría a que gritó como loca. ¿Disfrutaste?

—Brian...

—¡Basta! Acabas de decirme tu última palabra. Voy a buscar a esa otra prisionera tuya y nos iremos. —Entornó los ojos—. Y si vuelvo a verte en mi vida... te mato.

Roger cayó hacia atrás como si hubiera recibido un golpe. Aturdido, vio que Brian abandonaba la habitación. Miró la sangre que manchaba la sábana, a su lado, y pensó en la mujer muerta abajo. ¿Qué había hecho?

Brian no tardó en llamar a Bronwyn. Sabía que estaría en el cuarto antes utilizado por Edmund para retener a sus mujeres. Una vez más, los guardias de la puerta no le impidieron el paso. La tragedia de esa noche se percibía aun a través de los muros.

Bronwyn estaba despierta y vestida.

—¿Qué ha pasado? —preguntó en voz baja a ese joven de mirada dura.

—Soy Brian Chatworth —dijo él—. Voy a llevarla a usted a casa de su familia. ¿Está dispuesta?

—Mi cuñada también está cautiva. No me iré sin ella.

Brian apretó los dientes.

—Mi hermano acaba de violar a su cuñada, señora. Ella se ha suicidado.

Lo dijo con sequedad, como si esas palabras no significaran nada, pero Bronwyn sintió algo más hondo. «¡Mary!», pensó. «¡La buena, dulce, querida Mary!»

—No podemos dejarla aquí —adujo—. Debo llevarla con sus hermanos.

—No necesita usted preocuparse por Mary. Yo me encargaré de ella.

Bronwyn percibió muchas cosas en la manera en que él pronunciaba ese nombre.

—Estoy lista —respondió en voz baja.

Y le siguió fuera de la habitación.

Una vez al aire frío de la noche, Brian se volvió hacia ella.

—Haré que un guardia la acompañe a usted. La llevará a donde usted quiera. También puede volver conmigo al castillo Montgomery.

Bronwyn no tardó en tomar su decisión. Confinada a solas en el cuarto había tenido todo un mes para pensarlo: tenía que hacer las paces con los MacGregor antes de reunirse con Stephen. Debía probarle que era digna de su amor.

—Regresaré a Escocia. Y no quiero guardia inglesa. Viajaré mejor sola.

Brian no discutió. Su propia angustia le llenaba los pensamientos. Se limitó a asentir con sequedad.

Puede usted llevarse un caballo y las provisiones necesarias.

Giró para retirarse, pero ella le agarró del brazo.

—¿Cuidará usted de Mary?

—Con mi propia vida —dijo él con voz profunda—. Y también vengaré su muerte.

Se marchó.

Bronwyn frunció el ceño al pensar en lo que Mary hubiera dicho de la venganza. De pronto miró a su alrededor y, por primera vez, se supo libre. Debía irse cuanto antes, porque en ese lugar podían estallar nuevas violencias. Tenía mucho que hacer. Tal vez si salvaba algunas vidas, aunque fueran vidas de escoceses, el alma de Mary se sintiera reconfortada. Giró hacia los establos.

19

Bronwyn reclinó la cabeza contra el flanco caliente de la vaca que estaba ordeñando. Se alegraba de haber ido a casa de los padres de Kirsty en vez de volver a Larenston. El joven matrimonio y el bebé habían vuelto a su casa, en el norte. En el momento en que Bronwyn se volvía hacia su caballo para montar, Harben la sujetó por un brazo.

—Te quedarás con nosotros, muchacha, hasta que te entrevistes con el jefe MacGregor. Es decir, si aún quieres hacerlo.

Ella miró a Harben, a Nesta, a él otra vez.

—¿Desde cuándo lo sabéis?

—Donald me lo dijo cuando te fuiste. Pero yo siempre sospeché algo. No hablas como las mujeres comunes. Tienes mucha más...

—¿Confianza en mí misma? —sugirió Bronwyn, llena de esperanza.

Harben resopló.

—Insolencia, diría yo. —La miró con fijeza—. Serás del gusto del jefe MacGregor. —Y bajó la vista al vientre de la joven, que estaba engordando—. Veo que tu marido aprovechó mi cerveza casera.

Ella se echó a reír. Harben la condujo hasta la pequeña cabaña.

—Hay algo que no entiendo. Ya me doy cuenta de que eres

una MacArran, pero no me convenzo de que tu marido sea inglés.

Entraron en la cabaña riendo. Nesta les sonreía a los dos. Fue Nesta quien se encargó de que la granja siguiera en marcha y de que Bronwyn y Harben trabajaran mientras discutían.

Tardaron algunos días en acordar una reunión con el jefe MacGregor. Él aceptó no informar a nadie y presentarse sin acompañantes, igual que Bronwyn. A la mañana siguiente, al amanecer, en la niebla de los páramos, se realizarla el encuentro.

Tiró con más fuerza de las ubres y se apartó un mechón que le molestaba. En cuanto hubo acabado de ordeñar llevó su cubo al otro lado del granero. Ya empezaba a oscurecer. En el momento en que las últimas gotas de leche caían en el cántaro, Bronwyn oyó un ruido que la sobresaltó de inmediato.

Era un leve ladrido, apenas perceptible, pero algo en su tono le hizo pensar en Rab. Los ojos se le llenaron de lágrimas. Recordaba demasiado bien a Rab tendido en el suelo, con una enorme herida en el lomo.

El ruido se repitió. Ella giró en redondo, con el cántaro aún en la mano. Allí, quieto y con los ojos encendidos, estaba Rab meneando el rabo.

Apenas tuvo tiempo para dejar el cubo, pues un momento después le cayeron encima los setenta kilos de perro. Rab la tumbó de espaldas contra un pesebre y estuvo a punto de partirla en dos.

—¡Rab! —susurró abrazándose a él—. ¡Rab! —El animal amenazaba con sofocarla a fuerza de excitación. Ella reía y lloraba—. ¡Oh, mi buen perro! ¿De dónde vienes? ¡Te creía muerto!

Y escondió la cara en su pelaje.

De pronto se oyó un silbido bajo y penetrante. Rab se puso rígido. Un momento después estaba con las cuatro patas bien plantadas en el suelo, frente a ella.

—¿Qué pasa, muchacho?

Levantó la vista. Allí estaba Stephen, con el pelo más corto, pero con el atuendo escocés. Ella le recorrió lentamente con la vista; había olvidado lo corpulento que era, lo fuerte y musculoso. Sus ojos azules la miraban de una manera intensa.

—¿Me vas a dar la misma bienvenida que a Rab? —preguntó en voz baja.

Ella, sin pensar, saltó hacia él, le rodeó el cuello con los brazos y despegó los pies del suelo. Stephen empezó a besarla sin decir una palabra, dando salida a todo su apetito. Hacía mucho tiempo que no la tocaba. Dio un paso atrás, con ella en brazos, y cayó en una gruesa parva de heno. En plena caída le buscaba ya los botones de la camisa.

—No podemos... —murmuró Bronwyn, contra sus labios—. Harben...

Stephen le mordió el lóbulo de la oreja.

—Le dije que teníamos planeada una orgía durante el resto del día.

—¡No me digas!

—¡Sí, te digo! —se burló él con ojos risueños.

De pronto cambió la expresión de su cara. Sus ojos se ensancharon para mirarla con estupefacción. Un momento después le desgarraba las ropas, mirando boquiabierto el bulto duro del vientre. Levantó la vista, interrogante.

Ella asintió con una sonrisa.

El grito feliz de Stephen asustó a los pollos que descansaban en las vigas del granero.

—¡Un bebé! Harben tenía mucha razón cuando ponderaba su cerveza casera.

—Según dice Morag, ya estaba embarazada cuando conocimos a Kirsty.

Él se tendió a su lado y abrazó su cuerpo desnudo.

—En ese caso debo de haber sido yo, no Harben —murmuró, con una profunda alegría interior.

Ella se acurrucó a su lado y frotó un muslo entre los de él.

—También puede haber sido la cerveza casera —murmuró con aire triste—. No recuerdo ninguna otra cosa que me pueda haber dejado embarazada.

Stephen rió entre dientes y la empujó hacia el heno, boca abajo. En un momento se quitó la manta y la sujetó poniéndole una rodilla en la parte baja de la espalda. Después se inclinó para besarle el dorso de las rodillas.

—No te he olvidado del todo —susurró, deslizándole los labios por los tendones.

Hacía demasiado tiempo que no hacían el amor y eso la

excitó hasta un punto febril. No les llevó sino algunos instantes estremecerse en la culminación del amor.

—Oh, Stephen —susurró ella, abrazándole.

Era la dicha sentirse a salvo otra vez, a salvo y acompañada. Sus lágrimas empezaron a caer sin que ella se diera cuenta. Stephen la refugió al amparo de sus fuertes brazos y echó la manta encima de ambos. Rab se acomodó contra la espalda de su ama.

Aquella sensación de seguridad la hizo llorar más aún.

—¿Ha sido muy horrible? —preguntó él en voz baja—. Nos sentíamos impotentes. Era muy poco lo que podíamos hacer. Ella se enjugó las lágrimas.

—¿Mary? —preguntó.

—Brian Chatworth nos la trajo.

Stephen guardó silencio un instante. No era tiempo aún de comentar su dolor y su ira por la muerte de su hermana. La dulce y bondadosa Mary, que sólo había hecho el bien en su vida, no merecía morir de manera tan vil. Miles había estado a punto de matar a Brian antes de que Gavin y Stephen pudieran impedirlo. Cuando el joven pudo revelar su historia fue evidente que, aun cautiva, Mary había dado amor. El dolor de Brian era muy obvio al abrazar el cuerpo sin vida de su amada.

—Brian fue en busca de Raine —continuó Stephen—. Nos dijeron que se oculta en la selva. ¿Por qué no volviste a Larenston? Tam ha envejecido veinte años en este último mes, sabía muy poco de lo ocurrido. Encontraron a Rab por la mañana y Tam dio por seguro que habías muerto.

—Quería hacer algo por Mary.

—¿Por Mary? ¿Has venido a casa de Harben por Mary?

Bronwyn intensificó su llanto.

—Tenías razón. Tuve tiempo de sobra para pensarlo. Soy muy egoísta y no merezco tu amor.

—¿Qué diablos estás diciendo? —preguntó él.

—Lo que dijiste cuando tenías en brazos a esa mujer —sollozó ella inarticuladamente.

Stephen frunció el ceño, tratando de recordarle. Desde su boda no había tocado a otra mujer, pues todas palidecían comparadas con Bronwyn. Por fin sonrió.

—¡Aggie! —recordó—. Es la prostituta del castillo. Yo estaba sentado allá, sintiéndome angustiado y miserable. Ella entró en el cuarto, se abrió la blusa y se me arrojó en el regazo.

—¡Pues no la apartaste, por cierto! Cuando entré estabas muy a gusto.

—¿Muy a gusto? —interrogó él. Luego se encogió de hombros—. Soy hombre; puedo sentirme enojado y deprimido, pero no estoy muerto.

Bronwyn le arrojó un puñado de heno. Él le sujetó los brazos a los costados.

—Repíteme lo que dije aquella noche —pidió.

—¡No te acuerdas!

¿Cómo había podido olvidar algo tan importante para ella?

—Sólo sé que nos gritamos y yo monté a caballo, sin saber siquiera adónde iba. En algún momento caí a tierra y me quedé dormido. Por la mañana comprendí que probablemente te había perdido con mi idiotez y decidí hacer algo para volver a conquistarte.

—¿Por eso fuiste a la corte? ¿Para reconquistarme?

—Sólo por eso —aseguró él—. Detesto la corte. ¡Qué derroche!

Ella le miró fijamente y se echó a reír.

—Hablas como un escocés.

—También el rey dijo que ya no me veía inglés, sino escocés.

Ella, riendo, empezó a besarlo. Stephen la apartó.

—Todavía no me has dado una respuesta. Durante todo el tiempo que pasé en la corte estuve convencido de que seguías con mis hermanos. Gavin estaba tan furioso que se negó a escribirme. Probablemente supuso que yo estaba enterado de tu huida la noche en que me marché. Tú y Miles les asustasteis mucho, ¿sabías?

—¿Y a ti no? —se extrañó ella—. ¿Qué pensaste al descubrir que había vuelto a Escocia?

—¡No tuve tiempo de pensar! —protestó él disgustado—.

Gavin, Raine, Miles y Judith me regañaron durante varios días. Después me retiraron la palabra.

—Y yo, mientras tanto, en Escocia, esperando en vano un mensaje tuyo.

—¡Pero tú me abandonaste! —dijo él medio gritando—. ¡Eras tú la que debías enviarme un mensaje!

—¡Stephen Montgomery, yo no te abandoné! Acabas de decir que montaste a caballo y fuiste a la corte del rey Enrique. ¿Se suponía que yo debía esperar sentada tu regreso? ¿Qué debía decirle a tu familia? ¿Que preferías una ramera gorda a mí? ¡Y después de lo que dijiste!

Él le puso los dedos en el mentón para levantarle la cara.

—Quiero saber qué dije. ¿Qué te llevó a dejarme? Te conozco; si hubiera sido sólo por lo de la muchacha no te hubieras ido. Probablemente le habrías aplicado un hierro caliente.

—¡Bien que se merecía una tortura! —aseguró ella acalorada.

El tono de Stephen fue firme, casi frío.

—Quiero saberlo.

Ella apartó la vista. Las lágrimas surgieron con facilidad, haciéndole pensar, disgustada, que nunca en su vida había llorado tanto.

—Dijiste que yo era egoísta, demasiado egoísta para amar. Dijiste que me ocultaba detrás de mi clan porque tenía miedo de crecer. Dijiste... que ibas a buscar a una mujer capaz de darte lo que necesitabas, una que no fuera fría.

Stephen se quedó boquiabierto. Después se echó a reír. Ella levantó la vista, sorprendida y horrorizada.

—No veo nada gracioso en mis faltas —aseguró muy fría.

—¡Faltas! —jadeó él entre carcajadas—. ¡Por Dios, qué borracho estaría! No sabía que alguien pudiera embriagarse tanto.

Ella trató de apartarse.

—¡No me gusta que se rían de mí! Tal vez es mi egoísmo lo que me impide ver el humor de tus palabras.

Stephen la atrajo hacia sí. Ella se resistió y, por un momento, él le permitió ganar el forcejeo. De inmediato, aún riendo, la puso debajo de su cuerpo para hablarle con toda seriedad.

—Escúchame, Bronwyn. Eres la persona menos egoísta que haya conocido en mi vida. Nunca he sabido de alguien que se preocupara tanto por los otros y tan poco por sí misma. ¿No te diste cuenta de que eso fue lo que me enfureció cuando te descolgaste por el acantilado? Podrías haber ordenado que descendiera cualquier otro o seguir el consejo de Douglas y dar a Alex por muerto. ¡Pero no! Mi querida y dulce jefa sólo pensó en la vida de un miembro de su clan, no en el peligro que corría.

—Pero tuve mucho miedo —confesó ella.

—¡Desde luego! Eso destaca tu valor... y tu falta de egoísmo.

—Pero ¿por qué...?

—¿Por qué te traté de egoísta? Porque estaba muy dolido, supongo. Porque te amo profundamente y tú no me amabas. Y a decir verdad, a veces me haces sentir muy mortal. Temo no tener la mitad de tu coraje.

—Oh, Stephen, eso no es cierto. Eres muy valiente. Arremetiste contra cuatro ingleses armados sólo con un arco y flechas al verme amenazada. Y te hizo falta mucho valor para renunciar a tus ropas inglesas y convertirte en escocés.

—¿Convertirme en escocés? —repitió él, con una ceja arqueada y muy serio—. Una vez dijiste que sólo me amarías si me convertía en escocés.

Esperó, pero ella no dijo nada.

—Te amo, Bronwyn, y lo que más deseo es que tú me quieras también. —Le puso un dedo contra los labios para clavarle una mirada amenazadora—. Y si repites todo eso de que el amor no importa, te romperé ese bonito cuello.

—¡Claro que te amo, tonto! ¿Por qué crees que me duele el estómago y me da vueltas la cabeza cuando te tengo cerca? Y cuando estás lejos es peor. Si acompañé a Roger Chatworth fue por un solo motivo: para demostrarte que no era egoísta. Hubiera hecho cualquier cosa por merecer tu amor.

—Huir con mis enemigos no es forma de demostrar que me amas —observó él, frío. Pero inmediatamente empezó a sonreír—. ¿Todo eso significa que me amas o que te revuelvo el estómago?

—Oh, Stephen —rió ella, comprendiendo que él le creía. ¡No la acusaba de dormir con Roger Chatworth! ¡Empezaba a dominar sus celos!

De pronto ambos quedaron petrificados, mirándose. Los

dos habían sentido un brusco movimiento en el vientre de Bronwyn.

—¿Qué ha sido eso? —inquirió él.

—Parecía una patada —dijo ella maravillada—. Creo que tu hijo acaba de darnos un puntapié.

Stephen se tendió a un lado y le acarició el vientre con reverencia.

—¿Sabías lo del bebé cuando me abandonaste?

—No te abandoné —insistió ella—, pero sí, lo sabía.

Él guardó silencio, abrigándole el vientre con una mano caliente.

—¿Te hace feliz tener un hijo? —susurró ella.

—Me asusta un poquito. Judith perdió al primero. No me gustaría que te ocurriera nada parecido.

Ella le sonrió.

—¿Qué podría pasarme, si estás tú para protegerme?

—¡Protegerte! —estalló él—. Nunca me prestas atención ni haces lo que te indico. Me drogas. Abandonas la protección de mi familia en medio de la noche. Te...

Ella le cubrió los labios con un dedo.

—Pero te amo. Te amo muchísimo y te necesito. Necesito de tu fuerza, tu ecuanimidad, tu lealtad y tu modo de ser. Tú impides que mi clan y yo declaremos la guerra a nuestros enemigos. Y nos haces ver que no todos los ingleses son ignorantes, codiciosos, falsos...

Él la acalló con un suave beso.

—No lo estropees —dijo, sarcástico—. Yo también te amo. Te quise desde el momento en que te vi con tu clan. Nunca había visto a una mujer bonita que fuera algo más que un adorno, descontando a Judith. Me impresionó ver que tus hombres te prestaban atención con respeto. Fue la primera vez que te consideré algo más, aparte de...

—¿Una buena retozona en la cama? —sugirió ella con ojos chispeantes.

Él se echó a reír.

—¡Decididamente!

Y empezó a besarla de nuevo con más seriedad, acariciándole el cuerpo.

—Stephen —susurró ella mientras él le besaba la oreja—, mañana debo entrevistarme con el jefe MacGregor.

—Me alegro —murmuró él, bajando la boca hacia el cuello—, me alegro mucho.

Ella movió la cabeza para ofrecerle la boca. En ese momento él se apartó bruscamente. Rab emitió un pequeño ladrido de alarma.

—¡Bromeas! —protestó Stephen horrorizado.

Ella sonrió con dulzura.

—Nos reuniremos mañana al amanecer. —Y volvió a besarle.

Él se alejó un poco y la incorporó con brusquedad.

—¡Maldita seas! —murmuró con los dientes apretados—. ¿Vas a empezar otra vez? Sin duda la reunión será a solas, en algún lugar secreto.

—A solas, por supuesto. No puedo pedir a mi clan que me acompañe. Quiero liquidar esta guerra antes de que empeore.

Stephen cerró los ojos un momento, tratando de calmarse.

—No puedes reunirte con él a solas. Lo prohíbo.

La cara de Bronwyn reflejó inmediatamente su incredulidad.

—¿Qué dices? ¿Qué tú lo prohíbes? ¿Y quién eres tú para eso? ¿Olvidas que la jefa MacArran soy yo? El hecho de que te ame no te da derecho para dirigir mis funciones de jefa.

—¿Quieres callarte un minuto? —exigió él—. Siempre crees que me opongo a ti. Ahora escucha. ¿Quién más está informado de este encuentro?

—Sólo Harben, que lo arregló todo. No quisimos revelar que la cita estaba acordada ni siquiera a Nesta, por miedo a que eso le hiciera concebir demasiadas esperanzas.

—¡Demasiadas esperanzas! —jadeó él—. ¿No puedes pensar en otra cosa que en los otros?

—Cualquiera diría que eso es malo.

—Algunas veces, sí. —Stephen trató nuevamente de calmarse—. ¿No te das cuenta, Bronwyn, que a veces debes pensar en ti misma?

—¡Pero si lo hago! Quiero la paz para mi clan.

Stephen la miró con gran amor.

—Está bien, escúchame. Imagínate esto, si quieres. Tú y el jefe MacGregor os reunís en algún sitio solitario, sin duda en la niebla, y el único que sabe algo de esto es Harben. ¿Qué pasará si el jefe MacGregor decide poner fin a sus diferencias con los MacArran matando a su jefa?

—¡Eso es un insulto! —exclamó ella—. Se trata de una reunión para acordar la paz. El jefe MacGregor no sería capaz de semejante cosa.

Él levantó las manos como buscando ayuda.

—No logro que encuentres el término medio, ¿eh? Hace seis meses todo lo referido a los MacGregor te parecía odioso. Ahora quieres entregarle tu vida a su jefe.

—¿Y qué otra cosa puedo hacer? Si él y yo llegamos a algún acuerdo pacífico acabarán las matanzas. ¿No es eso lo que deseas? ¿No has dicho siempre que querías acabar con nuestros odios? Esta guerra de clanes provocó la muerte de tu amigo.

Él la estrechó contra sí.

—Sí, estoy de acuerdo. Quiero todo eso, pero cuando pienso en lo que podría costar... ¿Cómo dejarte ir sola al encuentro de un hombre que te dobla en tamaño? Podría matarte con un solo golpe.

Ella levantó la cabeza, pero él se la bajó otra vez.

—No irás sola. Te acompañaré.

—¡Pero no puedes! —estalló ella—. El mensaje era sólo para mí.

—Ya llevas a otra persona contigo. ¿Qué importa una más?

—Stephen —suplicó ella.

—¡No! Por una vez me obedecerás, ¿comprendes?

Bronwyn quiso discutir, pero comprendió que de nada serviría. En realidad, se alegraba de que él la acompañara. Levantó la cara para besarle.

Él le tocó los labios con los suyos y se apartó.

La muchacha levantó la vista, sorprendida, pero Stephen señaló la ventana con la cabeza.

—Si no me equivoco, falta una hora para el amanecer. Creo que ya debemos partir.

—¿No podríamos disponer de algunos minutos? —preguntó ella melancólica.

—No seas traviesa. Vístete y ve a conquistar al jefe MacGregor como me has conquistado a mí.

Ella se tendió de espaldas en el heno para observarle mientras se vestía. Aquel cuerpo fuerte se quedó cubierto con demasiada prontitud. ¡Pensar que en otros tiempos lo había creído enemigo!

—Tú eres mi conquistador, señor —suspiró.

Y empezó a vestirse, contra su voluntad.

Mientras ensillaban los caballos y se preparaban para el breve trayecto, ambos se pusieron más serios. Stephen pensó por un momento la posibilidad de encerrar a Bronwyn en el granero para ir solo, pero ella, como si le adivinara los pensamientos, se negó a decirle en qué sitio se entrevistaría con el jefe MacGregor.

El lugar era tal como Stephen lo había imaginado: solitario, rodeado de rocas y densamente envuelto en nieblas. En cuanto desmontó la punta de una espada se le apoyó contra la nuca.

—¿Quién eres? —gruñó el jefe MacGregor.

—He venido a protegerla —respondió Stephen—. Por muy jefa que sea no va a entrevistarse a solas con un hombre.

El jefe MacGregor miró la silueta alta, esbelta y bella de Bronwyn, que retenía al enorme perro para que no atacara al desconocido. Se echó a reír y envainó la espada.

—No te lo puedo reprochar, muchacho. Aunque podría necesitar protección contra otro tipo de cosas, aparte de la que imaginas.

Stephen se enfrentó con él cara a cara.

—La protejo en todo sentido —dijo con toda intención.

El jefe MacGregor volvió a reír.

—Ven y siéntate. He estado pensando en este acuerdo de paz. La única solución que se me ocurre es unir de algún modo a los clanes. —Miró a Bronwyn, que se estaba sentando en una roca—. Ya no estoy casado; si hubiera conocido antes a la jefa MacArran la habría pedido en matrimonio.

Stephen se puso tras su esposa y le apoyó posesivamente las manos en los hombros.

—Ya está casada. Y estoy dispuesto a luchar por...

—¡Basta, vosotros dos! —exigió ella, apartando las manos

de Stephen—. Parecéis dos alces en celo. Si no te comportas bien, Stephen, tendrás que volver a casa de Harben.

El jefe MacGregor se echó a reír.

—¡Y tú, Lachland! ¡Debes saber que la jefa MacArran no es sólo una cara bonita! Si no sabes tratar conmigo en un plano inteligente, será mejor que envíes a uno de tus caciques.

A Stephen le tocó el turno de reír.

Lachland MacGregor arqueó una ceja.

—Después de todo, no te envidio, muchacho.

—Tiene sus compensaciones —apuntó Stephen ufano.

Bronwyn no le prestaba atención.

—Davey —susurró.

Stephen comenzó a comprender lo que estaba pensando.

—Trató de matarnos —advirtió en voz baja.

Pero la mirada de Bronwyn le hizo callar. Sin duda, la sangre hablaba siempre. Se volvió hacia el jefe MacGregor.

—Ella tiene un hermano mayor, de unos veinte años. El muchacho se está volviendo loco de celos. Por no formar parte de un clan a las órdenes de su hermana menor se ha ocultado en las colinas. Hace poco atentó contra nosotros.

El jefe MacGregor frunció el ceño y asintió.

—Lo comprendo. Yo hubiera hecho lo mismo.

—¡Cómo puedes comprenderlo! —protestó Bronwyn—. Yo soy su jefa. Debería haber aceptado la voluntad de nuestro padre. Yo la habría aceptado.

—Por supuesto —descartó Lachland—, porque eres mujer.

Y pasó por alto sus protestas. Stephen le sonrió con calidez.

—Tengo una hija —continuó Lachland—. Tiene dieciséis años, es bonita y dulce como debe serlo una mujer. —Miró a Bronwyn—. Tal vez podamos acordar un matrimonio.

—¿Qué ofreces, además de tu insípida hija? —preguntó Bronwyn sin levantar la voz.

Lachland hizo una mueca antes de responder.

—No puede ser jefe, pero sí cacique. Es más de lo que tiene ahora. Y sería el yerno del jefe.

—Es un muchacho de temperamento violento —apuntó Stephen—. Por eso Jamie MacArran no le nombró jefe.

—¡Ni siquiera le conoces! —protestó Bronwyn—. ¿Cómo puedes saber cómo es?

—Escuchando —fue la breve respuesta de Stephen.

—Sabré manejarle —aseguró Lachland—. No moriré tan joven como Jamie, dejándole solo. Lo tendré siempre conmigo para enseñarlo a actuar como corresponde. Prefiero un joven violento a uno demasiado plácido. No soporto la pobreza de espíritu en el hombre ni en la mujer.

Y sonrió a Bronwyn. Stephen rió:

—Ya lo imagino. —El jefe MacGregor se rió entre dientes—. Este Davey hará feliz a mi hija, si se parece en algo a su hermana.

Stephen se puso serio.

—¿Qué dirá tu clan cuando introduzcas a un MacArran?

—A mí, nada. Pero dirán muchas cosas al joven Davey. Espero que sepa manejarse.

Bronwyn se puso tiesa.

—Mi hermano puede manejarse con cualquier MacGregor.

Lachland se echó a reír y alargó la mano a Stephen.

—En ese caso, todo está arreglado.

El jefe MacGregor se volvió hacia ella.

—Y ahora, jovencita, me debes algo por la B que llevo en el hombro.

Y la sujetó con fuerza para darle un sonoro beso en la boca. Bronwyn miró apresuradamente a su marido, preocupada por sus celos, pero Stephen los observaba con cariño. Juntos siguieron con la mirada a Lachland, que se alejaba. Después Bronwyn se volvió hacia él.

—En el futuro, espero que recuerdes que la jefa MacArran soy yo, tal como te he demostrado esta noche.

Stephen sonrió con pereza.

—Pues pienso cambiar eso.

—¿Qué quieres decir?

—¿No te he dicho que le he pedido permiso al rey para cambiarme el apellido?

Bronwyn le miraba estúpidamente.

—Ahora soy Stephen MacArran. ¿No te alegras?

Ella le echó los brazos al cuello y le cubrió la cara de besos.

—¡Te amo, te amo, te amo! ¡Eres un MacArran! Esto demostrará a mi clan que se puede confiar en ti.

Stephen la abrazó y se echó a reír.

—Tu clan nunca dudó de mí, sólo tú dudabas. —La estrechó con más fuerza—. Ya no somos enemigos, Bronwyn. Tratemos de estar en el mismo bando.

—Eres MacArran —susurró ella sobrecogida.

Él le acarició el pelo.

—Ahora todo estará en orden. Iré en busca de Davey y...

—¡Que irás tú! —protestó ella, apartándose—. ¡Es mi hermano!

—La última vez que le viste trató de matarte.

Bronwyn no le dio importancia.

—Porque estaba enojado. Toda mi familia tiene mucho carácter. Cuando se entere de mi plan se le pasará el enfado.

—¡Tu plan! ¡Creo que fue un esfuerzo conjunto!

—Tal vez, pero Davey sólo me prestará oídos a mí.

Stephen iba a hablar, pero optó por besarla.

—¿Podríamos continuar con esto más tarde? De pronto siento que algo se interpone entre nosotros.

Ella levantó la vista con expresión inocente.

—¿Mi vientre?

Él le sujetó la cabellera para echarle la cabeza hacia atrás.

—¿Cómo te sientes al besar al jefe MacArran?

—¡La jefa MacArran soy yo! —protestó ella—. Yo...

Pero no pudo continuar, porque la mano de Stephen se había deslizado hasta sus rodillas.

OTROS TÍTULOS DE LA COLECCIÓN

Superstición

KAREN ROBARDS

Desde una tranquila y soleada isla de Carolina del Sur, un programa sensacionalista emite un espectacular reportaje sobre el único asesinato no resuelto de la comunidad: el apuñalamiento de la adolescente Tara Mitchell y la posterior desaparición de sus dos mejores amigas, a las que se da por muertas. Desde entonces, todas las familias que han vivido en la mansión donde ocurrió el crimen han afirmado que las chicas fallecidas siguen rondando la casa.

La reportera Nicole Sullivan presiente que esta historia podría ser su gran oportunidad. Lo arregla todo para que su madre, una famosa vidente, establezca comunicación con las tres víctimas, en una emisión en directo para el programa. Pero algo sale terriblemente mal...

Buenas vibraciones

LISA KLEYPAS

Nadie ha conseguido jamás llegar al alma y el corazón de Jack Travis. Hasta que Ella Varner aparece de la nada ante su puerta, echando chispas por los ojos y con un bebé en los brazos. Es hijo de su alocada hermana y, según Ella, Jack es el padre. Ella le exige que se responsabilice por primera vez en la vida...

Ella Varner es una mujer responsable y organizada. Su infancia le enseñó que el amor es pasajero y que es mejor evitarlo a toda costa. Pero esta convicción se tambalea cuando tiene que hacerse cargo de Lucas, que ha sido abandonado por su impulsiva hermana.

Lo que Lucas necesita es estabilidad, y Ella está decidida a hacer lo mejor para él. Día a día va creciendo su vínculo con el inocente bebé, a pesar de haber tenido que mudarse a Houston para cuidarlo y buscar al padre. Lo que va a encontrar en esa ciudad cambiará su vida para siempre. Porque... ¿quién es capaz de resistirse cuando hay buenas vibraciones?

Cómo ser toda una dama

KATHERINE ASHE

Tres reglas para convertirse en toda una dama:

1. No dar pasos de más de quince centímetros
2. No mirar fijamente a un caballero
3. Y nunca, jamás, besar a un hombre que no sea su prometido

Sin embargo, a Viola Carlyle no le importan las reglas y ansía con desesperación besar al atractivo capitán Jin Seton, el hombre que la ha devuelto a regañadientes a la sociedad inglesa. Viola fue raptada de pequeña, pero aquella existencia le proporcionó una libertad que ahora añora. Tras seguir la pista de la guapa y atrevida joven durante dos años, la buena fortuna sonríe a Jin Seton, porque al dar con ella por fin podrá saldar una antigua deuda. Y aunque ha jurado no permitir que Viola conquiste su corazón, esa dama que tiene muy poco de dama podría acabar siendo la mujer que por fin lo doblegue.

A fuego lento

JULIE GARWOOD

Avery Delaney siempre intentó dejar el pasado tras de sí. Abandonada por su madre, fue criada por su abuela y su tía Carolyn. A los once años presenció un terrible crimen, y ella misma salvó milagrosamente la vida.

Los años han pasado, y su mente agudísima y su destreza para descifrar las pruebas han hecho de Avery Delaney una experta analista del crimen para el FBI. Ahora tendrá que echar mano de todas sus habilidades a fin de resolver un misterio que la toca muy de cerca...

Carolyn, su querida tía, partió rumbo a una residencia de descanso en las montañas de Colorado, pero nunca llegó. Con escasas pistas y muy pocos medios, Avery deberá averiguar el paradero de Carolyn y superar en inteligencia a un brillante asesino llamado Monk, que forma parte de una intrincada trama de locura y venganza. Su camino se cruzará con el de John Paul Renard, un antiguo agente de la CIA que hace tiempo que rastrea los pasos del criminal...